D1672483

Романы Анны Берсеневой

Книги Анны Берсеневой – истории сильных чувств:

Сериал «Гриневы. Капитанские дети»
Последняя Ева
Возраст третьей любви
Неравный брак
Ловец мелкого жемчуга
Первый, случайный, единственный

Сериал «Слабости сильной женщины »
Слабости сильной женщины
Ревнивая печаль

Сериал «Ермоловы»
Яблоки из чужого рая
Антистерва
Мурка, Маруся Климова

Ядовитые цветы
Портрет второй жены

Стильная жизнь
Полет над разлукой

Нью-Йорк – Москва – Любовь
Красавица некстати
Азарт среднего возраста

Гадание при свечах

Флиртаника всерьез

Все страсти мегаполиса

Женщина из шелкового мира

Рената Флори

Ответный темперамент

Анна Берсенева

ЭКСМО
Москва
2011

Ответный темперамент

УДК 82-3
ББК 84(2Рос-Рус)6-4
Б 51

Оформление *С. Груздева*

Берсенева А.

Б 51 Ответный темперамент : роман / Анна Берсенева. — М. : Эксмо, 2011. — 448 с. — (Романы Анны Берсеневой).

ISBN 978-5-699-41954-8

Наши желания, стремления, а в конечном счете и жизнь слишком зависят от биологических процессов организма. К такому безрадостному выводу приходит Ольга Луговская на том возрастном рубеже, который деликатно называется постбальзаковским. Но как ей жить, если человеческие отношения, оказывается, подчинены лишь примитивным законам? Все, что казалось ей таким прочным — счастливый брак, добрый и тонко организованный мир, — не выдерживает простой проверки возрастом. Мамины советы, наверное, не помогут? Ведь у мамы за плечами совсем другая «проверка» — война. Но что-то общее все же есть в судьбах разных поколений семьи Луговских — единый и очень точный камертон...

УДК 82-3
ББК 84(2Рос-Рус)6-4

ISBN 978-5-699-41954-8

ЧАСТЬ ПЕРВАЯ

Глава 1

Наконец у них появилась дача. Ольга была счастлива.

На дачу могут съезжаться гости, как в пушкинском ненаписанном романе. На ней можно проводить лето с внуками. Внуков, правда, еще нет и даже не намечается, но все равно, появятся же когда-нибудь. И сразу можно будет вывозить их под эти чудесные сосны, в эти волшебные заросли орешника, терна и одичавшей ежевики.

Правда, когда Ольга рассказала о своих мечтаниях Андрею, он рассмеялся:

— В зарослях терна, а тем более ежевики жить затруднительно. Вообще, я думаю, придется сразу кого-то нанимать, чтобы хоть немного все это расчистили.

Что в колючих зарослях жить нельзя, Ольга понимала. И что придется нанимать работников, чтобы привести дачу в порядок, понимала тоже: на то, чтобы справиться с разором, установившимся за пять бесхозных лет на участке в полгектара и в доме в триста квадратных метров, у всего их семейства, включая маму, которая намеревалась жить на даче постоянно, не хватило бы ни сил, ни, главное, времени.

А у Ольги и желания бы не хватило, честно говоря. Она с детства не любила никакой монотонный труд, хоть мытье окон, хоть вышиванье крестиком. И никогда не понимала, каким образом может успокаивать нервы, например, вязание — после трех провязанных рядов у нее начинала кружиться голова и в животе становилось муторно, как от двухчасовой езды по горному серпантину.

И в запущенности участка и дома Ольга никакого очарования не находила. Она вообще терпеть не могла захламленности и любила, чтобы жизнь была удобной, красивой и отлично налаженной во всех своих повседневных проявлениях. Именно такую жизнь она и собиралась устроить на новой даче.

А когда она говорила Андрею об очаровании зарослей ежевики и терна, то имела в виду совсем другое: что запущенный этот участок — не какой-нибудь голый землеотвод, на котором наскоро возведен безликий новострой, а старый, старинный уголок земли, настоящий, именно такой, о каком они и мечтали. И даже не просто такой — что это тот самый сад и тот самый дом, о котором все они мечтали много лет; вот о чем она хотела сказать мужу.

Да Андрей это и сам понимал, конечно. За двадцать лет жизни с ним Ольга не помнила ни одного проявления мысли и чувства — не только лично своего, но вообще, — которое не было бы понятно ее мужу.

Как со всяким существенным приобретением, с домом в Тавельцеве оказалось связано множество новых дел, на первый взгляд отношения к нему не имеющих. Точнее, эти дела не относились непосредственно к ремонту или обустройству, но все-таки относились именно к дому как к явлению.

— Ты любишь глубинные определения, — оценил это Ольгино наблюдение Андрей. — По сути, они верны, но когда применяются к простому быту, то вызывают у посторонних людей недоумение.

Это была правда, наверное, но до посторонних людей Ольге не было дела. Во всяком случае, сейчас.

Сейчас она была озабочена тем, что не умеет водить машину. При мысли о том, что, если Андрей будет занят, на дачу ей придется добираться электричкой, Ольге становилось тоскливо. Она никогда не любила проявлений коммунального духа, но если в юности умела их не замечать, то с возрастом они стали вызывать у нее сильнейшее, почти физическое отторжение.

Агрессивная в своем однообразии жизнь вокзалов, строительных рынков, просто рынков, которые из ярких уголков природного изобилия давно уже превратились в отстойники человеческого примитива, портила ей настроение даже издали. И, главное, с возрастом она перестала понимать, почему должна на эту жизнь тратить хотя бы минуту жизни собственной.

Поэтому Ольга давно уже организовала свою жизнь так, чтобы сталкиваться со всем этим как можно реже. Благо в метро приходилось ездить не слишком часто — от работы до дома было рукой подать, и приятна была ежедневная прогулка по бульварам. А деньги, появившиеся наконец после постоянной их нехватки в молодости, Ольга без размышлений использовала, чтобы покупать все необходимое в хороших магазинах и отдыхать в хороших отелях, где не царит хамство.

Она умела ценить три великие вещи — здоровье, все то, что относится к жизни духа, и то, что принято называть образом жизни, — и знала, что каждая из этих вещей, не говоря уже обо всех разом, дороже любых денег.

И что, теперь вдруг окунуться в эту вот настойчивую, навязчивую, нагло уверенную в своем праве быть примитивной жизнь пригородных электричек только из-за того, что не можешь разобраться в двух педалях и одном рычаге? Да ни за что!

Упорства Ольге было не занимать, но вождение машины... Это было одно из тех немногих занятий, которых она не просто опасалась, а по-настоящему боялась. Ольга не чувствовала габаритов, не ориентировалась в перекрестках и поворотах улиц, а главное, совершенно не обладала той уверенностью в своих действиях, той водительской решимостью и резкостью, без которых, она понимала, невозможно теперь ездить по Москве.

Но что же: если какое-то дело дается тебе с трудом, то к его освоению и нужно приложить труд. Эту нехитрую истину Ольга даже не усвоила в детстве, а впитала с молоком матери.

Поэтому часть ее усилий, свободная от обустройства дачи, была направлена сейчас на водительские курсы. Обучение на этих курсах, может быть, не требовало особенной самоотдачи, но все-таки требовало немалого времени, а время свое Ольге и без курсов приходилось рассчитывать очень жестко. Впрочем, она к этому привыкла, и это ее не только не угнетало, но даже, пожалуй, радовало.

Повседневность ведь и нуждается в жестком каркасе необходимости, иначе у нее, у этой привычной повседневности, слишком много возможностей растечься, и не красиво растечься — мыслию по древу, что ли, — а самым убогим образом. Человеку слишком легко превратиться в бесформенное и бессмысленное пятно, это происходит хотя и не в один день, а постепенно, но все-таки довольно быстро. Людей, с которыми это произошло уже годам к тридцати пяти, Ольга знала немало.

В общем, она записалась на водительские курсы. Практическое вождение пока не началось, но ходить на занятия надо было три раза в неделю, а тут и на работе образовался завал, обычный для конца июня, и разгребать его любезно предоставили ей, и ее занятия с абитуриентами вступили в последний перед экзаменами, решающий период... В результате всего этого выходило, что Ольга попадает на новоприобретенную дачу только по выходным. Это ее расстраивало. Она звонила маме по три раза в день, расспрашивая, что происходит в саду и в доме, пока та не сказала:

— Оля, уймись. Нельзя так самозабвенно отдаваться бытовым вещам.

— Дом — не бытовая вещь, — возразила было Ольга.

Но разубедить маму в том, в чем ее убедила жизнь, было невозможно.

— Именно бытовая, — спокойно заявила она. — Согласна, из области прекрасного быта. Но все равно — не более чем. Так что звони мне один раз в день, и я тебе единым же разом буду сообщать все, что тебя интересует.

— Ладно, — вздохнула Ольга. — Малину обрезали?

— Обрезали.

— Все-таки поздно. В этом году, наверное, ягод уже не получится.

Дом купили в феврале, но мама перебралась в него только в мае, а ежегодную обрезку малины, Ольга прочитала в Интернете, следовало делать ранней весной.

— Получится, — возразила мама. — Назим сказал, малина хорошая, такую и в июле обновлять не поздно.

Назим был старший из трех узбеков, которых Андрей нанял для первоначальной уборки дома и расчистки сада. Потом, когда яснее станет направление работ, предполагалось пригласить более квалифицированных рабочих.

— Он-то откуда знает? — хмыкнула Ольга.

— У него дома тоже сад.

— Разве в Средней Азии растет малина?

— Ежевика растет. Он говорит, это одно и то же.

— Ну, не знаю. — Перед маминым несокрушимым спокойствием отступало даже Ольгино упорство. — Ладно, будем надеяться, что-нибудь да вырастет.

— Какие серьезные у тебя надежды! — засмеялась мама. — Космического прямо-таки масштаба.

Насчет космической же глупости она не добавила. Видимо, это и так было понятно. Или, что вернее, маме просто не была присуща потребность в пустой иронии.

В таком же духе она отвечала на все прочие вопросы, которые задавались ей на протяжении недели. И вот наступил наконец вечер пятницы, и Ольге представилась возможность убедиться в точности маминых ответов.

Глава 2

Сосны обступали участок с трех сторон по периметру, а отдельные деревья стояли и у самого крыльца. Ежевикой был увит весь забор — во всяком случае, та его часть, которую можно было разглядеть, идя от ворот к дому.

Ольга шла от ворот к дому, и дорожка, недавно посыпанная мелким светлым гравием, весело хрустела под ее шагами.

Мама обернулась на этот радостный звук. Она стояла в конце дорожки, у самой веранды. В руках у нее были большие садовые ножницы.

— Ты что это делаешь? — спросила Ольга, подойдя поближе. — Привет, ма.

— Привет. Волчки с розовых кустов обрезаю.

— Что-что обрезаешь? — поразилась Ольга.

Все-таки сад сулил множество открытий! От них уже не захватывало дух, как захватывало в детстве, когда она читала об открытии Северной Земли, например. Но все же в повседневности и простоте этих маленьких нынешних открытий была какая-то неназываемая прелесть.

— Волчки, — повторила мама. — Если на новом побеге не по пять, а по семь листков, то, значит, роза вырождается в шиповник. И такой побег надо срезать.

— Надо же! — улыбнулась Ольга. — А кто тебе это сказал?

— Сама помню. С молодости еще. У твоей бабушки здесь был розарий. Вон там, видишь, где теперь смородина. — Мама показала на площадку перед домом; смородина выглядела там как-то не на месте. — Твоя бабушка Нина очень была всем этим увлечена.

— Смородину надо пересадить, — сказала Ольга.

— Да просто выбросить.

— Ну да, выбросить! Жалко же.

С тех пор, как появился этот сад, Ольга стала с благоговением относиться не только к деревьям, но и к кустам. Попробуй-ка его вырасти, куст! Да и цветок обыкновенный попробуй вырасти, если он так и норовит не прижиться, и непонятно еще, как перезимует.

— Нисколько не жалко. — Мама пожала плечами. — Куст старый, ягод от него мало. И красоты никакой — глупо он здесь посажен.

Конечно, она была права. Ольга и сама так думала.

— Смешной у нас с тобой разговор, — вдруг улыбнулась мама.

— Почему?

— Так. Старческий.

— И ни капельки не старческий, — обиделась Ольга. — Это все очень важно.

— Я и не говорю, что неважно. Но, согласись, в восемнадцать лет такие вещи важными не кажутся.

— Мало ли что не кажется важным в восемнадцать лет! — усмехнулась Ольга. — Что же мы теперь, Нинку начнем спрашивать, где смородину сажать?

— Да я не о том... Ну ладно, это ерунда!

Мама махнула рукой с той самой беспечностью, которая, Ольга легко догадывалась, с ума сводила мужчин в ее молодости. И вообще, весь этот разговор о возрасте в самом деле казался по отношению к маме ерундовым. Невозможно было поверить, что ей уже исполнилось восемьдесят лет. Восемьдесят! Эта цифра всегда казалась Ольге запредельной, просто-таки трагической. Близость смерти, ну, в лучшем случае, полное иссякновение жизненных сил — вот что такое был этот возраст, когда она думала о нем отвлеченно. Но когда он стал возрастом мамы, то как-то само собой оказалось, что ничего страшного в нем нет. Просто цифра, в абстрактности своей ничем не отличающаяся от других цифр, вот и все.

На юбилей Андрей подарил теще швейцарский велосипед и напомнил, что Лев Толстой именно в этом возрасте выучился на нем ездить.

— Лев Николаевич с младенчества ездил на коне, — напомнила та. — Так что навык держаться в седле у него был. Но подарок своевременный, спасибо. За молоком буду ездить.

Вообще-то велосипед не был для нее новинкой. Из маминых рассказов Ольга знала, что первый велосипед — не детский трехколесный, а настоящий — подарили ей родители на шестнадцатилетие.

Праздновали в этом вот самом саду. Под деревьями стояли столы, и гости забывали о расставленной на них еде, потому что с деревьев то и дело падали груши, такие сочные, каких, мама говорила, ей никогда в жизни больше есть не приходилось. Правда, она тут же добавляла, что ощущение сверхъестественной сладости и сочности тех груш может быть просто игрой памяти. И в самом деле, какие уж такие особенные груши могут вырасти в Подмосковье?

А на новом швейцарском велосипеде она в самом деле стала ездить за молоком в деревню. Мама была суха, легка и когда садилась в седло, то сзади казалась совсем девочкой — даже юбка вилась вокруг ее ног с девической соблазнительностью. Она не любила брюк и никогда их не носила, и Ольга переняла от нее эту странную привычку, которую Андрей, впрочем, находил очень женственной.

— Ты одна? — спросила мама.

— Ага. Андрей сегодня поздно освободится, только завтра сможет приехать.

— А тебе, конечно, не терпелось, — улыбнулась мама.

— Конечно! — засмеялась Ольга. — Может, и правда старею? — с удивлением проговорила она. — Кто бы мне лет пять назад сказал, что я в электричке буду трястись ради того, чтобы поскорее на травку попасть, обсмеяла бы, и все. А теперь...

Но мысль о собственном старении, что и говорить, неприятная, не успела задержаться у нее в голове.

— На ужин клубника со сливками, — сказала мама. — Все домашнее. Можешь себе такое вообразить?

— Не могу! — зажмуриваясь от восторга, ответила Ольга.

— Притом сливки настоящие, деревенские. Я с ними по утрам кофе пью. Приятное, скажу тебе, ощущение. Жизнь становится прекрасна и безумно хороша, — заключила она словами из какой-то оперетты.

На дорожке, огибающей дом, показался Назим.

— Здравствуйте, — кивнул он Ольге. И тут же обратился к маме: — Татьяна Дмитриевна, та будка, которая в конце сада была, на дрова не годится уже, очень дерево гнилое. Мы ее сожгем, да?

— Подождите сжигать, — сказала мама. — Вы ее разрушили? Сейчас я приду посмотрю.

Вести хозяйство большой усадьбы ей явно нравилось. В этом было что-то от романов ее любимого Толстого.

«Только корзиночки с ключами ей не хватает», — подумала Ольга.

Она только теперь поняла смысл этого хозяйственного атрибута. Раньше ей непонятно было, зачем для ключей нужна корзиночка, не проще ли положить их в карман. Теперь же оказалось — в какой там карман! Ключи не помещались даже в специальном плоском английском шкафчике, который Нинка приобрела для загородного дома, побывав в этом доме раза три, не больше. Ключи были от трех калиток и от трех ворот, по два ключа от каждой из двух входных дверей, от бани, от кладовки, от погреба, от сарая, еще от каких-то бесчисленных шкафов и ящиков... Все они были большие, старые, очень необычные, и хотя очевидно было, что ящики комода, например, можно и не запирать, но не выбрасывать же такие прекрасные ключи только потому, что на первый взгляд они кажутся бесполезными. Для чего-то же их завели в этом доме люди, которые получше разбирались в настоящей пользе!

Мама пошла вслед за Назимом в сад, а Ольга поднялась на веранду.

Веранда в доме была такая, которую, Ольга читала у Бунина, в помещичьих усадьбах называли балконом, то есть не застекленная, а открытая, обнесенная лишь невысокой деревянной решеткой. Это Ольге нравилось. Она и раньше, бывая в гостях у друзей — конечно, на обычных дачах, а не в дорогих коттеджах, — не понимала, зачем надо стеклить веранды. Зимой на них, застекленных, все равно холодно, летом жарко, и каждый год, приезжая на дачу весной, хозяева обнаруживают, что половина стекол перебилась за зиму.

Застекленные веранды были отголоском советских времен, когда в тесных дачных будках шла борьба за каждый квадратный сантиметр, на котором можно устроить спальное место; было бы странно, если бы Ольге они нравились.

А в их новом старом доме веранда была ажурная,

просторная, вся увитая девичьим виноградом, и даже то, что терракотовая краска на ее решетке и опорах облупилась, придавало ей особенное очарование подлинности.

Когда тетя Мария покупала этот дом, то веранда сразу произвела на нее неотразимое впечатление. А поскольку мамина сестра, как и все сестры Луговские, была вот именно человеком впечатления, сердечного ощущения, то и покупка этого дома была решена ею в те минуты, когда она шла от ворот к крыльцу.

На веранде уже стояла новая мебель: круглый деревянный стол, понравившийся Ольге тем, что раздвигался до размеров свадебного, и легкие деревянные полукресла, сиденья и спинки которых были обиты плотной тканью, напоминающей чесучу. Может, эта мебель была и не тем приобретением, которое следовало сделать в первую очередь, получив в свои заботы огромный запущенный дом, но Ольга считала, что если начинать с первоочередных приобретений, то полжизни проживешь в обстановке полусделанности, незавершенности, незначительности. Так что красивую и удобную мебель для веранды она купила сразу и без колебаний.

Первый этаж состоял из большой центральной комнаты — судя по всему, гостиной, — к которой примыкала зимняя кухня, тоже довольно просторная, и из двух комнат поменьше — они были отделены от гостиной и кухни небольшим коридором. Рядом с этими комнатами, предназначенными под гостевые спальни, находились и ванная с туалетом. Они были оборудованы лет пятнадцать назад, то есть допотопно, и нуждались в скорейшем ремонте.

Из других фундаментальных работ надо было

сделать в гостиной камин; вот и все на первом этаже, пожалуй.

Ольга окинула гостиную удовлетворенным взглядом. Все-таки она была очень хороша даже без ремонта, после обычной генеральной уборки. Стены обиты темными деревянными панелями — потом их надо будет покрыть хорошим лаком; потолок тоже обшит деревом, но так, что видны массивные перекрытия, балки которых еще при строительстве дома были украшены резными узорами. Может, немного мрачновато, но для зимы очень даже хорошо: когда дом теплый, то такая тяжеловесность создает уют. А лето можно проводить и на веранде, ее-то солнце, едва показавшись на небе с утра, освещает весь день, и дождь ее не заливает, так уж она как-то умело расположена.

Из кухни доносился густой запах свежей сдобы. Видимо, к ужину предполагалась не только клубника со сливками. Ольга втянула этот запах поглубже, зажмурилась от удовольствия и поскорее поднялась на второй этаж, чтобы оставить сумку в их с Андреем спальне.

Второй этаж, собственно, весь и состоял из спален и комнат, которые по своему виду казались предназначенными для рабочих кабинетов. Комнат здесь было так много, что Ольга даже не в первый день сосчитала все. Они были небольшие, но при этом почему-то не производили впечатления клетушек. Видимо, потому, что хотя дом и не являлся каким-нибудь историческим особняком, но тот, кто проектировал его сто лет назад, владел секретом пространства.

Одна из комнат, самая красивая, располагалась в торце дома. В отличие от всех других окон, приспособленных для бережного отношения к домашнему теплу, в ней окно было огромное, на полстены, как будто не на русскую зиму рассчитанное, а на какую-нибудь венецианскую. Верхняя часть этого окна была витражная, и разноцветные стекла бросали на деревянный пол яркие пятна. Правда, картину портила практичная коричневая краска, которой пол был выкрашен, но это было дело поправимое. Ольга уже и сейчас представляла, как будут играть эти витражные огоньки на выскобленных, покрытых лаком светлых досках.

Эту комнату отвели Андрею под кабинет, а соседнюю под их с Ольгой спальню. Андрей работал постоянно и везде, внешние условия не имели для него особого значения, и в этом своем кабинете он начал работать сразу же, как только в него вошел; такую мелочь, как играющие на полу витражные отблески, он вряд ли и заметил. И в те немногие вечера, которые они уже успели провести в этом доме, Ольга — она всегда ложилась раньше, но никогда не засыпала, пока не ложился Андрей, — с привычной радостью прислушивалась к его шагам за стеной. При этом она отмечала про себя, что полы во всем доме скрипят все-таки слишком сильно, что скрип этот хотя и уютен, но его, наверное, надо будет как-то уменьшить во время ремонта.

В спальне никакой мебели пока не было. Лежал посередине комнаты большой надувной матрас, стояли рядом с ним два стула, и все. Ольга бросила сумку на пол возле матраса и вернулась на первый этаж.

Стол на веранде был уже накрыт льняной скатертью, и на нем стояла разномастная посуда. Хорошую посуду для дачи еще не купили, собрали из дому что пришлось, но клубника и в ней выглядела великолепно. Может, правда, клубнике добавляло прелести сознание, что она выросла в собственном саду, но не могло же это сделать ягоды крупнее, чем они были на самом деле.

— Садись, — сказала мама. — Сначала бульон с пирогами, а десерт потом.

— А говорила, только клубника будет, — улыбнулась Ольга.

— Я имела в виду самое характерное. Пироги ведь я и дома пекла. Да, а бульон из настоящей курицы! — это она уже крикнула из кухни. — Я ее вчера у Грани купила. — Граня жила в деревне, у нее мама брала молоко. — Домашняя курица жесткая, как подошва, но бульон получается прекрасный. Не то что из бройлера раскормленного. Забытый вкус!

— А пироги с чем? — спросила Ольга.

От вида пирогов, которые мама вынесла на веранду в большой фаянсовой миске, у нее потекли слюнки.

— С грибами. С белыми сушеными, тоже у Грани купила.

— Да ты тут пир натуральный устроила! — засмеялась Ольга.

— Я же вас ждала, — пожала плечами мама. — И ничего особенного вообще-то нет. Натуральное все, это правда. Но должны же вы ощутить, что ваша жизнь изменилась к лучшему, — улыбнулась она.

Это Ольга и так уже ощущала, что называется, всеми фибрами души.

К сорока годам ее жизнь вошла в такое ровное, такое привычное русло, что иногда казалась скучноватой. Нет, она не жаловалась на судьбу, да и грех было бы жаловаться, когда все у тебя благополучно, твои родные здоровы, и сама ты здорова, и работа тебе не надоела... Но ощущение, что ничего нового в жизни уже не будет, все-таки Ольгу смущало.

И вдруг — как с неба свалился этот дом, мечта и сказка, и пределы жизни сразу расширились, и появился в ней новый, очень сильный интерес.

— Ну как твои курсы? — спросила мама, разливая бульон. — Газ от тормоза уже отличаешь?

Бульон она подавала еще не в супнице, а в довольно неказистой кастрюльке, и наливался он не в бульонницы, а в обычные тарелки. Но он был настоящего янтарного цвета, и поверхность его переливалась золотистыми пятнами, и у разрезанного крутого яйца, которое лежало на дне тарелки, желток был такой яркий, какого не дают никакие обманные добавки в рационе инкубаторских кур.

— У нас практическое вождение только на следующей неделе начнется, — ответила Ольга. — Пока механизмы всякие изучаем. И ПДД.

— Что-что изучаете? — переспросила мама.

— Правила дорожного движения.

— А!.. Я думала, аббревиатуры уже не в ходу. В основном сленг отовсюду несется.

До ухода на пенсию мама преподавала современный русский язык, притом не в школе, а на филфаке МГУ, поэтому ее ухо улавливало любые изменения в повседневной речи.

— Ты здесь не скучаешь, ма? — спросила Ольга.

Их с мамой разговор всегда развивался прихотливо, без видимой логики переходя на новые темы. Так Ольга разговаривала только с ней и с Андреем. Даже с Нинкой этого не получалось: вопреки своей бытовой безалаберности дочь мыслила и говорила четко и так же действовала.

— Нисколько. — Ольгин вопрос не показался маме неожиданным. — Во-первых, в мои годы все делается гораздо медленнее, чем раньше. Любое мелкое повседневное занятие отнимает непристойно много времени. Бродский об этом точно написал: «Я не то чтоб схожу с ума, но устал за лето. За рубашкою в шкаф полезешь, и день потерян». Может, он имел в виду не старческую медлительность, а что-то более значительное, но я переношу его слова на свое состояние и, мне кажется, не ошибаюсь. Ну, а во-вторых, опять-таки с возрастом, становятся значительными такие явления, которых в молодости даже не заметил бы. И очень они, скажу тебе, развлекают. Да, и смородиновый куст на месте розария. — Мама догадалась об Ольгиных мыслях прежде, чем та успела их высказать. — И будку сжигать или не сжигать, и другое в том же духе. Когда я впервые такой интерес за собой заметила, то даже испугалась, честное слово. Мне старуха-процентщица из Достоевского почему-то представилась, — улыбнулась она. — А потом такое состояние показалось мне логичным. Ведь я позитивистка, материалистка, как и все в моем поколении. Жалею даже, что в свое время не пошла в медицинский, как папа хотел, — разбиралась бы в физиологической подоплеке душевных состояний. Да, так вот, я думаю: если с возрастом сил становится меньше, то и масштаб их приложения должен сокращаться, правда? А значит, и круг интересов. И в этом сузившемся кругу начинается какая-то новая жизнь, с новыми представлениями о важности и неважности событий. Разве не так?

— Наверное, — пожала плечами Ольга. — Я об этом как-то не думала, ма.

— Тебе еще и ни к чему об этом думать. Собственно, и я об этом не думала — само собой пришло, без размышлений. Хорошо, что Мария купила этот дом. Ну, а что на работе у тебя? — спросила мама.

Они поговорили об Ольгином институте, о том,

что у Андрея все больше времени отнимает политическое консультирование, которое сначала казалось лишь побочным заработком, что Нинка расстраивает родителей своим поверхностным отношением к учебе... Потом мама ушла к себе, а Ольга вынесла на веранду кресло и уселась читать, и читала до самой темноты, а когда наступила темнота, то попыталась читать при свече, вставленной в створчатый фонарик, но это оказалось невозможно, хотя отсветы фонарика были очень красивые.

Она вынесла на веранду настольную лампу. Шнур от лампы еле дотянулся из комнаты, и Ольга подумала, что потом надо будет провести на веранду электричество... Наверное, оно здесь раньше было, но провода давно пооборвались...

Она не сразу заметила, что мысли ее становятся все медленнее, все ленивее, а когда заметила, то уже еле добралась до спальни и уснула, кажется, в ту самую минуту, как нырнула под одеяло.

Глава 3

«Ну почему я вчера без Андрея приехала?» — с этой мыслью Ольга проснулась.

Она еще не открыла глаза, и мысль была, собственно, даже не мыслью, а лишь каким-то смутным ощущением на границе сна и яви. И вот на этой неясной границе ей было ужасно жаль, что Андрея нет рядом, а значит, утренние минуты, самые драгоценные минуты целого дня, пройдут без него.

Однажды он рассказал Ольге, что наилучшая тренировка для защиты от стресса — это подъем по лестнице смыслов.

— Надо начинать с ответа на простой вопрос: зачем я утром оделся? — объяснял он. — Чтобы идти на работу, — отвечаешь ты себе. Зачем я иду на работу? Чтобы не скучать дома. Чтобы сделать что-то полезное. Чтобы заработать денег. Зачем мне зарабатывать деньги? Чтобы купить жене шубу. Чтобы не умереть с голоду. Ну, и так далее. Через несколько ступенек неизбежно встанет вопрос о смысле жизни.

— И что, вот каждый день надо задавать себе вопрос о смысле жизни? — удивилась тогда Ольга.

— Да. И не только задавать вопрос, но и искать на него ответ.

— А по-моему, это довольно глупо постоянно держать такое в голове. Пафосно как-то.

— Это не то чтобы глупо, но тяжело. И организм будет активно защищаться. В этом-то тренировка от стресса и состоит. Вот если охватит тебя то, что моя любимая теща называет меланхолией и мерихлюндией, то такое состояние не окажется для тебя новостью — ты будешь к нему готова.

Наверное, это было правильно, во всяком случае, звучало остроумно. Но для Ольги лестница смыслов начиналась с вопроса, рядом ли сейчас Андрей, и от ответа на этот вопрос зависело, продолжит она подъем к размышлениям о смысле жизни или нет.

Вчера она приехала на дачу без мужа, значит, сегодня начинает день в его отсутствие, значит, смысла в этом дне не будет до тех пор, пока Андрей не появится.

С этим ощущением — легкой досады на бессмысленно начинающийся день — Ольга открыла глаза.

И сразу ее охватила такая радость, как будто она нырнула в воду в какой-то мрачной, опасной болотистой местности, а вынырнула в сверкающей под солнцем веселой заводи.

Андрей лежал рядом и смотрел на нее, подперев голову рукой. Вид у него при этом был самый что ни на есть характерный, только ему присущий: изучающий — такой, будто он смотрит не на жену, которая известна ему вся, в каждом своем внешнем и внутреннем проявлении, а на какой-нибудь редкостный минерал или цветок. То есть, вернее, как смотрел бы он на минерал или цветок, если бы был минералогом или ботаником.

— Ой... — проговорила Ольга. — Ты откуда взялся?

Вообще-то стоило бы удивиться, что она об этом спросила. То, что Андрей рядом, всегда казалось ей таким естественным, что она готова была скорее поверить в нереальность своего вчерашнего вечера без него, чем в странность его утреннего появления.

— Приехал час назад, — ответил он. — А ты так сладко спала, что я, как только тебя увидел, чуть сам не уснул. Прямо на пороге. Но все-таки успел дойти до постели и прилечь рядом с тобой.

— А о чем ты думаешь? — спросила Ольга.

— Я не думаю — я вспоминаю.

— Вспоминаешь? О чем?

Это ее очень заинтересовало. Она тоже приподнялась на локте, чтобы лучше видеть его лицо.

— Как мы с тобой однажды были в театре, и ты вдруг решила подкрасить губы. Помаду ты как-то сразу из сумочки вынула, а зеркальце рылась-рылась, но найти не могла. А свет в зале уже вот-вот должны были погасить, и ты торопилась.

Андрей говорил обстоятельно, как на лекции, и Ольга слушала его с интересом, хотя после первых же слов вспомнила историю, которую он рассказывал.

Это было двадцать лет назад, через неделю после их знакомства. Они тогда впервые пошли вместе в театр — Андрей ее пригласил, и ей было приятно, что кавалер у нее театрал. И только уже гораздо позже он сказал, что оказался тогда в театре впервые после «Золотого ключика» и «Золушки». На детские спектакли его водили родители, а сам он театр не понимал и никогда не посещал, и Ольгу пригласил туда не из собственного театрального интереса, а лишь потому, что терялся, не зная, куда бы пригласить интеллигентную девушку, все-таки не на лекцию же в Политехнический музей.

— И что? — спросила Ольга. — Нашла я тогда зеркальце?

Она подумала, что ему, наверное, было бы жаль, если бы он узнал, что она и сама отлично помнит эту историю, потому и спросила.

— Ты бросила искать, — сказал Андрей. — И стала смотреться в мои очки. Накрасила губы, положила помаду обратно в сумочку, и свет тут же выключили. А я подумал: зачем она красит губы, если знает, что свет вот-вот погасят и никто ее губ не увидит?

Она тогда стала так лихорадочно красить губы, потому что вдруг показалась себе ужасной простушкой, которую совсем неинтересно приглашать в театр, и это до того напугало ее, что задрожали руки. Но Андрею она об этом, конечно, тогда не сказала. И даже сейчас не сказала тоже.

— И что же ты ответил себе на этот вопрос? — улыбнулась Ольга.

— Так до сих пор и не знаю. Ссылаться на пресловутую женскую логику профессиональному психологу как-то неудобно. Но ничем другим я твое тогдашнее поведение объяснить не могу.

— Хорошо, что ты приехал, — сказала она. — Я о тебе скучала.

Вообще-то Ольга поняла это, ведь только когда проснулась. Да и то, что она почувствовала, проснувшись, вряд ли называлось скукой. Но в ее словах все-таки не было неправды.

Вместо ответа Андрей притянул ее к себе. Его желание не нуждалось в словах. Как и Ольгино, впрочем.

О том, что способность испытывать от близости физическое удовольствие с годами становится сильнее, Ольга, конечно, знала и раньше. Правда, она не вспомнила бы, откуда. Из книг, наверное, или из фильмов, или из каких-нибудь обрывочных разговоров; специально она этого не обдумывала. Да, откуда-то это было ей отлично известно. Но одно дело сведения о чьих-то отвлеченных наблюдениях, и совсем другое — собственные ощущения. Их острота, пришедшая именно с годами, оказалась для Ольги неожиданной.

В юности, в самом начале своей супружеской жизни — собственно, еще и не супружеской даже, — она была влюблена в Андрея так сильно, что физическая близость не казалась ей необходимой. Или, вернее, другая у нее была логика: в юности Ольга была восторженна и переполнена книжными представлениями о любви, то есть она была способна к очень сильным чувствам, но все эти чувства были связаны у нее с сердцем, а не с телом. Правда, и телесная сторона любви не испугала ее и даже не разочаровала — видимо, потому, что из книг же Ольга знала, что она может испугать и разочаровать, и была к этому готова, — но все-таки и не обрадовала. Она видела и чувствовала, что Андрею эта сторона любви необходима, и понимала, что когда-нибудь она станет необходима ей самой — но не более того.

Это длилось довольно долго, года два, наверное. Они уже и пожениться успели, а Ольгина любовь к мужу оставалась прежней: в основном сердечной, отчасти головной, но уж точно не телесной.

И вдруг это изменилось — в один день, точнее, в одну ночь; она помнила эту ночь до сих пор, сильно и ясно.

Хотя помнить было, собственно, нечего — никаких внешних примет не было, ночь была обыкновенная. Вот разве что день был не совсем обычный: в соседнем с ними доме открыли «Макдоналдс», первый в Москве.

В тот год умерла Андреева бабушка, и молодым решили отдать ее комнату в коммуналке на Большой Бронной. Ремонт пришлось делать самим: на рабочих денег не было, да и самих рабочих не очень-то можно было тогда найти, во всяком случае, ни у родителей Андрея, ни у Ольгиной мамы полезных связей в этой области не имелось. Не имелось их и в других полезных областях — в которых можно достать обои, например. Поэтому импортных обоев купить не удалось, на них все равно и денег не хватило бы, а купили гомельские, в голубую полоску, и радовались, что не в цветочек: полоска выглядела все-таки поприличнее, и клеить ее было проще, почти не приходилось подбирать узор.

Но все равно они едва справились с этой работой. Навыков у них не было никаких, природного таланта к этому занятию, видимо, тоже, поэтому обои то норовили наклеиться косо, то морщинились, то вовсе отклеивались у самого потолка, и тогда приходилось передвигать шаткую пирамиду, составленную из письменного стола и табуретки — стремянки не было, а потолки в старом доме были высокие, — взгромождаться на нее и приклеивать обои заново.

Часам к пяти они оба устали так, что взобраться на эту пирамиду еще хотя бы раз не представлялось возможным просто из-за головокружения.

— По-моему, нам пора сменить вид деятельности, — наконец сказал Андрей. — Знаешь, как я это понял?

— Как? — спросила Ольга.

Устала она не меньше, но упорства у нее было все-таки побольше, и она готова была клеить обои до победного конца, как бы он ни выглядел.

— Я поймал себя на том, что с удовольствием постоял бы вон в той очереди.

Андрей кивнул на открытое окно. Очередь в «Макдоналдс» змеилась по скверу перед Тверским бульваром и выглядела бесконечной.

Все Ольгино детство, вся молодость были связаны с очередями. Перечень товаров, которые приобретались без них, был невелик, так что она относилась к очередям как к малоприятному, но неизбежному явлению природы — как к майскому нашествию комаров, что ли. Поэтому мысль Андрея была ей понятна: получить удовольствие от стояния в очереди можно было только в сравнении с каким-нибудь очень неприятным занятием.

— Значит, пойдем в очередь, — без размышлений решила она. — А обои потом доклеим.

К Ольгиному удивлению, очередь оказалась не такой долгой, какой должна была бы быть при ее угрожающей длине. Или дело было в том, что в ней царили не уныние и не злость, а веселое любопытство? Совсем не было хватких теток, готовых растерзать каждого, кто, им казалось, покушался на их право получить товар поскорее, зато было много молодежи, детей, вообще людей с живыми лицами. И вечер был теплый, и закатные солнечные пятна играли на молодой траве бульвара...

Ольга с Андреем даже не заметили, как попали в «Макдоналдс». Но когда они очутились внутри, то почувствовали просто зверский голод и набрали такое количество еды, которое невозможно было съесть за один присест даже притом, что эта еда оказалась необыкновенно вкусной — может быть, своей непривычностью.

Ну да переизбыток еды не показался им бедой — домой они явились нагруженные картонными коробочками и очень веселые. И обои доклеивать уже не стали, потому что разомлели от такого простого удовольствия, каким была эта необычная еда. Или просто от удовольствия быть молодыми, любить друг друга, иметь собственное жилье... Что в сравнении со всем этим значили не полностью оклеенные стены?!

Кроме них, в квартире жили еще только две старушки, поэтому очередь в ванную случалась редко. Ольга пошла в душ раньше Андрея и вернулась свежая, еще больше повеселевшая. Забравшись в кровать, она выключила торшер и с головой накрылась одеялом. Ей было радостно, как в детстве, и, как в детстве, охватывало ее беспричинное счастье.

— Ты спишь? — спросил Андрей, подойдя к кровати.

Ольгины глаза уже привыкли к темноте, и она видела, что он снял очки. Да и в голосе его слышались неуверенные нотки близорукого человека.

— Да!.. — злодейским голосом прошептала она. —

Я сплю и вижу ужасный сон про черную-черную руку, и эта рука...

Закончить известный по пионерлагерному детству анекдот Ольга не успела. Андрей отвернул одеяло и лег рядом с ней — просто лег, как ложился каждый вечер, с тех пор как они стали жить вместе. Но сегодня это обычное событие произошло как-то совсем иначе. Что-то другое, неизвестное произошло с ней самой... Ольга вдруг почувствовала, как по всему ее телу прошла сильная волна. Наверное, она состояла из огня, эта волна, потому что когда она дошла до горла, то стало сухо во рту и губы пересохли тоже.

— Устал и объелся, — сказал Андрей.

Но одновременно с этими простыми и смешными словами он обнял Ольгу так горячо, так страстно, что огонь, неожиданно вспыхнувший у нее внутри, когда он лег рядом с нею в кровать, от его слов разгорелся во сто крат сильнее.

Это был огонь телесного желания — Ольга сразу это поняла. Оно пришло впервые, но его ни с чем было не перепутать.

Оказалось, что такое желание состоит из сплошного бесстыдства. И каким же сладким было это бесстыдство! Ольга торопливо стянула с себя ночную рубашку и бросила ее на пол. Руки у нее при этом дрожали, рубашка путалась, и она еле удержалась от желания не просто стянуть ее, а разорвать на себе.

— Крепче обними... — шепнула она. — Еще крепче! Вот так. И вот так...

Дошептывая эти слова шелестящими от жара губами, она раздвинула ноги и сама обняла ими Андрея. И он тут же обнял ее с той самой силой, с той крепостью желания, которой она и ждала от него.

Все его тело напряглось в обхвате ее ног и выгнулось от такой же страсти, которая переполняла ее саму.

Впервые их охватывала одна и та же страсть. И каким же это оказалось счастьем!

Андрей всегда был ласков с Ольгой, и близость с ним давно уже не была для нее ни болезненной, ни даже неловкой. Но сейчас, в эту страстную минуту, он забыл о ласках совершенно. Да и она не вспомнила о них.

Они просто вдавились, врезались, ворвались друг в друга, и звук, который рвался при этом из них, как будто из одного общего горла, напоминал скорее рык, чем человеческую речь.

Кажется, они все-таки произносили какие-то слова, то есть хотели что-то сказать друг другу, но делали это лишь по привычке выражать свои чувства словами.

Смысл же того, что они хотели выразить сейчас, не требовал слов — он весь заключался вот в этом их общем порыве, бесстыдном и горячем, в котором они так мгновенно, без ласковых прелюдий, слились и сплелись.

Этот порыв длился очень долго. Они были молоды и полны сил, и страстно любили друг друга.

Но когда их общий порыв все-таки завершился, он не оставил по себе сожаления. И потому, что завершился сильным наслаждением, и потому, что это наслаждение словно бы толкнуло перед собой какую-то дверь. И там, за этой дверью, прежде закрытой, открылось теперь такое ослепительное пространство нового счастья, что Ольга даже зажмурилась, до того осязаемым был его свет.

А когда она пришла в себя, когда дверь тихо прикрылась перед нею — не совсем, а лишь на время, вот в чем была вся радость! — то она сразу же почувствовала зверский голод.

— Андрюша, я есть хочу, — сказала Ольга. — Нет, правда!

Андрей поцеловал ее и спросил:

— А чему ты так удивляешься?

— Ну... — Ольге было стыдно признаться, что после такого сильного, такого нового счастья она сочла бы естественным какое-нибудь менее примитивное чувство, чем голод. — Мы ведь только что наелись как удавы! — вспомнила она.

— Но мы же после этого потратили всю энергию, — сказал Андрей. — Я, во всяком случае, ее не берег.

И с этими словами он поцеловал Ольгу со знакомой лаской. Нет, не совсем знакомой: и в ласке теперь было что-то другое, новое — отзвук, отблеск, скрытый огонек их общей страсти. И понятно было, что теперь этот огонек будет во всем, что составляет их отношения.

Ольгин взгляд упал на коробочки, громоздящиеся на столе. Они образовывали гору, которая казалась волшебной.

— Сейчас принесу, — сказал Андрей.

Непонятно, как он заметил ее взгляд в темноте. Впрочем, они оба не заметили, как стали думать и чувствовать если не одинаково, то очень схоже; это постепенно произошло за тот год, что они жили вместе.

Что в какой коробочке находится, в темноте было не разглядеть, но свет все равно включать не стали — открывали крышки, разворачивали бумажки, жевали, что под руку попадалось, и все время смеялись. Потом захотелось пить, и Андрей сказал, что сейчас принесет воды. Тогда они еще считали минеральную воду, разлитую в бутылки, приметой то ли праздника, то ли болезни, и он имел в виду, что нальет воды из крана. Но тут обнаружилось, что среди коробочек имеется еще и огромный картонный стакан, закрытый пластиковой крышкой, и он полон колы, из которой еще даже не совсем вышел газ. Они стали пить эту теплую газировку то поочередно, то прямо вместе, соприкасаясь щеками, губами... И от этого ли соприкосновения, от общей ли сладости на губах их вдруг снова охватило такое желание, как будто ничего не было между ними всего десять минут назад.

— Андрюша... — первой проговорила Ольга; собственное бесстыдство было ей сейчас слаще, чем газировка, которой она чуть не захлебнулась. — Андрюша, я тебя хочу страшно. Просто умираю!

Вместо ответа он стал ее целовать, и тут же обнаружилось, что ночную рубашку она ведь так и не надела, и целует он ее поэтому всю — все ее тело открыто ему совершенно.

В то мгновенье, когда Андрей снова коснулся поцелуем Ольгиных губ — ей показалось, что в их сладости до сих пор чувствуется покалывание газировки, — она услышала:

— Ну что, нашла ты свой родник в ущелье Ота?

В то мгновенье Ольга, кажется, ничего не ответила — вернее, просто ответила на его поцелуй; больше ей ни до чего не было дела. И только потом, когда уже лежали рядом в кровати и дыхание Андрея стало ровным, сонным, она вернулась мыслями к тем его словам и поняла, о каком роднике он говорил.

Андрей всегда следил за тем, что она читает. То есть не следил, конечно, просто ему интересно было, что владеет ее мыслями и чувствами, и он понимал, что книги являются для нее в этом отношении одним из самых сильных источников. И Ольга вспомнила, как недавно, увидев, что она читает «Жизнь» Мопассана, Андрей спросил:

— Зачем ты это читаешь? Думаешь, и у тебя все вот так же в жизни будет?

Ничего такого она не думала. Да ей в кошмарном сне не могло присниться, что у нее может быть такая однообразная, безрадостная, полная разочарований жизнь! Не такой у нее характер, не такой муж, и жизнь ее поэтому не может иметь ничего общего с жизнью Жанны де Во из этого романа. Но родник в ущелье Ота... Ведь именно там Жанна наконец поняла, что такое чувственная страсть. И хотя потом это понимание никак не воплотилось в ее жизни и страсть вскоре иссякла, сменилась горьким разочарованием, но никогда она не забывала, как пила с молодым мужем воду из того родника и как сгорала от желания, которое оказалось сильнее, чем жажда.

Ольга поцеловала спящего Андрея и сразу уснула тоже. Жизнь с ним не обещала ей разочарований.

И жизнь ее не обманула. Спустя двадцать лет он привлек ее к себе таким же нетерпеливым и страстным движением.

Ну да, наверное, все-таки не таким же — привычка не могла ведь не появиться за столько лет в их отношениях, в том числе и в телесных. Но привычка была частью счастья, а не его заменой, в этом состояла их общая тайна, этому удивлялись и, наверное, в большей или меньшей степени завидовали друзья и просто люди, которые их хотя бы мельком знали.

— Андрюшка, — сказала Ольга, — учти, я сонная и вялая.

— Неужели? — усмехнулся он. — А по-моему, ты совсем не против встретить утро вот так вот, а?..

И, еще говоря это, он уже показывал ей, каким именно образом она не против встретить утро. И в общем, он не ошибался, хотя, если бы его не было, ей вряд ли пришли бы в голову — вернее, в тело — чувственные желания.

Ольга была темпераментна, но темперамент у нее был типично женский, то есть не самостоятельный, а ответный; это она знала. И знала — от Андрея, конечно, — что большинство мужчин возбуждает как раз такая вот непервоначальность, ответность женского желания.

Он и сам относился именно к таким мужчинам. Он был единственным мужчиной, которому она хотела вот так вот отвечать.

Раньше, в молодости, и даже не в первой уже молодости, они были изобретательны в выборе положений, движений — во всех своих фантазиях. Но теперь, когда все уже было ими опробовано, внешние перемены и новости перестали их увлекать. Удовольствие, которое они получали от близости, зависело уже не от выдумки, пусть даже очень раскованной и живой, а от знания себя и друг друга.

Если бы Ольге сказали об этом еще лет десять назад, она удивилась бы и, возможно, даже расстроилась, потому что подобная перспектива показалась бы ей скучной. Но теперь, когда такой род чувственности стал не перспективой, а реальностью, он оказался и сильнее, и многообразнее, чем все множество интимных открытий прежних лет.

Они любили друг друга — смысл этих слов, одновременно физический и душевный смысл, кружил им голову больше, чем удовлетворенная изобретательность.

А вот было ли конечное наслаждение сильнее или слабее теперь, чем в прежние годы, этого Ольга не понимала. Оно просто было, и если с годами не стала слабее любовь, то почему оно должно было уменьшиться?..

— Что ж, утро началось неплохо! — Она засмеялась и поцеловала Андрея в нос. — Хотя, честное слово, я все-таки не думала так его встретить.

— Думать вообще надо гораздо реже, чем мы думаем, — заметил он. — В этом, между прочим, состоит твоя выдающаяся способность.

— В чем? — снова засмеялась Ольга. — В том, что я не думаю?

— В том, что ты умеешь не думать именно тогда, когда и надо не думать, не рассуждать. Ты внутренне свободна, поэтому всегда готова к новому и поэтому неизменно добиваешься успеха. В том числе и в любви.

Представление об успехе в любви все-таки связывалось у Ольги с многочисленными победами над многочисленными же мужчинами. В ее случае ничего подобного не было. Но ведь Андрея она действительно любила, если можно так выразиться, успешно, так что его слова были справедливы.

Глава 4

— Ты знаешь, мне как-то даже жалко расчищать этот сад. — Ольга отцепила подол от огромного репейника и пошла дальше по тропинке, которая едва угадывалась между колючими кустами. — Как ни странно, здесь совершенно не заметно мерзости запустения. Наоборот, обаяние какое-то особенное. Ты чувствуешь?

— Не знаю, — пожал плечами Андрей. — Ну, красиво, конечно. У репейника и цветы вон яркие. Но все-таки я смотрю на эти вещи более рационально. Ты, кстати, зря ходишь тут в босоножках, лучше бы сапоги резиновые обула. А то в запустении и змеи могут водиться.

— Ничего здесь не водится, — махнула рукой Ольга. — Лягушки только.

— Как минимум жабы.

— А в чем разница? — тут же заинтересовалась она.

— За что тебя люблю, Олька, так это за твой неугасающий интерес к жизни, — хмыкнул Андрей. — Уникальная ты женщина! Другие уже и в тридцать лет ничем посторонним не интересуются, только если по работе, да и то через силу. А тебе до сих пор не все равно, чем лягушка от жабы отличается. Не знаю чем, — предупредил он. — Но если тебе это важно, сейчас же посмотрю в Интернете.

— В Интернете я и сама могу посмотреть, — улыбнулась Ольга. — А лет мне, между прочим, не так уж и много, так что интерес к жизни у меня еще вполне естественный.

— Ладно-ладно, не делай вид, будто боишься своего возраста. Я же знаю, что не боишься, потому так спокойно о нем и говорю. Ты гармоничная.

Это была правда. То есть Ольга не задумывалась, гармоничная она или нет, но возраста своего в самом деле не боялась. Она его как-то и не замечала пока. Может, потому что мама с ее старческим неувяданием была перед глазами.

Сад был большой и в самом деле очень запущенный. Там, где дальним своим краем он спускался к речке Нудоли, бурьян вырос чуть не выше яблонь, и только по узкой тропинке можно было пройти к нижней калитке. Андрей открутил проволоку, которой калитка была притянута к забору, и они с Ольгой спустились к воде.

Река текла прямо за забором. Она была неширокая, над ее берегами густыми полукруглыми кронами нависали серебристые ивы, и у самой поверхности воды волновалась длинная темная трава.

С прежних времен уцелели деревянные мостки. Правда, выглядели они не очень надежно, и когда Ольга шагнула на них, то поперечные доски задрожали под ее ногами. Но все-таки мостки были широкие и купаться с них было приятно. Она и купалась каждый раз, когда приезжала на дачу.

— Надо будет как-нибудь осторожно мостки обновить, — сказала Ольга. — А совсем перестраивать, мне кажется, не надо. Опоры вон какие прочные. Это, может, вообще мореный дуб.

— Мореный дуб вряд ли, — заметил Андрей. — Но прочные в самом деле, я смотрел. Не волнуйся, мы ничего здесь зря менять не будем.

В его памяти не было того, что составляло счастливейшие воспоминания Ольгиного детства, — тех похожих на сказки историй, которые мама рассказывала ей про чудесный дом на речке Нудоли, который у них когда-то был. Но Андрей все равно относился к этому вновь появившемуся у них дому и саду с понимающей бережностью.

— Искупаемся? — предложила Ольга.

— Давай, — согласился он.

Конечно, ему в такой речушке купаться было неинтересно. Он любил плавать, здесь же просто негде было сделать даже несколько широких гребков. А Ольга плавала плохо, и ей эта речка была в самый раз: неглубокая, в любую минуту можно встать на дно. Она даже не столько плохо плавала, сколько — видимо, из-за чрезмерно развитого воображения — впадала в панику, стоило ей представить, что под ней бездна. На морских курортах она из-за этого плавала только вдоль берега, неподалеку от маленьких детей. Ехидная Нинка, когда еще ездила отдыхать с родителями, предлагала ей вообще не лезть в воду, а вместе с братьями по разуму лепить на бережку куличики из мокрого песка.

Андрей прыгнул с мостков первым. Ольга полюбовалась, как он плывет посередине реки — ему поневоле приходилось плыть вдоль, потому что поперек плыть было некуда, — и тоже спустилась в воду.

Да, все в этой Нудоли было как будто специально для нее приспособлено, и даже вкрадчивые прикосновения речной травы были ей приятны. Она доплыла до лилии, которая тихо покачивалась в стороне от мостков, потрогала ее белые лепестки, подумала про Дюймовочку — как та появилась на свет вот точно из такой же лилии — и поплыла обратно.

Андрей уже ждал ее на мостках. Он сидел у самого их края, опустив ноги в воду, и капли воды сверкали на его плечах так радостно и молодо, что Ольге стало радостно тоже. Он помог ей выбраться из речки, она села рядом и тоже стала болтать ногами в воде.

— Чистая какая река, — сказала она. — Правда же?

— Правда.

От бодрости и лени, охвативших ее одновременно, Ольга прикрыла глаза. Но и с закрытыми глазами почувствовала в голосе мужа улыбку. Ему было приятно сидеть рядом с ней над такой хорошей рекой.

— Холодная только, — добавила она. — Здесь ключи совсем рядом бьют. В лесу. Вот если, знаешь, через луг мимо той большой липы пройти и сразу в лес свернуть, то там они и есть. Это очень близко. Потому всегда вода холодная. Зато она бодрит, правда?

— Правда.

Им обоим было очень хорошо сидеть рядом в прекрасном оцепенении бодрости и лени и разговаривать о каких-то счастливых глупостях. Да и не о таких уж глупостях вообще-то.

— Ты знаешь, — сказала Ольга, — я только теперь начала понимать, как мало человеку надо. Нет, не в толстовском смысле — мол, надо только три аршина земли или сколько там, как трупу. Это все-таки не так, я думаю. Не участок на кладбище, а речка эта нужна, и этот дом, и эти мостки. Но все-таки множество вещей... Как только их получаешь и получше к ним приглядываешься, то сразу понимаешь, что они... Не то что без них совсем уж можно обойтись — это полезные вещи и приятные. Но они тебе довольно быстро перестают быть интересны. Они оказываются очень исчерпаемы, вот что. Думаешь, это какая-то заумь?

— Не думаю. — Андрей положил ей на плечо руку. — Это всем бы нужно понимать. Вот это, что ты сейчас сказала, — об умеренной необходимости большинства вещей. Это нужно понимать каждому современному человеку.

— Да? — Ольга обрадовалась его одобрению. — А почему?

— Потому что жизнь за последние несколько лет очень сильно переменилась. Появилось слишком много возможностей, и человеческий выбор расширился за пределы разумного. Не у всех, конечно, где-нибудь в Сомали выбирать особо не из чего, добыл миску риса и радуйся. Но для человека, который живет в постиндустриальном мире... Это еще Энди Уорхолл понял. Он как раз и писал, что в постиндустриальном обществе каждый человек должен вырабатывать для себя личную систему самоограничений. Такой индивидуальный кодекс самурая.

— Так глубоко я не думала... — проговорила Ольга.

А Андрей всегда думал вот именно глубоко. Точнее, тонко. Да, он был человеком тонкого ума, это еще мама заметила сразу же, как только познакомилась с будущим зятем.

— Это не такие уж и глубокие мысли, — сказал он. — Они практически лежат на поверхности и уже изложены в большом количестве книг. Откуда я их и почерпнул.

— Нет, я все-таки неправильно тебе сказала. — Ольга отвела ногой водоросли от Андреевой ноги. — Все-таки те вещи, ну, интерес к которым быстро исчерпывается, — я без них все равно ни за что уже не хотела бы обходиться. Без одежды красивой, без машины, которую на каждом перекрестке чинить не надо. А как вспомню суповой набор, из которого полжизни суп приходилось варить, так вообще... Нет, не дай бог опять! А в чем тут дело, где грань между излишним и необходимым, не могу я объяснить. Ну и ладно! — Она шлепнула ступней по воде; брызги разлетелись и весело сверкнули под солнцем. — Все-таки, я думаю, лучше сначала расчистить сад, а потом уже домом заняться.

— Как хочешь, — сказал Андрей. — Но только для дома надо будет кого-нибудь другого нанять. Назим хоть и более толковым оказался, чем можно было ожидать, но все-таки топорно работает.

Ни разу в жизни Ольге не пришлось испытать в разговоре с мужем того тягостного, вернее, муторного ощущения, которое с неизбежностью возникало у нее во многих разговорах на вроде бы умные темы с умными вроде бы собеседниками: ненужности, необязательности высказывания. Правда, в молодости это ощущение появлялось редко — страсть беседы даже с едва знакомыми людьми могла возникнуть буквально из ничего, не иссякать всю ночь и под утро не принести разочарования, даже вернувшись на первый свой круг. Но с годами все чаще стало настигать Ольгу то, что она, понимая приблизительность этого определения, как раз и называла ненужностью или просто скукой разговора. Когда знаешь, что надо высказать свое мнение, и внятно высказать, но одновременно с этим знаешь и то, что высказывать его, по сути, незачем. Ничего не изменится ни в мире, ни в тебе самой от того, что ты сформулируешь свое отношение к каким-нибудь утверждениям дзен-буддизма, например, и формулировать мнение на сей счет тебе поэтому совсем не хочется, и кажется, будто тебе гирю к языку подвесили.

А в разговорах с Андреем подобной тягости она не чувствовала никогда.

— Кстати, о машине, — сказал он. — Ты водить-то научилась уже?

— Какой ты быстрый! — засмеялась Ольга. — Не все же такие толковые, как ты.

При своей внешности интеллигента в очках Андрей действительно с ходу приобретал любые навыки, требующие правильно приставленных рук. Когда-то, в первый год их совместной жизни, Ольга потрясена была тем, что он каким-то загадочным для нее образом понял устройство водопроводных труб, и не только труб, но еще каких-то рычажков, гаек, непонятных соединений — и починил горячую воду в их квартире на Большой Бронной, хотя вся сантехническая система в старом доме была до того запущенная, что не всякий слесарь решался к ней подступиться.

И вторую половину комнаты Андрей оклеил тогда обоями один, и легли они ровно. Ольга подозревала, что его первоначальная неумелость была связана лишь с тем, что он думал совсем не про обои, когда клеил их вместе с молодой женой...

— У меня завтра будет первое вождение с инструктором, — сказала она. — По-моему, я с места не смогу стронуться. Нет, честное слово! Говорят, сцепление плавно выжать — это выше человеческих возможностей.

— Говорят часто глупости, — заметил Андрей. — А сцепление тебе в будущем вряд ли понадобится. Купим тебе машину с автоматической коробкой, и все.

— А какую мы купим мне машину? — сразу воодушевилась Ольга. — Давай красную!

— Давай, — улыбнулся Андрей. — А модель тебя не интересует?

Ольга смутилась. Модель в самом деле интересовала ее меньше, чем цвет будущей машины.

— Ну, что-нибудь красивое, конечно, — сказала она. — И не очень большое.

На очень большую машину ей было жалко денег. Да и необходимости в каком-нибудь могучем джипе не было: подъезд к дачному дому был хороший даже зимой, а в городе такая машина и вовсе, на Ольгин взгляд, была неудобна.

— Пойдем, — сказал Андрей, вставая. — Тещенька, наверное, уже завтрак приготовила. А я от купания так проголодался, что зубы сводит.

Вставая на мостках, Ольга полюбовалась мимоходом на своего голого мужа. Берега Нудоли так заросли ивами и еще какими-то приречными деревьями и кустами, что в купальниках и плавках здесь просто не было необходимости. Да и участок при доме был такой большой, что соседей в обозримом пространстве встретиться не могло: у каждого из них были свои сходы к воде.

В полотенцах необходимости не было тоже: Ольгино ситцевое платье так же легко впитывало речную влагу, как и Андреевы льняные брюки. Легкость и удобная простота всей этой дачной одежды нравились ей чрезвычайно.

И то, как долго они идут через свой огромный запущенный сад, как цепляются ее волосы за корявые ветки старых яблонь, как шелестит в густом кусте орешника, растущего на прямой дорожке к дому, какая-то пестрая птица, — все это ей нравилось тоже. Просто очень нравилось!

Глава 5

Говоря мужу, что не сумеет стронуться с места, Ольга нисколько не кривила душой. Машина представлялась ей каким-то особенным существом, не живым, но и не мертвым — неуправляемым, вернее, управляемым такими правилами, в которые Ольга не представляла себе как сможет вмешаться.

Видимо, когда она села за руль учебной «девятки», все эти мысли были написаны у нее на лице, потому что инструктор посмотрел на нее с сочувствием.

— Не волнуйтесь, — сказал он. — Рано или поздно все равно научитесь. Все как-то ездят же, почему у вас не получится?

Его слова Ольгу не успокоили. Да она и не очень-то их поняла: сосредоточена была на том, чтобы не перепутать педали тормоза, газа и сцепления.

— Сначала отрегулируйте сиденье, — сказал инструктор; кажется, перед этими словами он обреченно вздохнул. — Так, чтобы вам были видны все зеркала. И дорога впереди. И чтобы просто было удобно.

Ольга не могла вообразить, чтобы ей могло быть удобно на водительском месте, но указание послушно выполнила — поелозила сиденьем вперед-назад.

— Убедитесь, что рычаг на нейтральной передаче. Теперь включайте зажигание, — сказал инструктор. — Поворачивайте ключ, — уточнил он, заметив, что Ольга не поняла, что должна делать. — Ну вот, а теперь плавно выжимайте сцепление.

К собственному удивлению, сцепление она сразу выжала именно так, как следовало, то есть плавно. И перевела рычаг на первую передачу, и нажала на газ... Правда, когда машина тронулась с места, Ольга испугалась. Но на тормоз все-таки не нажала, а поехала вперед.

— Глаза не закрывайте, — сказал инструктор.

— Разве я закрываю глаза? — не глядя на него, спросила Ольга.

— Пока нет. Но лицо у вас такое, как будто вот-вот закроете.

— Я не буду, — пообещала она.

Поездили немного по кругу на площадке, повернули налево, направо... К пятому повороту Ольга почти успокоилась, даже, ей показалось, руль стала крутить довольно лихо.

— Уже хорошо, — сказал инструктор. — Теперь поехали на улицу.

— Как?! — ужаснулась Ольга. — Я по улице не смогу!

— Отлично сможете. — Его голос звучал спокойно. — И у меня ведь дублирующие педали есть, не забывайте. Не бойтесь — вперед.

Как она выехала на улицу, это Ольга сознавала неясно. Сияли в густой синеве вечернего летнего неба купола Новодевичьего монастыря; как всегда это с ней бывало в минуты сосредоточенного испуга, она отметила лишь самую маловажную подробность.

Инструктор попался понимающий — в основном молчал, а если говорил, то его слова звучали толково и как-то обнадеживающе.

— Направо, — говорил он. — Вы не показали поворот. Ничего страшного, покажите, еще не поздно. Отлично. Теперь только прямо. В ближайшее время поворотов не будет.

И поворотов действительно не было. Ольга ехала прямо. Он молчал. Потом он сказал, что сейчас будет поворот налево без стрелки, и его голос прозвучал так просто, что Ольга даже не испугалась этого кошмарного поворота, хотя никогда не могла себе представить, как это можно повернуть налево перед потоком несущихся на тебя машин.

Но повернула же как-то, к собственному изумлению.

— Сегодня ведь суббота, — словно расслышав это изумление не в словах — какие там слова, у нее горло свело от напряжения! — а во всем ее состоянии, сказал инструктор. — Машин не так уж много. Мы приехали, Ольга Евгеньевна. Вы молодец.

Машина стояла у въезда на учебную площадку.

Небо в самом деле было прекрасного темно-синего цвета, и купола Новодевичьего в самом деле горели всем своим чистым золотом. Теперь Ольга видела все это ясно, полным взглядом.

— Неужели я правда сама? — улыбаясь глупейшей счастливой улыбкой, проговорила она. — Правда сама проехала по улицам? Мимо всех машин?

— Правда. — Инструктор тоже улыбнулся. — Вы будете отлично водить, и вам это понравится. Поверьте мне.

Он говорил так, что ему в самом деле можно было верить. Ольга впервые разглядела его лицо.

Ему было лет тридцать пять, наверное. Он смотрел на нее и улыбался.

— Спасибо, — сказала она. — Вы так хорошо умеете учить! Как вас зовут?

— Сергей, — ответил он. — Сергей Игнатович.

Это было не отчество, а фамилия. С ударением на «о».

«Красивое имя и красивая фамилия», — чуть не сказала Ольга.

Она была так взволнована, что ей необходимо было сказать глупость. Но все-таки она от этого удержалась и просто улыбнулась этому хорошему человеку. Конечно, хорошему! Разве плохой человек стал бы говорить, что она молодец, просто из-за того, что она проехала полкилометра за рулем?

— Я всегда с вами буду ездить? — спросила Ольга.

— Если во время моей смены записаны.

— Я только к вам буду записываться! — горячо уверила она. — Сейчас сессия, и я по работе могу выбирать. Только к вам!

— Спасибо. — Он снова улыбнулся. Его улыбка не казалась приклеенной к лицу, как кажутся многие улыбки, обращенные к посторонним людям. — Вы в каком институте преподаете?

— В Инязе на Остоженке. То есть он уже Лингвистический университет давно, но я все по привычке — институт да институт.

— Сейчас на работу поедете?

— Да, — кивнула она. — У меня сегодня зачет. То есть не у меня, конечно, а у студентов.

Ей было так легко, так весело, что сердце у нее пело от восторга.

— Давайте я вас отвезу, — предложил он.

— Спасибо, что вы! — воскликнула Ольга. — Я и на метро отлично доеду.

— Зачем же вам ехать на метро? У меня на сегодня работа закончена, и мне совсем не трудно вас подбросить, — сказал он.

Его тон, взгляд, весь его вид были отмечены такой простой доброжелательностью, что возражать было даже как-то неловко.

— Спасибо, — сказала Ольга. — Если вам по дороге — с удовольствием.

Они поменялись местами — он сел за руль.

Поехали по Пироговке, свернули под мост на Зубовской площади. В выходной, да еще летом, улицы в самом деле не были так оживлены, как обычно; пока сидела за рулем, Ольга этого не замечала.

— Как я по Москве буду ездить, все-таки не представляю, — сказала она. — Я ведь, ко всему прочему, и ориентируюсь плохо. И это еще мягко сказано, что плохо. Пространственный идиотизм — так честнее будет.

— Да ведь это ерунда, — сказал Сергей. — Сначала по навигатору будете ездить. А потом и так освоитесь.

Ольга и сама, конечно, собиралась сразу же купить этот волшебный прибор, но все-таки опасалась, что ей и навигатор не поможет. А он сказал об этом со спокойной уверенностью, и она тоже сразу уверилась в том, что сможет легко ориентироваться на московских улицах. В самом деле, все же ездят как-то!

Ольга благодарно посмотрела на Сергея Игнатовича. Он смотрел на дорогу, но, наверное, почувствовал ее взгляд и тоже взглянул на нее.

— Какая у вас машина? — спросил он.

— Пока никакой, — ответила Ольга. — У мужа «Фольксваген», а какую мне купить, мы пока не знаем.

— Наверное, не решили еще, какой хотите цвет?

Он чуть заметно улыбнулся. Видимо, все дамы, которых он обучал вождению, подходили к выбору машины одинаково.

— Ага, — кивнула Ольга.

— Под цвет глаз выбираете?

— Да нет, все-таки не до такой степени глупости! — засмеялась она. — И к тому же коричневая или серая машина слишком незаметная, а мне с моими выдающимися способностями надо что-нибудь яркое, чтобы все водители издалека меня видели.

— Да ведь у вас глаза не коричневые, — возразил он. — И не серые.

— Ну да, серединка на половинку.

Глаза у нее были какого-то непонятного оттенка, который она и обозначала как смесь серого с коричневым.

— У вас глаза аметистовые.

— Какие?! — поразилась Ольга.

Она никак не ожидала от инструктора по вождению таких поэтических определений! Да и при чем здесь аметист? Ведь он сиреневый, таких и глаз-то не бывает.

— В каталоге «Ниссана» есть такой цвет, — объяснил Сергей. — На первый взгляд и правда кажется серо-коричневым. А присмотришься — аметистом отливает. Красивый цвет.

— Может, «Ниссан» и купить? — сказала Ольга.

Что-то ее смутило в его словах. Хотя интонация была совершенно спокойная — он сказал об аметистовом цвете ее глаз точно таким же тоном, каким советовал ей отрегулировать сиденье.

— «Ниссан» — хорошая машина.

— Мы с вами потом обязательно это обсудим, ладно? — сказала Ольга. — Марку, модель... А то я в этом ничего не понимаю. Приехали, — заметила она. — Быстро как!

Машина остановилась у входа в институт. Каждый раз, приходя на работу, Ольга мимолетно радовалась, что работает именно здесь, в этом красивом старинном особняке. Он был построен для московского генерал-губернатора, но его передали Институту иностранных языков не по реквизиции, а из благотворительных побуждений, еще до революции.

— Приятно в таком здании работать, — сказал Сергей.

Вряд ли он читал ее мысли — скорее красота этого здания рождала их у любого человека.

— Да, — кивнула Ольга. — Спасибо, Сергей. До встречи!

Она вышла из машины, помахала ему рукой и пошла ко входу в особняк.

Как хорошо начинать день с уменья! После утренней езды настроение у Ольги было такое, что хоть на одной ножке прыгай, как в детстве. И погода такая прекрасная, и небо синее, и солнце, и купола те, на Новодевичьем, так радостно сияли... Такие определения не казались ей сейчас стандартными — она словно увидела все это особенным, промытым взглядом. И надо же, всего лишь потому, что научилась чему-то новому... Как все в жизни просто, и как прекрасна эта простота!

Глава 6

Дел сегодня в институте у Ольги было немного. Собственно, одно только дело и было: принять зачет по спецкурсу, который она весь год читала у четверокурсников.

Вообще-то Ольга преподавала французский язык, то есть лекций не читала, а только вела практические занятия. Но этот небольшой лекционный спецкурс был ее собственным изобретением и предметом ее гордости. Она и материал для него подобрала совсем новый, и убедила декана поставить его в учебный план.

Лекции были посвящены переводам, которые были сделаны русскими поэтами XX века. Но это была лишь внешняя канва, внутренним же стержнем, ради которого Ольга эти лекции и затеяла, была возможность посмотреть на поэзию иначе, чем это удается и обычному читателю, и литературоведу, — как будто через магический кристалл. Ольге казалось, что переводы таким кристаллом как раз и являются и что, наблюдая, как переводили стихи Пастернак, Цветаева, Ходасевич, можно понять в этих поэтах что-то такое, чего иначе понять нельзя.

В общем, когда она прочитала этот спецкурс впервые, то сделала это просто с упоением. И даже теперь, пять лет спустя, это занятие не стало для нее рутинным.

Ольга приехала вовремя, но студенты уже толпились возле аудитории, в которой был назначен зачет.

— Что это вы сегодня такие пунктуальные? — удивилась она.

— Так футбол сегодня, Ольга Евгеньевна! — весело ответил Дима Мальцев, самый разбитной четверокурсник. — Наши с Аргентиной играют. Вот сдадим зачет — и в спортбар.

— Вы еще сдайте сначала, — хмыкнула Ольга. — А где играют, в Аргентине? — поинтересовалась она.

К футболу Ольга была равнодушна, но, если матчи проходили в Москве, старалась оставаться дома — из-за диких футбольных фанатов, которые неистовствовали в центре независимо от выигрыша или проигрыша обожаемой команды.

— У нас играют, в Лужниках, — ответил Дима. — Но это еще не скоро, не волнуйтесь, Ольга Евгеньевна.

— Ладно, о футболе забудем на время, — сказала Ольга. — Заходите в аудиторию.

Группа, у которой она принимала зачет, понравилась ей еще с момента поступления, когда она начала вести в этой группе французский язык. А теперь, к четвертому курсу, эти ребята стали еще интереснее, глубже. Они читали, они думали, у них была какая-то внутренняя жизнь, и приметы этой жизни, которые Ольга могла наблюдать, казались ей содержательными.

И даже когда они просто отвечали по билетам — не все, конечно, но некоторые, — разговаривать с ними ей было интересно.

Диме достался вопрос о переводах Иннокентия

Анненского. Отвечал он бойко, и Ольга уже хотела его остановить, когда он вдруг сказал:

— А все-таки, Ольга Евгеньевна, мне непонятно: хороший Анненский переводчик или плохой?

— Почему же тебе это непонятно, Дима? — улыбнулась Ольга.

— Потому что Бодлера, например, он так перевел, что ни одного слова от него не оставил. Что сам захотел, то и написал. Зачем тогда переводить? Пиши свое. Или, например, когда Еврипида переводил, вы же сами говорили, то такие понятия ввел, которых в Античности и близко не было.

— Какие же, например?

На этот раз Ольга сдержала улыбку. Она видела, что Диму все это почему-то волнует. В нем вообще чувствовался тот прекрасный юношеский трепет, который, как принято было думать, в современной молодежи отсутствовал напрочь.

— Например, совесть. Или еще — раскаяние. Это же все позже появилось, с христианством. А когда Еврипид писал, никаких таких понятий не было!

— Не понятий, Дима, — сказала Ольга. — Слов таких не было. А понятия, я думаю, были. Вряд ли люди так разительно облагородились с появлением христианства, что у них вдруг совесть появилась. Она просто стала ими осознаваться. То есть название для нее нашлось, определение. Да, оно появилось позже, чем Еврипид писал свои трагедии. Но у кого совесть в принципе была, тот и без специальных терминов знал о ее существовании.

— Но все-таки ведь Анненский от себя про совесть написал, — упрямо не соглашался Дима. — В оригинале этого слова нет. И, может, Еврипид совсем другое что-нибудь имел в виду.

— Просто Анненский понимал, что имел в виду

Еврипид, — сказала Ольга. — И хотел, чтобы его читатель тоже это понимал. Независимо от времени. А я, когда рассказывала вам об этом, тоже хотела, чтобы вы понимали, что так переводить возможно. Не обязательно переводить именно так, но это возможно. Потому что это лежит в области искусства.

— Ну, я понимаю вообще-то... — проговорил Дима. — Но все-таки как Гумилев переводил, мне больше нравится. Точно, ясно.

«Просто тебе сам Гумилев больше нравится, — подумала Ольга. — Рыцарь без страха и упрека».

Ей приятно было об этом думать. На душе у нее было легко и хорошо, и ей приятно было думать, что есть на свете мальчики, которых волнует, правильно ли переведен Еврипид, и которым нравится рыцарственная прямота Николая Гумилева.

Все это было частью того душевного согласия, в котором проходила ее жизнь. Кому-то могло показаться однообразным такое течение жизни, но Ольга знала ему цену. Точнее, понимала его бесценность.

— Иди, Дима, — сказала она. — Материал ты знаешь. А прав Анненский или не прав, когда так уязвимо напоминает о совести, это ты со временем сам решишь.

Зачет Ольга приняла довольно быстро, но, как это часто бывало, сразу же нашлись дела, из-за которых ей пришлось задержаться в институте сначала на час, потом еще на час и еще.

Новая и до невозможности бестолковая кафедральная лаборантка Наташа потеряла папку с рецензиями на прошлогодние курсовые работы, из-за этого в личных делах пятикурсников не хватало документов, им не хотели выдавать дипломы, и Ольге пришлось искать папку вместе с Наташей, а когда папка нашлась, то нескольких рецензий в ней почему-то не обнаружилось, и пришлось их восстанавливать.

Пришел завкафедрой и сообщил, что просит Ольгу присутствовать на ученом совете, так как он подозревает, что будут внесены какие-то посторонние и бессмысленные предложения по учебному плану их кафедры, а он против, и, разумеется, в случае чего выступит против, но было бы очень неплохо, если бы в этом самом случае аргументов было побольше... Конечно, Ольга осталась на ученый совет, хотя, как выяснилось, зря, потому что никаких таких предложений внесено не было.

В общем, из института она вышла ближе к вечеру в состоянии чуть досадливой усталости. Ольга была совсем не против обыденности, но только тогда, когда обыденность имела осмысленные формы или хотя бы цели. Тратить же время на повседневные дела, которые изначально выглядели пустыми, казалось ей глупым.

Андрей позвонил, когда она только что перешла с Остоженки на Пречистенку.

— Что случилось? — спросил он.

Ольга поразилась его прозорливости. Правда, ничего особенного с ней не случилось, но как же он догадался, что она досадует на так бездарно проведенные полдня?

— Ничего не случилось, — ответила она. — Уже иду домой.

— Здрасьте! — возмутился он. — Я ее полчаса возле книжного жду, а она, оказывается, еще домой решила зайти! Ты что, переодеваться собралась?

— Господи! — ахнула Ольга. — А я...

— Что — ты?

— Ничего! Уже бегу, Андрюша! Там в книжном

кафе хорошее, ты пока зайди, кофе выпей. Я через полчаса буду!

— Да уж разберусь как-нибудь, что мне делать, — проворчал муж, впрочем, без раздражения, так, для порядка. — Не переодевайся, Олька, ты и так прилично выглядишь.

«Надо же быть такой дурой! — думала Ольга, стоя у обочины бульвара на Пречистенке. — Как я могла забыть?»

О том, что они с Андреем сегодня идут в Консерваторию, она в самом деле забыла напрочь. Хотя инициатива похода, как обычно, принадлежала ей: Андрей был не то чтобы совсем равнодушен к музыке, но легко довольствовался тем, как она звучала дома, на хорошей аппаратуре, и поэтому не чувствовал потребности ходить на концерты. А Ольга любила не только саму музыку, но тот трепет, которым она наполняла предназначенный для нее зал. Этот трепет, хотя Ольга и стеснялась подобных слов, казался ей волшебным, и именно ради него она ходила в Консерваторию.

И вот пожалуйста — забыла!

Вдобавок они договорились встретиться за час до концерта, чтобы побродить этот час по книжному магазину на Никитском бульваре. Они делали такие вот набеги на книжные примерно раз в месяц, и это доставляло обоим просто-таки физическое удовольствие. И хождение вдоль стеллажей, и разговоры с продавщицами, которые в книжных магазинах все, как на подбор, были умненькие и приветливые, и множество незнакомых интеллигентных людей вокруг, и, главное, радостное сознание того, что они на целый месяц обеспечены хорошим чтением и что жизнь их от этого приобретает осмысленный и приятный облик.

Как назло, ни одна машина не желала останавливаться, чтобы подвезти опаздывающую женщину до Никитского бульвара. В центре вообще стало трудно поймать машину: гастарбайтеры, промышляющие на «джихад-такси», ездить вблизи Кремля опасались, хозяева дорогих лимузинов и даже их шоферы не стремились подработать частным извозом, а официальные таксисты туда-сюда впустую не разъезжали — лениво дежурили возле многочисленных бутиков и ресторанов Тверской и требовали за поездку от «Националя» до Пушкинской площади столько, сколько по совести должна была бы стоить дорога куда-нибудь в аэропорт.

«Честное слово, научусь машину водить! — сердито пообещала себе Ольга. — И научусь, и буду!»

В конце концов ее все-таки подхватила какая-то юркая облезлая машинка, водитель которой, похоже, просто маялся бездельем в выходной день и не прочь был завести знакомство. В этом своем желании он, правда, был не слишком навязчив и до Никитского бульвара довез Ольгу быстро.

Андрея она нашла в кафе. Он сидел за столиком у окна и наблюдал за хорошенькой блондинкой, болтающей по телефону на улице, в шаге от него. Вид у него при этом был такой сосредоточенно-изучающий, словно блондинке, довольно, кстати, вульгарной, предстояло сделаться объектом исследования его психологической лаборатории. Ольга несколько секунд постояла у входа в кафе, глядя на мужа, а потом засмеялась и подошла к нему.

— Девушку изучаешь? — спросила она.

Андрей вздрогнул.

— Вечно ты подкрадываешься! — сказал он. — Да, интересно. Она только что здесь, в кафе, сидела. И тоже по телефону разговаривала. Про карвинг. Это что такое, не знаешь? Я так понял, что-то вроде химзавивки. И мне вот интересно, она и сейчас про него разговаривает или уже про что-то более осмысленное?

— Сейчас она разговаривает про мелирование, — сказала Ольга. — Я когда мимо нее проходила, то слышала. Такая же у него технология, как у колорирования, или другая.

— Интересно... — проговорил Андрей.

— Что тебе интересно? — еле сдерживая смех, спросила Ольга.

— Какая-то другая жизнь... Совершенно мне непонятная.

— Ну и бог с ней! — Ольга наконец засмеялась. — Вот прямо полжизни ты потерял из-за того, что не знаешь, чем мелирование от колорирования отличается!

— Нет, это другое... Да ладно, в самом деле! Ну что, пойдем или кофе выпьешь?

Кофе Ольга вообще-то выпила бы, но ей жаль было задерживать мужа. И так он уже от ожидания изныл, цепляясь вниманием за всякие случайные глупости.

В магазине Андрей сразу отправился в отдел мемуаров — сказал, что хочет посмотреть книгу о режиссере Таирове, которую написал Михаил Левитин. У Левитина в театре «Эрмитаж» они бывали часто, и поэтому книга была Андрею любопытна, хотя вообще-то о Таирове он только слышал, как что-нибудь слышал о нем едва ли не каждый человек, время от времени бывающий в театре, а специально никогда им не интересовался.

Ольга осталась в зале художественной литературы. Ей вообще больше нравилось бывать в книжном мире одной — она сразу впадала в такое странное состояние рассеянности и сосредоточенности, в котором не хотелось разговаривать даже с мужем.

Она шла вдоль стеллажей, брала в руки книги, просматривала, ставила обратно... Пока ей не попалось ничего такого, что остановило бы внимание, но времени до концерта оставалось еще достаточно, а Ольге так нравилось само это движение вдоль сплошного книжного потока, что она не торопилась.

Отдел художественной литературы примыкал к отделу технической; Ольга чуть не забрела туда. Народу там было немного: видимо, в субботу люди отдыхали от своих профессий. Возле полки с какими-то фундаментально выглядящими книгами стояла только одна пожилая пара и что-то увлеченно обсуждала.

Ольга прислушалась к этому разговору машинально, так, как привыкла она прислушиваться ко всем разговорам в книжных магазинах, ведь они велись не втайне и всегда бывали интересны. Но из разговора этих немолодых мужчины и женщины она не поняла ни слова: он сплошь состоял из технических терминов.

Она уже хотела вернуться к своим стеллажам, но тут что-то в беседе интеллигентных старичков задержало ее внимание. Она даже не сразу догадалась, что именно, а когда догадалась, то замерла, не столько прислушиваясь, сколько приглядываясь к ним.

Ее поразил даже не смысл — его она не понимала, — а тон их разговора, тот живой интерес, который ясно чувствовался в нем. Сначала ей показалось, что интерес этот относится к теме, то есть к книге, которую они рассматривали вдвоем. Но потом она заметила, что книга была лишь поводом, хотя, наверное, и веским поводом, а интерес был связан с тем, что старички разговаривали не с кем-то вообще, а именно друг с другом.

«Это что такое?» — с недоумением, даже с некоторой оторопью подумала Ольга.

Это была та живость чувств, которая не имеет ничего общего ни со старческой сентиментальностью, ни тем более с привычкой. В каждом слове, в каждом взгляде, обращенном друг к другу, чувствовалась такая свежесть, которую встретишь не у всякой молодой парочки из тех, что целуются в метро на эскалаторе.

— Ну как, нашла что-нибудь?

Голос Андрея прозвучал неожиданно. Обернувшись, Ольга увидела, что тележка, которую он катит перед собой, уже полна книг.

— Ого, сколько! — сказала она. — А я ничего пока не нашла. На парочку вон на ту засмотрелась, — понизив голос, добавила она.

— А что в них такого особенного? — удивился Андрей. Но, присмотревшись к старичкам, которые не обращали ни на него, ни на Ольгу ни малейшего внимания, сразу сказал: — А!.. Понятно.

— Что тебе понятно?

Ольге было интересно, что именно увидел он в них и какие выводы сделал.

— Пойдем, пойдем, — сказал Андрей. — Нам в технической литературе вроде бы делать нечего. — И добавил вполголоса: — Что понятно, потом расскажу.

По дороге к кассе Ольга все же захватила несколько книг и для себя — она с удовольствием читала детективы, к которым Андрей был равнодушен.

Они вышли на улицу.

— Я не удивилась бы, если бы это были типичные старосветские помещики, — сказала Ольга, знная, что Андрей поймет, о ком она говорит. — Пульхерия Ивановна и Афанасий Иванович нежно, тихонько, привычно, по-стариковски любят друг друга, это понятно. Но эти... Мне, знаешь, сначала показалось, что они молодожены. А потом присмотрелась — явно нет. И все равно, такая живость между ними... Удивительно!

— Да ничего удивительного, — пожал плечами Андрей. — Так и должно быть.

— Как — так?

— Любовь и должна длиться очень долго. Это влюбленность сходит легко, как позолота.

— Попробуй одно от другого отличи, — улыбнулась Ольга. — Позолота знаешь какая бывает правдоподобная!

— Ну, насчет технологических особенностей позолоты я не знаю, а влюбленность отличить можно: это отождествление себя с объектом, — сказал Андрей.

Ольга улыбнулась: он произнес это таким лекционным тоном, как будто объяснял первокурснице основы своей психологической науки. Как она любила этот тон, за которым скрывалась тонкость чувств ее мужа!

— А любовь? — спросила она.

— А любовь, как я уже сказал, и должна длиться долго, — повторил Андрей. — Длительность заложена в самой ее сути. Если вернуться к технологическим сравнениям, то она — как хорошая кирпичная кладка, которая с годами крепнет. Но любовь может быть длительной только у тех людей, которые способны к творчеству. По своей профессии такие люди с творчеством могут быть совершенно не связаны, вот как эти старички, они ведь, похоже, технари. Творчество, о котором я говорю, есть скорее способность к постоянному саморазвитию. Те люди, которые такой способностью обладают, как раз и могут бесконечно находить в любви новые грани и нюансы. Те же, кто творческой способности лишены, для поддержки в себе чувств нуждаются в постоянных сменах объекта. Это непонятно? — поинтересовался он.

— Это понятно, — улыбнулась Ольга. — Только вот в жизни редко встречается.

— Да почему же редко? — пожал плечами Андрей. — Наши с тобой отношения — самый простой пример такой вот кирпичной кладки.

— Технолог ты мой! — засмеялась Ольга. Она приподнялась на цыпочки — Андрей был гораздо выше ее ростом — и поцеловала его в висок. — Ты прав, как всегда. Пойдем, а то на концерт опоздаем.

Уже в зале, когда зазвучала музыка — исполняли Моцарта, — эти слова снова всплыли в ее легко клубящемся сознании.

«Кирпичная кладка... — подумала она. — С годами крепнет... Да, правда. Как хорошо!»

Глава 7

В июле в Москве установилась такая жара, что не только подростки, но даже взрослые купались в фонтанах, и милиция взирала на это с разморенной снисходительностью.

Ольга считала уже не дни, а часы до каждой поездки в Тавельцево. Конечно, было бы лучше совсем перебраться туда, хотя бы на время жары, но это не получалось ни у нее, ни у Андрея: в вузах началась вступительная эпопея, и оба они были в ней задействованы.

В вынужденном городском сидении хорошо было лишь то, что Ольга усиленно училась водить машину. Теперь она ходила на занятия каждый день. Попасть к Сергею Игнатовичу удавалось при таком плотном графике не всегда, но и другие инструкторы оказались не хуже. Все они говорили, что Ольга делает успехи, да она и сама это замечала.

— Вы делаете успехи, — сказал и Игнатович после очередного занятия с нею.

Они уже наездились по городу и вернулись к учебной площадке. Кондиционера в машине не было, а открытые окна лишь впускали в нее жару, но Ольга была так рада своим успехам, что не замечала этого. Да и общение с Сергеем неизменно поднимало ей настроение. Без видимых причин, наверное, просто из-за устойчивости и надежности, которые, Ольга чувствовала, от него исходили.

— Спасибо, — улыбнулась она. — Это ваша заслуга.

— Все-таки в первую очередь ваша.

Он был немногословен, но это тоже входило в понятие надежности, а потому Ольге нравилось. Учиться водить машину под руководством человека, который производит ненадежное впечатление, было бы неприятно.

— У меня даже азарт какой-то появился, — сказала она. — Хотя вообще-то я совсем не азартна.

Ольга была не только не азартна — она не склонна была откровенничать с малознакомыми людьми. Но этот молчаливый инструктор с первого же занятия вызвал у нее доверие, да и благодарность. Что бы он ни говорил, а она связывала свои успехи именно с его педагогическим талантом.

— Я тоже не азартный, — сказал он.

— Да про вас такого и не подумаешь.

— Почему?

— Вы и азарт — это, мне кажется, несовместимо. Извините, — спохватилась она.

— За что?

Он улыбнулся той своей улыбкой, которая, Ольга еще в первый день заметила, не меняла выражения его глаз.

— Ну... Людям обычно неприятно, чтобы их оценивали посторонние. Им тогда кажется, что за ними наблюдают исподтишка.

— А вы не наблюдаете?

— За вами? Нет! — засмеялась Ольга. — Я сижу, вцепившись в руль, и вижу перед собой только дорогу, дорожные знаки и все эти приборы и ручки.

Она положила руку на рычаг переключения передач и посмотрела на Сергея. Он смотрел на ее руку. Ольге вдруг показалось, что он коснулся ее. Это было странно, и она смутилась. Но необычное ощущение тут же исчезло. В Сергее Игнатовиче совсем не было того внутреннего дребезжания, которое она сразу чувствовала в нервных людях, и поэтому его взгляд не мог вызывать тревогу.

— Ведь мы закончили? — спросила она.

Ольга не услышала в этом своем вопросе уверенности, хотя еще минуту назад была вот именно уверена, что занятие окончено, и собиралась выйти из машины.

Игнатович ответил:

— Да.

Почти невозможно было расслышать перед его ответом паузу — размышления, колебания? — но Ольга все-таки расслышала.

— Но если вы хотите, можем позаниматься еще немного, — тут же произнес он. — На площадке. У вас параллельная парковка не очень уверенно получается. А менты на экзамене всех женщин заставляют ее делать.

— Почему именно женщин? — удивилась Ольга.

Интерес вытеснил то краткое смущение, которого она почти и не успела ощутить.

— Потому что ее все женщины плохо осваивают. Ну а ментам, сами понимаете, только этого и надо.

— Конечно, позанимаемся на площадке, — кивнула Ольга.

Они въехали на учебную площадку, возле которой всегда начинались и заканчивались занятия. Ольга рулила по ней уже довольно умело. Но парковка, вот эта самая, параллельная, действительно давалась ей плохо. Правда, арка, ведущая в их двор, была перекрыта воротами, поэтому посторонние туда не въезжали и машинам жильцов хватало места даже с избытком, так что ей вроде бы не предстояло в будущем втискиваться в узенькие промежутки между чужими машинами. Но технику парковки все равно следовало освоить, это понятно. Хотя бы для того, чтобы получить права; Ольга вовсе не собиралась их покупать.

На площадке Сергей сначала вышел из машины и, стоя сзади, знаками показывал Ольге, подавать ей еще вглубь или уже останавливаться. Но потом он открыл дверцу и, заглянув в машину, сказал:

— Теперь давайте самостоятельно. Иначе никогда не научитесь. Не бойтесь, я буду рядом.

И снова что-то странное почудилось ей в этих его словах. Хотя он, безусловно, имел в виду лишь самое простое — что у него, как у инструктора, имеются дублирующие педали, и поэтому ученица может не беспокоиться.

Сергей сел в машину. Ольга снова и снова въезжала на обозначенный разметкой пятачок для парковки, но каждый раз все-таки пересекала эту разметку, и безжалостный Игнатович просил ее повторять заезд. Она безропотно делала еще один круг по площадке и снова принималась парковаться.

— Все! — наконец взмолилась Ольга. — Сергей, сил моих больше нет! Давайте отдохнем хоть пять минут. А то у меня уже глаза наперекосяк, все равно правильно сейчас не припаркуюсь.

— Глаза наперекосяк? — Он повернулся к ней и вгляделся в ее глаза. — Да вроде бы нет. Ну, отдыхайте.

Ольга хотела выйти из машины, чтобы хоть немного размяться — от того, что она сидела, вцепившись в руль, и пристально вглядывалась в зеркала, у нее затекли руки и шея, — но сделать это ей не удалось.

За окнами вдруг словно бы встала пелена тумана. Ольга даже не сразу поняла, что случилось, и только мгновенье спустя сообразила, что это не туман, а дождь. Он обрушился сверху сплошной завесой, и эта завеса не шумела даже, как всегда шумит завеса дождя, а гудела, будто водопад. Когда Ольга была с Андреем в Америке, именно так гудела Ниагара, которую они ездили смотреть.

— Ничего себе! — воскликнула она. — Только что ведь солнце светило!

— Нет, — сказал Сергей. — Давно уже тучи собираются. Просто вы на парковке сосредоточились, вот и не заметили, — улыбнулся он.

Ольга опустила оконное стекло и выглянула было наружу, но в лицо ей сразу же плеснуло холодной водой, и она зажмурилась, как кошка, не вовремя высунувшаяся с дачного крыльца. У них на даче недавно поселилась такая кошка, до невозможности чистоплотная и осторожная; мама назвала ее Агнессой. На дождь Агнесса смотрела с такой брезгливостью, будто он лично ее оскорблял.

— Ого! — весело сказала Ольга, поскорее поднимая стекло. — Носа не высунуть.

— Скоро кончится, — сказал Сергей. — Минут через десять. Это же летний дождь.

Капли летнего дождя так приятно холодили лицо, что Ольга не стала их вытирать.

— Придется нам с вами в машине посидеть, — сказала она. — Дождь и правда ведь, наверное, ненадолго. Вы как, ничего?

Веселость, которой она не могла сдержать, беспечная и в общем беспричинная, наверное, передалась и Сергею. Он снова улыбнулся, что было ему вообще-то совсем не свойственно.

— Я ничего, — сказал он.

— Если хотите, я что-нибудь расскажу, — предложила Ольга. — Чтобы вам не скучно было. Это же из-за меня вы тут застряли. Из-за моей параллельной парковки. Или, если хотите, то вы что-нибудь расскажите.

— Расскажите вы, — сказал Сергей.

— Что же вам рассказать? — задумчиво проговорила Ольга. — Про вступительные экзамены, может? Нет, это не очень интересно... А, вот что! — вдруг вспомнила она. — Довольно непонятная история.

История эта пришла ей на память не случайно: она произвела на Ольгу сильное впечатление, и природа этого впечатления в самом деле была ей не совсем понятна, а потому история все никак не шла у нее из головы, хотя произошла уже довольно давно, с месяц назад, наверное.

— У нас дача в Тавельцеве, — начала Ольга. — Это под Клином, может быть, вы слышали.

— Слышал, — кивнул Сергей. — У меня бабка с

дедом рядом жили, в Чудцеве. Я к ним мальчишкой каждое лето приезжал. Дом и сейчас там стоит.

— Да? — почему-то обрадовалась Ольга. — Ну тогда вы знаете, какие это места. Но в Чудцеве, кажется, речки нет, а у нас дом на речке стоит, на Нудоли. Прямо на берегу. И у всех домов, которые с нами рядом, тоже сады к речке спускаются. А через речку, от нас неподалеку, был мостик. Небольшой такой, речка ведь неширокая. По нему все в магазин ходили. И вот он сломался. Опоры сломались, они старые были, а настил уже потом течением снесло. Все думали, мостик через неделю-другую заново сделают, ну, должен же кто-то этим заниматься, сельсовет, что ли, или как это теперь называется — администрация. Даже ходили туда вроде бы. Но там вроде бы сказали, что починят этот мостик после дождичка в четверг, потому что в километре от нас есть нормальный шоссейный мост, а этот, оказывается, был какой-то самодельный, и никто за него не отвечает. Ну, предположим, нам не трудно и на машине в магазин съездить, по шоссейному мосту, но не у всех ведь машины. Справа от нас, например, три старушки живут, сестры, они, как только на пенсию вышли, то на даче и поселились. И машины у них нет, и на велосипеде они ездить не могут. В общем, им без этого мостика совершенно невозможно, да и остальным стало очень неудобно.

Ольга посмотрела на Сергея — не слишком ли подробно она рассказывает, не скучно ли ему? Он смотрел на нее так внимательно, словно она говорила что-то неизмеримо важное; она даже смутилась от того, как прямо он смотрел ей в глаза. У него глаза были необыкновенного зеленого цвета — она только сейчас заметила.

— Ну вот, — отводя взгляд, продолжила Ольга, —

мостик, конечно, сделать не очень дорого, но ведь надо деньги собрать, стройматериалы купить, рабочих нанять, проследить за ними. Кто этим будет заниматься? Ни времени ни у кого, ни желания. Я уже думала, придется все-таки нам за это браться, и вдруг в выходные вижу — сосед делает. Никого не нанял — сам. И опоры уже вбил, и доски привез для настила. Когда мой муж вечером приехал, уже все готово было.

Дождь лил не переставая. За окнами по-прежнему стояла белая гудящая стена. Ольга вспомнила, что в тот день, когда сосед Александр Венедиктович построил мостик через Нудоль, тоже лил дождь, но только с утра, а потом прекратился. Распахнув окно на втором этаже, чтобы вдохнуть запах мокрых деревьев, она увидела у реки соседа, но не могла понять, что это он делает. Александр Венедиктович ходил вдоль берега между своим домом и домом трех сестер, отмерял шагами расстояние, вбивал какие-то колышки... То есть тогда Ольга еще не знала, что его зовут Александром Венедиктовичем. И что до пенсии он работал инженером космических ракет с самим Королевым, тоже не знала. Она просто видела в окно кряжистого пожилого мужчину в штормовке и только по этой штормовке догадывалась, что он, наверное, дачник, а не деревенский, потому что деревенские носили обычно если не ватники, то камуфляж. Да и походка у него была какая-то не деревенская, хотя, чем деревенская походка отличается от городской, она объяснить не смогла бы. А жил он ровно на стыке деревенской и дачной улиц, так что по этому признаку его тоже было не отличить.

Да, в тот день тоже лил дождь. И еще тот день

был похож вот на этот, сегодняшний, радостью, которой они оба были отмечены в Ольгином сознании.

— Знаете, как сосед этот мостик сделал? — Она снова взглянула на Сергея.

И замолчала. Ей хотелось, чтобы он произнес хотя бы слово. Слишком внимательно он ее слушал, это вызывало у нее непонятное смущение.

— Как? — словно услышав ее желание, спросил он.

Его голос был такой же прямой, как и взгляд; она успокоилась.

— Как раз напротив дома трех сестер, — сказала Ольга. — Тех старушек. Это непонятно, да?

— Почему? — пожал плечами он. — Все понятно.

— Вот! — радостно воскликнула Ольга. — Мне тоже кажется, что это очень даже понятно. И вполне естественно. Но не для всех, оказывается.

Она вспомнила следующий день после того, в который был построен мостик. Андрей уехал в воскресенье утром, чтобы миновать вечерние пробки на въезде в Москву, а у нее понедельник был свободен, и она осталась еще на день. И пошла гулять к реке, но не по своему саду, а по лугу, так, чтобы рассмотреть вблизи новый мостик.

И об этом она тоже рассказывала Сергею теперь, когда они сидели с ним в тесноте кабины, отделенные от всего мира стеной сплошного дождя.

— Если бы со мной разговаривал марсианин, то я, наверное, поняла бы его лучше, — сказала Ольга. — Или, во всяком случае, лучше сумела бы ему объяснить, как все есть на самом деле. А этому я ничего объяснить не могла.

«Этому» — означало еще одному соседу, не Александру Венедиктовичу, а другому. Этот сосед жил в первом доме на деревенской улице.

Когда Ольга вышла через луг к новому мостику, он уже был там — стоял на берегу, выбирая сеть.

— Здравствуйте, — сказала Ольга. — Я думала, здесь рыбы совсем нету. Муж ловил, но ничего, кроме двух плотвичек, не поймал.

— Так он, наверно, на удочку ловил, — не здороваясь и не отрываясь от своего занятия, сказал сосед.

Он был одет как раз в камуфляж, новенький. Ольга не понимала, почему местным жителям так нравится это одеяние, на ее взгляд, отвратительное.

— На удочку, — подтвердила она.

Ей было неловко разговаривать с человеком, который стоит к ней спиной, но его это, похоже, ничуть не беспокоило.

— На удочку ловить — задаром время терять, — сказал он. — Сетью надо. Или глушануть. Раньше-то не так было. Мы мальцами много рыбы ловили.

Он наконец обернулся. Его широкое лицо было гладким, без единой морщины, хотя он был уже немолод, лет семидесяти, наверное. Такой явный признак здоровья на его лице выглядел почему-то неприятно. Он широко улыбнулся. Зубы у него тоже были здоровые, ровные.

— Да... — не зная, что сказать, проговорила Ольга. — А я мостик пришла посмотреть.

— Мостик? Потеха, ё... — Он матюкнулся мимоходом, беззлобно, и снова улыбнулся.

— Почему потеха? — удивилась Ольга.

Мат, которым большинство людей, и не только в деревне, не ругались даже, а просто разговаривали, до сих пор резал ей уши. Если бы собеседник был студентом, она одернула бы его. Но одергивать взрослого постороннего человека было все-таки неудобно.

— Так дурак делал потому что, — улыбаясь, объяснил сосед. — Я в окно смотрел — оборжался. Сначала вроде напротив своего дома затевал. Потом, вижу, в сторонке начал вымерять. А после и совсем вбок отодвинулся. Через три часа глянул, а он уже черт знает где опоры вбивает! Ну не дурак?

— Но почему? — все еще не понимала Ольга.

Сосед посмотрел на нее с сожалением, как на неразумное дитя.

— Сам же он мостик-то оплатил, — чуть не на пальцах показывая, объяснил он. — Своими деньгами. А сделал где? До своего дома метров сто берегом! А берег-то глянь как зарос, ни пройти, ни проехать. Покуда он до мостика доберется, семь потов с его сойдет. А зимой? Говорю же, дурак, — махнул рукой он.

— Но он же напротив другого дома сделал! — воскликнула Ольга. И уточнила, думая, что сосед не понимает: — Напротив старушек.

Тот взглянул на нее с искренним недоумением:

— А старухи при чем? Они что, деньги ему давали?

— Он действительно не понимал, о чем я говорю, — глядя на залитое дождем лобовое стекло, сказала Ольга. — Это было так странно!

— Почему же странно? — спросил Сергей.

— Потому что мы с ним как будто бы говорили на разных языках. Нет, даже не так: он как будто бы видел какой-то другой мир, не такой, как я, вот что меня поразило. Да, именно так! — Ольга только сейчас поняла, что же поразило ее тогда, и обрадовалась этой наконец пришедшей догадке. — Он видел только, что сосед почему-то сделал мостик далеко от своего дома, но что он сделал его рядом с домом старушек, для него как будто бы и не существовало. Как будто бы он этого дома трех сестер просто не видел.

— Конечно, не видел, — сказал Сергей. — Выше лба глаза ведь не растут.

— Что-что? — переспросила Ольга.

— Каждый видит только то, на что ума у него хватает, — объяснил он.

Это было сказано так точно, что Ольга засмеялась.

— Не обижайтесь, Сергей, — тут же спохватилась она. — Я потому смеюсь, что вы мне в трех словах все объяснили. А ведь я действительно не могла понять, в чем тут дело, почему он не видит то, что я вижу. Потому что он деревенский, а я городская? Да нет, я в себе этого снобизма не ощущаю... А оказывается, потому что каждый и видит только то, что способен понять. Выше лба глаза не растут! Это правда.

Она смотрела на Сергея так, будто увидела впервые. Конечно, из-за этих его точных слов — они словно осветили не лицо его даже, а весь облик каким-то новым светом. Этот свет делал отчетливыми и твердый абрис скул, и неожиданно тонкий изгиб губ, и необычность зеленых глаз... Ясность и простота его облика были так хороши, что от одного взгляда на него Ольгино сердце залилось счастьем.

Ей хотелось смеяться снова и снова. Она и смеялась бы, если бы не боялась его обидеть. Она видела, что и он сдерживает в себе что-то. Может быть, тоже желание смеяться?

Так они сидели, глядя друг на друга, и не находили, как выразить то, что чувствуют.

Неожиданно Ольга поняла, что гула и шума за окном больше нет. И сплошной белой стены нет тоже — дождь кончился.

«Как жаль!» — мгновенно мелькнуло у нее в голове.

Но тут лицо Сергея осветилось чистым вечерним солнцем, от этого оно сделалось еще выразительнее, и ее сожаление исчезло так же мгновенно, как и возникло.

Он был очень красивый. Как же она раньше этого не замечала? Впрочем, красота у него была мужская, то есть сильная именно тем, что не бросается в глаза.

Ольга смотрела на него как завороженная. А он смотрел на нее так же, как раньше. Только теперь она поняла, что он и раньше смотрел на нее как завороженный.

— Кончился дождь...

Она не проговорила, а прямо-таки пролепетала это. И судорожно сглотнула.

— Кончился, — как эхо откликнулся он.

Они снова замолчали. Тесное пространство между ними было наэлектризовано так, словно дождь прошел не на улице, а в машине. И даже не дождь прошел — словно гроза отбушевала прямо здесь и оставила после себя сплошное море электричества.

При мысли о том, что вот сейчас она откроет дверь, выйдет на улицу и все это кончится, Ольге стало страшно. Хотя что — все? Она не знала.

— Я на завтра записалась, — так же беспомощно пролепетала она. — На завтрашний вечер. На занятие.

— Я буду вас ждать, — сказал Сергей.

Его голос прозвучал с обычным спокойствием. Но в его глазах спокойствие смешивалось с растерянностью.

Ольга чувствовала себя так, как, наверное, чувствовала себя героиня сказок ее детства, попавшая в зачарованное царство: не могла пошевелить ни рукой, ни ногой. И видела, что с Сергеем происходит то же самое.

Все-таки он первым сбросил с себя оцепенение — вышел из машины, открыл Ольгину дверцу... Ольга по-прежнему сидела неподвижно, и он протянул ей руку. Но она выбралась из машины сама: невозможно было коснуться его руки; она не представляла, что произойдет, если она это сделает.

Ольга не помнила, как простилась с ним, как дошла до метро. Кажется, он предлагал ее подвезти, ну да, конечно, предлагал, но она отказалась.

И только в метро она немного отдышалась, огляделась и пришла в себя.

«Что это было? — с недоумением подумала Ольга. — Наваждение какое-то! Надо поскорее забыть».

И тут же сознание подсказало ей другой вопрос: «Зачем?»

Воспоминание о том, как они с Сергеем сидели в машине, отгороженные от всего мира сплошной стеной дождя, было так прекрасно, что забывать его совсем не хотелось. Оно окутывало Ольгу чистым облаком счастья.

Она вышла из метро на Пушкинской, пошла к Патриаршим прудам, к своему Ермолаевскому переулку... И поняла, что идти домой ей в общем-то незачем. Андрей уехал в Нижний Новгород на семинар, вернуться должен был только через три дня, Нинка и вовсе не сообщала, когда вернется из Ольвии, хотя ее археологическая практика давно была окончена... Представив, что после прекрасного дождя, от которого ей так свободно, так легко сейчас дышалось, придется провести ночь в душной городской квартире, Ольга поежилась. Нет, в этом не было совершенно никакого смысла.

Она вернулась обратно на Пушкинскую площадь и снова спустилась в метро. Ехать было недалеко, и электрички вечером ходили часто.

Глава 8

Мама читала, сидя на веранде; Ольга увидела ее от самых ворот. На столбах веранды висели фонари, лампочки прятались в них за золотистыми стеклами. Такие же фонари, только маленькие, на тонких ножках, были расставлены вдоль садовых дорожек. Они сами собой загорались с наступлением темноты и казались в траве необыкновенными сверкающими грибами. Из-за рассыпанного по всему саду света дом выглядел сказочным, тем самым, про который Ольга читала в детских книжках. Ей тогда представлялось, что во всех сказках описывается один и тот же дом и что именно в нем сосредоточено все счастье мира.

Теперь этот дом стоял перед нею, освещенный мерцающими фонариками.

Мама не удивилась ее приезду. Она вообще удивлялась редко, но не от равнодушия, а потому, что жизнь многое успела ей показать.

— А я как раз хотела тебе звонить, — сказала она, спускаясь с веранды навстречу Ольге. — Что тебе в городе сидеть? Можно и отсюда на работу ездить. Половина Тавельцева так и делает.

— Вот научусь машину водить и тоже буду, — сказала Ольга.

И сразу вспомнила, как Сергей Игнатович смотрел на нее зелеными растерянными глазами. И счастье снова тронуло ее сердце.

— Я ужин не готовила, — сказала мама. — Но еда с обеда осталась.

— Да я не голодная, — возразила было Ольга.

Но мама уже ушла в дом, и оттуда донеслось звяканье посуды.

Ольга осталась на веранде одна. Счастье не уходило из ее сердца. Все время, пока мама не вышла на веранду с подносом, на котором стояли тарелки, она чувствовала, как счастье тревожно гуляет у нее в груди.

— Что ты, Оля? — спросила мама, расставляя тарелки на столе.

— Ничего. — Ольга тряхнула головой и добавила, чтобы отвлечься от счастья: — А у тебя обед такой, как будто ты гостей ждала.

— Обыкновенный обед, — пожала плечами мама. — Суп вчерашний, жаркое тоже. Просто я привыкла готовить. Меня, знаешь, так поразило, когда я узнала, что не в каждом доме бывает обед, — вспомнила она. — Я к подружке своей школьной пришла, к Анеле, она в Замоскворечье жила с мамой и маленькой сестрой. Мама у нее на заводе работала. Страшно бедно они жили, как и большинство тогда, впрочем.

— Это перед войной было? — рассеянно переспросила Ольга.

Она слушала маму вполуха, думая о своем.

— Да, в тридцать девятом году. Я в десятом классе училась. Дома у нас тоже никакой роскоши не было, но обед готовили всегда, я даже не представляла, что может быть иначе. А Анеля с мамой и сестрой вместо обеда пили чай с черным хлебом. Иногда бывал сахар. Такое вот советское счастье.

— А этот дом тогда уже был? — спросила Ольга. — Вот этот, в Тавельцеве?

— Был, — кивнула мама. — Папа его почти сразу же купил, как только в Москву приехал. Тогда, правда, дачи не покупали, а получали в специально отведенных местах, и только те, кому положено было. По тем же самым правилам, по которым Анеле был положен на обед чай с хлебом. Но, видимо, для папы сделали исключение, все-таки он очень хороший врач был, им дорожили. А может, просто для демонстрации. Мол, товарищи эмигранты, возвращайтесь в СССР, здесь вам будет хорошо. Как бы там ни было, но этот дом ему купить разрешили.

— А ты до войны жила здесь, ма? — спросила Ольга.

— Почти нет. Мне же семнадцать едва исполнилось перед войной, ну что мне было в деревне делать? Тем более мама уже с апреля сюда переезжала, папа весь день на работе, московская квартира свободна... А отдельная квартира — это же невозможная редкость была в то время, и все мои друзья у меня собирались. Так что в Тавельцеве я до войны только редкими наездами бывала. Нинку вон тоже калачом сюда не заманишь.

— А в соседних деревнях ты кого-нибудь знала?

— Да я и в самом Тавельцеве никого почти не знала, — улыбнулась мама. — Даже среди дачников. Все друзья у меня были в Москве, и вообще вся моя жизнь была московская — после Франции я ею упивалась. А кто тебя в соседних деревнях интересует?

— В Чудцеве, я слышала, Игнатовичи жили.

— Игнатовичи? Не знаю, — пожала плечами мама. — Это твои знакомые?

— Нет, — сказала Ольга. — Их я не знала. Но знаю их внука.

И тут же поняла, что это не так. Ведь она совсем ничего не знает о Сергее Игнатовиче и, кстати, не знает даже, Игнатовичи ли были его бабушка с дедушкой. Может, это было родство с материнской стороны и фамилия у них была другая.

Она не знала о Сергее ничего. Но мысли ее возвращались к нему снова и снова, и самые неважные мелочи, связанные с ним, приобретали в ее мыслях какой-то огромный масштаб.

— Я пораньше лягу, — пытаясь избежать этих мыслей, сказала Ольга. — Мне завтра на работу рано, надо хоть немного выспаться. Я ведь и не собиралась вообще-то сегодня приезжать, как-то неожиданно получилось.

Спать Ольге совсем не хотелось, но так же не хотелось ей, чтобы мама почувствовала, в каком счастливом смятении она находится. Мама была проницательна и почувствовать это могла вполне.

— Ложись. Я еще почитаю.

Мама посмотрела на нее с тем мимолетным вниманием, которого Ольга как раз и опасалась. Этим вниманием она всегда выхватывала главное, что было в человеке вообще и в его сиюминутном состоянии в частности.

— Что ты читаешь? — чтобы отвлечь от себя это мамино внимание, спросила Ольга.

Она надеялась, что в ее голосе прозвучит интерес к книге, который маму и обманет.

— Мемуары Тенишевой, — ответила мама. — Неля вчера приезжала и привезла. Я, знаешь, заметила, что одни мемуары в последнее время и читаю. Возраст, Оля, возраст! Очарование вымыслов сходит как позолота, и интересна становится только правда.

— Ну, у Нели-то возраст еще не такой уж большой, — возразила Ольга.

Шестидесятилетняя Нелли была средняя из сестер Луговских. Правда, много лет она считалась младшей — до тех пор, пока во Франции не обнаружилась Мария.

— Потому Неля мне эти мемуары и отдала, — сказала мама. — Не возись с посудой, Оля, я сама уберу.

Ольга оставила тарелки на столе, поцеловала маму и ушла в дом. Когда она поднималась по лестнице, ей казалось, что мама смотрит ей вслед с тем самым мимолетным вниманием, от которого не скроешь сильных чувств.

Глава 9

Если бы Оля была не Оля, а какая-нибудь посторонняя женщина, то Татьяна Дмитриевна подумала бы, что она влюбилась.

Она с детства обладала способностью улавливать трепет и смятение, которыми сопровождались в людях сильные и в силе своей всегда тревожные чувства. У маленькой девочки такая способность могла бы показаться странной, но Таня умела ее скрывать. Даже не скрывать, а сдерживать. Она вообще была сдержанная, характером удалась в отца. Однако при такой природной сдержанности у Танечки никогда не было недостатка в поклонниках. Теперь, в старости, она даже немножко жалела свою единственную дочь. Конечно, муж Оле попался очень достойный, но поженились они рано, и за хорошего мужа ей пришлось заплатить единственностью любовного чувства. Впрочем, ее это, похоже, не угнетало: Оля была цельной натурой, и дробное восприятие мира, одним из проявлений которого являются многочисленные любовные увлечения, вообще было ей не свойственно. Еще в детстве, когда ее подружки то собирали марки, то ходили в драмкружок, то занимались бисероплетением, Оля изучала французский язык, потому что собиралась посвятить этому всю свою жизнь. И для того чтобы заниматься этим единственным избранным делом, ей нисколько не приходилось себя ограничивать — она просто занималась тем, что ей нравилось, и не испытывала в связи с этим ни зависти к подружкам, ни хотя бы любопытства к тем бесчисленным занятиям, которые они так самозабвенно перебирали.

Сначала Татьяна Дмитриевна предполагала, что французский язык является для ее дочери тем, что называют одной, но пламенной страстью, но вскоре заметила, что Оля отдается своему занятию вовсе не со страстью, а со спокойным, ровным вниманием. Однако и вялости, за которую такое внимание можно было бы принять, в ней не было нисколько.

Ни вялой холодности, ни жесткой ограниченности — в ней не было ничего, что могло бы свидетельствовать об ущербном восприятии жизни. Да, дело было лишь в том, что ее дочь была цельной натурой. Это Татьяна Дмитриевна поняла еще в Олином детстве, и ни разу за сорок лет у нее не было повода усомниться в таком своем понимании.

И вдруг сегодня она почувствовала в дочери такую тревогу, которой в Оле не было прежде никогда, за это она могла поручиться.

Это было так удивительно, что Татьяна Дмитриевна даже не поверила себе.

«Просто я, наверное, сама растревожилась, — подумала она. — Юность вспомнила... Как странно! Не думала, что чувства могут тревожить в воспоминаниях».

Татьяна Дмитриевна сидела на веранде, фонарики мерцали над нею, посверкивали в траве, давно пора было спать, но память ее была взбудоражена, и она не ложилась — понимала, что надо дать своей памяти волю.

Таня ходила в школу уже второй месяц, но возможность полюбить свою новую жизнь или хотя бы к ней привыкнуть с каждым днем становилась все более призрачной.

Все здесь было иначе, чем в Париже, ну просто все! Вечерами в кровати Таня плакала, как маленькая, и лишь природная сдержанность не позволяла ей разрыдаться в голос, так, чтобы прибежала мама.

В парижской жизни была тонкая непредсказуемость; только в Москве Таня поняла, как она была прекрасна. Понимание, что теперь вместо той непредсказуемости, той летящей прелести каждого дня будет что-то совсем другое, и будет всегда, — это понимание как раз и заставляло ее плакать. Как назвать это теперешнее «другое», Таня не знала. Может быть, грубость? Да, пожалуй. Московская жизнь была невыносимо груба, неутонченна.

«Зачем мы сюда приехали? — вытирая слезы углом одеяла, думала Таня. — Немцы, возможно, и не станут еще воевать с французами. А если станут, то не обязательно выиграют войну. А если выиграют...»

Дальше развивать эту мысль ей все-таки не хотелось. Представить, как она стала бы жить в Париже под властью фашистов, было невозможно.

Но Москва все равно не становилась ей милее; с этим ничего нельзя было поделать.

Школа, в которую она поступила, была неподалеку от дома. Но небольшое расстояние от Ермолаевского, в котором они жили, до Леонтьевского переулка, где находилась школа, Таня каждый день преодолевала с таким трудом, будто это была каторжная дорога, ведущая прямо в Сибирь.

Переходя Тверской бульвар, она с завистью смотрела на маленьких детей, которые гуляли с мамами и нянями по весело хрустящей, посыпанной мелким гравием аллее. Счастливые, им не надо в школу! А у нее первый урок история, и придется отвечать о разнице между Эрфуртской и Готской программами немецких социал-демократов, а она понятия не имеет, что это за программы такие, потому что всю ночь читала «Мадам Бовари» и выучить урок не успела.

Стоило Тане подумать о школе, как ноги ее делались чугунными, а сердце тоскливо сжималось.

«Ничего, — говорила она себе, — ничего, ничего. Осталось всего две недели. Потом экзамены, а потом каникулы. И снова в школу только осенью».

Но сами эти слова, «снова в школу», даже произнесенные лишь мысленно и по отношению к отдаленному будущему, нагоняли на нее еще большую тоску.

А когда здание школы — красивое вообще-то, похожее на пряничный домик, — вырастало в просвете между домами Тверского бульвара, к которому примыкал Леонтьевский переулок, то тоска переходила в безнадежное уныние.

Но предаваться унынию было уже некогда: звонок слышен был на улице, и Таня взбежала на школьное крыльцо.

В класс она влетела за минуту до исторички Мастеровой, чуть не столкнувшись с нею в дверях. Та посмотрела на Таню с неодобрением, но ничего не сказала и даже, кажется, замедлила шаги, чтобы ученица Луговская успела занять свое место рядом с Петей Вересовым.

— Что это с тобой? — шепотом поинтересовался он.

У Вересова был повод для недоумения: за все время, что Таня Луговская училась в девятом «А» классе, она не опоздала на уроки ни разу.

Объяснять Пете про «Мадам Бовари» не хотелось, да, к счастью, и не пришлось: историчка всегда начинала урок сразу, с порога, не оставляя ученикам времени на посторонние разговоры.

В том, что ее сегодня непременно спросят, Таня не сомневалась: у нее было чутье на неприятности, во всяком случае, на вот такие, мелкие; считать невыученный урок крупной неприятностью она все же не могла.

И точно.

— Луговская, к доске! — раздался металлический голос Мастеровой.

Пока Таня шла к доске, чугун в ее ногах стал по меньшей мере вдвое тяжелее. Хотя разве может стать тяжелее чугун? Уж какой есть.

«Что за глупости в голову лезут?» — успела еще подумать Таня и тут же услышала:

— Расскажи нам, что ты знаешь о Готской программе немецких социал-демократов.

Историчка всегда подчеркивала это «ты» и «нам», когда спрашивала Таню. Словно проводила между нею и всем классом черту. Таня не страдала мнительностью и подозрительностью, а потому была уверена, что это ей не мерещится.

И конечно, именно Готская программа! Впрочем, вопрос о программе Эрфуртской был бы ничем не лучше.

— Я ничего не знаю о Готской программе, Надежда Петровна, — сказала Таня, глядя в маленькие серые глаза исторички.

А что еще она могла сказать?

— Интере-есно... — еще больше сощурив глаза, протянула Мастеровая. — Почему, можно тебя спросить?

— Потому что... — Таня запнулась. Но выдумывать какие-то несуществующие причины она все-таки не видела смысла. — Я вчера увлеклась книгой и читала до утра.

— И что же это была за книга?

— «Мадам Бовари» Флобера.

— И на каком же языке ты читала Флобера? — не отставала Мастеровая.

— На французском, — с удивлением ответила Таня.

— Почему?

— Но ведь она написана на французском...

Таня произнесла это осторожным тоном, чтобы Мастеровая не подумала, будто она считает ее дурой. Хотя почему «будто»? Таня ведь именно дурой ее и считала.

— Существует русский перевод, — поморщилась Мастеровая. — Раз ты живешь в нашей стране, то должна читать на ее языке.

Что на это ответить, Таня не знала. Что книги лучше читать на том языке, на котором они написаны? Ей казалось, это само собой разумеется...

К счастью, историчка и не ожидала от нее ответа.

— Ладно, Луговская. — Она вздохнула так тяжело, словно призывала весь класс посочувствовать своей тяжкой доле — вот, мол, с кем приходится иметь дело! — Готской программы ты не знаешь. Расскажи тогда, что ты знаешь о немецкой социал-демократии вообще.

О немецкой социал-демократии Таня знала примерно то же, что и обо всех ее программах, то есть ничего. Зачем ее об этом спрашивать? Она ведь сказала, что не выучила урок!

— Я не выучила сегодня урок, — повторила Таня.

— Это я уже слышала, — поморщилась Мастеровая. — Потому и даю тебе последнюю возможность избежать неудовлетворительной оценки. Живя в Европе, ты не могла ничего не слышать о такой сильной социал-демократии, как немецкая. Вот и расскажи нам, что ты слышала.

— Ничего, — повторила Таня. — Я не слышала о

ней ничего. В Европе все говорят только про немецкий фашизм.

«И только поэтому мы уехали из Европы», — хотела добавить она.

Но не добавила, потому что вдруг подумала, что это, может быть, не вся правда. Из обрывков родительских разговоров, которые она стала все чаще слышать в последнее время, можно было сделать и другие выводы.

— Фашизм — сознательный выбор немецкого трудового народа, — ледяным тоном отчеканила историчка.

— В этом весь и ужас, — сказала Таня.

— Не понимаю, что ужасного ты видишь в фашизме, — пожала плечами та. — Руководство нашей партии и страны рассматривает Гитлера как своего союзника в борьбе с мировым империализмом.

Мастеровая проговаривала каждое слово внятно, словно гвозди вколачивала. И с каждым словом Таня чувствовала, что ее первоначальное легкое раздражение против исторички превращается в настоящее возмущение.

— Гитлер антисемит! — воскликнула она. — Он ограничивает права евреев, отнимает у них имущество! Разве этого мало, чтобы считать его...

— Он отнимает имущество у представителей эксплуататорских классов, — перебила ее историчка. — Это, к твоему сведению, называется экспроприацией экспроприаторов и является важнейшей частью классовой борьбы. В нашей стране этот процесс начался после Великой Октябрьской социалистической революции и привел к созданию великого государства рабочих и крестьян. Надеюсь, хотя бы это тебе известно, — язвительно добавила она.

— Но это же совсем другое! — задыхаясь от возмущения, воскликнула Таня. — Это... — Она хотела сказать, что отнимать чье бы то ни было имущество вообще нельзя, но в последнюю секунду поняла, что говорить это бесполезно. Да и не это казалось ей главным в неожиданно возникшем споре с историчкой. — Гитлер унижает людей из-за их национальности! Он измеряет циркулем строение их черепов и после этого отправляет их в концентрационные лагеря. И немцы это одобряют! Но как же можно одобрять такое? И что же будет дальше? Людей начнут убивать за то, что у них черепа не такой формы, какую считает правильной Гитлер? А душевнобольных людей он уже убивает, когда отправляет в лагеря! Потому что они ведь не могут жить без врачебной помощи!

Таня чувствовала, что от волнения говорит все менее правильно — французские конструкции просвечивают в русских фразах.

— Прекрати кричать, Луговская, — поморщилась историчка. — Кто тебе сказал эту ерунду про душевнобольных?

— Об этом пишут все французские газеты!

— Французские газеты занимаются клеветой.

— Гитлер диктатор и скоро начнет войну! Он захватит всю Европу!

— Вот что, Луговская... — Лицо исторички стало красным, потом белым. Потом она медленно приподнялась на стуле и развела руки, словно хотела защитить класс от Тани. — Эту буржуазную пропаганду оставь для разговоров у себя дома. А в школе будь добра учить уроки как положено. Садись — «неудовлетворительно»!

Она посмотрела на Таню с ненавистью. Мало сказать: с ненавистью — из ее глаз будто выметнулись стальные иглы.

Возражать ей было невозможно. Можно возражать словам, мыслям. Но этому ненавидящему взгляду...

Таня повернулась так стремительно, что скользнул по паркету каблучок ее туфли, и выбежала из класса.

Глава 10

Она летела по Тверскому бульвару, и гравий не успевал скрипеть у нее под каблуками.

«Это совсем другие люди! — лихорадочно мелькало у нее в голове. — Они думают совсем по-другому, чем... Чем люди! Я не могу с ними жить, никогда не смогу!»

Обычная сдержанность изменила Тане настолько, что если бы слезы не стояли у нее в горле, то она даже не думала бы все это, а выговаривала бы вслух, просто выкрикивала.

«Зачем папа нас сюда привез? — судорожно пытаясь сдержать слезы, думала она. — Мама не хотела ехать в Москву, я знаю. И... никто не хотел!»

Она вдруг вспомнила, как накануне отъезда пришел проститься на бульвар Пастера, где они снимали квартиру, Иван Алексеевич Зеленин, папин однокурсник по Петербургской военно-медицинской академии. Он и теперь работал вместе с папой в клинике, но не врачом, а санитаром. Папа говорил, это из-за того, что Иван сгубил свой талант пьянством, а мама возражала — не пьянством, а ностальгией.

Тем вечером, впрочем, Иван Алексеевич выпивал немного. О причине посиделок — отъезде Луговских в Москву — не было сказано ни слова, но мысль об этом висела в воздухе, и атмосфера за столом казалась мрачной. Во всяком случае, Таня чувствовала ее именно такою и поэтому ушла спать пораньше, сказав, что устала, собирая вещи в дорогу.

На самом деле она не устала нисколько, дело было вовсе не в этом. Тоска лежала у нее на сердце, и мрачный вид Ивана Алексеевича и его молчание лишь усиливали эту тоску.

Дверь в ее комнату была закрыта неплотно, и она слышала разговоры за столом. Если можно было назвать разговорами короткие незначительные фразы, которыми обменивались взрослые.

— Что же ты делаешь, Митя? — вдруг услышала Таня.

Голос Ивана Алексеевича прозвучал с таким глухим отчаянием, что она насторожилась.

— Ты о чем, Ваня? — спросил отец.

В папином голосе, напротив, не слышалось ничего, кроме обычной его ровной сдержанности.

— Сам ты все прекрасно понимаешь, — ответил Иван Алексеевич. — И куда едешь, и к кому — не можешь не понимать. Вот я и спрашиваю: что ты делаешь?

— Я не люблю риторических вопросов, Иван. Да и ты, насколько мне известно, тоже.

Тане показалось, что она видит, как папа поморщился. Хотя сквозь узкий дверной просвет ничего из происходящего за столом она видеть, конечно, не могла.

— Хорошо, спрошу иначе: если тебе все равно, что будет с тобой, то неужели так же все равно, что будет с твоей дочерью? Это, по-твоему, тоже риторика?

— Это не риторика. Это пустой пафос.

— Не такой уж пустой. — Странно, что Иван Алексеевич не обиделся на резкость, с которой папа произнес эту фразу. — Неужели ты не понимаешь, что Таню они заставят работать на макаронной фабрике? И это еще в самом лучшем случае.

Тут в разговор наконец вмешалась мама.

— Ваня, — нежным своим, тихо звенящим голосом сказала она, — все уже решено. Зачем теперь объяснять? Через год, не позднее, в Париже будут немцы. По-моему, это достаточное объяснение нашего отъезда.

— Сие никому не известно, — отрубил Иван Алексеевич. — А вот что большевики мостят тундру людскими костями, известно доподлинно. Желаете поучаствовать в освоении красного Севера?

Теперь Тане показалось, что она видит растерянность в маминых прекрасных глазах.

— Прекрати, Иван. — Папин голос прозвучал совсем уж резко. — Тебе и так понятно все, что касается моего отъезда. Я в этом уверен.

Молчание повисло за столом. Иван Алексеевич прервал его первым.

— Да, — сказал он. — Понятно, Митя. Я, знаешь, когда к вам сегодня шел, то всё стихи вспоминал. Молодой какой-то поэт, никому не известный. Я его книжечку еще в Берлине купил. Тоже к вам в гости тогда шел, на Тауенцинштрассе, и в книжную лавку случайно по дороге завернул. Книжечка потом при переездах затерялась, и стихи я долго вспомнить не мог. Вот, сегодня только вспомнил.

И он прочитал ровным глухим голосом:

Бывают ночи: только лягу,
в Россию поплывет кровать;
и вот ведут меня к оврагу,
ведут к оврагу убивать.

Он читал дальше и дальше — про покров благополучного изгнанья, который защищает этого поэта... И вдруг закончил резко и отчаянно, как будто на последнем в жизни выдохе:

Но, сердце, как бы ты хотело,
чтоб это вправду было так:
Россия, звезды, ночь расстрела,
и весь в черемухе овраг!

— Такие вот стихи, — помолчав, сказал Иван Алексеевич. — А под немцами в самом деле жить нельзя. Это я еще в Берлине понял, хотя тогда они были настроены сравнительно вегетариански.

Больше про отъезд Луговских в Россию тем вечером не говорили.

И вот теперь Таня бежала по Тверскому бульвару, в горле у нее стояли слезы, и ей казалось, что она уже работает на макаронной фабрике. Сплошная макаронная фабрика была вокруг нее, ничего больше!

— Таня! — вдруг услышала она. — Таня, постой!

Останавливаться не хотелось — из-за слез. Из горла они поднялись уже к глазам, вот-вот готовы были пролиться, и этого никто не должен был видеть. Но все же Таня замедлила бег и, не останавливаясь совсем, на ходу обернулась.

По аллее быстро шел Дима... Дима... Как же его? Он был Таниным одноклассником, но фамилию его она не могла сейчас вспомнить. Да и его имя вспомнила лишь потому, что оно совпадало с папиным. Не сказать, чтобы этот Дима был каким-нибудь особенным тихоней, но почему-то он не был в классе заметной личностью. И неизвестно, был ли он личностью вообще.

Впрочем, и те одноклассники, которые обращали на себя внимание интересной внешностью или бойкостью ума, тоже не вызывали у Тани приязни. Все они были людьми из другой жизни; между ними и Таней возвышалась невидимая, но неодолимая стена.

— Таня, подожди! — Дима уже стоял перед нею.

В отличие от Тани, он не задохнулся от быстрой ходьбы. — Вот. Ты забыла.

В руке у него была Танина сумка. Та, с которой она ходила в школу в Париже. И, увидев эту сумку, такую родную, такую милую в своем простом изяществе, Таня не выдержала — слезы наконец прорвали последнюю преграду у нее внутри и полились по щекам так, словно она попала под дождь. При этом она не сдержала и невнятный всхлип — он тоже вырвался из ее горла.

— Не плачь, Таня, — сказал Дима.

Его голос прозвучал на удивление ровно. Впрочем, почему на удивление? Может, он по натуре был флегмой, ведь Таня не знала. Но от ровного звучания его голоса она вдруг почувствовала себя спокойнее.

Сказать что-либо, однако, она все же не смогла, только помотала головой. Дима при этом посмотрел на нее так внимательно, словно она сделала что-то из ряда вон выдающееся.

— Что ты так на меня смотришь? — сквозь слезы выговорила Таня.

— Я не на тебя, — тем же спокойным голосом ответил он, — а на твои слезы. Ты головой помотала, они сразу разлетелись и засверкали как алмазы. Я даже подумал было, что это у тебя из сережек алмазы выпали.

Он объяснил все это так обстоятельно, что Таня невольно улыбнулась. Хотя слезы все еще текли по ее щекам.

— Я не ношу алмазов, — сказала она. — И вообще никаких драгоценностей не ношу.

— Потому что это дурной тон?

— Да нет, — пожала плечами Таня. — Просто не

люблю. Может быть, позже мне это понравится. У мамы, например, есть нитка старого жемчуга, и она его с удовольствием носит. И сережки жемчужные тоже.

Просто диво какое-то! Что это она вдруг взялась рассказывать про мамины обыкновения незнакомому и даже чужому человеку?

— Тебе тоже пошел бы жемчуг, — сказал Дима. И добавил с некоторым смущением: — Я, правда, жемчуга никогда не видел, но думаю, что пошел бы. Хотя исхожу при этом, конечно, из тех представлений, которые получил из книг.

Его обстоятельность не только смешила Таню, но и вызывала к нему приязнь.

— А я в одной книге читала, что островитяне жуют жемчужины, которые добывают из океана, — сказала она. — Только не помню, для чего они это делают.

— Ты не расстраивайся, — сказал Дима.

— Я и не расстраиваюсь. Не все ли равно, для чего жемчуг жуют! Это же в Тихом океане где-то.

— Не из-за жемчуга не расстраивайся, а вообще. Историчка дура, это все знают. Чего из-за нее расстраиваться?

— Я не из-за нее... — пробормотала Таня.

Не объяснять же, что она расстроилась и даже заплакала из-за своего полного и неизбывного одиночества. Ну да, у нее есть папа и мама. И они родились здесь, в России, и сюда теперь вернулись. Но ведь она, Таня, родилась в Париже, и Россия ей совершенно чужая. И жизнь здесь примитивна, как жизнь инфузории-туфельки, и она никогда к этой жизни не привыкнет!

Из-за того, что она снова вернулась к той мысли,

от которой ее отвлек было Дима, по Таниному лицу, наверное, пробежала тень. И Дима эту тень, наверное, заметил.

— Просто ты после школы всегда домой сразу идешь и ничего поэтому не видишь, — сказал он.

В его манере говорить было что-то необычное, может быть, даже парадоксальное. Или нет, не парадоксальное... Таня догадалась: Дима словно бы проговаривает вслух лишь краткие отрезки своих мыслей, сами же мысли текут в его голове непрерывным потоком. Потому и интересно слушать эти серединные фразы, догадываясь по ним о содержании целого.

— А что я должна видеть?

Таня хотела задать свой вопрос с вызовом, но это у нее не получилось, и вызова в ее голосе не прозвучало.

— Ты не очень-то видишь, как здесь живут, — ответил Дима. — Потому тебя здешняя жизнь и пугает.

— Ничего она меня не пугает... — пробормотала Таня. — Но я ее в самом деле не понимаю, конечно, — все-таки сдалась она.

— Это не страшно.

— Но обидно же! — вырвалось у Тани.

Только теперь, произнеся эти слова, она поняла, что они — правда. До сих пор Таня была уверена, что московская жизнь вызывает у нее лишь неприязнь. А оказывается, ей просто было обидно... Как странно, что до сих пор это не приходило ей в голову!

— По Москва-реке пустили речной трамвай, знаешь? — сказал Дима.

Да, мысли его текли необычно и неведомо. Но при этом он смотрел на Таню так внимательно, что невозможно было сказать, будто он думает о своем. Видно было, что он думает о ней.

— Не знаю, — сказала Таня. — То есть не знаю, что его по Москва-реке пустили. Речной трамвай — это ведь маленький кораблик, да? По Сене такие ходят. Я каталась.

Она вспомнила, каким счастливым был тот день, когда папа пригласил их с мамой покататься на маленьком речном кораблике.

Как радостно сверкала в солнечных лучах вода Сены и посверкивали гранитными искрами ее берега, а когда кораблик заплывал под мост, то казалось, что попадаешь в таинственную пещеру с сокровищами... Потом они гуляли по Люксембургскому саду и сидели на траве, и всем им троим было так хорошо, так легко... Лучше было не вспоминать об этом сейчас! Иначе слезы снова полились бы из глаз.

— Если хочешь, можно в Коломенское сплавать, — сказал Дима.

— Но ведь это, кажется, другой город? — удивилась Таня.

— Другой город — Коломна, — сказал Дима. — А Коломенское в Москве. Я там часто бываю. Но на речном трамвае еще ни разу туда не плавал. Если хочешь, можем вместе поплыть.

— Ты меня приглашаешь? — улыбнулась Таня.

— Да, — кивнул он.

Кажется, его совсем не раздражала ее манера говорить и держаться, которая, Таня видела, раздражала всех ее московских одноклассников.

— Что ж, спасибо, — улыбнулась она. — Я с удовольствием поеду с тобой в Коломенское.

Глава 11

— Наверное, тебя в тот день не было на занятиях. Наверное, ты болел.

— Скорее прогуливал.

— Может быть. Во всяком случае, тебя не было, когда нас всех водили тренироваться в Осоавиахим, иначе ты точно это запомнил бы. Это такой бред, что его невозможно не запомнить!

Таня сидела на склоне холма, глядя на белую колокольню, которая возвышалась на противоположном холме прямо над рекой и тонула в небе, а Дима стоял перед нею, и поэтому, глядя на колокольню, она то и дело встречала его внимательный взгляд.

— А что он говорил? — спросил Дима.

— Он говорил — послушай, я запомнила до слова. — Таня постаралась, чтобы ее лицо приняло бессмысленное выражение, и пробубнила, подражая голосу инструктора из Осоавиахима: — «Раньше инструкторы с вами много допускали словесности за счет личного показа и отработки одиночного бойца. Привожу пример, как извращались с их стороны команды. Вроде того что «приставь заднюю ногу», тогда как у человека есть только правая и левая нога. Откуда-то еще нашли заднюю ногу».

Ей ненадолго хватило серьезности в воспроизведении этакого чуда. Дима расхохотался, и она вслед за ним.

— Ну как? — сказала Таня, отсмеявшись. — Потвоему, можно всего этого не замечать? И это не режет слух?

— Режет. Но ты не обращай внимания.

— Я стараюсь, но не могу, — грустно сказала Таня. — Здесь всего этого слишком много. Какая-то сплошная макаронная фабрика.

Она думала, что он удивится и спросит, при чем здесь макаронная фабрика, и трудно будет в двух словах объяснить, что она имеет в виду. Но Дима сказал:

— Скорее качели.

Удивиться пришлось ей самой.

— При чем здесь качели? — спросила она.

— Я тоже об этом думал, Таня, — сказал Дима. — Трудно всего этого не замечать, ты права. Слишком много всякого дурацкого. Но это как на качелях, понимаешь? Качнешься назад, и так замутит, что кажется, вот-вот сблю... — Он смутился и поправился: — В общем, плохо себя почувствуешь. А потом, из самой мертвой точки, качели обратно летят. И так хорошо становится, что сердце замирает. Ну, это я глупо, конечно, объясняю, — добавил он. — И непонятно.

— Нет, почему же... — медленно проговорила Таня. — Я, кажется, понимаю... А когда качели обратно летят — это что?

— Это, например, когда встречаешь очень хорошего человека. Не то чтобы гения, а просто доброго, толкового, такого, знаешь... живого. И кажется, что ты до него взлетел. Вот это и есть — как на качелях. Сначала тебе надо попасть в самую тошнотную точку — ну, вроде того инструктора из Осоавиахима, — чтобы потом долететь до самого прекрасного человека.

— Но разве по-другому нельзя? — сказала Таня. — Разве нельзя, чтобы были просто хорошие люди, обязательно надо, чтобы сначала дураки?

— Может, и необязательно. Но почему-то получается так. Во всяком случае, у нас. Может, во Франции по-другому, но я же там не был.

— Во Франции?.. — задумчиво проговорила Таня. — Да, там по-другому.

Она снова вспомнила, воспроизвела в себе то ощущение, которое связывалось у нее с парижской жизнью. Оно было легким, счастливым, многообразным и очень... ровным. Да, именно так. Полета на качелях — вниз до тошноты, а потом вверх до восторга — в нем не было точно. Но разве она хотя бы раз почувствовала восторг за то время, что жила в Москве?

— Ты очень умный, Дима, — сказала Таня. — Мне жаль, что мы с тобой никогда не говорили прежде вот так откровенно. Я сказала что-то смешное? — вглядевшись в его лицо, спросила она.

— Нет, ты что! — смутился он. — Ты не смешно говоришь, а красиво. Очень необычно.

— Немножко не по-русски, да? — догадалась она. — Это из-за Франции. Мы говорили по-русски дома, но в школе и вообще за порогом дома я, конечно, почти совсем не говорила по-русски. И русских друзей у меня не было, и у родителей их тоже было мало. Наша семья жила обособленно от парижского русского общества, я даже не знаю, почему.

— Ты очень красиво говоришь, — повторил Дима. — Я никогда не слышал, чтобы так говорили. Ну что, отдохнула?

Таня присела на склоне потому, что устала, бродя по тропинкам Коломенского. Дима не обманул ее, здесь в самом деле было необыкновенно красиво. И очень просторно. Людей на этих просторах совсем не было, и поэтому они казались просто бескрайними, ограниченными только рекою и небом. И купола прекрасной белой церкви тоже были похожи на небо, потому что они, эти купола, были голубые и на них сверкали золотые звезды.

— Я отдохнула, — кивнула Таня и поднялась с травы. — Но мы можем еще погулять?

— Конечно. Если ты хочешь. Я-то сюда часто езжу. Я и раньше хотел тебя пригласить, только... Ну, в общем, не решался.

— Почему? — улыбнулась Таня.

— Мне казалось, ты надменная. — Сказав это, он покраснел и торопливо добавил: — Не обижайся!

— Я не обижаюсь, — снова улыбнулась она. — Ты мне подарил прекрасный день. Только пропустил из-за меня школу.

— А, ерунда! — махнул рукой Дима.

Они поднялись вверх по склону и снова оказались на заросшей травою тропинке, с которой сошли, когда Таня устала.

— А почему ты часто бываешь в Коломенском? — спросила Таня. — У тебя здесь какие-нибудь дела?

Она заметила, что Дима снова смутился. Все чувства вообще были очень заметны на его лице.

— Извини, — поспешно произнесла она. — Я задала бестактный вопрос, и тебе совсем не обязательно на него отвечать.

— Ничего не бестактный. Я сюда рисовать езжу.

— Ты рисуешь? Как хорошо! — обрадовалась Таня.

— Может, и нехорошо, — возразил Дима. — Ты же моих рисунков еще не видела.

Несмотря на эти слова, видно было, что ему приятна радость, с которой Таня встретила известие о том, что он рисует.

— А ты мне их покажешь? — спросила она.

— Да.

Гуляли они недолго. Подошли к церкви — дверь в нее была заколочена, — покружили еще немного по дорожкам, причудливо вьющимся по склонам... Наконец Таня почувствовала, что ей уже не жаль уезжать отсюда: простор, который она поняла здесь, словно поселился у нее внутри, и вряд ли это ощущение исчезло бы теперь даже в переплетах городских улиц.

Дима сразу заметил, что она уже хочет уехать. Конечно, про ощущение простора, которое в ней поселилось, он догадаться не мог — просто решил, что она устала.

— В семь часов трамвай обратный будет, — сказал он. — Поедем?

При этом он посмотрел на солнце, наверное, определяя время, а Таня взглянула на маленькие часики — их подарили ей к Рождеству родители. Это было еще в Париже, и всего год назад... Она вдруг поймала себя на том, что отмечает это без привычной тоски, с которой думала обо всем, что было связано с ее прежней жизнью.

Та жизнь была кончена, это она понимала. Но если раньше такое понимание заставляло ее вздрагивать от безысходности, то теперь оно лишь скользнуло по краю ее сознания, и только.

Обратно плыли по Москве-реке почти в полном молчании. Людей на маленьком кораблике было немного: ведь рабочий день. Тишина была на палубе, и над рекой стояла тишина. Но эта тишина не была безмолвием, потому что полна была каких-то неуловимых и радостных звуков. И даже когда перестали тянуться вдоль реки зеленые холмы и берега стали гранитными, городскими, — даже тогда не исчезло ощущение живой тишины. Наверное, оно было у Тани внутри. И прекрасные стены Кремля над Москвой-рекой, и золотые купола его соборов лишь усиливали счастье, которое тоже было теперь у нее внутри.

Она взглянула на Диму. Он смотрел на бегущую за бортом воду и что-то насвистывал.

— Ты поешь? — спросила Таня. — А про что твоя песня?

— Она не моя. Я к одному художнику хожу, рисунком занимаюсь — там няня у него дома пела, когда ребенка укладывала. А я вообще не пою, у меня ни слуха нет, ни голоса.

— Но тогда хотя бы скажи, о чем она, — попросила Таня. — Хотя бы скажи, если не хочешь петь. Мне ведь это интересно.

— Да ни про что особенное, — пожал плечами Дима. И проговорил: — «По ленивой речке, около плотины, по ленивой речке солнце светит в спину. В ласковом тенечке под старою сосной позабудь печали, посиди со мной». — Он помолчал, потом добавил: — Не знаю, про что это.

Таня тоже не знала. Но от простых слов этой песни, мелодии которой она так и не услышала, ей стало хорошо и легко, как будто ее наполнили воздухом, как шарик.

От пристани у Каменного моста, к которой причалил кораблик, дошли до Ермолаевского переулка быстро.

— Спасибо, Дима, — сказала Таня, когда они остановились возле ее подъезда. — Это был чудесный день, правда! Я очень тебе за него благодарна. И, конечно, я жду увидеть твои рисунки. Не только Коломенское, но вообще.

— Могу прямо сейчас показать, — сказал он. — Если ты не очень устала. Я же вон в том доме живу.

И он кивнул на соседний, углом стоящий к Таниному, четырехэтажный дом.

— Да? — удивилась она. — А я не знала, что мы соседи.

— Так я же и говорю, ты ведь после школы сразу домой всегда уходила.

— Теперь не буду, — улыбнулась Таня. — И я ничуть не устала. Отнесу домой сумку и сразу же выйду, ладно?

Дима кивнул и протянул Тане ее школьную сумку, которую носил весь день. Ей показалось, что по его лицу мелькнула радость, но это выражение исчезло так быстро, сменившись обычным для него выражением серьезности, что Таня не была уверена, появлялось ли оно вообще.

— Я тогда уходить не буду, — сказал он. — Здесь тебя подожду. Ты скоро?

И тут Таня почувствовала, что у нее холодеет спина. Ведь она не сказала маме, что едет в Коломенское! Ну да, выбежала из школы, шла по Тверскому бульвару, потом ее догнал Дима, и, не заходя домой, они сразу пошли на пристань у Каменного моста... И она совсем забыла, что мама ждет ее с обедом и, конечно, волнуется, и мало сказать — волнуется, ведь Таня никогда не задерживалась в школе.

— Ой, Ди-има!.. — испуганно проговорила она. — А я ведь...

Но договорить, объяснить, что, наверное, его рисунки ей сегодня смотреть не придется, Таня не успела.

— Димка! — услышала она у себя за спиной. — А я ключи забыл! А Берта к врачу пошла и дверь захлопнула.

Обернувшись, Таня увидела, что от арки, через которую они с Димой только что вошли во двор, идет... Нет, этого просто не могло быть! Таня даже забыла, что спешит домой.

Через двор шел к ним еще один Дима. Это выглядело так ошеломляюще, что Тане показалось, будто ее спутник каким-то невероятным образом перенесся обратно под арку, через которую они пять минут назад вошли во двор, и идет через этот двор снова.

Но оцепенение ее длилось недолго.

— Ты — ключи? — сказал Дима, тот Дима, который стоял рядом с Таней. — Так ведь и я забыл! И как мы теперь домой попадем?

Она повертела головой и поняла, что с ее сознанием ничего страшного не произошло и галлюцинации ее не посещают. Просто на свете существуют близнецы, и именно близнецы стоят теперь прямо перед нею — потому что Димин близнец уже пересек двор и остановился рядом с братом.

И, еще не успев толком разглядеть их, когда они стояли рядом, Таня не выдержала и засмеялась.

— Ой! — воскликнула она. — Вы так похожи! Я даже испугалась, честное слово!

Ей тут же стало неловко за свой глупый смех и возглас, особенно перед Диминым братом, ведь она не была с ним даже знакома. Таня посмотрела на него, чтобы извиниться... И замерла.

Как ей могло показаться, что они похожи? Нет, конечно, черты их лиц действительно были схожи, даже, пожалуй, одинаковы. Но разве дело в этом внешнем, легко бросающемся в глаза сходстве?..

Совсем другой, совсем особенный облик был у Диминого брата. Дерзость в нем была, дерзость — и такой, такой... Полет, вот что! Такой полет, что от одного взгляда на него захватывало дух.

И Таня стояла, замерев, и чувствовала, что дух ее захвачен в самый счастливый плен, какой только бывает на свете.

Глава 12

Нинка вернулась из Ольвии неожиданно, даже позвонить не удосужилась.

Позвонила она уже в дверь и ни свет ни заря, а когда Андрей открыл, то с порога заявила:

— Ну просто у меня деньги на телефоне кончились. И чего вообще-то звонить? Встречать же нас не надо. От вокзала два шага, мы пешком прекрасно дошли. Только ключи я потеряла. Мам, пап, — добавила она; Ольга, конечно, тоже вышла встречать дочку, — это Кирилл, он будет у нас жить.

Ольга всегда просыпалась с трудом — она и засыпала с трудом, но если уж засыпала, то полностью погружалась в сонный мир и подчинялась его законам совершенно, поэтому не сразу поняла, что это такое Нинка говорит. Однокурснику негде остановиться, что ли? Ну да, наверное, он после практики едет к себе домой, куда-нибудь далеко, и ему надо перекантоваться до поезда.

— Проходите, Кирилл, — сказал Андрей. Он уходил на работу раньше Ольги, уже успел умыться-одеться и, как вскоре выяснилось, сразу понял, о чем говорит их восхитительная дочка. — Вам чай или кофе?

— Нам ванную, — сказала Нинка. — Мы же на перекладных из Николаева добирались, а от Тулы вообще электричкой, билетов же с юга нету ни фига.

Пока Ольга целовала Нинку, восклицая при этом что-то о ее прекрасном загаре и о том, какая она бессовестная, нельзя же ничего о себе не сообщать, ведь они волнуются, ведь практика давно закончилась, — Кирилл прошел в кухню.

— Это твой однокурсник? — понизив голос, поинтересовалась Ольга. — Он надолго к нам?

— Посмотрим, как карта ляжет, — хмыкнула Нинка. — Пока что он мне вроде бы нравится. Поживем — увидим.

— Как — поживем?! — ахнула Ольга.

— Гражданским браком, — объяснила Нинка. И пропела: — «Жили мы с Фейгеле гражданским браком, жизнь наша с ней была как булочка с маком...» Помнишь, нянька мне колыбельную пела, а я потом ее в детском саду на первомайском утреннике исполнила? Мам! — хихикнула она. — Отомри! Не все, как ты, на золотую свадьбу настроены. Столько не живут! Мы сейчас душ примем и спать завалимся. Есть не хотим — беляшей наелись в Туле. Кир! — крикнула она. — Чай не пей, а то не уснешь, папа зверский чифирь заваривает! Лучше кофе попроси. Я первая в ванную.

И она прошествовала в ванную, оставив ошеломленную Ольгу общаться с Кириллом, появившимся в их квартире буквально как та особа, которая с порога заявляет: «Здравствуйте, я ваша тетя, буду у вас жить».

Молодой человек, впрочем, ничего такого судьбоносного не заявлял, видимо, предоставив подобные заявления Нинке. Когда Ольга пришла в кухню, он сосредоточенно пил заваренный Андреем чай. Волосы у него были заплетены в косичку, а одна прядь, самая длинная, прилепилась ко лбу. Пыльную кепку он на время чаепития не снял.

— Вы Нинин однокурсник? — не зная, что сказать, спросила Ольга.

— Нет, я с Николаева, — ответил он. — Мы с Ниной на раскопках познакомились.

— А... вы, наверное, тоже на истфаке учитесь? — растерянно поинтересовалась она.

— Я не учусь. Не уверен, что мне это по жизни

надо, — объяснил он. — А на раскопках так, подрабатывал просто.

— А вообще где вы работаете, Кирилл? — спросил Андрей.

Его голос звучал так же невозмутимо, как голос новоявленного зятя. Ольга же готова была едва ли не в обморок хлопнуться.

— Вообще — где получится. Еще не определился.

— Ну, определяйтесь, — заключил Андрей. — Оля, я уехал. Пойдем, дверь за мной закроешь.

Замок на входной двери захлопывался сам собой, закрывать его за кем-то не было надобности. Но сейчас это не пришло Ольге в голову. В полном ошеломлении она вышла из кухни вслед за мужем.

— Ну что ты остолбенела? — сказал Андрей в прихожей. — Нинку не знаешь? Чего-то подобного следовало ожидать. Она, по-моему, еще в пятом классе говорила, что в восемнадцать лет выйдет замуж, а в девятнадцать быстренько разведется. Так что гражданский брак с молодым человеком с Николаева еще не самое плохое. И не самое долговременное, надеюсь.

Андрей умел успокаивать. Весь Ольгин здравый смысл, отключившийся было при виде дочкиного избранника, мгновенно к ней вернулся.

«Что это я, в самом-то деле? — подумала она. — И правда, как будто от Нинки можно было ожидать чего-то общепринятого! Могла вообще за чукчу замуж выйти и в чум на постоянное жительство перебраться. Действительно, поживем — увидим».

Ольга достала из шкафа свежее постельное белье, отнесла в детскую, теперь уже бывшую детскую, к сожалению, потом вернулась в кухню и поджарила на двоих Нинкину любимую яичницу с помидорами. На двоих, потому что сама ограничивалась по утрам кофе, с тех пор как поняла, что стройность, которая в молодости не требовала никаких усилий, с возрастом становится плодом вот именно усилий и самоограничений.

Расспрашивать Кирилла, что он привык есть на завтрак, Ольга не стала. Зачем? Скорее всего, он ответит что-нибудь глубокомысленное, еще и про карму того и гляди добавит. Судя по его манере держаться, с него станется. А от яичницы с помидорами и без спросу никто еще не умер.

Жаль только, что не удалось выспаться: через три часа предстояло сдавать практическое вождение. Теорию Ольга уже сдала, и вот сегодня вся эта эпопея с получением прав должна была наконец завершиться. Если она все благополучно сдаст, конечно. В том числе и параллельную парковку.

Стоило ей вспомнить этот термин, как сразу же вспомнилась и белая стена ливня, отделившая ее с Сергеем от всего белого света, и сердце захлестнул холодок то ли страха, то ли счастья. Нет, не страха — именно счастья. Не было смысла себя обманывать.

Одеваясь в спальне, она все время видела себя в большом, вделанном в ясеневый шифоньер, зеркале. И видела, что лицо у нее взволнованное и счастливое. От такого двойного выражения та разрозненность, даже несочетаемость всех черт, которая была свойственна ее лицу, усиливалась многократно. Разрозненность была в цвете волос и глаз — обычных русых с необычными... Аметистовыми! Господи, да что же ей все время вспоминается Сергей и все его слова?! Но глаза у нее в самом деле были странного цвета, это и мама говорила, еще когда Ольга была совсем маленькая. И еще мама говорила, что никогда не разберешь, растрепана она или, наоборот, тщательно причесана. Как такое может быть? Ольга и теперь не понимала.

Но теперь ей это было все равно. Она смотрела в свои тревожные глаза, щеки у нее горели, и счастье бередило сердце.

Глава 13

— Надо было просто заплатить, и все! Что за дурацкая меня обуяла принципиальность? Все же мне говорили!..

От досады Ольга даже ногой притопнула — так, что набойка на каблуке цокнула по асфальту. Еще бы ей было не досадовать! Экзамен она не сдала, и ладно бы не сдала по собственной вине, так ведь нет — милиционер, принимавший практическое вождение, даже не стал смотреть, как она проделывает на площадке обязательные фигуры вроде этой самой параллельной парковки, а просто поставил отметку о несдаче и вдобавок нагло ухмыльнулся Ольге прямо в лицо, заявив:

— Надо было раньше решать вопрос.

И что с этим можно было поделать? Ничего.

— Ничего вы с ними не сделаете, — сказал Сергей. — Да и бросьте переживать, Ольга Евгеньевна. Если хотите, я узнаю, кому заплатить и сколько. Вряд ли много. Отдадите им деньги и получите права без вопросов. А водите вы и так неплохо, без всякого экзамена.

— Наверное, вы правы, — вздохнула Ольга. — Надо было мне сразу вас об этом попросить.

— Да я и хотел предложить, но как-то... Не переживайте, короче, — повторил Сергей. — Считайте, права вы уже получили. Покупайте машину.

Он говорил все эти обыкновенные и разумные

слова, но в оттенках его голоса, да и не в оттенках даже — во всем его голосе слышалось: «Это все неважно, неважно! Я с тобой говорю, смотрю на тебя, и при чем тут все остальное?»

Ольга расслышала это в его голосе так ясно, что сразу забыла и о несданном экзамене, и... Обо всем она забыла!

Она шла с Сергеем мимо ограды Новодевичьего кладбища, колокольный звон доносился с неба, и сердце ее вздрагивало так, как, наверное, не вздрагивал самый большой колокол на монастырской колокольне.

Наконец она решилась взглянуть на Сергея. Он шел рядом и смотрел на нее. У кого-нибудь другого это, может быть, получалось бы смешно, кто-то другой, может быть, даже спотыкался бы, идя вот так рядом с женщиной и не отводя от нее глаз, но у Сергея это получалось так естественно, так как-то... сильно, как получалось у него все, что бы он ни делал, и получалось всегда.

Но сегодня она уловила в его взгляде какое-то новое выражение.

— У вас что-то случилось? — спросила Ольга. — Вы чем-то взволнованы.

— Да, — помолчав, ответил он. — У меня вчера сын родился.

— Как?! — ахнула Ольга. — Что же вы молчите? Это же такое событие! Я на вашем месте и на работу не пошла бы, — улыбнулась она.

— Ну, не я же родил. — Он улыбнулся в ответ. Улыбка переменила его лицо, и оно наконец перестало выглядеть растерянным. — Больничный мне не положен. И я, вы знаете, растерялся как-то, — смущенно сказал он.

— От этого все теряются, — засмеялась Ольга. —

Все отцы. Наверное, первенец у вас? — Сергей кивнул. — Ну, тем более! Ничего, вот заберете ребенка домой и понемножку к нему привыкнете. Вы его уже видели?

— В окошке, — снова кивнул он. — Жена показывала. Но что там разглядишь, тем более на втором этаже? Сверток, и все.

— Поздравляю вас, Сергей, — сказала Ольга.

Ей почему-то стало так грустно, как будто сын родился не у совершенно постороннего, а у очень близкого ей мужчины, и, главное, как будто рождение у него ребенка должно было что-то изменить в их отношениях. А ведь никаких отношений и не было, и неважно было поэтому, есть у него ребенок или нет.

— Ему же что-то купить надо. Одежду там, вообще все...

Хотя лицо у Сергея стало спокойнее, но в голосе по-прежнему звучала растерянность, правда, теперь уже вполне Ольге понятная: молодой отец, чему удивляться.

— А вы заранее ничего не покупали? — улыбнулась она. — Необъяснимое какое-то суеверие. Во всяком случае, из старины оно происходить не может. Ну сами подумайте, ведь это сейчас любую вещь можно в любую минуту купить, все эти пеленки-распашонки. А лет двести назад? Все приходилось самим шить, и за три дня этого не сделаешь. Да что там двести лет назад! Когда моя дочка родилась, в магазинах нитки нельзя было достать. Я, помню, как только узнала, что беременна, тут же стала приданое закупать. Вижу возле «Детского мира» очередь — и сразу в хвост становлюсь, а только потом интересуюсь, что дают.

Ольга произносила все это, не глядя на Сергея.

Она не хотела выдать себя — ей вдруг показалось почему-то, что она может заплакать. Ни с того ни с сего.

Он молчал.

— Но вам ведь, наверное, жена целый список составила, что для ребенка надо купить? — чтобы как-нибудь нарушить это молчание, спросила Ольга.

— Нет, — ответил Сергей. — Она и сама не знает, что там для него надо. Она детдомовская у меня. Я ее пока готовить научил, сам таким асом стал, что хоть в ресторан поваром. Она у меня, когда бульон варила, то курицу из него выбрасывала. Нам же, говорила, суп нужен, а не курица вареная. Представляете?

— Когда ее выписывают? — помолчав, спросила Ольга.

Ей тяжело было слышать, как он говорит «она у меня», и она рассердилась, поймав себя на таком ощущении.

«Что за бред? — подумала Ольга. — Он же о своей жене говорит, как же ему ее называть? Она ему ребенка родила!»

— В пятницу, — ответил Сергей.

И снова замолчал. Ольга слышала все чувства, которые были в его молчании, так ясно, как если бы оно было пронизано не безмолвием, а словами.

Это были очень простые и очень сильные чувства.

«Я не хочу расстаться с тобой сейчас. Я не могу. Побудь со мной еще хоть немного».

Она боялась взглянуть на Сергея — боялась, что он произнесет это вслух.

— Я могла бы вам помочь, — не глядя на него, поспешно сказала Ольга. — Помочь купить, что надо для ребенка.

«Что я несу? — мелькнуло у нее в голове. — При чем я к его ребенку?»

Она подумала, что в ответ на ее слова Сергей недоуменно пожмет плечами. Но он сказал:

— Спасибо.

Его голос звучал ровно, совсем без интонаций. Она наконец взглянула на него. Губы у него стали белые, как будто ему не хватало воздуха.

— Мы можем поехать сейчас, — сказала Ольга.

— Да.

Его машина стояла возле площадки. Это была такая же поезженная «девятка», как та, на которой Ольга училась водить.

«Не надо вести его в дорогой магазин», — подумала Ольга.

Она думала о практических вещах. Он открывал машину, заводил, выезжал на дорогу, то есть тоже совершал какие-то вполне практические действия. Но и за ее словами, и за его действиями стояло только одно: нежелание, невозможность расстаться. Они оба хватались за все, что могло отсрочить расставание.

Магазин, в котором продавались вещи для младенцев, был неподалеку, возле спорткомплекса «Олимпийский». Ольга знала его, потому что недавно покупала от кафедры подарок для методистки Аннушки, которая родила дочку. Это был не слишком дорогой магазин — редкость для московского центра.

Сергей обвел полки таким взглядом, как будто на них были разложены, развешаны и расставлены не костюмчики, конвертики и разнообразные бутылочки, а какие-то фантастические конструкции космического назначения.

— И что, вот это все нужно? — спросил он с опаской.

— Не все. — Ольга улыбнулась его опаске. — Мы купим только самое необходимое, не волнуйтесь.

Продавщица, которая немедленно оказалась рядом, сияла такой улыбкой, словно приданое приобреталось не для чужого, а для ее собственного ребенка.

— Вы папа, — уверенно сказала она Сергею. И, повернувшись к Ольге, добавила: — А вы теща.

— Почему обязательно теща? — усмехнулась Ольга.

Фамильярность постороннего человека была ей неприятна.

— Ну, для его мамы, — девушка снова кивнула на Сергея, — вы слишком молодая. Жена в роддоме, раз мужчина сам приданое покупает. Значит, вы теща.

— Давайте подберем распашонки, — холодным тоном сказала Ольга. Девушкина глупость ей надоела. — И теплые кофточки. И ползунки.

— Я вам советую сразу купить электронные весы, — доверительным тоном сказала та, снова обернувшись к Сергею. — Сейчас со вскармливанием у всех проблемы, важно не пропустить, если ребенок недополучает грудного молока. После каждого кормления надо взвешивать.

— Что, действительно надо? — спросил Сергей.

Он обращался к Ольге, а она почувствовала вдруг, что не хочет ему отвечать. Глупость, нарочитость этой затеи — покупать приданое для его ребенка — представилась ей во всей своей очевидности. Ей показалось даже, что она устала, таким бессмысленным было все, что она сейчас делала.

— Весы заранее покупать не обязательно, — сказала она. — Может быть, потом, если врач скажет.

Отвечая Сергею, она, конечно, посмотрела на него. И сразу увидела в его глазах тревогу. И сразу же поняла, что природа этой тревоги уже совсем другая, чем была вначале, когда он только вошел в магазин и растерялся от обилия непонятных товаров.

«Тебе плохо? — прочитала она в его глазах. — Я сделал что-то не так? Ну конечно, все не так! Прости меня, а? Пойдем отсюда».

— Пойдемте отсюда, — сказал Сергей.

От того, что она угадала его мысли, и не угадала даже, а почувствовала, Ольгина усталость мгновенно прошла. Вернее, сменилась другим чувством: той же лихорадочной и счастливой тревогой, какая была и в нем.

— Ну что вы! — сказала она, снизу вверх глядя в его глаза. — Мы сейчас быстро все купим. Это правда нетрудно, вы не думайте!

Ползунки, распашонки, костюмчики и шапочки мелькали в руках продавщицы, как крылья ярких бабочек. Сначала Ольга собиралась купить только то, что надо принести в роддом, но потом вспомнила, как Сергей сказал, что его жена ничего не понимает в детском приданом, и решила купить уж сразу все, что может понадобиться в первый месяц.

Удивительно, что все это не забылось. Ведь последний раз она покупала младенческие вещи — не понемножку в подарок, а вот так основательно — восемнадцать лет назад, когда родилась Нинка.

Но, думая о том, что это удивительно, настоящего удивления Ольга не чувствовала. Тревога, которой она была охвачена, не оставляла в ее душе места ничему здравому и понятному — ничему такому, что всегда составляло основу ее жизни.

Она смотрела, как продавщица укладывает покупки в пакет, и не знала, что же теперь делать. Сколько ни отодвигай эту минуту, а все равно им придется расстаться, и теперь с еще большей неизбежностью, чем прежде.

Крошечные одежки в веселом пакете с нарисованной на нем счастливой детской мордашкой подтверждали это яснее любого приговора.

— Все? — спросил Сергей.

В его голосе слышалось нетерпение и даже досада.

— Какие все папаши нетерпеливые! — засмеялась продавщица. — Погодите, еще придется вам по магазинам походить! И на молочную кухню чуть свет придется. И в скверик по холоду с колясочкой. Ничего, привыкнете! Мой вон тоже не сразу привык, а теперь зато...

Не слушая, что рассказывает про своего мужа словоохотливая девица, которая оказалась молодой мамой, Сергей пошел к кассе. Ольга с пакетом догнала его уже у двери. Он посмотрел на пакет в ее руках и сказал, забирая его:

— Извините. И правда еще не привык.

— А кроватку, коляску, ванночку? — вспомнила Ольга, когда они уже вышли на улицу.

— Спасибо, Ольга Евгеньевна, — сказал он. — Это я сам. И так вы уже... Извините меня.

— Ну что вы! — воскликнула Ольга. — Мы ведь в самом деле очень быстро справились, и вообще, мне это нисколько не трудно, и я...

— Я не могу с вами расстаться, — прервав ее сбивчивый лепет, сказал он.

Он впервые произнес это вслух.

«Я тоже», — хотела сказать она.

И не смогла ничего сказать. Потому что Сергей взял ее руку и поднес к своим губам. Это был такой неожиданный жест, такой для него невозможный... Да, именно невозможный. Ольга не удивилась бы, если бы он обнял ее, поцеловал да хоть на руки подхватил прямо здесь, на улице! Но вот этот жест, порывистый и робкий...

Ее рука пылала в его руке, как будто попала в костер. Губы у него были, словно раскаленные угли.

«Я думаю библейскими словами, — мелькнуло у Ольги в голове. — «Глаза его — как голуби при потоках вод...»

Это была последняя связная мысль, которая посетила ее голову.

— Пойдемте ко мне хоть ненадолго, — сказал Сергей. — Я тут рядом живу.

И она кивнула и быстро пошла за ним к машине.

Глава 14

Сергей жил на Пироговке, в старом шестиэтажном доме.

— Я, когда из Твери в Москву после армии приехал, то дворником устроился, — сказал он, открывая скрипучую дверь подъезда. — И комнату здесь получил.

Не то чтобы эти слова были неуместны, просто были сейчас не нужны любые слова. Наверное, Сергей это почувствовал. Он молчал все время, пока поднимались на третий этаж, и Ольга молчала тоже.

Квартира была коммунальная. Едва Ольга вошла в полутемный общий коридор, куда выходило шесть дверей, как сразу же почувствовала глубокую бесприютность этого жилья.

Это ощущение не изменилось и в комнате. Она была угловая, поэтому в ней было два больших окна, но все равно она не выглядела светлой и просторной, хотя ее нельзя было назвать маленькой, да и потолки были высокие. Возможно, неуют ее был связан с пустотой. Ольга и сама не любила чересчур заставленного жилья, но здешняя пустота, даже пустынность была такой всеобъемлющей, что нагоняла уныние.

К тому же на окнах не было занавесок. Солнце клонилось к закату и заглядывало в комнату прямо, резко.

— Вы, наверное, недавно женились, Сергей, — сказала Ольга.

Ей казалось, что недавней женитьбой можно как-то объяснить необустроенность его жилья. Но вообще-то она сказала об этом из-за той же тревоги, которая не только не отпускала ее, но, наоборот, усиливалась с каждой минутой.

— Да. — Он смотрел на нее не отрываясь. Солнечные лучи освещали его лицо, и по лицу тенями и отблесками гуляло волнение. — В начале лета. Как раз накануне...

В последней его фразе прозвучала горечь. Ольга хотела спросить, накануне чего, но тут же поняла это сама и спрашивать не стала.

— Она забеременела, и я женился, — сказал Сергей.

В комнате было тепло, но они чувствовали себя так, словно попали в оледеневший лес.

Нет, наверное, это только она так себя чувствовала. А у Сергея, когда он обнял ее, не было в руках ни льда, ни холода. И поцелуй его был горяч. Первый поцелуй, и второй, и третий — он целовал Ольгины губы, и виски, и плечи, перечеркнутые узкими ленточками шелкового сарафана... С утра было жарко, она надела только легкий сарафан, и это была слишком слабая преграда между его губами и ее телом, а ей не хотелось и вовсе никаких преград... Она почувствовала, что ноги у нее подкашиваются, и обняла Сергея, чтобы не упасть, и он сразу прижал ее к себе так крепко, что дыхание у нее занялось еще сильнее, хотя сильнее уже, ей казалось, было некуда...

Мир померк, исчез, скрылся за краем его объятий. Да и существовал ли он вообще, тот мир?

Вдруг его объятия разомкнулись.

— Не могу я без тебя, — задыхаясь, проговорил Сергей. Он чуть отстранился, чтобы видеть Ольгины глаза. В его глазах стояло отчаяние. — Не могу! Дни считаю тебя увидеть. Оля!.. Что ж это такое, а? Тогда, в дождь... Только и думал: пусть бы никогда он не кончался... Оля, Оля...

Он говорил сбивчиво, торопливо, и целовал ее, и снова говорил, как будто боялся захлебнуться поцелуями и словами, и прижимал ее к себе все крепче, и хорошо, что прижимал, иначе она давно упала бы.

Она не знала, что будет дальше. Никогда такого с нею не было — чтобы прошлое и будущее превратились в единственную точку настоящего. Сияние этой точки было таким ослепительным, что невозможно было открыть глаза.

Да и зачем было их открывать? Ольга чувствовала Сергея всем телом, и это чувство было настолько сильным, что она не нуждалась сейчас в тех обыкновенных пяти чувствах, которые даны человеку природой.

Он поднял ее на руки и понес к дивану. Он шел медленно, потому что и на ходу продолжал целовать ее. Он, конечно, не смотрел под ноги, поэтому споткнулся и чуть не упал. Что-то зашелестело у него под ногами, рассыпалось по полу. Этот шелест заставил Ольгу посмотреть вниз.

Разноцветные детские пакетики вывалились из большого пакета и устлали протертый ковер. Они по-прежнему были похожи на крылья бабочек, только теперь уже неживых — так мертво шелестели они у Сергея под ногами.

Ольга не могла отвести от них взгляда. Она опомнилась только когда Сергей положил ее на диван.

— Господи боже мой! — прерывисто проговорила она. Ее голос прозвучал в тишине комнаты слишком громко. — Как же так?!

В это действительно невозможно было поверить. Такого с ней не только никогда не было — такого просто не могло с нею быть.

— Что ты?

Сергей не успел лечь рядом с ней, он сидел на краю дивана, его рука лежала у нее на плече. Его глаза были прямо над Ольгой, она отчетливо видела, как они блестят.

Ольга села на диване так резко, что он отшатнулся.

— Я пойду, — отводя взгляд, торопливо проговорила она. — Пусти меня, пожалуйста.

Он молча поднялся с дивана. Не глядя на него, Ольга тоже встала и прошла к двери.

Он догнал ее уже в прихожей, когда она пыталась открыть входную дверь со множеством каких-то доисторических, замысловатых замков. Он помог ей открыть замки так же молча. И только когда она перешагнула порог, наконец сказал:

— Не уходи.

Не оборачиваясь, Ольга бросилась к лестнице. Невозможно было ожидать сейчас лифт, чувствуя спиной его взгляд. А обернуться и встретить этот взгляд было еще невозможнее.

Она боялась, что он станет ее провожать. Но, пока она бежала вниз, по всей лестнице раздавалось только цоканье ее каблучков, тревожная чечетка ее побега.

И все это время Сергей молча стоял там, где она его оставила, — стука закрывающейся двери Ольга не слышала.

До самого конца Пироговки она не шла, а бежала. И только у метро опомнилась — сначала замедлила бег, а потом просто пошла, все замедляя шаг.

«Как я могла?! — Мысли сначала тоже словно бы бежали у нее в голове, но постепенно сделались спокойнее и отчетливее. — Совершенно незнакомый мужчина сказал: «Я тебя хочу, пойдем ко мне», — и я пошла, ни секунды не задумываясь! Нет, «я тебя хочу» он все-таки не сказал... Да какая разница! Все равно это бред какой-то, не может со мной такого быть! Не могло...»

И вот это она поняла вдруг со всей пронзительностью: что «такого» у нее не могло быть вообще с кем-то другим, а с Сергеем могло быть все, и она хотела с ним вот именно всего, и неважно было, что он при этом сказал.

«Неважно, что у нас с ним могло бы быть! — сама себе возражая, сердито подумала Ольга. — Этого не будет. Больше не будет».

Но, подумав так, она тут же почувствовала, что ее охватывает ужас. Как не будет?! Рук его не будет, обнимающих так, что сердце заходится, не будет губ, переполненных поцелуями, и глаза зеленые не будут смотреть на нее с растерянностью и любовью... Да ведь этого выдержать нельзя!

Наверное, Ольга произнесла эти слова вслух. Во всяком случае, проходившая мимо женщина отшатнулась от нее, ускорила шаг и, отойдя подальше, опасливо оглянулась.

Ольга почувствовала, что у нее слабеют ноги. Почти так же, как в ту минуту, когда Сергей поцеловал ее. Она добрела до троллейбусной остановки и села на лавочку.

«Я не смогу, — подумала она. Ей казалось, что мысли комом стоят у нее в горле, не дают дышать. — Я не проживу без него ни дня. Этого не может быть, но это есть: я дня не проживу без совершенно чужого человека. Я хочу его забыть, но знаю, что не сумею».

Ольга в самом деле хорошо себя знала, потому и понимала тщетность своих попыток вычеркнуть Сергея из сознания, из... Из сердца. Или не из сердца?.. Ах, да какая разница! Весь он был в ней, взглядом своим так же, как телом, и всего его она хотела так, что темнело в глазах.

Справиться с этим желанием было невозможно.

Глава 15

— Нет, правый угол выше. А теперь левый. Кир, ну ты совсем, что ли? Я же говорю, левый!

Ольга с трудом разлепила веки. Сквозь стремительно ускользающий сон она успела еще подумать: «Лицо, наверное, страшное у меня, глаза как щелки... Страшная была ночь...» — и проснулась окончательно.

Ночь действительно была страшной — не просто бессонной, а полусонной, что еще хуже, потому что этот лихорадочный полусон был наполнен гнетущими видениями. Образы этих видений сделались неясными и исчезли сразу же, как только Ольга проснулась, но суть их она не забыла.

Суть была в том, что Сергея нет. Совсем нет, и не будет, и ничего с этим не поделаешь.

Ночью она испытывала от этого страх, а теперь — беспросветное уныние.

Андрея в спальне уже не было. Дверь была прикрыта неплотно, оттого Нинкин голос и слышен был так отчетливо.

«Почему он дверь не закрыл? — раздраженно подумала Ольга. — Неужели нельзя дать мне выспаться?»

И тут же поняла, что это происходит с нею впервые. Впервые за много-много лет, да что там, впервые за всю свою жизнь она думает о муже с раздражением. Это было так непривычно, так ошеломляюще, что Ольга вздрогнула, как будто ее окатили холодной водой, и даже зажмурилась. Но раздражение по отношению к Андрею — это была правда, а она умела смотреть правде в глаза.

Это открытие было так неприятно, что Ольга поторопилась встать с кровати, хотя и вставать ей тоже не хотелось. При мысли, что вот сейчас придется окунуться в привычную жизнь, ей хотелось только одного: отвернуться к стене и лежать неподвижно, дожидаясь той минуты, когда она увидит Сергея. А если эта минута не наступит никогда, то и незачем поворачиваться к миру лицом.

Как это с ней могло произойти, чтобы прежняя жизнь, такая прекрасная, такая осмысленная, потеряла для нее всю свою прелесть? Ольга не понимала.

Раздражал ее и дочкин голос, но тут хотя бы было понятно, почему: Ольга и раньше терпеть не могла, если Нинка разговаривала с теми интонациями, которыми гудели вокзалы и рынки. И даже увещевания Андрея, что это, мол, обычные издержки возраста, не примиряли ее с дочкиной вульгарностью. В конце концов, никто не просит Нинку изъясняться по-французски. Но не уподобляться вокзальной шпане — неужели это так трудно?

Ольга надела халат и вышла из комнаты. То есть

не вышла даже, а выплелась: она чувствовала себя сороконожкой, которая задумалась, зачем и как переставляет ноги.

Дверь в ванную была открыта. Стоя на табуретке, Кирилл прижимал к кафельной стене какую-то полку. Наверное, он только что окончил водные процедуры: мокрые волосы лежали у него на плечах длинными вялыми прядями.

Нинка стояла в коридоре и с упоением командовала процессом.

— Нет, здесь хреново выглядит. И башкой все будут колотиться. Двигай обратно вправо!

— Что это вы делаете? — вяло поинтересовалась Ольга.

Надо было бы что-нибудь сказать по поводу Нинкиных манер, но настроение сейчас было совсем не воспитательное, и ничего она говорить не стала.

— Полку вешаем, — разъяснила дочка несообразительной маме.

— Я вижу. А зачем? И где вы, кстати, ее взяли?

Вопрос был не праздный, потому что полка из дешевой ядовито-зеленой пластмассы совершенно не подходила ко всему стилю ванной комнаты, для которой Ольга сама подбирала каждую вещь. Неужели ее когда-то могло интересовать подобное занятие? Как странно!..

— Полку купили, — терпеливо ответила Нинка. — На рынке возле Киевского вокзала. Кирка посылку из Николаева встречал, ну и купил. А то у вас тут все так заставлено, что нам шампунь поставить некуда.

Что их невразумительный зять обожает шампуни, гели, одеколоны, кремы и прочие притирания, Ольга уже заметила. И на имевшихся в ванной полках его бесчисленные баночки и флакончики действительно не помещались, поэтому были выставлены на полу вдоль ванны и постоянно опрокидывались. Так что дополнительная полка была, наверное, нужна. Но то, что Кирилл так уверенно ее приобрел, да еще такую пошлую, было неприятно.

Впрочем, сейчас это было Ольге все равно.

— Можно я умоюсь? — спросила она.

— Только побыстрее, — кивнула Нинка. — А то Кирке на работу надо.

Когда Ольга после ванной пришла в кухню, все семейство уже завтракало. То есть завтракали только Нинка с Кириллом. Привычка ограничиваться по утрам кофе или чаем была у Ольги с Андреем общая.

— Ванная свободна, — сказала Ольга, входя.

— Ладно, полку Кир потом повесит. — Нинка разрезала бублик, намазала оба получившихся кружка маслом и с удовольствием откусила по куску от каждого. — Сейчас не успевает уже.

— Доброе утро, Оля, — сказал Андрей.

— Доброе утро, — не глядя на мужа, ответила она. Ей стыдно было встретить его взгляд. Нет, ей просто не хотелось встречать его взгляд, и причина для этого была слишком сложная, не умещавшаяся в одно лишь понятие стыда.

«Не надо бы Нинке бублик с маслом есть, — чтобы отвлечься от этой причины, подумала Ольга. — Не по ее это фигуре».

Дочка с детства была кругленькая, как шарик, но если пухленький ребенок производил милое впечатление, то девушке восемнадцати лет пухлота была явно ни к чему.

— Кирка, бублик бери, — своим любимым командным тоном произнесла Нинка.

— Я булки не люблю, — не поднимая глаз от чашки, ответил Кирилл.

— Мало ли что не любишь! Зато наешься, и не придется всякий фастфуд на ходу жевать.

Кирилл все-таки оторвал глаза от чайной поверхности и взглянул на Нинку. Что-то непонятное на мгновенье мелькнуло в его взгляде, что-то, Ольге показалось... Волчье, вот какое. Ей стало не по себе, но тоже только на мгновенье. Кирилл покорно взял бублик и принялся его жевать.

— Маслом намазывай, — удовлетворенно улыбнувшись, снова скомандовала Нинка. — Оно из хрущевского магазина, настоящее вологодское.

Хрущевским назывался продуктовый магазин на углу Гагаринского переулка — бывшей улицы Рылеева. Его открыли, когда рядом поселился смещенный со всех постов Хрущев, и в советские времена этот гастроном поражал воображение обилием и качеством еды. Обилием теперь удивить было трудно, но качество по традиции оставалось приличным, поэтому, если Андрей был занят и не удавалось добраться до какого-нибудь гипермаркета за Кольцевой, Ольга всегда покупала продукты в этом магазине.

Кирилл намазал бублик маслом. Нинка тут же положила поверх масла большой ломтик сыра.

«Зря она с ним так. — Отблеск тревоги мелькнул в Ольгином сознании. — Ничего она в людях не понимает».

Но что она могла сказать сейчас Нинке? С собственной бы жизнью разобраться.

Ольга налила себе кофе и села за стол. Кофейник у них был старинный, медный — это была одна из немногих вещей, оставшихся от доктора Луговского, Ольгиного деда, которого она никогда не видела. Ольга очень этот кофейник любила и всегда начищала так, что в него можно было смотреться как в зеркало.

Теперь она сидела перед прежде любимым кофейником и равнодушно смотрела на свое отражение в его медном боку. Отражение было расплывчатое, нелепое и неприятное.

— А вы что, на работу устроились, Кирилл? — спросил Андрей.

Он был, как обычно к Ольгиному пробуждению, уже одет и готов к выходу из дому. Раньше, когда они были молоды и аппетит у них был молодой, Ольга вставала раньше мужа, чтобы приготовить ему сытный завтрак, который и сама съедала с удовольствием. Но к сорока годам необходимость в таком завтраке отпала для них обоих, а Андрей не придерживался патриархальных взглядов и не требовал, чтобы жена обслуживала его «для порядка».

— Ага, — кивнул Кирилл. — Устроился.

— Быстро вы! Может, не надо было торопиться? Огляделись бы, выбрали толком.

— Когда тут оглядываться? — пожал плечами зять. — Деньги зарабатывать Пушкин не пойдет.

— Да, Пушкин вряд ли пойдет деньги зарабатывать. — Андрей кивнул с совершенно серьезным видом. Но, наконец взглянув на мужа, Ольга увидела, что в глазах у него, за стеклами очков, пляшут чертики. — А куда вы устроились?

— В стриптиз-клуб.

Даже Андрей, со всей его невозмутимостью, хмыкнул и повел подбородком. А Ольга, несмотря на погруженность в собственные мысли, и вовсе поперхнулась кофе.

Андрей пришел в себя гораздо быстрее, чем она. Все-таки ему как психологу постоянно приходилось наблюдать самые необычные проявления человеческой натуры.

— И кем вы туда устроились? — спросил он.

— Стриптизером, кем еще. Они больше всех получают.

— А что такого? — с вызовом произнесла Нинка. Ее маленький нос стал похож не просто на кнопку, а на вздернутую кнопку. — Кир суперски танцует! Он в студии занимался. А стриптизеры, между прочим, такие же артисты, как... — Она замешкалась, подбирая слово. — Как в Большом театре!

По всему ее виду нетрудно было догадаться, что она готова броситься на защиту своего гражданского мужа с таким же упоением, с каким только что командовала, что ему следует есть. Супружеская жизнь ей явно нравилась.

— Возможно, — кивнул Андрей. — Я об этом не задумывался. Оля, — вдруг сказал он, — я могу тебя подождать.

— Зачем? — вздрогнула она.

— Отвезу в институт. Или ты не в институт сейчас?

Ничего особенного не было в том, что он предлагал подвезти ее до работы. И в его вопросе ничего особенного не было тоже. Но Ольге показалось, что в голосе мужа мелькнула настороженная интонация. Так ли это, понять она не успела: Андрей больше ни о чем ее не спрашивал. Он молча смотрел на нее, ожидая ответа.

— Спасибо, я лучше прогуляюсь. — Она уткнулась взглядом в чашку. Совсем как зять-стриптизер. — Погода хорошая.

— Ну, как хочешь. Пока.

Дежурные поцелуи не были у них заведены. Когда-то Ольга об этом сожалела, потому что ей самым наивным образом нравились эти киношные поцелуи, их прелестная мимолетность. А теперь она рада была, что Андрей вышел из кухни просто так — показалось, что его поцелуй прожег бы ей щеку.

Нинка с Кириллом выскочили из дому сразу после завтрака, и Ольга осталась одна. Тишина пустой квартиры показалась ей зловещей, хотя раньше она любила такое вот короткое уединение перед рабочим днем.

Теперь день расстилался перед нею пустыней. Институт, занятия, назначенное на сегодня заседание кафедры — все это представлялось набором миражей, не больше. Неделя, проведенная без Сергея, вымотала Ольгу так, как выматывает путника одинокое странствие по Сахаре, потому и сознание ее стало выморочным, болезненным.

Она оделась, не замечая, что́ достает из шкафа, накрасилась с машинальностью индейца, хотя нет, индейцы ведь, кажется, считают раскрас боевым ритуалом и придают ему большое значение... Господи, что за бред лезет в голову...

Звонок остановил Ольгу на лестничной площадке. Лифт она уже вызвала, он гудел, двигаясь снизу к ней на шестой этаж, и она еле расслышала телефонную мелодию у себя в сумочке.

— Ольга Евгеньевна. — У Ольги остановилось дыхание. — Ольга Евгеньевна, — повторил Сергей. — Можете права получить.

— Сегодня?.. — с трудом выговорила она.

Лифт приехал, открыл перед нею двери. Она стояла, не в силах пошевелиться.

— Можете и сегодня. Как время будет.

— У вас?..

— Не у меня. В ГАИ. Там, где вождение сдавали, помните?

Конечно, она помнила. Она помнила весь тот

день так же пронзительно, как и каждый день, когда видела его.

Но надо было взять себя в руки и поговорить с ним хоть сколько-нибудь внятно.

— Спасибо, Сергей, — сказала Ольга. — А... Ведь надо деньги кому-то отдать? Кому, сколько?

— Ничего не надо. Экзамен вы сдали.

Его голос звучал ровно, совсем без интонаций.

— Хорошо. — У Ольги упало сердце. — Я приеду.

— Когда? — помолчав, спросил он.

Сердце ее взлетело вверх так, что она чуть не задохнулась.

— Сегодня. В три часа. У меня сегодня в половине третьего заканчиваются занятия.

— До свидания, Ольга Евгеньевна, — сказал Сергей.

Все, что он говорил, имело прямой смысл. Такой же прямой, как его влюбленный взгляд.

Он ждал свидания с нею. А она ждала свидания с ним, и одна лишь мысль об этом предстоящем свидании заставляла ее сердце взлетать и падать.

Глава 16

Ольга думала, что дождаться окончания работы у нее просто не хватит сил.

Студенты раздражали глупостью и ленью, заведующий кафедрой Алексей Аркадьевич, ровнейший человек, общение с которым никогда не доставляло затруднений, казался жутким педантом и занудой. Хорошо еще, что лекций у нее сегодня не было, только занятия языком в группах. Ольга никогда не читала лекций без воодушевления, считая это непорядочным по отношению к студентам, но воодушевиться сегодня по поводу работы она не смогла бы, кажется, даже под угрозой смертной казни.

Она вылетела из аудитории в ту же секунду, как прозвенел звонок, и опрометью бросилась к выходу из института.

И снова ее остановила телефонная мелодия, донесшаяся со дна сумки.

«Это он звонит. Что-то у него переменилось, и мы не встретимся», — холодея, подумала Ольга.

Звонил Андрей. Ольга вздохнула с облегчением.

— Оля, ты не могла бы ко мне приехать? — спросил он.

— Зачем?

Она сама расслышала, что ее голос прозвучал испуганно. Ну да, она же в самом деле испугалась.

— Есть одно дело. Так как, можешь?

— Прямо сейчас?

— Да.

Ольга уже готова была сказать, что у нее еще продолжаются занятия, но вспомнила, что Андрей знает ее расписание. Конечно, знает, потому так уверенно и просит ее приехать прямо сейчас. Если бы он этого не знал, Ольга отказалась бы не задумываясь. И даже то, что она ни разу в жизни ему не солгала, ее сейчас не остановило бы.

Но он знал каждую минуту ее жизни. Всей ее прежней жизни...

— Куда приехать? — упавшим голосом спросила она.

— Да к факультету подходи. Я тебя во дворе буду ждать. За полчаса успеешь?

— Да.

Факультет психологии, основное место работы Андрея, находился прямо напротив Кремля, за «Националем», в лучшем, как считала Ольга, комплексе зданий МГУ. В лучшем потому, что здесь был настоящий университетский квартал, такой же, как двести лет назад, и даже перемены последних бурных десятилетий мало его коснулись — он оставался оазисом простоты и естественности посреди ставшего чересчур лощеным Центра.

Андрей сидел у входа, на лавочке под кленом, и смотрел вверх, в ярко-синее небо, перечеркнутое золотыми листьями и бронзовыми кленовыми «самолетиками». Да, клены уже выкрасили город колдовским каким-то светом — так пел когда-то Высоцкий, а Ольга с Андреем слушали его на допотопном магнитофоне с большими бобинами.

Воспоминание об этом кольнуло Ольге сердце так болезненно, что она поморщилась. Это было счастьем наяву и осталось им же в воспоминаниях. Безмятежным и честным счастьем.

Но сейчас ей не хотелось никаких воспоминаний. Ей хотелось поскорее освободиться от неожиданного свидания с мужем.

— Что случилось? — спросила Ольга издалека, еще только подходя к лавочке.

— Да ничего. — Андрей встал и пошел ей навстречу. — Хочу тебя кое-куда пригласить.

Ей почему-то показалось, что лицо у него виноватое. И сразу же она поняла, почему так кажется: она просто переносит на него свою вину... Оттого что она это поняла, ей стало муторно и тоскливо.

— Меня — пригласить?

— А что тут такого особенного? У меня до пяти часов «окно». Могу я провести это время с женой?

— Да, — поспешно кивнула Ольга. — Я просто... А надолго? — спросила она.

— Ты куда-то спешишь?

— Нет. То есть... Нет. Не спешу.

Ее охватило уныние.

«С чего я вообще взяла, что сегодня увижу Сергея? — подумала она. — Он просто сказал, что я могу получить права в ГАИ. И что это я себе навыдумывала? Ну, спросил, во сколько я собираюсь прийти... Это ничего не значит!»

Андрей внимательно смотрел на нее. Ей показалось, что слишком внимательно.

— Ну и хорошо, — сказал он. — Тогда поехали.

«У него в пять часов еще лекции, — подумала Ольга, идя вслед за мужем к машине. — Да, он же сам сказал. Значит, дольше половины пятого я не задержусь. И может быть, еще успею...»

— А куда мы все-таки едем? — спросила она, когда Андрей вырулил на набережную и машина двинулась в плотном потоке вдоль Кремлевской стены.

— Терпение, только терпение, — сказал он. — Всего пятнадцать минут — и тайна развеется, как солнечный дым.

— А что такое солнечный дым? — Ольга невольно улыбнулась.

— Понятия не имею. Но надеюсь, тебе понравится.

Суть тайны Ольга поняла, когда Андрей остановил машину. Прямо перед ними была огромная прозрачная витрина, за которой, как игрушки на елке, сверкали и переливались новенькие автомобили.

— Мы машину, что ли, будем покупать? — ахнула она. — Вот прямо сейчас?

— А почему бы и не сейчас? — пожал плечами Андрей.

— Ну... Я еще и права не получила.

— За права надо просто заплатить, вот и все. А водишь ты уже неплохо. Пора начинать ездить.

На протяжении всей Ольгиной учебы Андрей время от времени просил ее показать, что она уже умеет, поэтому был осведомлен о ее водительских навыках.

— Заходи, заходи, — поторопил он, открывая перед нею дверь магазина. — На выбор и решение у нас ровно полчаса.

Вблизи все эти разноцветные машины еще больше напоминали елочные игрушки. Или бусы. Или конфеты, завернутые в яркую фольгу. Ольга перебирала сравнения и с печалью ловила себя на том, что скользит по ряду машин равнодушным взглядом.

— Ну, какая тебе нравится? — спросил Андрей. — Ты вроде бы японскую хотела. «Ниссан», «Хонду»? Или «Мазду» можно.

Они давно уже отложили деньги на машину, и теперь в самом деле можно было выбирать. Собственно, и сюрприза в этой покупке никакого не было.

— Да, «Ниссан»! — вдруг вспомнила Ольга. — У него есть такой цвет, который называется аметистовый.

— Сиреневый, что ли?

— Нет, такой...

«Как мои глаза», — хотела сказать она.

Но не сказала, конечно.

— Давай посмотрим «Ниссан», — кивнул Андрей и позвал менеджера.

Аметистовая машина нашлась сразу же. Правда, цвет не показался Ольге похожим на цвет ее глаз, но мысль о том, что машина каким-то образом связана с Сергеем — глупая мысль, это она понимала, — заставила ее сразу же сказать, что вот эта ей и нравится, и незачем тратить зря время, и без того понятно, что новая японская машина прекрасна во всех отношениях.

— Вот и хорошо, — сказал Андрей. И добавил, помолчав: — Ты хоть рада?

— Конечно! — поспешно воскликнула Ольга. — Чудесная машинка! Спасибо.

— Благодарить, собственно, не за что, — пожал плечами Андрей. — Это же не то чтобы и подарок, деньги-то общие.

Пока он оформлял договор, брал счет, чтобы перевести на него деньги, выяснял, когда можно будет забрать машину, Ольга украдкой посматривала на часы. Она ненавидела себя и за безразличие к такому приятному событию, как покупка машины, и за то, что хочет поскорее расстаться с Андреем... Но сквозь все эти чувства проглядывало еще одно: нетерпение. И оно было самым сильным.

Возле автосалона, оказывается, тоже росли клены. Ольга этого не заметила, ей было не до деревьев, а Андрей заметил и сказал:

— Что так быстро тают листья? Ничего мне не понятно. Я ловлю, как эти листья, наши даты...

Оказывается, он тоже вспоминал Высоцкого, еще когда ждал Ольгу в университетском дворике.

Было что-то пронзительное в той песне, которую они вспомнили одновременно, и Ольга постаралась об этом не думать. Ей не хотелось думать ни о чем постороннем, а посторонней казалась сейчас вся жизнь.

— Ты сейчас куда? — спросил Андрей.

— В ГАИ за правами, — машинально ответила Ольга.

И тут же испугалась, что он предложит ее подвезти. Но он не предложил, только кивнул:

— Ну, до вечера.

Слишком спокойным казался его голос. Но Ольга не хотела сейчас думать о чрезмерном спокойствии в голосе мужа. Ни о чем она не хотела думать, и об этом тоже!

Метро было рядом. Она торопливо простилась с Андреем и, не оборачиваясь, сбежала вниз по ступенькам.

Глава 17

— Значит, мальчик спокойный?

— Вроде бы. Ест да спит. Может, это ненормально?

— Да нет, совершенно нормально. Первый месяц он и должен только есть и спать. И расти. Хорошо, что животик не болит, у мальчиков это часто бывает. И сделать ничего нельзя, пока сам собой не пройдет.

— Да, живот не болит. Жена говорит, и аппетит хороший.

Они перебрасывались словами, как мячиками, и относились к этому не более серьезно, чем отнеслись бы к игре в мяч. Они были так счастливы, что посторонние слова не имели ни малейшего значения. Но все-таки Ольге наконец надоело произносить эти посторонние слова.

— Я думала, что вас не увижу, — сказала она.

Она прибежала к зданию ГАИ на час позже, чем говорила Сергею, и действительно думала, что он уже ушел. И как она могла такое подумать? Теперь, при взгляде на его счастливое лицо, поверить в это было невозможно.

— Я тоже, — сказал он.

— Что — тоже? — не поняла она.

— Тоже думал, что вас не увижу. Думал, вы не захотите меня видеть.

Ольга рассмеялась. Тревога, тоска, стыд — все, что держало ее сердце тяжелой рукою, развеялось как дым. Как солнечный дым. Где она слышала эти слова? А, неважно!

Все сейчас было неважно. Она шла по улице рядом с Сергеем, и они смотрели друг другу в глаза. Из-за этого, чтобы не споткнуться, им то и дело приходилось останавливаться, и тогда они оба улыбались, как будто делали что-то необыкновенно смешное.

— А ведь права-то отпраздновать надо. — Ольга уже не смеялась, но смех все равно был у нее внутри. — Обмыть, да?

— Ну, это необязательно.

— Обязательно, обязательно! Просто вы очень серьезный, Сергей, потому и не понимаете.

— Я — серьезный? — удивился он. — Обыкновенный.

«Какой угодно, только не обыкновенный», — подумала Ольга.

— А давайте в парк пойдем, — предложила она. — В Парк Горького! На колесе обозрения покатаемся.

Последний раз Ольга каталась на колесе обозрения с Нинкой, которая училась тогда классе, кажется, в пятом. Никакого удовольствия она от этого не получала и никакой охоты к подобному времяпрепровождению не испытывала. И почему ей вдруг пришло это в голову сейчас? Впрочем, сейчас ей могло прийти в голову что угодно. Она была переполнена счастьем и молодостью.

Сергей молча кивнул. Ольга видела, что он тоже готов пойти куда угодно, лишь бы вместе с нею, и никакое ее предложение не покажется ему странным, а если колесо вдруг сломается и они застрянут где-нибудь высоко над деревьями, то он обрадуется этому так же, как она.

Колесо работало исправно, но крутилось с такой приятной медлительностью, что, казалось, никогда не совершит полный круг. Перистые осенние деревья плыли внизу, усиливая ощущение совершенной беззаботности.

— ...и вот только теперь мне стало интересно слушать мамины истории, — говорила Ольга. — А в молодости они казались само собой разумеющимися, и я их пропускала мимо ушей.

— В молодости? — усмехнулся Сергей. — А сейчас у вас не молодость, что ли?

— Конечно, нет. Я без всякого кокетства говорю, поверьте. Я начинаю радоваться простым вещам, а это не признак молодости.

Она разговаривала с ним так, как не разговаривала никогда и ни с кем. Было в его голосе, взгляде, во всем его облике что-то такое, что создавало необыкновенную близость. Ольга почувствовала это с самого начала и теперь убеждалась, что ее первоначальное чувство не было ошибочным.

— А я так молодости толком и не помню, — сказал он. — В армию пошел, потом в Москву приехал и дворником устроился, иначе не закрепиться было. А зачем, если подумать, приезжал — чтоб дворником работать? Ладно бы, например, артистом хотел стать или я не знаю кем, ну и перебивался бы временно. А так... Глупость какая-то. Даже не глупость, а дурость, вот что. Все так, и я так. Живу, как амеба, — в школе по биологии запомнил.

— Ну что вы, Сергей! — воскликнула Ольга. — Во-первых, вам-то уж точно не стоит говорить о своей молодости в прошедшем времени. А во-вторых, при чем здесь амеба? Вы работаете, у вас семья, сын родился...

— Тоже мне, работа, — усмехнулся он. — Баранку крутить любой умеет. Я когда узнаю, что кто-то шофером работает, сразу понимаю: бессмысленный человек. И ни разу еще не ошибся.

— Нет, это, конечно, совсем не так, — возразила Ольга. — Представьте, что было бы, если бы на земле не осталось шоферов!

Он улыбнулся, а она засмеялась. Как приятно было плыть с ним на головокружительной высоте, прямо в небе, и говорить о всякой ерунде! Их разговор был подсвечен неярким солнцем, пронизан теплым ветром, и его можно было продолжать бесконечно.

— Вам не холодно? — спросил Сергей. — Накиньте-ка.

Он снял с себя куртку и надел ее на Ольгу. Его руки при этом на секунду задержались у нее на плечах, а она на секунду замерла — то ли от его прикосновения, то ли от того, что куртка хранила тепло его тела, то ли от самого этого жеста, простого и естественного, без тени нарочитости.

— Извиняюсь, — сказал Сергей.

— За что? — удивилась Ольга.

— Кабину качнул. Вы испугались, наверное.

— Я и не заметила даже. Я ничего сейчас не замечаю. Ничего постороннего.

Она снова засмеялась. Волосы у нее совсем растрепались от ветра, и, наверное, она в самом деле выглядела сейчас молодо. Она еще и нарочно тряхнула головой, чтобы сильнее почувствовать свою молодость. Сергей смотрел на нее даже не с желанием, а с вожделением, и от такого его взгляда в животе у нее возникал жар, а в груди холодок. Это было неведомое ей прежде сочетание, и каким же прекрасным оно оказалось!

Ольга провела языком по губам. Она сделала это без всякой хитрой цели, просто потому, что губы у нее пересохли, ведь жар желания сжигал ее не меньше, чем Сергея. От этого ее непроизвольного движения у него переменилось лицо — застыло, побледнело, и Ольге показалось, что он сейчас вскрикнет, или даже зарычит, или вообще набросится на нее прямо здесь, в шаткой кабинке колеса обозрения. И она ничего не имела бы против этого. Ей хотелось быть молодой и безрассудной, она наслаждалась самим этим желанием, и большее наслаждение могло бы доставить ей лишь то, что прежде было возможно только во сне — во всех тех снах, которые она стала видеть, когда поняла, что такое для нее Сергей.

Как хорошо, что она придумала это — покататься на колесе обозрения! Стоило оторваться от земли, поплыть в небо, и все узы, оковы, условности опали с нее как фантомы, и осталось только главное: всепоглощающее, общее с Сергеем желание.

«Неужели я собиралась с ним расстаться? — мелькнула у нее в голове удивленная мысль. — Зачем?!»

Никогда за всю свою жизнь Ольга не знала желания такой силы, какое узнала сейчас. Она даже не понимала, только ли физическое это желание — оно заполнило и всю ее, и весь мир вокруг.

«Ну кому от этого будет плохо? — подумала она; если только можно было назвать мыслями то, что носилось сейчас не в голове у нее, а во всем ее существе. — Я не думала, что меня может так сильно хотеть мужчина, не думала, что сама могу так сильно его хотеть. Чего ради нам от этого отказываться? И как же страшно мы будем жалеть, если откажем себе в этом! Нет, даже думать о таком невозможно».

Она живо представила пропасть, которая разверзнется перед ней, если она снова заставит себя оторваться от Сергея, — пропасть или, вернее, пустыню, — и поежилась, потому что ее словно ветром холодным ударило.

— Холодно тебе, — сказал Сергей.

Он сделал порывистое движение, как будто хотел ее обнять, да и в самом деле хотел, конечно, но они сидели друг напротив друга, и перебраться в кабине так, чтобы сесть рядом, было невозможно.

— Сейчас спустимся, — сказал Сергей. — Сейчас, сейчас.

В его голосе прозвучало нетерпение. Теперь уже и Ольге хотелось поскорее оказаться внизу, где они... Что произойдет, когда они окажутся на земле, она не думала. Весь ее хваленый здравый смысл остался в прежней жизни. Теперь она стала молодой, бессмысленной, и не было у нее ничего дороже этого состояния.

Выйдя из кабинки, Ольга покачнулась: на твердой почве у нее закружилась голова. Сергей подхватил ее под руку и сразу же обнял наконец-то.

— Сейчас поедем, — шепнул он ей в висок. — Я тут одну гостиницу знаю. Они не по суткам, а по часам сдают.

Нетерпение в его голосе стало совсем отчетливым, он даже слова не до конца договаривал. Было и в смысле его слов, и особенно в этом вот торопливом их недоговоре что-то такое, что задело Ольгин слух, но что именно, она понять не могла. Ей было сейчас не до того, чтобы понимать какие бы то ни было отвлеченные вещи.

— Далеко эта гостиница? — спросила она, крепче прижимаясь к Сергею.

— На Пироговке, со мной рядом. Пошли.

Он нехотя выпустил ее из своих объятий, и, все ускоряя шаги, почти бегом, они направились к выходу из Парка Горького.

Даже «девятка» мигнула фарами словно бы нетерпеливо, а уж Ольга, садясь в нее, и вовсе вздрагивала от нетерпения.

Глава 18

Всю дорогу до Пироговки, в мучительно длинных вечерних пробках, они с Сергеем молчали. Они не могли сейчас изъясняться ничего не значащими словами — дыханием они говорили друг другу больше.

— Вот тут, — наконец сказал Сергей, останавливаясь возле серой панельной девятиэтажки.

Это оказался обычный жилой дом; входить в него надо было со двора, через обычный же подъезд; с улицы об этом сообщал щит с нарисованными на нем кроватью и часами.

Женщина, выходившая из подъезда, смерила Ольгу таким взглядом, что даже при нынешнем безразличии ко всему внешнему ей стало немного не по себе. Но она тут же выбросила из головы всякую неловкость — до того ли!

В гостиницу были объединены три квартиры на первом этаже. То, что с натяжкой можно было считать рецепцией, находилось в обычной прихожей, правда, чуть более просторной, чем можно было ожидать от стандартной «панельки».

Стол с оббитыми углами, выцветший ковер, косо висящий на стене календарь с рекламой нижнего белья — все здесь было так убого, пошло и как-то... постыдно, что хотелось отвести взгляд.

«Не в Третьяковку пришла! — сердито одернула себя Ольга. — Тебе не все ли равно?»

Конечно, ей было все равно. И ощущение неловкости, даже нечистоты происходящего отступало перед тем, что через несколько минут им ничто уже не помешает...

— Фамилию какую записать? — спросила дежурная.

Документов она не попросила. Наверное, такое нелюбопытство соответствовало каким-то неизвестным Ольге правилам, принятым в подобных гостиницах.

— Иванов, — сказал Сергей. — Ивановы.

Он заплатил — кажется, немного, впрочем, Ольга не вглядывалась. Она старалась не вглядываться ни во что. И не вдумываться тоже. Дежурная дала ему ключ. К ключу была прикреплена залоснившаяся, словно от пота, деревянная груша, такая массивная, что, когда Сергей положил ключ в карман, то карман у него отвис.

«Для чего такой груз? Воруют у них эти ключи, что ли?» — неприязненно подумала Ольга.

Ей вдруг показалось, что к ее ногам тоже привесили какую-то тяжесть и что тяжесть эта так же замызгана, как убогий брелок на ключе.

Но, к счастью, на глупые размышления уже не было времени. Сергей отпер дверь в конце узкого темного коридора, и они вошли в комнату.

Окна были закрыты плотными шторами, и от этого в комнате было темно. Сергей щелкнул выключателем. Лучше бы он этого не делал: при тусклом свете одинокой лампочки комната выглядела так вызывающе убого, что хотелось зажмуриться, чтобы ничего здесь не видеть.

Ольга и зажмурилась — инстинктивно, всего лишь на секунду, — но Сергей успел это заметить.

— Вот так вот тут... — пробормотал он. — Что ж теперь... Вот так уж.

«Дура! — зло подумала Ольга. — Глазки закрыла, как целка. Обстановка ей не нравится! Как будто в этом дело».

Она никогда не произносила ничего подобного вслух. Но сейчас ей надо было произнести что-то грубое, хотя бы мысленно. Это было ей необходимо, как отрезвляющая пощечина впавшей в истерику барышне.

Главной в этой комнате была кровать. Собственно, она и занимала почти всю комнату; между ней и стеной можно было пройти только боком приставными шагами.

Ольга не стала никуда проходить — она обернулась к Сергею, стоящему у нее за спиной, и обняла его. Она сделала это так, словно бросилась в воду. Она пришла сюда потому, что любила его, хотела его, и возможность отвлечься на что-то постороннее казалась ей гораздо более оскорбительной, чем кровать на всю комнату.

— Я сейчас... — сказала Ольга.

Она хотела сказать: «Я сейчас разденусь», — но собственный голос показался ей таким громким, что она не договорила до конца.

— Тут ванная в коридоре, — виновато шепнул Сергей.

— Ничего...

И опять она хотела сказать: «Ничего, я могу без ванной», — и не смогла сказать, теперь уже не из-за громкости своего голоса, а по какой-то другой причине, о которой ей не хотелось даже думать.

Она хотела попросить Сергея, чтобы он выключил свет. Даже не верилось, что еще каких-нибудь полчаса назад она была готова целоваться с ним, и не только целоваться, прямо посреди улицы.

Ей так хотелось вернуться к тому своему беззаботному и страстному состоянию, что она стала поспешно расстегивать пуговки на блузке. Хотя, наверное, это должен был сделать он? Ведь раздевать женщину должен мужчина... Или это ей только кажется? Ольга вдруг поняла, что и не может знать это наверняка: у нее просто не было такого опыта. У нее был только муж, но он был родным человеком, и с ним не имело никакого значения, кто кого раздевает.

Эта мысль пришла в голову уж совсем некстати. Ольга болезненно поморщилась.

Увидев, что она расстегивает блузку, Сергей наклонился и стал целовать ее грудь. Его губы двигались вслед за ее дрожащими пальцами и даже обгоняли их. Ольга почувствовала горячее нетерпение его губ, и посторонние мысли сразу вылетели у нее из головы, и неловкость прошла.

Она засмеялась, взъерошила Сергею волосы и сказала:

— Подожди, подожди же! Я сейчас совсем разденусь, и ты разденься тоже.

От этих бесстыдных слов ее будто обдало изнутри горячей возбуждающей волной, и громкости своего голоса она больше не стеснялась.

Сергей раздевался торопливо, почти срывая с себя одежду. Лицо у него было загорелое, а тело нет, только руки побурели под солнцем, и было видно, где заканчивались летом короткие рукава его рубашки.

«Загар тракториста», — неизвестно почему мелькнуло у Ольги в голове.

Она стала целовать его незагорелые плечи, потом чуть наклонилась, спускаясь поцелуями ниже... Голова у нее кружилась, дыхание перехватывало. Сергей расстегнул джинсы, они скользнули по его ногам, глухо стукнула об пол пряжка ремня... Ольга присела перед ним...

Резкий, пронзительный сигнал телефона раздался из кармана его лежащих на полу джинсов. Это была не мелодия, а простой звонок, очень громкий. Ольга попыталась не обращать на этот звук внимания, продолжая целовать Сергеев живот, но телефон все звонил и звонил, и от этого даже пол вибрировал так, что становилось щекотно ногам.

Сергей дернул ногой, словно пытаясь отбросить или раздавить назойливый телефон. Но он ведь еще не успел переступить через свои джинсы, и они держали его ноги, как кандалы.

— Черт! — проговорил он сквозь зубы. — Не успел выключить!

Ольга встала.

— Ответь, — сказала она. — Может быть, что-то случилось.

Она отошла к окну и, отвернувшись, уперлась взглядом в плотные шторы.

— Да! — сказал в трубку Сергей. Несколько секунд он слушал, потом раздраженно спросил: — Ну и что? Вызови врача. — Потом снова слушал, что говорит ему голос в телефонной трубке. Голос был женский, звонкий и, Ольга слышала, взволнованный или даже испуганный. — Что-о?! — вдруг воскликнул Сергей. — Что ж ты сразу не сказала? Несешь сама не знаешь что! Сейчас приду. Скажи, чтоб подождали.

Ольга обернулась. Сергей стоял с телефоном в руке, полуголый, в спущенных штанах, и вид у него был не просто расстроенный, а несчастный.

— Оля... — сказал он. — Как назло всё...

— Тебе надо идти? — спросила она.

— Получается, надо. У жены с грудью что-то. Уже три дня, оказывается, а она, дура такая, молчала. Говорит, не хотела меня грузить. А сегодня с утра температура выше сорока поднялась, она «Скорую» вызвала, и ее в больницу хотят забирать. Но ребенка одного не оставишь же...

Он так и стоял, не двигаясь, как будто ждал Ольгиного позволения надеть джинсы и застегнуть рубашку.

— Конечно, — сказала Ольга; она не находила в себе сочувствия к его жене, да и не старалась найти. — Конечно, иди. У твоей жены мастит, это опасно. Зря она сразу врача не вызвала.

— Говорю же, дура детдомовская, — зло сказал он. — В рот мне смотрит, все боится, что я ее брошу.

В другое время Ольга, наверное, что-нибудь возразила бы на это, но сейчас ей было не до возражений. На сердце лежала такая тяжесть, что она не могла вздохнуть. Просто физически не могла набрать в грудь воздуха.

— Одевайся, — сказала она.

И, отвернувшись, стала застегивать блузку. Она услышала, как звякнула пряжка на ремне Сергеевых джинсов — он поднял их с пола.

— Пойдем? — сказал он наконец.

Не глядя на него, она пошла к двери.

На улицу Ольга вышла первой: Сергей сдавал ключ. Она стояла у подъезда и не чувствовала ничего, кроме тоски и сердечной тяжести.

«Отчего такая тоска? — подумала она с вялым удивлением. — Потому что опять нам что-то помешало?»

И с тем же вялым, но отчетливым удивлением поняла: нет, если бы сегодня у них с Сергеем и произошло наконец то, что в первый, романтический период отношений принято называть занятиями любовью, она чувствовала бы сейчас то же самое.

Это понимание показалось Ольге таким странным, что она даже встрепенулась слегка. Неважно, состоялись эти самые занятия любовью или нет, — все равно после них, состоявшихся или несостоявшихся, будешь испытывать только тоску? Не может этого быть!

Но это было именно так, хотя Ольга и не знала этому объяснения.

За такими странными размышлениями она не заметила, как спустилась с подъездного крыльца и даже повернула за угол дома. Сергей догнал ее уже на улице.

«А если бы не догнал, то я, может быть, и этого не заметила бы», — подумала она.

Это было наблюдение из того же ряда, что и предыдущее, и объяснения ему она точно так же не знала.

— Прости, — сказал Сергей. — Не везет нам как-то. Сам не знаю, почему.

— Да, — неопределенно проговорила Ольга. — Ну, что же теперь...

И тут она наконец почувствовала то, что и должна была, конечно же, почувствовать с самого начала: резкое, острое сожаление. Он опять сейчас уйдет, опять! А она опять будет мучиться по нему, да-да, не скучать, а вот именно мучиться! И не будет знать, встретятся ли они снова, и это незнание будет изводить ее, изматывать, терзать!

Но что она чувствовала теперь, было уже неважно. Сергей торопливо и неловко поцеловал ее — не поцеловал даже, а лишь прикоснулся губами к ее щеке. Но даже от этого его короткого прикосновения ее словно током прошило.

«Губы у него какие-то особенные, что ли?» — подумала Ольга и чуть не заплакала.

Он шел по улице, удаляясь, теряясь среди прохожих, а она заставляла себя не смотреть ему вслед. Но все-таки смотрела, конечно. От одного лишь взгляда на него, даже такого вот взгляда сзади и издалека, у нее захватывало дух.

«Я ничего не смогу с этим поделать, — глотая слезы, подумала Ольга. — Ничего и никогда! Так и буду всю жизнь мучиться».

И этому она тоже не знала объяснений.

Глава 19

Нелли приехала в Тавельцево без предупреждения. Впрочем, она вообще редко предупреждала кого бы то ни было о своих действиях, и Татьяна Дмитриевна понимала, почему: ее сестра сама не всегда могла предсказать их заранее. Эта невинная женская слабость в начале отношений подзадоривала мужчин, но вскоре становилась для них слишком утомительной, поэтому ни один не задерживался в Неллиной жизни надолго.

Впрочем, все это имело значение лишь много лет назад, а теперь в Неллиной жизни имел значение единственный мужчина — сын Иван. И то, что он не женат — Нелли считала, из-за своей дурацкой работы, — очень ее удручало. Иван был океанологом, и, несмотря на собственную взбалмошность, она считала, что мужчине в его возрасте пора бы заняться чем-нибудь более практическим.

— Тань, у тебя что, правда картошка растет? — закричала она, едва открыв калитку.

Татьяна Дмитриевна дождалась, пока Нелли дойдет от калитки до крыльца, и ответила:

— Не растет, а уже выросла. И мы ее уже убрали, в сентябре еще. Для тебя целый мешок приготовлен.

— Восторг! — восхитилась Нелли.

— Никакого восторга, — усмехнулась Татьяна

Дмитриевна. — Подмосковная картошка на мыло похожа, не разваривается даже. Только в салат и годится. Здесь же глинозем сплошной.

— Ну, ты все тамбовские черноземы забыть не можешь, — засмеялась Нелька. — Картошка на них, безусловно, растет хорошая, но это не делает их привлекательными для постоянного проживания. Что поделать, нет в этом мире совершенства.

— Я знаю, — улыбнулась Татьяна Дмитриевна. — Пойдем обедать.

Пока старшая сестра накрывала на стол — октябрь стоял такой теплый и светлый, что весь ее день по-прежнему проходил на веранде, — младшая бродила по саду. Оттуда то и дело доносились ее восхищенные возгласы.

— У тебя до сих пор на розах бутоны! — сообщила она, наконец поднимаясь на веранду. — Они что, еще расцветут?

— Если заморозков не будет, то расцветут. Я эти розы в Клину купила, они районированные.

— Фантастика!

— Практически звездные войны, Нинка бы сказала, — усмехнулась Татьяна Дмитриевна.

— А ты приземленная натура, — тут же заявила Нелли. — Не умеешь восхищаться красотой. Даже той, которую сама создаешь.

— Просто я уже старая, — улыбнулась Татьяна Дмитриевна. — Между мной и жизнью прокладка уже слишком большая, ее трудно пробить. Во всяком случае, розами.

— Ну, не знаю, — пожала плечами Нелли. — А по-моему, ты и в молодости была невозмутимая.

— В молодости — не была. Я была импульсивная и капризная. Садись, Неля, а то картошка остынет.

— Нет, вот этого я никогда не пойму! — воскликнула Нелли.

— Чего — этого?

— Я же не предупредила, что приеду. А у тебя картошка горячая ровно в ту минуту, когда я поднимаюсь на веранду. Как такое может быть?

— Очень просто, — пожала плечами Татьяна Дмитриевна. — Ты приехала в обеденное время. Если я никого не жду, то ем чаще всего картошку, потому что с ней возни мало и потому что я к ней, и правда, с тамбовских времен привыкла. Что в этом странного?

— Если разобрать все подетально, то странного ничего. А в целом у тебя получается немыслимо гармоничная жизнь. Что ни говори, Тань, а ты всегда была дико уравновешенная.

Нелли села за стол и принялась накладывать себе на тарелку картошку, которая исходила аппетитным паром и ничуть не напоминала мыло.

— Не то что я, — уточнила она. И, заметив обливную мисочку с солеными огурцами, восхитилась: — О, и огурцы еще! Тоже свои, конечно? Таня, ты уникум. Мне вот лень с дивана соскрестись, особенно по утрам.

— Не гневи Бога, Неля, — улыбнулась Татьяна Дмитриевна. — Ты — воплощенная молодость. Всегда такой была и всегда будешь.

— Все-таки дети напоминают родителей, — сказала Нелли. Она следовала за собственными мыслями прихотливо и без объяснений, которые считала излишними. — Вот, например, Ванька мой без царя в голове. В кого это? В меня, конечно. Правда, мне никогда не приходило в голову таскаться по океанам непонятно чего ради, но по сути он мой. А Оля у тебя рассудительная, без губительных порывов. Не в отца же своего распрекрасного она такая удалась — только в тебя.

Татьяна Дмитриевна не сдержала улыбку. Губительные порывы! Нелька в самом деле оставалась верна себе. Кто, кроме нее, сумел бы произнести такую мелодраматическую фразу естественно, без тени пошлого пафоса?

Но улыбка ее сразу и угасла.

— Не знаю, Неля, — сказала она. — Насчет Оли — не знаю. Да, мне тоже казалось, что она рассудительна и уравновешенна.

— Казалось? — переспросила Нелли. — А на самом деле не так, что ли?

— На самом деле... Не знаю. Теперь — не знаю. По-моему, она влюбилась.

— Ничего себе! — ахнула Нелли. — Оля — влюбилась?! В смысле, не в Андрея, а в постороннего мужчину? Да быть такого не может! Ты, Тань, путаешь что-то.

— Хотелось бы, чтобы так. Но похоже, что не путаю.

— Она тебе что, сама сказала?

— Нет, конечно. Оля все-таки есть Оля, она о таких вещах говорить не станет, даже со мной. Но она в таком смятении, что и Нинка, наверное, заметила бы. А мне такое ее состояние не заметить было бы странно.

— А Андрей?

— Я его давно не видела. Может, и для него это тоже не тайна.

— Думаешь, Оля завела любовника и сразу мужу про него рассказала? — хмыкнула Нелли. — Вряд ли. Не дура же она, в самом-то деле.

— Что рассказала — не думаю. Но что Андрей сам догадался — не исключено.

— Ну да, он же психолог, — согласилась Нелли. — И вообще, он умный.

— Он тонкий, — заметила Татьяна Дмитриевна. — Не более того. Но, правда, и не менее.

— Ой, я этих ваших сложностей не понимаю, — махнула рукой Нелли. — Тонкий, умный... Это одно и то же.

— Нет. Это разные вещи.

— Ладно, тебе виднее. Только сейчас не до теорий, по-моему. Разведутся — будешь знать. А что, с Ольки станется и от мужа уйти, и броситься в омут безумной любви, — все с той же естественной интонацией сказала Нелли. — Известно же, кто в тихих омутах водится. Правда, к Ольге нашей я это никогда не относила. Выходит, зря. Ну и молодец! — заключила она. — Сильные чувства бодрят, согласись. А то мне Ольку всегда прямо жалко было, если честно. Всю жизнь знать одного-единственного мужчину... Бр-р, даже представить страшно!

Сестра была в своем репертуаре. Татьяна Дмитриевна даже улыбнулась, хотя при мысли о дочери улыбаться ей совсем не хотелось.

— Ты ее осуждаешь, что ли? — заметив, что по ее лицу пробежала тень, удивилась Нелли.

— Я не осуждала бы ее, даже если бы она... Ну, не знаю, что сделала. Дочь есть дочь, здесь и объяснять нечего. Но мне ее страшно жалко. Это тебя такого рода чувства всегда бодрили. А Олю они только мучают. Она на тень стала похожа. Будь сейчас девятнадцатый век, ее чахотка в могилу свела бы. Не дай бог, конечно.

— А я ничего и не заметила... — задумчиво проговорила Нелли. — Я же с ней дня три назад по телефону разговаривала. Голос у нее был как всегда. Рассказывала, что купили ей машину, что она уже всюду сама ездит. К тебе-то она приезжает хотя бы?

— Приезжает. Но я вот именно вижу, что она при этом совершенно не здесь. И что она измучена до крайности, тоже вижу.

— Но почему? — воскликнула Нелли. — Не понимаю!

— Я тоже не до конца понимаю. Могут быть самые простые житейские причины. Например, мужчина, в которого она влюбилась, женат, дети у него, возможно. Но, боюсь, дело не только в этом.

— А в чем еще?

Татьяна Дмитриевна поколебалась, прежде чем ответить. Нет, она никогда не считала сестру глупой, и вообще, они и всегда были близки, а с возрастом эта душевная близость становилась все сильнее. Но она и сама не могла подобрать точных слов для той тревоги, которая на ее глазах снедала Олю. И была почти уверена, что такая вот мучительная тревога, черная лихорадка, не может иметь одну лишь житейскую подоплеку.

— Не знаю я, Неля, — вздохнула она. — И главное, что меня при этом беспокоит: у меня такое ощущение, что когда-то я это знала. А теперь и правда как будто воздушная подушка между мной и жизнью проложена... Не знаю!

— Ты не волнуйся, Тань, — сочувственным тоном сказала Нелли. — Я у тебя сегодня переночую, можно?

Татьяна Дмитриевна всегда брала себя в руки быстро, и это тоже не изменилось в ней с годами.

— Конечно, — сказала она. — Я тебе давно говорю, перебирайся сюда совсем. Мария ведь для нас всех этот дом купила.

— Ну уж нет, — хмыкнула Нелли. — Здесь, конечно, и природа, и милые воспоминания детства, но я человек урбанизированный. Эти ваши цветочки-кусточки я могу терпеть дня три подряд, не больше, а потом они на меня тоску нагоняют.

До вечера Нелли гуляла в саду и у реки, потом сидела в гостиной у камина и читала шпионский детектив, который привезла с собой, потому что «у тебя здесь, Таня, и книг-то нормальных нет, одни мемуары замшелых старух». Уснула она сразу же, как только легла в кровать: свежий воздух действовал на нее как молниеносное снотворное. Татьяна Дмитриевна это знала, а потому, прежде чем самой отправиться спать, поднялась в гостевую комнату, убрала с Неллиного одеяла открытую книжку и выключила свет.

«Я в самом деле держу в голове тысячи мелочей, и теперь меня это уже даже не угнетает, — с ощутимой насмешкой над собою подумала она. — Права Неля, я всегда была гармонична до отвращения. Во всяком случае, на том отрезке жизни, когда она уже была взрослой настолько, чтобы делать осмысленные выводы. Да, к тому ее возрасту я и правда уже стала дико уравновешенной. А что еще мне оставалось?»

Конечно, если бы не эта уравновешенность, если бы не способность руководить тысячами мелких житейских деталей, то вся ее жизнь пошла бы прахом, и уж конечно, не смогла бы она вырастить дочь, во всяком случае, не сумела бы дать Оле ощущение нормального детства.

Случайная мысль о дочери, как это всегда в последнее время бывало, сразу привела Татьяну Дмитриевну ко всем неслучайным мыслям, связанным с Олей, и сутью этих мыслей была тревога, одна лишь всеохватная тревога.

Она чувствовала, что ее дочь вступает на какое-то зыбкое поле, входит в какую-то область, в которой все не так, как Оля привыкла с детства, и это неминуемо должно разрушить все, что составляло для нее самую суть ее жизни. И надо ли это делать, и что появится на месте руин, и появится ли что-нибудь вообще?.. Этого Татьяна Дмитриевна не знала. Теперь — не знала... Но сознание того, что когда-то, да не когда-то вообще, а в юности, это было ей известно и понятно, — это сознание не случайно бередило ее душу.

Она ходила по комнатам, выключала свет, закрывала окна — Нелли обожала распахивать их, потому что ей нравилось ощущение простора, — и воспоминания кружили ей голову сильнее, чем вино, которое она за компанию с сестрой выпила перед ужином.

Глава 20

Дружба с братьями Саффо переменила Танину жизнь совершенно. Ну да, именно такая фамилия была, оказывается, у ее одноклассника Димы, даже странно, что Таня не сразу ее вспомнила, ведь эта фамилия все-таки была необычна. Впрочем, в классе у них учился, например, мальчик, фамилия которого была Рациборжинский, но Тане не было ведь до него никакого дела.

Вообще же до очень многих вещей и явлений, которых она прежде не знала или не замечала, дело ей теперь было, и случилось это благодаря ее новым друзьям.

Мама сразу заметила перемену, произошедшую в Тане, и если к самой этой перемене она относилась с некоторой настороженностью, то братья Саффо вызывали у нее безусловную приязнь.

Таня сама слышала, как она однажды сказала папе:

— Конечно, эти мальчики плоть от плоти здешнего мира, но в них все же есть то лучшее, что и должно быть присуще юности. А тому, что Танечка наконец покинула свою башню из слоновой кости, я рада. По крайней мере, теперь я уже не так мучительно чувствую нашу вину перед нею.

— Вину перед Таней мы не должны чувствовать уже потому, что в Европе война, — помолчав, ответил папа.

Он только что вернулся с ночного дежурства в больнице, поэтому его голос звучал устало и однотонно. В отличие от папиного, на невнимательный слух невозмутимого, у мамы голос был нежный и какой-то беспомощный, и к тому же в нем всегда слышались вопросительные интонации.

— Я понимаю, Митя, — сказала она этим своим прекрасным голосом. — Понимаю, что ты прав и мы правильно сделали, что приехали в Москву. Но радоваться этому я не могу. Ты же видишь, как здесь... все.

Что ответил папа, Таня уже не слушала: этот разговор происходил тридцать первого декабря, и она думала только о том, что родители вот-вот уедут в Тавельцево, а она сможет наконец протелефонировать Диме с Женей, чтобы они приходили наряжать елку и готовиться к празднику. А Анеля придет к назначенному времени сама, потому что у них в квартире нет телефона, и Боря Коновницер тоже придет, и Леночка Сумарокова. В новогоднюю ночь в квартире Луговских должна была собраться большая компания, и неудивительно, что Таня считала минуты до родительского отъезда и чуть не подпрыгивала, сидя на стуле в своей комнате.

Мама предлагала ей встретить Новый год в тавельцевском доме, но Таня даже слышать об этом не хотела. Вообще, покупка дачного дома под Клином обрадовала ее лишь в одном отношении — что родители стали проводить там много времени. То есть в основном это относилось, конечно, к маме, но Тане и ее отсутствия было достаточно, потому что папа, даже если и не уезжал в Тавельцево, то все равно сутками пропадал на работе, а значит, не мог помешать ей собирать в квартире друзей. Пожалуй, и будь папа дома, он не стал бы этому препятствовать, но ведь каждому понятно: если родители дома, это уже совершенно не то, хотя бы они и сидели тихо в кабинете.

В общем, Таня делала вид, будто читает у себя в комнате, а сама считала минуты до родительского отъезда, и минуты эти тянулись невыносимо долго.

И мамины наставления о том, чем следует заправить салаты, которые уже приготовлены и стоят в холодном шкафу под подоконником, или где взять елочные игрушки, казались ей пустыми и ненужными, и ее чуть до слез не довело то, что папа забыл бритву и вернулся за ней уже с улицы... Наконец они уехали!

Таня бросилась к телефону. Когда она набирала номер, от нетерпения у нее дрожали руки.

— Дима, — торопливо проговорила она в трубку, как только Берта Яковлевна, соседка Саффо по коммунальной квартире, позвала его к телефону, — если вы готовы, то можете приходить. Я вас жду.

— Иду! — воскликнул Дима. — И Борька у нас уже, мы с ним вместе придем.

Таню немного насторожило это «иду» — что бы

оно означало? Она в нетерпении переминалась с ноги на ногу в прихожей и распахнула дверь, не дожидаясь звонка, как только услышала на лестнице быстрый топот.

На лестничной площадке стояли только Дима и Боря Коновницер. Жени не было.

Наверное, на лице у Тани появилось такое выражение, что Дима быстро сказал:

— Женька на соревнованиях с утра. На лыжных, в Яхроме. Он как только вернется, так сразу сюда.

Впрочем, может быть, никакого особенного выражения на Танином лице и не было, все-таки она умела владеть собою, а просто Дима всегда каким-то странным образом угадывал про нее все, что надо и не надо.

То, что лыжные соревнования проводятся в самый день праздника, не вызвало у Тани удивления. Она уже знала, что отмечать Новый год в СССР разрешили лишь пару лет назад, а до того он считался буржуазным праздником. У них в семье Новый год тоже не праздновали, но не из-за его буржуазности, а лишь потому, что праздновали Рождество. Но никогда накануне домашнего Рождества, которое она очень любила, Таня не была охвачена таким счастьем, вернее, таким предчувствием счастья, как сегодня. То есть каким она была охвачена сегодня еще десять минут назад...

— Женька сразу сюда придет, — повторил Дима. — Прямо сразу с электрички.

— Да-да, — кивнула Таня. — Проходите.

Гости притащили с собой большую коробку с хлопушками, за которыми Дима вчера до ночи стоял в очереди в ЦУМе. Борька, у которого все из рук валилось всегда, сразу же эту коробку опрокинул, а когда принялся собирать рассыпавшиеся по комнате хлопушки, то по неловкости взорвал целых три штуки, засыпав все вокруг разноцветным конфетти. Дима сердился на бестолкового Борьку, Таня смеялась, но на душе у нее было тревожно: ей почему-то казалось, что Женя не придет. Хотя — ну куда бы ему деваться в новогоднюю ночь?

Потом пришла тихая Анеля, потом шумная Леночка Сумарокова, она привела с собой двух молодых людей, которые выглядели очень взросло. Пока они снимали куртки в прихожей, Леночка интригующе шепнула Тане, что Волик и Сережа уже студенты, один из ИФЛИ, то есть он филолог или даже философ, она точно не расслышала, и к тому же пишет стихи, а другой с математического факультета МГУ, что оба ужасно умные и что лично ей больше нравится Волик, но вообще-то пригласила она их не столько ради себя или Тани, сколько ради Анели, которая даже с кошкой стесняется познакомиться, так и просидит всю жизнь в девочках-отличницах.

Леночка сразу же пристроила студентов и Анелю к делу — украшать елку и гостиную, а сама отправилась вместе с Таней в кухню заправлять салаты. Красная от смущения Анеля попыталась было тоже улизнуть в кухню, но Леночка решительно вернула ее обратно и велела мальчикам сделать так, чтобы Анеля не скучала. А в кухню увела Диму, заявив, что он понадобится для суровой мужской работы — чистки картошки.

В общем, в квартире воцарился тот прекрасный переполох, который сопутствует молодости и празднику, даже взятым по отдельности, и лишь усиливается, когда молодость и праздник соединяются.

И все было хорошо, только Жени не было, а значит, все было для Тани плохо.

Елку нарядили быстро, салаты были уже готовы,

и даже картошка — Таня не знала, а Леночка сразу это обнаружила — была уже почищена домработницей Мотей, которая приходила сегодня утром, чтобы убраться к празднику. Но все-таки нашлись еще мелкие дела вроде того, например, чтобы охладить шампанское или нарезать хлеб, и Таня ими, разумеется, занималась и совсем потеряла счет времени. А когда она спохватилась и побежала в родительскую спальню переодеваться, то стрелки часов уже приближались к двенадцати.

Платье для этого праздника, для первого Нового года в Москве, ей дала мама, и это было настоящее парижское платье, которое графиня Татищева подарила своей милой крестнице Ниночке Поливановой, когда та выходила замуж за доктора Луговского, будущего Таниного папу.

Несмотря на то что с тех пор прошло восемнадцать лет, платье не выглядело старомодным. Вероятно, потому, что оно было совсем простое, без пошлой затейливости. Строгие линии тафты, из которой оно было пошито, соединялись с переменчивыми волнами прозрачного шифона, из которого были сделаны только рукава, и глубокий синий цвет соединялся в этом платье с цветом голубым. Синий и голубой одинаково шли и маме, и Тане, потому что обе они были голубоглазы и светловолосы. Две безмятежные Белоснежки, говорил про них папа.

И вот, надев это сказочное платье, Таня стояла перед зеркалом, шифон на ее плечах чуть заметно переливался в полумраке спальни, и ей казалось, что он трепещет от тревоги и счастья — двумя этими чувствами она была охвачена.

А Жени все не было и не было, и тревога ее поэтому все росла и росла.

Таня поспешно застегнула двойную жемчужную

нитку у себя на шее, успела подумать: «Жаль, что уши не проколоты и сережки нельзя вдеть», — и поскорее побежала к гостям.

Она появилась в гостиной, когда Волик уже готовился открыть шампанское.

— Таня, ну что ты так долго возишься? — возмутилась было Леночка. И тут же ахнула: — Ой, Тань!.. Вот это да!

Леночкино восхищение, конечно, относилось к платью. Она бросилась к Тане и принялась ее разглядывать, забыв даже, что до Нового года осталось всего три минуты.

— Ну-ка, повертись! — восклицала Леночка. — Ой, как рукава летают! Как крылья.

— Очень красивое платье, — подтвердила Анеля. И с присущей ей рассудительностью добавила: — Девочки, садитесь скорее за стол, уже двенадцать.

Хлопнуло шампанское, в ту же минуту раздался и хлопушечный взрыв, в воздух взлетело конфетти, все засмеялись, захлопали. Таня наконец присела к столу и выпила шампанского. Его, правда, была всего одна бутылка, поэтому все выпили по полбокала и перешли на вино, которого, впрочем, тоже было немного. Вино Таня пить не стала. Конечно, во Франции она привыкла к нему, но там все пили сухие вина, и по сравнению с ними крымский мускат, который Дима купил к праздничному столу в магазине на улице Горького, показался ей слишком сладким.

— Все-таки ты зря ругаешь рациональный алогизм, — сказал Волик. — Это интересная идея, и ее надо поддержать. Может получиться целое литературное направление, не хуже, например, акмеизма.

Наверное, он продолжал разговор, который начался, когда Таня переодевалась. И, наверное, этот разговор увлекал его так сильно, что новогодняя полночь являлась для него лишь досадной помехой.

— А по-моему, это глупость, — ответил Сережа. — Этот твой алогичный рационализм. Он мне не нравится.

— А что тебе нравится?

— Нравится — неправильное определение, — упрямо сказал Сережа. — Есть главное, и есть неглавное. По-моему, в литературе главное — гражданственность. Но только вот именно гражданственность, а не ходульность, поверхностность, льстивость, громогласность, хвалебность!

— Слишком пафосно!

— Не пафосно, а честно!

По тому, как серьезно и горячо они говорили, было понятно, что речь идет об очень важных для них и совсем не отвлеченных вещах.

Это и было то, что совершенно переменило Танину жизнь после того, как она познакомилась с Димой Саффо, то, что поразило ее в первый же день, когда она впервые гуляла с ним по весенним холмам Коломенского, — вот эта серьезность в отношении нежитейских, совсем не бытовых явлений, которая была присуща ему, а впоследствии выяснилось, и всем его друзьям с их разнообразными интересами. Это было для Тани так ново и так захватывающе, что даже пошлости советской жизни, которые прежде коробили, теперь казались ей незначительными мелочами.

Ее парижские друзья и подружки из лицея Виктора Дюрюи, в котором она училась, держались с милой непринужденностью, были по-французски приветливы, и общение с ними не доставляло затруднений. Но невозможно было представить, чтобы когда бы то ни было, в особенности за праздничным столом, они стали так горячо обсуждать алогичный рационализм в сравнении с гражданственностью.

Во всякий другой раз Таня приняла бы самое горячее участие в этом разговоре. Но сейчас она испытывала такое разочарование, даже обиду, которые пересиливали в ее душе все другие чувства.

«Не может быть, чтобы что-нибудь случилось, — с этой вот упрямой обидой думала она. — Что может случиться на обычных лыжных соревнованиях? Он просто решил праздновать Новый год с кем-нибудь другим. Да, наверное, так. Может быть, с теми, с кем провел сегодня весь день. Да-да, именно так и было. Сначала они бегали на лыжах, потом, возможно, играли в снежки, смеялись, раскраснелись от ветра... А когда приехали в Москву, то кто-нибудь предложил пойти к нему... или к ней и отпраздновать вместе Новый год. И он, конечно же, поддался этому общему порыву».

Что Женя мог поддаться порыву, не вызывало у Тани сомнения. Порыв был сутью его натуры, она поняла это в первую же минуту, когда увидела его, а потом лишь убеждалась в том, что ее первое впечатление было верным.

Таня настолько погрузилась в эти свои мысли, что ни на минуту не присоединялась к общему разговору.

— Это тот жемчуг твоей мамы, про который ты говорила? — вдруг услышала она.

И даже вздрогнула от неожиданности. Хотя вообще-то не было ничего неожиданного в том, что Дима обратился к ней с каким-то вопросом. Правда, было странно, что он не принимает участия в общем горячем споре, но она отметила это лишь мельком: ей было сейчас не до посторонних мыслей.

Дима стоял у стола рядом с Таней и смотрел на нее тем серьезным и не до конца ей понятным взглядом, который привлек ее внимание еще в тот день, когда он догнал ее на Тверском бульваре, чтобы отдать школьную сумку.

— Да, — коротко кивнула она.

— Как это он так светится? — задумчиво проговорил Дима. — Так, что источник света не виден... Непонятно. В «Огоньке» была репродукция одной картины, там тоже жемчуг, только не бусы, а сережка, и тоже все светится, а где источник, не разберешь. «Девушка с жемчужной сережкой» художника Вермеера, я тебе потом покажу.

Он всегда думал о каких-то отдельных от Тани вещах, когда разговаривал с ней, но это ничуть не обижало ее. Наоборот, ей, наверное, именно потому было интересно разговаривать с Димой, что у него были широкие интересы.

Но сейчас ей не хотелось разговоров. Совсем и никаких.

— Если хочешь, можешь поближе рассмотреть жемчуг, — сказала Таня.

— Как поближе? — растерянно спросил Дима. — Прямо на тебе?

В глазах у него при этом промелькнуло что-то странное — смятение, что ли? Ей показалось, что он даже отшатнулся слегка.

— Да вот так.

Таня расстегнула застежку, сняла двойную жемчужную нитку и протянула ее Диме. И, воспользовавшись его замешательством — что это его так смутило, кстати? А, неважно! — и общим увлеченным разговором, быстро встала из-за стола и выскользнула из комнаты.

Глава 21

В прихожей было темно. Пахло мокрой цигейкой от потертого воротника Анелиного пальто. Анеля всегда выглядела очень аккуратной, но никакая аккуратность не могла скрыть ее тяжелой бедности, даже нищеты. Таня тоже не росла в богатстве и бедных людей видела в Париже немало, хоть среди русских, хоть среди французов, но Анелина тихая бедность почему-то вызывала у нее такую острую жалость, что даже щипало в носу. Особенно после того, как она побывала у Анели в гостях и увидела, как скудно та обедает — если вообще можно было назвать обедом черный хлеб с жидким чаем — и как теснится втроем с мамой и сестрой в крошечной комнатке без окна, видимо, в бывшем чулане большой замоскворецкой квартиры, которая, наверное, не всегда была коммунальной.

Споткнувшись о чьи-то калоши, Таня пробралась в конец прихожей, под самую входную дверь, и села на обувную тумбочку, которая стояла под зеркалом. Зеркальная поверхность холодила спину, и вместе с этим холодом вползала во все Танино существо тоска.

«Почему я решила, что он захочет провести эту ночь со мной? — думала она. — Разве он когда-нибудь давал мне понять, что я значу для него больше, чем просто приятельница, одноклассница его брата? Я все выдумала! И он сегодня не придет».

Эта последняя мысль была такой отчетливой и ясной, что Таня даже проговорила ее вслух.

— Он сегодня не придет, — сказала она.

И сразу же услышала шаги за дверью. Они звучали так же отчетливо и ясно, как ее слова, и были прямым на них ответом. Это были стремительные шаги, и, услышав их, Таня почувствовала, что сердце у нее начинает биться им в такт.

Она вскочила и бросилась к двери. Она чуть не ударилась об нее лбом. Руки у нее дрожали, когда она отпирала замок, и распахнула она дверь так широко, как будто с лестницы должен был ворваться сноп яркого света.

На лестничной площадке, освещенной лишь тусклой лампочкой, царил обычный полумрак. Но какое это могло иметь значение!

— Таня!.. — задохнувшись от быстрого бега, сказал Женя. И повторил, но уже совсем по-другому: — Таня...

В том, как он произнес ее имя во второй раз, было столько нежности и счастья, что у нее занялось дыхание, хотя она-то ведь никуда не бежала.

— С Новым годом, Женя, — сказала она.

Она не знала, что сказать — любых слов было мало. А для него, кажется, любые слова не имели значения. Он выражал себя не словами, а этим вот голосом, в котором нежность соединялась с мужской мимолетной прямотою, и этим взглядом, в котором был порыв, и сам он, весь он был порывом...

Наверное, этот порыв невозможно было не почувствовать. Во всяком случае, Таня почувствовала его так сильно, что шагнула за порог квартиры Жене навстречу.

— Ты замерзнешь, Таня, — сказал он.

— Я оденусь.

— Давай!

Он обрадовался и сразу весь стал — радость. В нем не было ничего тайного, скрытого, все было таким же ясным, как его глаза.

Цвет глаз — это было то немногое, чем внешне различались братья Саффо. У Димы глаза были неопределенного, не то коричневого, не то серого цвета. А у Жени сияли такой яркой синевой, как будто сквозь них светилось небо.

Таня быстро шагнула обратно в прихожую, еле нашла среди чужих пальто и курток свою короткую беличью шубку, нетерпеливо потянула ее к себе, оборвав вешалку. Надевая шубку, она одновременно сбрасывала туфли, искала свои сапожки, которые, как назло, завалились куда-то за шкаф... Маленькая круглая шапочка никак не хотела держаться на голове, Тане пришлось несколько раз поднимать ее с пола...

Когда она снова вышла на лестничную площадку, Женя стоял перед дверью, даже не переменив позы. Он ждал ее и весь был теперь — ожидание.

— Оделась? Ну, пойдем, — сказал он так, словно они с самого начала договорились куда-то идти.

Хотя они ведь не только не принимали никакого общего решения, но, увидев друг друга, даже не произнесли ни одного вразумительного слова.

— У тебя лыжи? — удивленно спросила Таня.

Когда она увидела Женю, то все подробности времени, которое прошло без него, настолько вылетели у нее из головы, что она позабыла про соревнования, на которых он был с утра, и даже теперь, увидев стоящие возле лестничных перил лыжи, не сразу поняла, к чему они здесь.

— Я их у тебя оставлю, — сказал Женя.

Не заходя в квартиру, он поставил лыжи в угол прихожей и закрыл дверь. Тихий щелчок замка отделил его и Таню от голосов и смеха, которые доносились из гостиной, отделил и от музыки — там включили патефон... Они остались одни на пустой лестнице, где тусклый свет лампочки казался Тане волшебным сиянием.

Как будто воплощалось наяву то, что было прежде только в ее мыслях и снах. Ведь до этой ночи она держалась с ним обычно, так же, как со всеми своими друзьями, как с его братом Димой, да и Женя вел себя с нею так же, как, например, с Леночкой.

А эта ночь, вернее, одно только мгновенье этой ночи соединило их странным образом, но это почему-то не казалось Тане странным. В том и состояло волшебство, которое всегда приходит неожиданно, и всегда кажется естественным, и сразу становится главным содержанием жизни.

— А сам ты не замерзнешь? — спросила Таня, когда они спускались по лестнице.

Она только теперь заметила, вернее, только теперь поняла, что Женя одет в лыжный костюм.

— Нет, конечно, — улыбнулся он.

Они вышли из подъезда, прошли через двор и оказались прямо у Патриарших прудов. Шел снег, но было тепло. Полет крупных медленных хлопьев выглядел празднично. По катку, в который зимою превращался пруд, скользили конькобежцы, оттуда доносился смех. Фасад павильона, стоящего на берегу пруда, был украшен большой надписью «1940», и цифры подмигивали, потому что были сделаны из разноцветных лампочек. Хлопнула пробка от шампанского, и хлопок далеко разнесся в ночном воздухе.

— Здесь очень красиво. На пруду, — сказала Таня.

Она по-прежнему не знала, что говорить, и от этого, конечно, сказала глупость. Но это, на удивление, не вызвало у нее ни малейшей неловкости. Ей было так хорошо идти рядом с Женей в кружащихся снежных хлопьях, то и дело поглядывать на него — на его четко прорисованный в сплошной метели профиль, — что никакой неловкости не было места в ее сознании.

— Да, ничего здесь. — Женя остановился и посмотрел на Таню. От его прямого взгляда у нее замерло сердце. — Только он маленький очень, пруд этот. Малая вода.

«И крепко ли скованы льдины в великих и малых водах», — вспомнила Таня.

Стихотворение про Мороз Красный Нос мама рассказывала ей перед сном, когда она была совсем маленькая, но только здесь, в Москве, она поняла, что же это такое — не холод, а сильный мороз.

— Малая вода? — Таня улыбнулась, чтобы хоть немного скрыть свое волнение. — Но разве есть больше? Ведь мы в городе.

— Ну, Москва-река же есть, — пожал плечами Женя. — Там простор настоящий. Пойдем на реку, а?

Ему каждую минуту приходили в голову какие-то решения, и он сразу же сообщал о них Тане. И ей было радостно от мгновенности его решений и от такой же мгновенной его готовности делиться ими с нею.

— Пойдем! — весело ответила она.

Глава 22

Пока дошли от Патриарших прудов до набережной Москва-реки, снег прекратился. Они даже не шли, а вприпрыжку бежали по ночным улицам, то и дело встречали компании смеющихся людей и смеялись сами.

На берегу реки людей тоже было немало, но на Большом Каменном мосту, куда Таня с Женей поднялись с набережной, не было никого.

На одном берегу Москва-реки высились соборы и башни Кремля, на другом тянулась вдоль набережной серая стена тяжеловесного, недавней постройки правительственного дома.

— Когда мы приехали в Москву, то папе предлагали поселиться в этом доме, — сказала Таня, кивнув на мрачное строение. — Но он отказался.

— Почему?

— Сказал, что в этом доме есть что-то зловещее. Теперь я понимаю, что он имел в виду. Когда я смотрю туда, то вспоминаю роман Гюго. «Нотр-Дам-де-Пари», знаешь? Этот дом — какой-то отдельный мир, как и собор Нотр-Дам, и он тоже очень мрачный и очень цельный, правда? Только его цельности, — она снова кивнула в сторону Дома на набережной, — я совершенно не понимаю.

Конечно, такие разговоры лучше было бы вести с Димой: его всегда интересовало что-нибудь подобное. Но сейчас Тане вообще-то и не хотелось ни с кем вести никаких разговоров. Ей хотелось идти с Женей по пустынному высокому мосту, и то, что он не ответил на ее слова, а только опять посмотрел на нее своим прямым необыкновенным взглядом, не удивило ее и не обидело.

Все-таки они были не одни — посередине моста виднелась и другая пара. Высокий мужчина и маленькая женщина разговаривали слишком бурно, это было заметно даже издалека по их резким жестам. Потом женщина так же резко развернулась и пошла по мосту прочь от своего спутника. Она все ускоряла шаг, а когда поравнялась с Таней и Женей, то и вовсе побежала, поэтому Таня не рассмотрела ее лицо, успела только заметить, что оно сердитое и, кажется, заплаканное.

— Жалко, когда люди в такую ночь ссорятся, правда? — сказала Таня, проводив женщину взглядом.

Она в самом деле не могла представить, что для кого-то эта ночь совсем не «такая», а самая обыкновенная. Ей казалось, весь мир так же счастлив, как она, и так же не нуждается ни в словах, ни в объяснении своего счастья.

Наверное, Женя хотел ответить. Но вдруг его лицо переменилось. Таня быстро обернулась, потому что Женин взгляд был направлен ей за спину, и это был такой взгляд, что она подумала, там таится какая-то опасность.

Но пространство за ее спиной было все так же пустынно. Только маячил у перил моста мужчина, покинутый сердитой женщиной.

И вдруг, почти оттолкнув Таню, Женя бросился к нему. Это было так неожиданно, что Таня даже не поняла, что происходит. А когда пригляделась и поняла, то вскрикнула и бросилась было вслед за Женей, но, сделав лишь несколько шагов, остановилась в растерянности и страхе.

Мужчина был такой высокий, что когда он перекинул ногу через перила моста, то его движение выглядело каким-то даже неопасным, и непонятно было, что это он делает. Но, наверное, только для Тани непонятно.

— Стой! — на бегу крикнул Женя. — Стой, дурак!

Но Женин крик не произвел на мужчину никакого воздействия. Он не обернулся, а перелез через перила так неторопливо, как будто там, на другой их стороне, был какой-нибудь зеленый газон, а не черная пропасть со зловеще поблескивающей далеко внизу водою.

Эта неторопливость оказалась для него спасительной. Или не спасительной, а какой-то еще? Этого Таня уже не могла понять. Замерев от ужаса, она смотрела, как мужчина отпускает руку, которой держался за перила, наклоняется вперед, вниз, вниз... Она вскрикнула и зажмурилась так крепко, что огнем вспыхнули глазные яблоки.

А когда она открыла глаза, то увидела, что Женя уже тоже стоит по другую сторону перил, одной рукой держась за них, а другой — за ворот пальто, или куртки, или во что там одет этот жуткий тип, который висит над пропастью...

Вскрикнув еще громче, Таня бросилась к ним.

— Женя!.. — От ужаса у нее свело горло, и крик прозвучал как хрип. — Не падай, Женя!

Она обхватила Женю сзади, но тут же почувствовала, что ее жалких сил, конечно, не хватит, чтобы его удержать. Жуткий, подлый человек, висящий над пропастью, тянул Женю за собой, как чугунная гиря.

— Пусти!.. — прохрипел он оттуда, снизу.

— Не пущу, — резко, на одном выдохе, ответил Женя.

— Сам же... угробишься... Пусти!

— Нет.

Женя проговаривал все это коротко, чтобы не тратить сил на слова. Несмотря на мгновенность, с которой он бросился к самоубийце, действовал он четко и продуманно.

— Не удержишь!

— Обратно... не подтянусь... уже, — так же коротко и четко ответил Женя. — Помоги.

— Как тебе помочь? — вскрикнула Таня. — Женя, как?!

Он не ответил ей. Помочь ему она все равно не смогла бы, а значит, и незачем было отвечать. Он все больше и больше наклонялся вниз, выскальзывая из слабого кольца Таниных рук, и было понятно, что вот сейчас и ноги его соскользнут с узкого мокрого бордюра, к которому крепились перила моста.

Удержать его было невозможно.

— Ладно!.. — вдруг хрипло прозвучало снизу. — Гад!

И сразу после этих бессмысленных слов Таня почувствовала, что жуткое Женино движение вниз прекратилось. Он гибко распрямился, подтянул себя ближе к перилам. Внизу, возле его ног, показалось искаженное усилием лицо самоубийцы. Тот уже не висел над водой, удерживаемый только Жениной рукою, а, держась за нижний край перил, сам подтягивался вверх. Он был худой — ну конечно, высокий и худой, сейчас Таня это вспомнила, — и поэтому выбраться из пропасти было ему по силам.

Спустя еще несколько секунд он уже стоял на бордюре и медленно, головой вперед и вниз, переваливался через перила на мост.

Может быть, все происходило не совсем так — Таня не очень понимала, в какой последовательности развивается этот ужас. Она понимала только, что заняло все это, наверное, немногим больше минуты: вряд ли Женя удержал бы дольше даже самого худого и легкого мужчину.

И вот этот мужчина лежал на мокром асфальте лицом вниз, плечи его тряслись, и он хрипло выкрикивал какие-то разорванные, почти бессмысленные фразы:

— Гад!.. Кто тебя?.. Не просил же... Я же... Зачем?!

Это последнее слово он произнес уже сидя, и в голосе его прозвучало такое отчаяние, что Тане даже на секунду стало его жаль. Но она тут же вспомнила, как Женя скользил вниз, в черную пропасть, и ее жалость улетучилась.

— Затем, что противно стало.

Женин голос прозвучал так спокойно, как будто бы все, что происходило здесь всего пять минут назад, происходило без его участия.

Это спокойствие оказалось неожиданным для неудавшегося самоубийцы.

— Противно? — оторопело спросил он. — Тебе? Почему?

— Потому что тряпкой нельзя быть, — тем же тоном объяснил Женя. — Никому.

— Твое-то какое дело, кто я, почему я?! — выкрикнул тот.

Выкрик был такой истерический, что Таня поморщилась.

— Да никакого мне до тебя дела, — пожал плечами Женя. — И вообще, иди-ка ты домой, а? Весь праздник испортил, — добавил он и виновато посмотрел на Таню.

Виноватое выражение так мало шло к нему, что Тане сразу же сделалось смешно. Растерянность и ужас, которые она только что пережила, выветрились из ее сознания совершенно. И та пустота, которую они наверняка оставили бы, если бы она была одна, заполнились счастьем, восторгом и еще каким-то чувством, которому она не знала названия.

Она уже не обращала внимания на этого мрачного типа, который медленно вставал с асфальта. Поднявшись на ноги, он пошел по мосту — тоже медленно, как будто каждый шаг давался ему с усилием. Его плечи были опущены, и весь его облик был обликом горя.

Вдруг он остановился и резко обернулся.

— Думаешь, повезло тебе? — крикнул он. — Тебе, тебе! — Его безумный взгляд был направлен прямо на Таню. — Не в этом сила, поняла? Не в этом!

Что означали эти слова, Таня вдумываться не стала. Прежде всего они означали слабость того, кто их произнес, и этого понимания ей было достаточно. А главное, в то самое мгновенье, когда они прозвучали, она почувствовала, что руки Жени, который стоял чуть позади нее, ложатся ей на плечи.

Прикосновение его рук было таким, что Таню словно током ударило. Ей показалось, что на ней нет ни шубки, ни платья — совсем ничего, и Женины руки касаются и тела ее, и сердца.

Она задохнулась, замерла и медленно обернулась к нему. Он не опустил рук, и, обернувшись, она оказалась в их кольце. И это было совсем не то кольцо, каким она пыталась удержать его над пропастью! Силой дышали его руки, силой и нежностью.

— Таня, — тихо произнес он. — Таня...

Он совсем не умел называть словами то, что чувствует; это Таня давно уже поняла. Но он чувствовал все так сильно и просто, что ему и не нужны были слова.

Они стояли одни на Большом Каменном мосту, ветер холодно гудел над рекой и над ними, но они не замечали холода. Закинув голову, Таня видела сиянье Жениных глаз, темный блеск его волос.

«Почему у него волосы так блестят?» — вдруг подумала она.

И сразу догадалась: да ведь снег, который еще недавно валил крупными хлопьями, растаял на его голове, и волосы у него стали мокрые, а потом поднялся холодный ветер, и они замерзли, и голова у него поэтому блестит теперь, как темный лед.

— Женя! — воскликнула Таня. — У тебя же голова ледяная! Ты простудишься! Побежали скорее!

Она почувствовала, что при этом ее вскрике он

улыбнулся — весь улыбнулся, и руки, обнимающие ее, улыбнулись тоже.

— Ничего со мной не случится, — сказал он прямо ей в висок. — Но и правда, пошли отсюда. Кремль же рядом — охрана заметит. Пойдем.

Он опустил руки, освобождая Таню, и ее сразу же охватило такое горькое сожаление, как будто это было навсегда. Но Женя взял ее за руку, и все время, что они шли по мосту к набережной, она чувствовала, как его пальцы сжимают ее кисть, сильно и горячо.

— Как же ты не взял с собой теплой одежды? — Таня шла быстро, стараясь попадать в такт Жениным широким шагам. — Ведь вы ехали в электричке, туда и обратно, и это холодно в лыжном костюме!

От волнения она стала говорить по-русски неправильно и сама это слышала.

— Я взял, — снова этим прекрасным виноватым тоном ответил он. — В Яхрому я в куртке ехал. В отцовской, в летчицкой. Но потом у ребят ее оставил.

— Почему? — удивилась Таня.

— Так ведь они... А!.. — вспомнил он. — Я же тебе не успел рассказать. На обратном пути электрички встали, там с семафорами что-то. А у Витьки Голубева по той дороге тетка живет. Ну, все к ней и пошли, то ли ждать, пока электрички пустят, то ли уже Новый год встречать.

— А как же ты добрался до Москвы?

— На лыжах.

— Как на лыжах? — ахнула Таня. — Это же очень далеко!

— Не так уж и далеко. Километров десять оставалось. Но в куртке не добежал бы, конечно. А к Новому году не успел я все-таки.

Только теперь Таня поняла причину его виноватого тона. Жене казалось, что она обижена на него за опоздание к празднику! Она улыбнулась его неведению. Сам он был — праздник, и только с его появлением началось для нее счастье этой ночи.

Она представила, как он бежал на лыжах через лес, как сильны и слаженны были его движения... Все ее тело вспыхнуло, когда она это представила, и ей стало жарко, хотя ночной мороз все усиливался.

Когда спустились на набережную, Таня зачем-то оглянулась. Большой Каменный мост высился над рекой пустынно и мрачно. Она вздрогнула, вспомнив, что было там, на мосту.

— Замерзла?

Женя почувствовал ее короткую дрожь.

— Нет, — покачала головой Таня. — Просто вспомнила... Как же ты так безрассудно к нему бросился, Женя?

— Почему безрассудно?

Он пожал плечами и улыбнулся. В прямом взгляде, которым он смотрел на Таню, не было ни капли сожаления. В нем была только любовь — Таня видела ее и чувствовала всей собою. Любовь, вырываясь из Жениных глаз, заливала ее очень большой волной.

— Но ведь ты мог упасть... — пролепетала она.

Трудно было говорить, задыхаясь в этой могучей счастливой волне.

— Ну и что? Внизу же вода — река не замерзла. Не разбился бы.

Таня хотела сказать, что вода ведь страшно холодная, а мост такой высокий, что, упав с него, можно разбиться и о воду... Но невозможно было произносить такие обыкновенные слова, глядя в его глаза, переполненные любовью.

— Прости, Таня, — сказал Женя. — Испортил тебе праздник. Но я... Ну, не могу я на слабых людей просто так смотреть. Мне, понимаешь, хочется их за шиворот взять, встряхнуть и сказать: «Да будь ты сильным, не так уж это трудно!» — горячо, взволнованно добавил он.

— Ты и встряхнул. — Таня улыбнулась его горячности. — Ты очень сильно его встряхнул.

Они медленно пошли по набережной.

— Очень хороший получился праздник, — сказала Таня. — Самый настоящий праздник, ты не думай.

— Правда, — согласился он. — Новый год — хороший праздник. Чувствуешь что-то новое впереди.

— Да, мы ведь школу закончим, — кивнула Таня.

Она тоже чувствовала новое, начавшееся этой ночью. Она чувствовала это как счастье от Жениного неожиданного появления, и как страх за него, и как любовь, которую впервые увидела в его прямом взгляде. Но сказать об этом Жене она все-таки не решалась и поэтому сказала только об окончании школы.

— Ты кем хочешь быть? — спросил он.

— Еще не знаю, — ответила Таня. Ей было неловко за свою неопределенность перед таким человеком, как Женя. — Наверное, буду изучать в университете русский язык. Я еще не очень хорошо его чувствую, поэтому мне нужно. То есть я буду поступать на филологический факультет. А ты кем будешь?

Таня спросила, кем он будет, а не кем хочет быть, потому что ей было понятно: Женя будет именно тем, кем хочет, иначе для него невозможно.

Ее вопрос не вызвал у него ни секунды размышления.

— Летчиком, — ответил он.

— Тебе это очень подходит, — улыбнулась Таня.

Она представила его в самолете, в небе, и сердце у нее дрогнуло от любви к нему и от страха за него.

— Я еще когда маленький был, то хотел. Как отец.

Таня уже знала от Димы, что их с Женей отец был летчиком и погиб в Испании год назад. Мама их умерла давно, и их воспитывала бабушка, но и она уже умерла, и они жили теперь одни.

История жизни братьев Саффо должна была бы выглядеть грустной. Но оба они относились к своей жизни так, как будто никакой грусти в ней не было.

Ей тоже казалось невозможным говорить с Женей грустно.

— У вас необычная фамилия, — сказала она. — Ты не знаешь, какое ее происхождение?

— Греческая, кажется. Бабушка вроде бы что-то такое говорила. Но я не особо интересовался. Может, Димка знает. Спроси его, если хочешь.

Вообще-то и у Тани интерес к этому был чисто филологический. В Москве смешение людей было еще сильнее, чем в Париже, и их происхождение не имело значения, во всяком случае, среди ее друзей.

Она хотела сказать, что спросит у Димы, если не забудет, — но не успела ничего сказать. Женя вдруг остановился и повернул ее к себе. Именно повернул, развернул, порывисто и сильно.

— Таня! — сказал он. Его голос прозвучал так, что она замерла. — Я тебя люблю. Очень люблю, Таня!

И он поцеловал ее. Это был первый в ее жизни поцелуй, самый первый. Он ослепительно сиял в холодеющей мгле этой ночи, и не было во всем мире ничего, что могло бы не только затмить его, но хотя бы с ним сравниться.

Губы у Жени были твердые и горячие, такие же, как пальцы, которыми он сжимал Танину руку, когда они спускались с моста. Он был выше ее ростом, и, когда они целовались, шапочка упала с Таниной головы в снег. Но она этого не заметила, конечно. Она вся дрожала в Жениных объятиях.

— Ты замерзла? — спросил он, отрываясь от ее губ.

— Нет! — торопливо, задыхаясь, проговорила она.

И он стал целовать ее снова.

В его поцелуях не было повтора, как не было и не могло его быть в кружении снега, в порывах ветра.

— Я люблю тебя, Таня, — сказал он, на миг оторвавшись от ее губ.

И в этих его словах не было повтора тоже.

— И я, — прошептала она. — Я всю свою жизнь буду любить тебя, Женя.

— Меня, наверное, трудно тебе будет любить, — сказал он. — Тревоги много.

— Это неважно. Ведь любовь всегда тревожна, правда?

Она чуть отстранилась от него и заглянула ему в глаза.

— Насчет всегда не знаю. Может, только со мной.

— А другой любви и нет. — Она снова приблизила губы к его губам. — Только с тобой. Мне другой любви не надо.

Глава 23

Что-то странное происходило в природе.

Ну, сентябрь часто бывает теплым, в этом нет ничего удивительного. Октябрьское тепло можно списать на бабье лето. Но когда теплым оказывается ноябрь, да еще во второй своей половине, то это уже не радует, а вызывает изумление и даже какую-то смутную тревогу.

Тем более что весь ноябрь — возможно, как раз из-за своего тепла — был таким хмурым, что утро, день и вечер не имели четких границ. Облака стояли низко, плотно, и этот унылый облачный полумрак постепенно переходил в ночную тьму.

За всю осень Ольга приезжала в Тавельцево лишь несколько раз. Не хотелось ей никуда ездить. Когда на работе ее спрашивали, как дела на даче, она говорила, что ей портит настроение странная природная аномалия, неуместное ноябрьское тепло, а главное, сумрак, и поэтому она бывает на даче редко. Но сама она знала, что дело, конечно, не в погоде.

Все ее мысли были о Сергее, о разлуке, о невозможности быть с ним, и остальной, не имеющий отношения к этим мыслям мир казался ей словно бы и не существующим. Ей не хотелось тратить на него усилий, он был ей безразличен.

Нет, что-то в этом мире ей все же приходилось делать, конечно. Ольга сознавала, что работу свою она выполняет только по инерции, но она преподавала уже много лет, поэтому ее инерция выглядела так, что не заслуживала упрека в недобросовестности.

Но Тавельцево... Ездить туда она могла себя только заставить.

Именно это ей и пришлось сделать в выходные. Они с Андреем приехали на дачу, чтобы посадить деревья.

Из Москвы ехали порознь, на двух машинах. Это было понятно, ведь Ольга могла задержаться в Тавельцеве до утра понедельника, а Андрею обязательно надо было вернуться в Москву в воскресенье, чтобы в понедельник успеть на лекции. Да и приобретать водительские навыки ей было необходимо. Так что их раздельная поездка выглядела вполне естественной.

И все-таки неестественность ее, какую-то тягостную неловкость Ольга чувствовала всю дорогу. И при этом всю дорогу она радовалась своей с мужем раздельности.

Все последние полгода она чувствовала, что каждое ее слово, обращенное к нему, каждая ее обыденная фраза наполнены фальшью и натянутостью, и понимала, что Андрей тоже не может этого не чувствовать, и радовалась любой передышке, позволяющей им обоим не испытывать этих тягостных чувств.

Они не обманывали друг друга никогда и ни в чем, даже в мелочах. Они не старались этого делать, просто у них не было необходимости в обмане. Правда между ними была легка и естественна, поэтому контраст неправды, которая пронизывала теперь каждый их день, да что там день, каждую минуту их жизни, был для Ольги мучителен.

Лесные деревья попросила посадить под окнами тетя Мария, когда купила для своих сестер и их детей этот дом. Это было связано не с детскими ее воспоминаниями — она родилась во Франции и в Россию впервые приехала лишь несколько лет назад, — а с рассказами о Тавельцеве ее отца. Воспоминания об отце, как Ольга поняла, являлись для тети Марии чем-то священным. И Татьяна Дмитриевна относилась ко всему, что было связано с ее отцом, таким же точно образом.

Было, наверное, в личности доктора Луговского что-то, не позволявшее относиться к нему иначе. Ольга всегда собиралась расспросить об этом маму, но теперь это намерение стало неважным. Как и все другие намерения ее прежней жизни.

В лес поехали все же не на двух, а только на Андреевой машине. У нее посадка была выше, и если разложить задние сиденья, то в багажник помещались довольно длинные деревца.

— Какие деревья ты хочешь? — спросил Андрей, когда выехали из Тавельцева и направились к недалекому лесу.

— Не знаю. — Ольга смотрела в окно, затянутое унылой серой хмарью. — Какие в лесу бывают? Береза, клен... Не знаю.

Она хотела сказать, что ей все равно, но вовремя спохватилась, что говорить этого не надо. Ей теперь все время приходилось вот так вот следить за своими словами, интонациями, действиями.

— Клен я, пожалуй, без листьев и не узнаю сейчас. — Голос Андрея звучал ровно; он смотрел на дорогу. — Березу узнаю, дуб, возможно.

— Их и посадим. Это будет красиво.

Иногда Ольга чувствовала в своих словах такую натянутость, ну просто до неправильности, как будто она говорит на иностранном языке или переводит с иностранного. Впрочем, говорить по-французски и переводить с него ей было гораздо проще, чем разговаривать сейчас с мужем.

«Я долго этого не выдержу, — подумала она с каким-то унылым отчаянием. — Что же будет?»

Подходящие деревья обнаружились на самой опушке, даже в лес въезжать не пришлось. Ольга тоже узнала среди них только березу; маленький дубок вызвал бы у нее сомнения, если бы не желуди под ним. Но это и правда не имело большого значения, ведь тетя Мария просила посадить любые лесные деревья.

Андрей выкопал четыре деревца. Больше не поместилось в багажник, надо ведь было оставить землю на корнях.

— Вон то, кажется, липа, — сказал он, подходя

еще к одному деревцу с узловатыми тонкими ветками. — Может, выкопать?

— Выкопай, — кивнула Ольга.

Андрей посмотрел на нее тем настороженным взглядом, которым часто смотрел в последнее время, и, ничего больше не говоря, выкопал липу. Потом они сели в машину и поехали домой. Хоть деревца были маленькие, но багажник все-таки не закрылся до конца, и всю дорогу Ольга видела, как покачиваются позади машины тонкие вершины.

«Зачем я все это замечаю?» — думала она, безучастно следя за их прощальными взмахами.

У мамы с утра болела голова, и она не выходила. Ольга и Андрей сажали деревья вдвоем.

Березу и предполагаемую липу они посадили под окнами гостевой комнаты: Андрей сказал, что французской тете будет, наверное, приятно видеть, просыпаясь, именно эти деревья.

— Хотя когда они еще до окна дорастут! — добавил он. — А дуб куда?

Ольга молчала. Она смотрела на тонкий дубок и понимала, что он ей чужой. Все, что ее окружало здесь, в этом доме и в этом саду, что было родным и необходимым, стало ей теперь чужим. От этого ощущения ее охватил ужас.

— Может, вместо того смородинового куста, который Татьяна Дмитриевна со двора убрала? — спросил Андрей.

— Да-да. — Ольга вздрогнула и встряхнула головой, пытаясь этот ужас прогнать. — Там будет хорошо. Посередине двора.

— Оля, — вдруг сказал он, — может, ты мне все-таки объяснишь, что с тобой происходит?

— А что со мной происходит? — Ольга отвела взгляд. — Я не понимаю.

— Я тоже этого не понимаю.

— Нет, я не этого. Я не понимаю, почему ты вообще решил... Со мной ничего.

Она сама слышала, что говорит чересчур торопливо и сбивчиво, но ничего не могла с этим поделать.

— С тобой что-то происходит. Что именно, я не понимаю, и это меня тревожит. Хотя, может быть, зря тревожит. Может, это просто возраст. У тебя непростой для женщины возраст.

— Ты имеешь в виду климакс? — пожала плечами Ольга. — Мне до него как будто бы далеко. Во всяком случае, я ничего такого не ощущаю. Но все-таки надо сходить к врачу. Я схожу.

Ей показалось спасительным его предположение о том, что ее состояние может быть связано с обычными возрастными трудностями, и она поспешила укрепить его в этой мысли.

— Сходи, — сухо сказал Андрей. — И хороший психолог тебе не помешал бы. Женщина не должна оставаться один на один с проблемами возраста. Она должна их решать, пока они не перешли в болезнь.

— Я схожу, — кивнула Ольга. — Прямо на этой неделе. И к врачу, и к психологу.

— Скажи, когда к психологу соберешься. Я тебе подскажу, к кому пойти.

— Ладно.

Ее пронзила вдруг такая острая жалость к нему, что слезы подступили к горлу. Лучше бы он обо всем догадался, честное слово! Его догадка была бы не так мучительна для нее, как эта наивность его неведения — наивность честного человека.

Андрей принес из багажника дубок и стал сажать

посередине двора. Потом он посадил то деревце, которое они сочли кленом.

Ольга зачем-то ходила за ним следом, хотя ее помощь не требовалась. Жалость не давала ей оторваться от Андрея, привязывала ее к нему крепче, чем стальная проволока.

— Все, — сказал он наконец, притоптав землю под кленом. — Авось примутся. Сейчас багажник почищу и поеду.

— Сегодня поедешь? Я думала, ты до завтра останешься.

— Завтра все в Москву возвращаются. Часа три на дорогу потрачу. Если не больше.

— Я вернусь в понедельник.

— Я знаю.

Они знали каждый шаг друг друга. Это знание установилось между ними так же прочно, как привычка к утреннему кофе, и разрушить это установление значило бы разрушить всю их жизнь.

И она сама разрушала теперь это их общее знание, и жизнь их разрушала тоже.

— Скажи Нинке, чтобы завтра на ночь мясо из морозилки вынула, — сказала Ольга. — Я в понедельник суп сварю.

— Я сам выну, — сказал Андрей. — Нинка забудет. Ей сейчас все, кроме ее великой любви, до лампочки.

— Страшно даже.

— Что страшного? — пожал плечами Андрей. — В ее возрасте так и должно быть.

«А в моем? — подумала Ольга. И ответила сама себе резко и зло: — И в моем тоже! В конце концов, любви все возрасты покорны!»

Андрей уехал. Ольга вошла в дом и поднялась в спальню. Она шла медленно, чтобы скрип ступеней не разбудил маму. Взгляд, которым та смотрела на нее в последнее время, был слишком проницательным.

Надувной матрас давно уже был заменен кроватью. Она была стилизована под старину, и очень удачно стилизована — деревянная, с красивыми изгибами чугунного литья. Ольга сама ее выбирала и очень радовалась, когда удалось найти именно такую, с красивым декором.

Теперь она смотрела на кровать, и этот строгий чугунный рисунок казался ей таким чужим, даже не чужим, а таким каким-то... недозволенным, что она не могла заставить себя лечь.

Но она все же легла на кровать и сразу отвернулась к стене. Слезы стояли в горле, отчаяние выталкивало их. Жизнь ее, вся ее прежняя жизнь стремительно рушилась; это было для нее очевидно.

Она села, обхватила себя руками за плечи. Она раскачивалась, как душевнобольная. Она не могла ни лежать, ни сидеть, ни есть, ни спать, потому что чувствовала, как у нее внутри обрушиваются все опоры, на которых держалась ее жизнь.

Ольга встала и вышла из комнаты так поспешно, как будто убегала от кого-то. Да не от кого-то — от себя, конечно. Это звучало пошло даже в мыслях, да и неосуществим был такой побег.

Когда она спускалась по лестнице, то уже не думала о том, чтобы не скрипели ступени. Ей хотелось только поскорее выйти на улицу, как будто свежий воздух мог ее успокоить.

Глава 24

С утра было тихо и сумрачно, а теперь поднялся ветер.

Сосны, обступающие дом, гудели не ветками, а

стволами, и было что-то зловещее в таком вот сплошном их гуле.

Со всех деревьев давно облетели листья. Они шелестели теперь на земле, и казалось, что вся земля дышит пространной тревогой.

Ольга вышла за калитку. Она не знала, куда пойдет, и не было у нее никакой надобности куда-то идти. Просто она не могла оставаться на месте: ей казалось, что тревога живет в ней так же, как в шелесте палой листвы под ногами.

Летом трудно было бы идти через луг с его спутанной, никем не кошенной травой. А теперь он был плоским, пустынным, и Ольга шла по нему так быстро, как гнала ее бессмысленная тревога. Внутри у нее словно билась тяжелая птица.

Перейдя луг, она вышла на проселок. Ветер бил ей в лицо, потом переменился и погнал в спину, как будто она была сухим листом. От этого она ускорила шаг, почти побежала. В этом было что-то безумное, и она это знала. Ей казалось, что там, в конце дороги, в конце ее бесцельного пути, находится пропасть, в которую она не может не упасть.

Но никакой пропасти не было — снова начался луг, на этот раз кочковатый, похожий на болото. Ольга то и дело спотыкалась, один раз чуть не упала. Но ветер по-прежнему бил ей в спину, и она почти не замедляла шагов.

В ноябрьских сумерках мир вокруг казался не только суровым, бесприютным, но еще и призрачным. Особенно на этой мрачной пустоши. Как будто не было кругом ни людей, ни жилья, ни светящихся окон.

Никакого света, правда, и в самом деле не было; вечер сгущался зловеще, без огней. К тому же начался дождь, и сквозь мокрые ресницы странность пустынного мира лишь усиливалась всяческими обманами зрения.

Ольга чувствовала глупость, бессмысленность своего похода, и ей хотелось вернуться домой. Но усталость все никак не овладевала ею настолько, чтобы пересилить тревогу, и она понимала, что, значит, дома ей не будет покоя, и все шла и шла вперед, спотыкаясь и чуть не падая.

И остановилась, только когда увидела там, впереди, посреди пустоши, высокую фигуру в длинном плаще.

«Это плащ-палатка, наверное, — подумала Ольга. — Да-да, точно. Как в кино про войну».

И тут она наконец испугалась. Осень, сумрак, ветер — и незнакомый человек в плащ-палатке, и лица его не видно, и страшно встретиться с таким один на один даже в городе, не то что на этой зловещей пустоши...

Ольга остановилась. Человек остановился тоже. Он как будто ожидал, что она станет делать. Наверное, надо было поскорее развернуться и бежать, но она не могла.

Ветер переменился — теперь он бил ей в лицо. Неподвижный человек высился впереди, как утес. Вдруг он пошел вперед, прямо к Ольге.

Он шел именно к ней, направленно, а она стояла, остолбенев, и не могла сойти с места.

Он был все ближе, ближе, совсем близко подошел к ней. Его походка была знакома — Ольга узнала бы ее, даже если бы он шел по марсианской равнине, как узнавала и теперь, на этой кочковатой пустоши.

— Оля... — сказал он. — Я и не надеялся, что тебя увижу. Нет, надеялся все ж таки. Подумал: а вдруг ты на даче сейчас? И пошел. Что ты тут делаешь?

— Я... — Она так растерялась, что не находилась с ответом. Да она и в самом деле не знала, что делает одна на пробитой ветром пустоши. — Я... вышла из дому, и... Я не могла...

Она хотела сказать, что не могла сидеть на месте, что ее выгнала из дому тревога, что вся ее жизнь стала такой же призрачной, как этот невыносимый ноябрьский пейзаж... Но ничего этого она сказать не смогла.

Сергей смотрел на нее зелеными прекрасными глазами, которые не выходили у нее из памяти, из снов. В его появлении была такая же невыносимость, какая была и в дожде, секущем лицо, и в ветре, сбивающем с ног.

— Как же ты вышла? — сказал он. — Ноги могла б тут на кочках переломать. Зачем ты одна?

С этими словами он сделал еще шаг к ней. Он был теперь совсем близко, его широкие плечи загораживали низкое небо. Ее потянуло к нему неудержимо, полжизни она отдала бы за то, чтобы прижаться к этим плечам, да что там полжизни, что ей было в таком жалком расчете — всю жизнь она отдала бы за это!

— Ты же замерзла, — сказал Сергей.

Он положил руку ей на плечо, уже притягивая ее к себе. Его рука обожгла Ольгу так, словно не было на ней ни куртки, ни свитера, словно она стояла перед ним голая.

И одновременно с этим жаром, который прошел сквозь нее в самую землю, как молния, пронзил ее ужас.

Это был тот самый ужас, который она почувствовала, когда смотрела на тонкий дубок у Андрея в руке и понимала, что все это стало ей теперь чужим и что невозможно ей жить на свете с этим чувством чужести, чуждости всего ее прежнего мира.

Она отшатнулась. Сергей не ожидал этого движения — его рука скользнула по Ольгиной мокрой куртке и упала с ее плеча.

— Чего ты, Оля? — растерянно произнес он. — Напугал тебя?

— Нет! — Она словно со стороны слышала, с какой глупой резкостью звучит ее голос, ее крик. — Не могу я этого!.. Невозможно это, Сережа!

— Что невозможно?

Его голос прозвучал почти испуганно. Наверное, вид у нее и вправду был пугающий: вся мокрая, истрепанная ветром, с прилипшими ко лбу прядями, с безумными глазами...

— Не могу я так жить! И не смогу. — Она заговорила быстро, лихорадочно, как будто болезнь, сидевшая глубоко у нее внутри, поднялась вдруг к горлу, к самым губам. — Я же не дура, Сережа, не девчонка семнадцати восторженных лет, понимаю, что ничего в этом особенного нету. Господи, да что у нас, девятнадцатый век, под поезд, что ли, надо бросаться? У половины моих подруг любовники, а у второй половины, может, только потому и нету, что найти не могут! И кому от этого плохо? Всем только хорошо! И им, и мужьям — отношения игривее становятся, все так говорят, и это правда, я уверена. Наверное, так и надо, во всяком случае, так возможно... Но я не могу! Не могу я так, понимаешь? Что это, глупость, замшелость моя, может, — не знаю! Но не могу. — Сергей смотрел на нее, и Ольга видела в его взгляде только непонимание и растерянность. Да и мудрено было понять смысл ее сбивчивых слов. — Мне не хватает беспечности, — сказала она уже спокойнее; ее вдруг охватило состояние сродни усталости, почти равнодушию. — Я не могу относиться к этому легко, вообще не могу легко перелетать из одного состояния в другое, играть с этим не могу. Вряд ли это достоинство. Во всяком случае, жить с этим тяжело.

— Не знаю я, Оля, — сказал он.

В его голосе звучала опаска. Она вдруг увидела себя со стороны: стоит растрепанная, мокрая баба посреди болота, несет какую-то невнятицу о том, что важно только для нее и ничего не значит для мужчины, особенно для этого вот мужчины, у которого плечи закрывают полнеба и дождинки блестят на лбу, как на скале...

— Я пойду, Сережа, — сказала она, отводя взгляд от его лица и от этих дождинок. — Пойду.

— Я тут в Чудцево приехал, — зачем-то, словно она спросила, что он делает здесь, проговорил Сергей. — Дедов дом хочу продать и комнату на Пироговке — может, на квартиру хватит. И так меня потянуло, Оля!.. Думаю, а вдруг она на даче сегодня, выходной же. Хоть под окном у нее постою, увижу ее, может... Давай я тебя провожу, — добавил он, видя, что она поворачивается, чтобы уйти. — Как же ты обратно одна?

— Не надо провожать, — сказала Ольга. — Здесь близко. Я минут пятнадцать всего от Тавельцева шла.

Она с трудом выговаривала эти слова, простые и пустые. Она чувствовала, что если постоит вот так перед ним еще хотя бы минуту, то уже не сможет уйти от него — бросится ему на шею, заплачет, закричит, сделает еще что-нибудь глупое, никчемное, безнадежное...

Она повернулась и быстро пошла обратно, скользя на кочках, но не спотыкаясь. Она старалась не спотыкаться, чтобы Сергей не догнал ее, не стал бы помогать.

Она шла и шла, удаляясь от него. Если бы она оглянулась, то, наверное, уже и не различила бы его силуэт в сгущающейся тьме. Но она не оглядывалась.

«Он шел, чтобы меня увидеть. Хоть под окном у меня постоять. — Эти слова Сергея били ее в виски и отдавались под веками яркими болезненными вспышками. — Он любит меня, хочет меня, он готов был просто стоять у меня под окном, хотя мне уже сорок лет и он моложе... Мне уже сорок лет, и никогда уже в моей жизни этого не будет, чтобы мужчина, молодой, весь сила и страсть — да-да, сила, страсть, молодость, ведь это именно так, — чтобы такой вот мужчина готов был стоять в дождь у меня под окном, лишь бы только меня увидеть... Это могло со мной быть, у меня могла быть такая вот любовь, а я отказалась от нее, сама себе в ней отказала, и ее у меня не будет. Никогда больше не будет такого в моей жизни. Господи, да что же это я наделала, чего ради, зачем?!»

Она задохнулась, остановилась, качнулась, она готова была обернуться, вернуться... Но вместо этого бросилась вперед. Она словно убегала от какой-то опасности, и от того, удастся ли ей убежать, словно бы зависела ее жизнь. И лучше ей было переломать ноги на этом болоте, чем не успеть, не суметь убежать — так она чувствовала.

Глава 25

Дом открылся впереди таким сиянием, что Ольге даже показалось, будто он охвачен пожаром. Она остановилась, тряхнула головой, провела рукой по ресницам. Они были мокрые от дождя и слез, и, может, это создавало иллюзию слишком яркого света в окнах? Но слезы сползли с ресниц, соединившись на щеках с уже упавшими раньше слезами, а окна дома сияли по-прежнему.

Ольга перешла через мостик и открыла калитку. В окнах первого этажа она издалека увидела мамин силуэт. Та стояла прямо, как всегда, но в ее не по-старчески стройной фигуре Ольге почему-то почудилась тревога.

Она пробежала по широкой дорожке, взбежала по ступенькам веранды. Входная дверь не была заперта и даже не была плотно закрыта, несмотря на холод, стоящий на улице.

Ольга распахнула дверь и увидела Нинку. Та сидела посреди комнаты на табуретке и была похожа на мокрую птичку. Нинка недавно купила себе смешную куртку — это был обычный пуховик, но прозрачный. В квадратных подушечках, из которых он состоял, видны были сиреневого цвета перья, которыми он был набит. Ольга улыбнулась, когда впервые увидела это экзотическое, вполне в Нинкином духе изделие.

И вот теперь ее дочь сидела на табуретке, как взъерошенная сиреневая птичка, и пол вокруг нее был мокрый. У Ольги даже мелькнула нелепая мысль, что это слезы натекли с Нинкиных щек на пол. Такого, конечно, не могло быть, но Нинка выглядела так не свойственно себе самой и поэтому так пугающе, что в голову могли прийти самые невозможные предположения.

— Нина! — воскликнула Ольга. — Что случилось?

Нинка молчала. Она даже не обернулась, когда Ольга вошла, и на голос ее не обернулась тоже, и на вопрос не ответила.

— Ты одна? — Ольга обошла вокруг табуретки и попыталась заглянуть Нинке в лицо. — Ты на чем приехала?

Заглянуть ей в лицо было невозможно: оно было опущено вниз и скрыто свисающими мокрыми волосами.

— Нина, разденься. — Голос Татьяны Дмитриевны звучал спокойно, но при взгляде на ее застывшую фигуру Ольге нетрудно было догадаться, чего стоит маме такое спокойствие. — У тебя куртка насквозь мокрая, надо высушить.

— Давай снимем.

Ольга присела перед табуреткой на корточки и протянула руку, чтобы расстегнуть «молнию» дочкиной куртки. И тут Нинка вдруг вскрикнула так пронзительно, так горестно, как будто Ольга собиралась ее задушить.

— Не-ет! — закричала она. — Я не могу-у! Так нельзя, нельзя, нельзя же!..

Она наконец подняла голову, и Ольга увидела ее лицо. Оно было искажено такой болью, как будто Нинку резали заживо.

Все, что заполняло болью ее саму, выветрилось мгновенно, забылось, вытеснилось страхом за дочь, да что там страхом, настоящим ужасом.

— Ниночка! — задыхаясь от этого ужаса, воскликнула Ольга. — Маленькая моя, да что с тобой?!

Она не называла дочку маленькой, кажется, с тех пор, когда та действительно была маленькой, кудрявой и резвой толстушкой, крепко целовала маму на ночь и тайком от нее вымогала у папы сладости. Выросшая Нинка давно уже презрительно фыркала в ответ на любую попытку родительской нежности, держалась с подчеркнутой независимостью и из детских привязанностей сохранила разве что любовь к сладкому.

— Он... Он... — трясясь от рыданий, проговорила она.

— Кто — он? Кирилл? — наконец догадалась Ольга. — Что с ним случилось?

— С ним... ничего... Он ушел... от меня...

«И всего-то? — с облегчением подумала Ольга. — Слава богу!»

Ужас, так мгновенно и сильно сжавший ее сердце, исчез, но пустота, в которую могла бы снова хлынуть собственная тоска, на его месте не образовалась. Сердце было заполнено тревогой за Нинку.

— Ниночка... — Ольга осторожно потянула вниз язычок «молнии», положила руку на дочкино плечо, чтобы снять с нее куртку. — Ну что же теперь? Ведь это с каждым может случиться.

— С каждым?!

Нинка отшатнулась, потом рванулась — так, словно собиралась бежать куда глаза глядят, но не смогла подняться на ноги. Табуретка скрипнула всеми ножками по полу и упала. И вместе с табуреткой Нинка тоже упала на пол с таким глухим стуком, как будто была не живой девочкой, а деревянной куклой. Самое жуткое было в том, что она даже не попыталась встать — как упала, так и осталась лежать лицом в пол, только плечи вздрагивали от рыданий.

— Господи! — Ольга присела на корточки рядом с ней, бестолково хватая ее за судорожно трясущиеся плечи. — Ниночка, ну что же ты, господи?! Ты ударилась, да? Больно? Ну вставай, вставай...

Нинка не встала, а стремительно села на полу. Ее лицо было залито слезами. Глаза, и так не слишком большие, теперь превратились в щелочки, нос покраснел и распух.

— Этого не может быть с каждым! — сквозь слезы выкрикнула она. — Только со мной! Потому что я дура безглазая, в упор себя не вижу!

— В какой упор? — растерянно спросила Ольга.

— В такой! С моей уродской рожей и жирной жопой я за парня должна зубами держаться, а не выпендриваться! А я... я...

Она махнула рукой и зарыдала. Ольга обняла ее, и Нинка наконец перестала рваться куда-то. Она плакала, прижавшись лбом к маминому плечу, и Ольга чувствовала, что сама сейчас разрыдается, да еще и громче, и отчаяннее. Как этот подонок мог сказать такое девочке, доверчивому ребенку?!

— Ниночка... Ниночка... — бестолково повторяла она, гладя дочку по мокрой взъерошенной голове.

— Ну-ка вставайте обе.

Голос Татьяны Дмитриевны прозвучал так, как мог звучать только ее голос: с суровым сочувствием. Да, именно так. Ни она, ни Нинка не могли быть безразличны маме и не были, это Ольга знала. Но представить, чтобы та стала рыдать над ними обеими, заставляя и их рыдать еще отчаяннее, — представить это было невозможно.

— Да, — сказала Ольга. — Да, мы сейчас.

— От того, что вы будете биться головами об пол, легче вам не станет.

Точно таким же отрезвляющим образом бабушкин голос подействовал и на Нинку. Она послушно поднялась с пола, цепляясь за Ольгину руку. Но, правда, сразу же снова села на табуретку: ноги ее не держали.

— Насквозь мокрая, — сказала Татьяна Дмитриевна, поднимая с пола ее куртку. — Ты пешком из Москвы шла, что ли?

— Н-нет... — пробормотала Нинка. — Не из Москвы. От электрички. Только я не на той станции вышла, раньше, кажется...

Ольга похолодела, представив, как Нинка шла целый перегон, а то и больше, одна. И где она шла, вдоль железнодорожного полотна, что ли? И кого она могла там встретить, и что с ней могло произойти!..

— Расставание с наглым хамом не стоит простуды, — жестко бросила Татьяна Дмитриевна. — Снимай штаны, они тоже мокрые. И что это за туфли на тебе? Можно подумать, ты на пляж собиралась.

Только теперь Ольга заметила, что у Нинки на ногах босоножки.

— Я не собиралась, — еще судорожным, но уже более внятным тоном ответила та. — Я просто так надела.

— Не просто так, а что попало, — уточнила Татьяна Дмитриевна. — Оля, пойди включи воду в бане. И печку разожги — дрова там заряжены. Тебе и самой согреться не помешает, — словно бы мимоходом заметила она.

Пока Ольга наполняла водой бак и затапливала печку в бане, бабушка переодела Нинку в махровый халат и отправила наверх. Вернувшись в дом, Ольга хотела было подняться вслед за дочкой, но Татьяна Дмитриевна ее остановила.

— Пусть одна посидит и подумает, — сказала она. — Мы здесь, с ней, это до нее уже дошло. А все остальное должно дойти в одиночестве. Для начала, во всяком случае.

— Да что — остальное? — воскликнула Ольга. — Мы ведь даже не знаем, что произошло!

— Ничего особенного не произошло. Ее стриптизер вернулся утром с рабочего места пьяный и потребовал, чтобы она завтра же отправилась с ним в загс, потому что ему, оказывается, необходима московская прописка. Она начала было говорить, что они свободные люди, что законный брак пошлость, в общем, что-то в обычном своем духе. С присущей ей младенческой лихостью. Тут он и высказался — чтобы она не выпендривалась, и далее про рожу и жопу.

— Но это же ужасно, мама! — снова воскликнула Ольга. — Представь, что она пережила, когда такое услышала!

— Пережила то, что и должна была пережить, — пожала плечами Татьяна Дмитриевна. — Она не понимала, что связалась с быдлом?

— Конечно, не понимала! Мама, да она же среди нас выросла, среди наших друзей, знакомых, среди их детей! Среди порядочных людей. Откуда ей было знать, что существует быдло?

— Но оно существует. И его нельзя к себе подпускать. К сожалению, советы такого рода не воспринимаются отвлеченно. Только когда ложатся на собственный опыт.

— А я и не давала ей никаких советов... — медленно проговорила Ольга. — Никакого рода.

— Вот теперь и дашь, к месту и ко времени. Успокойся, — тем же мимолетным тоном, каким говорила, что Ольге тоже не помешает баня, сказала мама. — Ничего непоправимого не случилось.

— Это я виновата, — так же медленно произнесла Ольга. — В том, что с Нинкой... вот так.

— Брось, Оля, брось. Нинка приобрела бесценный опыт, и приобрела, по сути, в тепличных условиях. Она в семье, ее любят, жизнь ее не сломана.

В конце концов, ей восемнадцать лет. В ее возрасте и не такая боль изживается быстро.

«В ее — да. А в моем?» — подумала Ольга.

И одновременно с этой мыслью почувствовала, что ее боль не вернулась во всей своей силе, а лишь коснулась ее сердца — да, все так же мучительно коснулась, но кратко.

Вина перед дочерью билась в ее сердце сильнее, чем собственная боль. И вину свою Ольга сознавала ясно, что бы ни говорила об этом мама.

Вина эта стояла на заднем плане ее сознания, пока она занималась насущными делами: топила баню, парилась в ней вместе с притихшей, заторможенной какой-то Нинкой, ужинала, вернее, делала вид, что ужинает, чтобы уговорить дочку поесть, пила чай... Но когда Нинка улеглась наконец в постель и уснула — точно уснула, хотя и вздрагивала во сне, Ольга проверила, — то эта вина вышла на передний план и притянула к себе все мысли.

«Я же прекрасно видела, что он такое, этот ее возлюбленный! — ворочаясь в кровати без сна, думала Ольга. — В самом деле быдло, больше ничего. С первого дня я это поняла, да что там с первого дня — с первого часа. И все Нинкины глупости видела, все ее наивности в отношениях с ним. Как мама это назвала — младенческая лихость? Да, именно, лучше и не скажешь. И видела я это, и думала, что надо бы ей подсказать, предупредить ее, объяснить... И не подсказала, и не предупредила, и не объяснила».

Наверное, мама была права и в том, что Ольгины советы все равно не помогли бы Нинке. Скорее всего, та лишь в очередной раз фыркнула бы что-нибудь такое же независимое, как и по-детски наивное. Но ведь Ольга не давала ей советов совсем не потому, что понимала их тщетность!

Она просто не хотела той душевной работы, которая потребовалась бы, если бы она решила вмешаться в отношения дочери с этим чужим и чуждым им всем человеком. Она не находила в себе сил для такой работы, да и не пыталась их искать, потому что занята была только собой — своей любовью, своим отчаянием, своей неопределенностью. Это стало для нее важнее того, что всегда составляло ее жизнь, — важнее мужа, работы и, как оказалось, важнее собственного ребенка.

И кого же теперь было винить в том, что ребенок остался один на один с наглым хамом? Не ребенка этого глупого, конечно, а себя. Только себя.

Вот это чувство — вины, злости на себя — не касалось уже ее сердца одним лишь кратким прикосновением, а билось в нем постоянно, ровно и остро.

«Мало ли что ей в голову могло бы прийти? — с содроганием подумала Ольга. — Что она с собой сотворить надумала бы со всей своей детской дури? Секунда, шаг — и все, и потеряла бы я ее. Все бы я потеряла».

И это тоже было правдой. Она в самом деле чуть не потеряла все, что было сутью ее жизни. При мысли об этом Ольге становилось физически дурно.

Она встала, набросила халат. Ей было душно, лицо горело, а тело пронизывала при этом холодная дрожь и в горле стоял колючий, острый ком. Она спустилась вниз, тихо, чтобы не скрипнула, открыла входную дверь и вышла на веранду.

Фонарь раскачивался у нее над головой, скрежетал от сильного ветра. Его свет казался совсем слабым в кромешной тьме, которая начиналась сразу же за узким световым кругом. Эта сплошная тьма наполняла сад и мир, она была сродни горю и смерти, и если бы погас вот этот слабый фонарь, если бы погас свет в доме, то она тут же заполнила бы и дом, скрыла бы его навсегда, навеки, безвозвратно.

Ольга стояла на ступеньках, ветер развевал ее мокрые волосы, жар сотрясал ее тело, но душа ее была спокойна от того, что вся была охвачена правдой, той правдой, которая не облегчает жизнь, но, единственная, делает ее возможной.

ЧАСТЬ ВТОРАЯ

Глава 1

«Зимы ждала, ждала природа, снег выпал только в январе на третье в ночь».

Татьяна Дмитриевна вспомнила, каким восторгом наполнили ее эти стихи, когда она услышала их впервые. Ей было тогда пять лет, они жили в Ницце, была зима, стоял холод. Конечно, это был не такой холод, как сейчас, вот этой зимой в Москве, но маленькая Таня мерзла все время, и мама мерзла тоже, особенно в доме, потому что в южных французских домах зимой было холодно всегда.

От холода Таня хныкала перед сном, и, чтобы ее успокоить, мама стала читать «Евгения Онегина» — вот эту главу про поздно выпавший снег, и про гуся, который скользит по льду на красных лапках, и про мальчишек — радостный народ... А Таня слушала с открытым ртом, и жизнь, про которую сто лет назад написал поэт из неведомой страны, казалась ей волшебной, сказочной жизнью.

Нынешняя зима в Москве тоже наступила поздно, зато выдалась не суровой даже, а просто лютой. Татьяна Дмитриевна волновалась: как там выживает без нее тавельцевский дом? Морозы стояли такие, что даже в городе повсюду раздавался треск — деревья выстреливали замерзающими соками.

Но жить сейчас в Тавельцеве она не могла. Не из-за морозов, а потому, что Оля лежала в больнице с воспалением легких и ее надо было выхаживать, то есть готовить для нее еду, которая, в отличие от больничной, давала бы силы для выздоровления.

Иногда, если не был занят на работе, еду отвозил в больницу Андрей, но чаще это делала Нинка. Она взялась за это с таким пылом, как будто простая, понятная, внешняя забота о маме могла вылечить ее саму от заботы непонятной, внутренней, непростой.

Да и не как будто — так оно в действительности и было. Татьяна Дмитриевна по себе знала, что только так оно и бывает.

Сегодня Нинка прибежала из университета рано, куриный бульон не успел еще свариться. И теперь она сидела в кухне, не снимая сапог, и ждала, когда бабушка выключит газ под кастрюлькой. На ее лице было написано нетерпение, и от нетерпения же она постукивала каблуком по полу.

— Не ерзай, — сказала Татьяна Дмитриевна. — И не топай. От этого бульон скорее не сварится. И вообще, тебе полезно подождать, — добавила она. — Терпение воспитается.

— Подумаешь! — фыркнула Нинка. Но вдруг ее лицо приобрело то выражение серьезности и печали, которое никогда прежде не было ей свойственно. — А зачем оно мне нужно, ба? — спросила она.

— Оно всем нужно, — усмехнулась Татьяна Дмитриевна. — Не именно тебе, а всем. Ты просто не исключение из общего правила.

— Ну пусть всем, неважно. — Печаль морщила Нинкин лоб, стояла в ее глазах, наполняя их доверху, как маленькие темные водоемы. — Главное — зачем?

— Затем, что без терпения ты никогда ничего не добьешься. Думаешь, жизнь все тебе будет преподносить в виде подарков, притом мгновенных?

— Я думаю, жизнь ничего не будет мне преподносить. Ни в каком виде. — В Нинкином голосе прозвучала невеселая, но твердая уверенность. — Сама смотри, ба, — с рассудительной важностью объяснила она. — Призвания у меня никакого — ну, типа там, дело, которому ты служишь, и все такое в вашем духе. Нету этого ничего, и никогда не было, и в будущем вряд ли появится — с чего бы вдруг? Замуж я не выйду.

— Почему это?

Нинкина рассудительность выглядела так наивно, что Татьяне Дмитриевне стоило усилий не рассмеяться.

— Потому что просто так — ну, по любви — на мне никакой дурак не женится. Талантами тоже никого не привлеку по причине их отсутствия. Внешность — сама видишь... Короче, бесперспективняк.

— Как-как? — заинтересовалась Татьяна Дмитриевна. — Бесперспективняк? Прелестно! Надо будет Анеле сказать, пусть введет в учебную программу.

Подруга Анеля преподавала сценическую речь в Щукинском училище, и новое словечко могло оказаться ей полезным для тренировки дикции у студентов.

— Пусть введет, — вздохнула Нинка. — Много кому пригодится.

— А ты не вздыхай над своей горькой судьбою, — невозмутимо посоветовала Татьяна Дмитриевна. — Ничего страшного я в ней не нахожу.

— Страшного, может, и ничего. Живут же как-то люди... и так. Но тоска же, ба!

— И тоски никакой нет, — отрезала Татьяна Дмитриевна. — Если ты думаешь, что мужчине нужна от женщины смазливая мордашка, то глубоко заблуждаешься. Во всяком случае, такому мужчине, с которым имеет смысл связать жизнь.

— Таких мужчин нет! — заявила Нинка.

— Ах, как пафосно! И много ты видела мужчин? Бросилась в объятия первому же ничтожеству, которое посмотрело в твою сторону, и уверена теперь, что обладаешь большим опытом в этой области.

Может, это и звучало безжалостно по отношению к внучке, но Татьяна Дмитриевна была уверена, что с Нинкой сейчас церемониться ни к чему. Не то так и будет оплакивать свою участь до морковкина заговенья.

Нинка шмыгнула носом и насупилась. Но сразу вслед за обидой и перебивая ее в глазах у нее вспыхнул интерес.

— Бабушка... — проговорила она. — А что им нужно, а? Мужчинам.

— Это не вполне определимо словами.

— А все-таки? — настаивала Нинка. — Если не вообще, то хотя бы от меня? Ну, кроме секса. Хоть что-нибудь во мне такое есть, что бы им было нужно?

— Конечно.

— Ба, от тебя с ума можно сойти! Ну что, что?!

— В тебе есть жизнерадостность. Мало сказать есть — ты вся состоишь из ее вещества. А мужчины это сразу чувствуют в женщинах, потому что сами по себе, изнутри себя, вырабатывать это вещество не умеют. И притягиваются к таким женщинам, как к сильным магнитам.

— Красиво излагаешь! — хмыкнула Нинка. И разочарованно добавила: — Подумаешь, жизнерадостность... Что-то я не заметила, чтоб ко мне из-за нее кто-нибудь притянулся.

— Ты и не могла заметить, потому что мужчин еще в своей жизни не встречала. А вот когда встретишь, неплохо бы тебе иметь в виду то, что я сказала. И, кстати, неплохо бы сбросить килограммов десять. Для этого требуется не такое уж великое усилие: не лопать булки с маслом и регулярно ходить в спортивный клуб.

— Вот всегда ты так! — рассердилась Нинка. — Как будто в этом дело!

— В этом, дорогая, в этом. А для тебя и почти только в этом. Похудеешь — станешь достаточно хорошенькой, чтобы привлекать мужские взгляды.

— Может, и все равно не стану!

— Станешь, станешь. В восемнадцать лет кто не хорошенький? Сначала станешь, а потом начнешь разбираться, на какие из этих взглядов стоит отвечать.

— Ни на какие не буду! — фыркнула Нинка. — Не очень-то нужны. Вообще, ба, сейчас все уже не так. Нет, ну правда, вы как-то по-другому в ваше время жили. Вы же идейные были.

— Идейные? — усмехнулась Татьяна Дмитриевна. — И что это значит, по-твоему?

— Ну-у... Наверное, в коммунизм верили.

— И поэтому как-то иначе влюблялись?

— Ой, ба, да откуда я знаю! Во всяком случае, ты совсем не такая, как я. Что хорошо, что плохо, ты точно знаешь. А я вот вообще не знаю. И даже мама не очень-то знает, мне кажется.

— Что хорошо, что плохо? — задумчиво повторила Татьяна Дмитриевна. — Да, это я знаю, ты права. Только коммунизм здесь ни при чем.

— А что при чем? — с интересом спросила Нинка.

— Война.

— Война? — удивилась та.

— Да. Она застала нас в юности, и мы потом всю жизнь помнили ее мерки. Что хорошо, что плохо, чего надо бояться, а что страхов не стоит... Да. Война. — Татьяна Дмитриевна тряхнула головой. Ей не хотелось сейчас тех видений, которые обступали ее сразу же, как только вставало в памяти это слово. — Бульон готов, — сказала она и выключила газ. — Дай термос, я перелью. А ты пока одевайся.

Обычные заботы отвлекли, как всегда, но сегодня, после разговора с Нинкой, отвлекли ненадолго. Та давно уже убежала, и остыл уже бульон, оставленный в кастрюльке для Андрея, и была уже вымыта скопившаяся за время готовки посуда... А слово это стояло перед глазами так, будто было записано в памяти огненными буквами.

Глава 2

Тамбов с первого дня стал пристанищем, тихой пристанью.

Да что там с первого дня — с первой минуты, когда Таня подошла к его окраине, увидела вдалеке речку, медленно текущую под деревьями, подумала почему-то, что упавшие с них листья так же медленно, спокойно плывут по этой речке, по ее глубокой и чистой воде... И, увидев все это, осознав, что она видит, села прямо на землю, на прогретый осенним солнцем пригорок, и заплакала, потому что впервые за страшные месяцы войны почувствовала: вот оно, пристанище, пристань, и она наконец в безопасности.

Безопасность, конечно, была относительная: фронт подошел совсем близко, не исключено было, что немцы возьмут Тамбов, город бомбили, и во всей его атмосфере чувствовалась тревога. Но все-таки это был город — с мощеными и заасфальтированными улицами, хорошими каменными домами, парком вдоль набережной Цны... Таня была городской жительницей, и то, что с первых дней войны она оказалась вырвана из привычной среды, ввергло ее в растерянность и страх.

Но теперь, полгода спустя, она старалась не думать об этом, не вспоминать. То есть не думать о войне было, конечно, невозможно: город был наводнен военными, и в госпитале, где Таня дежурила по ночам, чувствовалась прифронтовая обстановка, и все везли и везли туда раненых. Но это была уже другая война, не война-хаос, а война-работа, и для того чтобы справиться с этой работой, требовалось лишь усилие воли, а его Таня делать научилась. И то, что совсем недавно вся ее жизнь, вся она, Танечка Луговская, была сплошная ветреная беззаботность, вызывало у нее теперь недоумение: неужели это было с нею?

Теперь забот у нее хватало, но они никак не относились к ее личному положению. Да и что ее могло заботить в собственной жизни? Она училась, работала, быт ее был устроен, и по военному времени даже отлично устроен, а то, что она уставала, так все уставали, и гораздо больше, чем она; не было во всем городе Тамбове, наверное, ни одного человека, который отдыхал бы в войну. И нигде во всей стране такого человека не было.

Она училась, работала, уставала, и зима прошла почти незаметно, снежная тамбовская зима, — город три месяца пахнул только снегом, свежо и остро. И так же незаметно прошла первая весна: вскрылись ото льда обе реки, Цна и Студенец, оттаял снег на береговых откосах, и показалась из-под снега темная, влажная, блестящая, как уголь на срезе, необыкновенная, никогда Таней не виданная земля — тамбовский чернозем. А уж потом все пошло быстро: яркая трава покрыла эту прекрасную землю, деревья оделись зеленым лиственным туманом — наступил апрель.

Когда Таня вышла из госпиталя, было еще совсем светло. С реки тянуло холодом, но это был приятный холод, вечерний, весенний, наполнявший бодростью. Правда, бодрость была сейчас Тане совсем ни к чему: она специально поменяла дежурство с ночного на дневное, потому что в воскресный день занятий в университете не было, а значит, можно было поработать в госпитале днем и хоть одну ночь выспаться. Так что сейчас, идя через госпитальный парк, она старалась не расплескать свою усталость и сонность, а поскорее донести их до дому, до кровати.

Возле старого дуба Таня все же остановилась — она всегда останавливалась здесь. Дуб был даже не старый, а древний, ему было четыреста лет. Он остался от большого дубового леса, вырубленного еще до революции, когда строили этот дом для фабриканта Асеева. В бывшем асеевском доме, точнее во дворце, и располагался теперь госпиталь.

Странное это было здание! Таня не очень-то разбиралась в архитектурных стилях, но даже она видела, что здесь они составляют затейливую смесь и снаружи, и внутри. В доме была широкая мраморная лестница, и резные, темного дерева панели на стенах, и причудливая лепнина на потолке, и расписные плафоны. Много было в этом доме такого, что делало бы жизнь в нем пленительно прекрасной, если бы не была эта жизнь для его нынешних обитателей наполнена горем и болью.

Дуб стоял посередине усадебного парка, и, проходя мимо него, Таня каждый раз думала, что вот точно такой же дуб подсказал князю Андрею, что жизнь не кончена в тридцать три года.

Но сейчас она все-таки очень устала, поэтому торопилась домой и возле дуба почти не задержалась. В хирургическое отделение, где Таня работала санитаркой, поступили сегодня новые раненые, все тяжелые, и за день ей ни разу не пришлось присесть.

Она жила совсем рядом с госпиталем, на той же улице через один дом. С жильем Тане полгода назад, когда она только пришла в Тамбов, повезло необыкновенно, вряд ли кому-нибудь из эвакуированных повезло так, как ей. Старушка, которая сразу велела звать себя не по имени-отчеству, а тетей Маришей, пожалела одинокую, растерянную, измученную московскую девочку и сдала ей жилье, хотя у девочки не было никаких вещей, чтобы платить ими за него, и денег тоже не было, да если бы и были деньги, то они все равно мало чего стоили.

Подходя к дому, в котором нашла пристанище, Таня каждый раз любовалась им, хотя бы мимолетно. Он так же был достоин восхищения, как госпитальный дворец, хотя напоминал скорее теремок, только почему-то на европейский лад.

Тетя Мариша рассказывала, что когда-то здесь была дача купца Толмачева, у которого она работала кухонной девчонкой. Справа в доме была башенка, слева резное крыльцо, да и весь он был украшен резьбой, его наличники и карнизы выглядели, как подзоры на рукодельной скатерти. Даже не верилось, что в таком красивом и необыкновенном доме могут жить самые обыкновенные жильцы. Но именно так и было: комнаты бывшей купеческой дачи давно уже стали простыми жилыми комнатами.

Послышался топот, и в конце улицы показались всадники — шла кавалерийская часть. Таня остановилась. Она уже подошла к своему дому, переходить через улицу ей было не нужно, и всадники ей поэтому не мешали. Она просто смотрела, как они идут.

Они не скакали, а направляли коней неторопливым шагом. Было в их движении что-то такое живое и беззащитное, от чего сжималось сердце. При взгляде на них совсем не казалось, что вот сейчас они накатят лавиной и победят всех врагов, как в сказке. Очень уж не сказочные враги им теперь противостояли...

— Таня! — вдруг услышала она.

Таня вздрогнула — голос донесся из конного строя. Но кто ее мог оттуда звать?

Один всадник отделился от остальных и направился к ней. Она смотрела почему-то не на него, а на коня. Конь был гнедой, большой и усталый. И только когда этот усталый конь остановился перед нею, Таня подняла глаза.

Сверху, с коня, на нее смотрел Дима. Он смотрел тем внимательным взглядом, каким смотрел всегда, — словно думал о чем-то своем, но вместе с тем это «свое» было непонятным образом связано с Таней, и получалось поэтому, что он думает о ней. И какой же это был взгляд! Такой знакомый, такой родной, что, встретив его, Таня почувствовала, как охватывают ее счастье, слезы, восторг — все одновременно.

— Дима... — проговорила она. — Дима! Как же ты здесь?

Любых слов, любых вопросов, любых взглядов было мало, чтобы выразить то, что она чувствовала сейчас!

— Нас перебрасывают, — сказал он. — Сформировали часть и перебрасывают. На фронт. Я так и думал, что все-таки тебя встречу, Таня.

— Я здесь рядом живу! — задыхаясь от счастья, воскликнула она. — Господи, Дима! Прямо в этом доме. Но как же ты... Куда же ты?!

Она вдруг поняла, что сейчас, вот прямо сейчас он вернется в строй и исчезнет, так же неожиданно исчезнет, как появился, и, может быть, она никогда, никогда больше его не увидит. И ничего не успеет сказать ему, спросить...

Кто-то окликнул его из строя, и оклик прозвучал командно, жестко, резко.

— Женька живой, все в порядке. Я постараюсь прийти, — торопливо сказал Дима. — Вот в этот дом, да?

— Да! Дима, приходи, пожалуйста! Обязательно!

Она крикнула это уже ему в спину. Дима повернул коня, через мгновенье оказался в строю, а еще через мгновенье исчез. Исчез! Кони шли мимо, топая и пофыркивая, а его уже не было, Таня напрасно провожала взглядом всадников.

— Пожалуйста!.. — глотая слезы, повторила она. — Как же так?

Глава 3

— Ох и затейливая ты, Татьяна! И парень твой тоже. — Тетя Мариша качала головой, оглядывая не столько Таню или Диму, стоящих перед нею, сколько коня, которого Дима держал в поводу. — Куда ж я его дену-то, а? У нас и сарая даже нету, не то что конюшни.

— Тетя Мариша, ну он же никому не помешает! — Таня смотрела на нее умоляюще. — Постоит во дворе, и все.

— А как ржать станет, соседей перебудит? Ладно, — вздохнула тетя Мариша. — Пускай уж стоит. Что ж теперь, если парень на фронт уходит. Пойдем, — обратилась она к Диме, — покажу, куда поставить. Вон туда, под навес.

Вид у нее все-таки был недовольный, и Таня догадывалась, почему: не из-за неудобств, которые могут быть связаны с конем, а из-за племянника Жорки. Тетя Мариша не скрывала, что имеет на Таню виды именно в связи с этим племянником, который работал на сортировочной станции, имел бронь и, навещая тетку по выходным, многозначительно поглядывал на ее московскую жиличку.

До тети-Маришиного племянника Тане и раньше не было дела, а сейчас ей не было дела ни до кого и ни до чего. Она была так счастлива, что Дима не исчез, все-таки пришел! Все самое главное, что было в ее жизни, было главным и для него тоже, и когда она увидела его, то поняла, что это главное по-прежнему есть на белом свете и не исчезнет никогда.

Дима отвел коня под навес и вернулся к ожидавшей его у крыльца Тане уже один, без тети Мариши.

— Вот туда, — сказала она, показывая на башенку с правой стороны дома. — Вот там я живу.

Дима посмотрел на красивую башенку так, как будто спросил ее о чем-то. Таня улыбнулась. Ей показалось, что война давно закончилась. Вернее, что никакой войны никогда не было и быть не могло.

— Пойдем скорее, — сказала она. — А то картошка остынет.

Комната, которую занимала Таня, была вообще-то не комнатой, а чердачной каморкой под крышей. То есть это когда-то, при купце Толмачеве, она была каморкой, куда, наверное, складывали старые вещи, а в последние двадцать пять лет считалась полноценной комнатой, в которой были прописаны сын и невестка тети Мариши. Оба они были на фронте, жилплощадь оставалась за ними, но на всякий случай тетя Мариша поспешила ее сдать, чтобы соседи не позарились. Может быть, этим и объяснялось ее сочувствие к Тане: приметливая тетя Мариша сразу догадалась, что интеллигентная девочка не подстроит ей какую-либо гадость, чтобы заполучить каморку насовсем. Да и московская же она, на что ей тамбовская жилплощадь?

— Хорошо у тебя, — сказал Дима, когда, поднявшись по узкой лесенке, они вошли в Танину комнату. — Как в сказке про Царевну Несмеяну.

— Разве я Несмеяна? — улыбнулась Таня.

— Вообще-то нет, — серьезно ответил Дима. — Просто я помню, какая к той сказке картинка была: терем, под самой крышей окошко, из него Несмеяна выглядывает, а к ней на коне царевич скачет, чтобы ее рассмешить.

— Все ты перепутал, Дима! — засмеялась она. — В тереме никакая не Несмеяна, а самая обыкновенная царевна, и не царевич ее смешил, а просто дурак.

— Ну, пусть дурак, — улыбнулся он. — Я все равно рад, что тебя увидел.

— Я же совсем не про тебя, что ты! — расстроилась Таня. — Я совсем не хотела тебя обидеть.

— Ты и не обидела. Наоборот.

— Садись, — сказала Таня. — У меня немножко спирту есть из госпиталя. Ты выпьешь?

— Если можно, то нет, — сказал Дима. — У меня

от выпивки такое ощущение, как будто меня по голове мешком стукнули. Ни веселья, ничего такого, что полагается.

— Да ничего вообще-то не полагается, — улыбнулась Таня. — Давай картошки поедим. Знаешь, какая здесь картошка? Я такой никогда в жизни не то что не ела — не видела даже.

Она сняла полотенце с маленького чугунка, и оттуда вырвался пар с таким запахом, от которого мгновенно начинала кружиться голова и текли слюнки. Шесть желто-белых картофелин лежали в чугунке, поблескивая крошечными кристаллами, которыми сплошь были подернуты.

— Красивая картошка, — подтверждая Танины слова, кивнул Дима.

— Господи, о чем это я говорю?.. — тихо сказала она, глядя в его серьезные, такие родные глаза. — Ведь я не знала, где вы, что с вами, живы ли. И про какую-то картошку...

— Ничего. Про картошку — ничего. Я и сам растерялся, — сказал он. — Мы с Женькой ведь тоже не смогли про тебя узнать. На филфаке ничего не известно, говорят только, что с практики ты не вернулась, мама твоя плачет... Она, когда в Новосибирск в эвакуацию уезжала, то обещала нам сразу написать, если что-нибудь про тебя узнает. Может, и написала, но Женька сразу, как она уехала, в летное училище поступил, а меня призвали. Так мы и не знали про тебя ничего.

— Я уже полгода в Тамбове, — глотая слезы и улыбаясь, сказала Таня. — Я сюда из Белоруссии пришла.

— Как пришла? — не понял Дима. — Пешком, что ли?

— Ну да. У тетки Ядвиги детей было пятеро, и все маленькие, они и то еле-еле на телеге помещались, а мы с ней пешком, а козу она к телеге привязала. Двое младших по дороге умерли, и ничего нельзя было сделать, ничего! Мы их прямо у обочины похоронили.

Таня задохнулась, вспомнив все это — запруженные беженцами дороги, бомбежку, под которую они попали за Гомелем, страшную деревню Сапеговичи, через которую проходили дважды... Ей не хватало сердца это вспоминать и не хватало даже дыхания, чтобы рассказывать об этом.

Дима подошел к ней и обнял, быстро и крепко, потом отстранился и заглянул ей в глаза.

— Это кончилось, — сказал он. — Никогда с тобой больше такого не будет.

Он, как всегда, говорил правду. И на фронт он шел для того, чтобы никогда с ней такого больше не было. Но об этом он, конечно, не говорил: Дима и раньше не произносил ничего возвышенного и теперь не изменился в этом.

Но вообще-то он изменился; Таня почувствовала это по тому, как он обнял ее. В нем стало больше силы, не в руках, не в плечах, а вот именно в нем — во всем.

И все-таки это был он, тот самый Дима Саффо, перед которым она однажды без стеснения разревелась на Тверском бульваре, а он посмотрел на ее слезы изучающим взглядом и сказал, что они похожи на алмазы. Тот ясный мальчик, благодаря которому московская жизнь, казавшаяся унылой и чужой, сделалась для Тани счастливой.

И с ним, вот с таким, изменившимся и неизменным, ей было теперь так легко, так спокойно, что воспоминания о начале войны, которые она до сих пор не допускала к себе — они возникали только в ее снах, и это были страшные, невыносимые сны, —

вдруг заполнили и голову ее, и душу. И невозможно ей стало держать их в себе.

— Я ведь даже представить не могла, как это бывает, — глядя в серьезные Димины глаза, сказала Таня. — Вот это, когда война... Но все-таки я еще во Франции знала, что под немцами жить нельзя. А там, в Белоруссии, поняла, что и все то же самое знали, хотя Белоруссия от Франции — это так далеко, это страшно далеко, не расстояние даже, а совсем другое... Но там все точно так же знали, что под немцами жить нельзя. Если бы ты видел, какая началась паника! Все крестьяне стремились уехать, но уехать им было не на чем. Возле Замосточья железнодорожный разъезд, это деревня такая, Замосточье, в которой мы во время фольклорной практики жили, и вот все бросились на тот разъезд. Но составы мимо шли, а если который-нибудь и останавливался, то в него все равно никого не пускали. Люди бросались к вагонам, давили друг друга, а солдаты стреляли сначала поверх голов, а потом и прямо в людей и двух женщин убили. И тогда тетка Ядвига — это хозяйка той хаты, в которой я жила, тетка Ядвига она в школе работала уборщицей, — и вот она достала где-то лошадь с телегой. Лошадей ведь у крестьян нет, там такая ужасающая бедность, просто нищета в деревнях, ни у кого ничего нет! А тетка Ядвига к тому же вдова, а это вообще страшно, она и не выжила бы, если бы не коза. И кто ей помог достать ту лошадь, я даже представить не могу, тогда уже никто никому не помогал, все только стремились спастись сами, потому что понимали, что их бросили на произвол судьбы. Я не думала, что тетка Ядвига предложит мне уходить вместе с нею. Она привела лошадь ночью. Я лежала у себя за занавеской, но, конечно, не спала.

Таня судорожно сглотнула и замолчала. Она вспомнила, какая могильная тишина стояла в темной хате, когда тетка Ядвига собирала в дорогу сонных детей. Никто из них не плакал, даже годовалый Антось. И Таня тоже молчала, лежа на своем топчане за ситцевой занавеской. А что она могла сказать? Она была уже совсем не та девочка, которая, только-только приехав из Франции, была уверена в том, что все люди более или менее доброжелательны друг к другу и, уж во всяком случае, готовы друг другу помочь. Она и в Москве уже не была той наивной девочкой, а три дня, когда война лавиной катилась по Белоруссии, от границы к деревне Замосточье, переменили Таню совершенно.

Она лежала, стиснув зубы, на жестком топчане, в чужой бедной хате, в чужой деревне, понимала, что никому здесь нет дела до ее жизни, и еще яснее понимала, что никто ей не поможет свою жизнь спасти.

Когда занавеска перед топчаном вдруг отодвинулась, Таня закрыла глаза. Наверное, тетка Ядвига хотела здесь, в Танином закутке, что-то взять с собой в дорогу, и зачем было вынуждать ее к каким-то неловким оправданиям? Или к тому, что не стала бы она оправдываться... Лучше было сделать вид, что спишь.

— Подымайся, — услышала Таня. — Что теплое есть, все на себя надевай. А с собой ничога не бери — нема, куда вещи класти. Хутчэй, Татьяна, нема часу.

«Хутчэй значит быстрее, — зачем-то подумала Таня. — А нема часу — нет времени. Нет времени?..»

Она быстро села на топчане и пролепетала:

— Вы мне? Мне говорите, тетя Ядвига?

— А кому ж? Не детинься, Татьяна! — прикрикнула та. — Святло не запальвай, одевайся и на двор выходь — с нами пойдешь.

Тетка Ядвига говорила на той смеси русского и белорусского, которую доцент Фролевич, руководитель Таниной фольклорной практики, называл трасянкой. Не верилось, что все это было с нею — Москва, университет, лекции по славянскому фольклору... Она была так увлечена учебой, так захвачена удивительными произрастаниями русских слов, которые вдруг открылись ей, когда она начала учиться! Она ведь и в деревне Замосточье задержалась, хотя практика была окончена и вся группа уже уехала в Москву, — задержалась потому, что занялась сравнительным изучением русских и белорусских народных сказок. Вот и вышла ей сказка народная...

— Ты говори, говори, — сказал Дима. Он сел на длинную скамейку у стола и Таню потянул за руку, чтобы она села рядом. — Тебе легче ведь, когда ты про это говоришь, да?

— Да.

Таня кивнула и улыбнулась — хотя и слабо улыбнулась, но все-таки. До сих пор, до сегодняшнего вечера, говорить она об этом не могла вообще.

Но когда она стала рассказывать дальше — быстро, захлебываясь не столько словами, сколько воспоминаниями, — улыбка исчезла с ее лица.

— Самое страшное было в Сапеговичах. Это деревня, довольно большая, мы ее прошли дважды. Там же непонятно было, где немцы, где русская армия, и мы петляли как зайцы. А Сапеговичи... Когда мы первый раз через них проходили, то немцы шли прямо за нами, с разницей в день, а может, и меньше. И одна женщина в Сапеговичах — я у нее попросила воды — спросила меня, не еврейка ли я. Она, конечно, сказала не еврейка, а жидовка, там все так говорят. Я ответила, что нет, а она сказала: «Немцы всех жидов поубивают, так им и надо». Я спросила: «Что так и надо — людей убивать? И детей?» — а она ухмыльнулась, так ужасно, всем лицом как-то... пожала, как будто плечами, и ответила: «А дети у жидов что, не жиды?» Я выплеснула воду, которую она мне дала, и побежала прочь. А потом...

Все время, пока Таня говорила, Дима держал ее за руку. Теперь он сильнее сжал ее пальцы.

— А через два дня, — сказала она, — нам пришлось возвращаться, потому что, оказывается, мы не разобрались, куда идти, и направлялись прямо в немецкое окружение. И вот мы снова оказались в Сапеговичах, но уже после того, как они там побывали. И там... Они убили всех, и всю деревню сожгли. Печи обгорелые стояли — и все. Ни одного целого дома. И колодцы... В колодцах лежали мертвые дети. Тетка Ядвига велела, чтобы я набрала воды, лошадь напоить, я стала ведро опускать — и увидела... И что это — справедливость? Но как жить, если справедливость — такая?

Она почувствовала, что говорить больше не может — тяжелая пелена встает у нее перед глазами, перекрывает горло.

И в ту же минуту, когда она это поняла, Дима сказал:

— Не надо больше, Таня. Ты мне рассказала. И все. Больше про это не говори и не думай.

Странно, но ей стало как-то легче от того, что он это сказал. Пелена перед глазами развеялась, горло перестало сжиматься.

— Не буду. — Она снова попыталась улыбнуться. — Помнишь, как про алогичный рационализм разговаривали? Тогда, на Новый год, на Ермолаевском у нас. Волик сказал, что в литературе главное идея, а Сережа — что гражданственность.

И как только Таня сказала это, сразу же все воспоминания о той новогодней ночи хлынули как лавина, и она, эта мощная лавина счастья, выбила, вынесла из души все, что накопилось в ней страшного, чуждого, чужого. И мысль о Жене, каким он был той ночью — как глаза его сияли синевой даже в неярком фонарном свете, как темным льдом блестели волосы, и какой во всем этом был порыв, из которого он состоял весь, который был его сущностью, — эта мысль заполнила не голову ее только, а всю ее: и голову, и сердце, и каждую клеточку тела. И от этого не только сердце — вся она зашлась счастьем.

— Женька в Средней Азии, в летном училище, — сказал Дима. — Их по ускоренной программе готовят, обещают скоро выпустить. Я тебе его адрес оставлю. Напишешь ему?

— Конечно! — воскликнула Таня. — Хорошо, что у него все получилось, как он мечтал, правда?

— Правда.

Тут она наконец заметила, что Дима до сих пор не снял шинель.

— Я совсем голову потеряла, Дима, — виновато сказала Таня. — Ты в шинели сидишь, и картошка остыла.

Шла последняя неделя месяца, поэтому продукты, полученные по апрельским карточкам, у нее уже закончились. Но, узнав, что она ждет гостя, тетя Мариша отжалела ей шесть крупных картофелин — это была роскошь.

— Ничего, — улыбнулся Дима. — Картошка и холодная тоже вкусная. Тут вот хлеб и тушенка еще И сахар.

Он достал из кармана большой сверток, снял

шинель, придвинул скамейку к столу. Таня стала перекладывать картошку из чугунка ему на тарелку, он остановил ее руку, чтобы она положила и себе, открыл банку с тушенкой... Дима все-таки был очень похож на Женю, хотя и только внешне, но совершенная копия, и Таня смотрела на него с особенной радостью: узнавала любимые Женины черты.

Она улыбнулась этому своему узнаванию. Дима всмотрелся в ее лицо и отвел взгляд.

— А почему ты в кавалерии? — спросила Таня. — Я думала, уже нет таких войск. Ведь у немцев танки.

— У нас тоже танки, — ответил Дима. — А кавалерия... Не знаю. Выходит, она есть. Я хотел на флот. Но призвали в кавалерию. Впрочем, это тоже неплохо — оказалось, что я люблю лошадей. Я своего коня даже от бронхита вылечил.

Он говорил со своей обычной обстоятельностью, но на Таню при этом не смотрел. Такого прежде не было, чтобы он разговаривал с ней и не смотрел на нее, но, наверное, в этом он и изменился. Должен же он был в чем-то меняться, просто взрослеть.

Наконец Дима все-таки взглянул на нее. Теперь взгляд у него стал такой же, как голос, — внимательный, бесконечно ей знакомый.

— Расскажи, как ты живешь, — попросил он.

— Как все, — пожала плечами Таня. — Здесь в пединституте есть факультет литературы и русского языка, меня взяли на второй курс, я учусь. И в госпитале работаю санитаркой. Но только по ночам. Возможно, учеба сейчас не к месту, но папа попросил, чтобы я ее не бросала. Он тоже на фронте, на Дону где-то.

— Почему это учеба не к месту? — возразил Дима. — Раз война, то и жизнь кончена, что ли? Ты же всегда хотела русский язык изучать.

Он вдруг улыбнулся.

— Ты вспомнил, как смешно я говорила по-русски? — догадалась Таня.

— Да. Только ты не смешно говорила, а необычно. И сейчас тоже необычно говоришь.

— Ну что ты, сейчас я уже как все, — возразила она.

— Нет, — сказал он. — Не как все. — И добавил как-то поспешно: — А тебе наши привет передавали. То есть не только тебе, а мы все решили: если кто кого встретит, то передавать привет и всем потом написать. Я и напишу, что тебя встретил. Волька и Серега на фронте, под Ленинградом. И Борька Коновницер с ними рядом, под Волховом.

— А Леночка Сумарокова? А Анеля?

Она хотела подробнее расспросить про Женю, но почему-то не стала расспрашивать. Потому, наверное, что ей казалось невозможным, чтобы кто-нибудь мог рассказать о нем по-настоящему, пусть даже родной брат.

— Анеля в Москве. На швейной фабрике работает, шинели шьет. А Ленка с родителями в Челябинске, — сказал Дима. — Туда из Москвы все военные заводы вывезли, а отец же у нее директор. Ленка пишет, скука там страшная. Ну, она же артисткой хочет быть, ей, понятно, в Челябинске скучно. Ты не ешь совсем.

— А ты совсем по-прежнему говоришь, — улыбнулась Таня.

— Как по-прежнему? — не понял он.

— Проговариваешь вслух не все, а только небольшие отрезки своих мыслей. Если тебя не чувст вовать, то можно подумать, что ты говоришь сумбурно.

— А ты разве меня... — Дима кашлянул.

— Что?

— Не мерзнешь ты здесь? — быстро спросил он.

— Нисколько не мерзну, — покачала головой Таня. — Внизу печка-голландка, а здесь, видишь, от нее труба проходит. И когда тетя Мариша внизу топит, то у меня тепло. Мы однажды в Ницце жили зимой — папа получил место в городской больнице, — и вот там-то было ужасно холодно. Во Франции вообще плохо топят, особенно на юге. И мама давала нам всем кирпичи, — улыбнулась она.

— Кирпичи? — удивился Дима. — Зачем?

— Горячие кирпичи, чтобы согреть постель. Там так принято. И у каждого есть свой мешочек, чехол для горячего кирпича, и на нем вышиты инициалы.

— Красиво, — сказал Дима. — Можно, я у тебя рисунки оставлю? Много накопилось, девать некуда, а выбросить все-таки жалко.

— Конечно! — воскликнула Таня.

Дима рисовал, по ее представлению, очень хорошо. Притом именно рисунки ему удавались, карандашом или тушью. Это могли быть портреты, сценки, пейзажи — он схватывал главное, что было в лицах людей и в их поступках, и что было главное в природе, схватывал тоже. И умел выразить это главное одним росчерком. Откуда у него такое уменье, было непонятно: он почти не учился рисованию, если не считать нескольких уроков у старого художника, к которому ходил домой на Рождественский бульвар.

Дима вынул из кармана шинели еще один сверток и положил его на стол.

— Это рисунки, да? Можно я посмотрю? — спросила Таня.

— Потом посмотришь. А вот Женькин адрес.

Он поднялся, стал надевать шинель.

— Ты уже уходишь?.. — растерянно проговорила она.

— Меня на час только отпустили. Вот-вот в эшелоны начнем грузиться, увольнений не дают.

— Дима... — Таня почувствовала, что у нее снова перехватывает горло. — Но как же так?

— Я тебе напишу, — сказал он. — С дороги. Или даже прямо сегодня. И ты Женьке напиши поскорее, а то он же не знает, что ты живая.

— Я напишу... Дима! Мы ведь с тобой увидимся, да? Ты же...

Она хотела сказать: «Ты же не погибнешь?» — но ей страшно было произнести вслух слова о гибели. Казалось, от одного лишь произнесения они могут сбыться.

— Проводи меня, — сказал Дима. — До улицы, а?

— Конечно!

От того, что до прощания, до последней минуты, когда она могла еще видеть его, появилось какое-то простое действие, Тане стало легче. Она вскочила, набросила ватник. Ватник был единственной теплой одеждой, которую ей удалось выменять на спирт, в нем она проходила всю зиму и в нем же ходила теперь весной, потому что весенней одежды у нее тоже не было.

— В чем это ты? — заметил Дима.

— Ватник теплый. Некрасивый только.

— Тебе все равно идет. Как то платье на Новый год, синее с голубым.

— Ты помнишь, в каком я была платье? — улыбнулась она.

— Конечно. Ну, пойдем.

На улице было уже темно. Совсем близко чувствовалось весеннее дыхание Цны, холодной и большой реки. Димин конь тихо пофыркивал в темноте.

— Как его зовут? — спросила Таня.

— Вихрь.

— Это ты назвал?

— Нет. Я так не назвал бы.

— Почему?

— Слишком красиво.

Он всегда чувствовал грань, за которой в красоте появляется это «слишком», и никогда через нее не переступал.

Таня сбегала к воротам, открыла их и вернулась к Диме. Он уже отвязал коня и держал за повод. Его лицо, его плечи видны были на фоне неба строгим темным силуэтом.

— Не забывай Женьку, Таня, — сказал Дима. — Он без тебя не сможет.

— Да, — кивнула она. — Да-да.

Она вскинула руки и обняла его. Дима тоже обнял ее тем сильным движением, которое было совсем новым, незнакомым, но уже совершенно родным для нее.

— Пожалуйста, не погибай! — горячо проговорила Таня ему в висок. — Я тебя очень прошу!

Он поцеловал ее быстро и крепко, прижал к своему плечу ее голову и тут же отпустил. И пошел со двора, ведя коня в поводу.

Таня смотрела, как он идет по улице. Удаляется, растворяется, тает в сплошной тьме.

«Не может быть, чтобы он погиб! — со всей силой, на которую была способна ее душа, подумала она. — Не может».

Глава 4

Как же счастливо Ольга встречала весну!

Никогда в ее жизни не было такого ровного счастья, как теперь. Может быть, конечно, это ей только казалось, трудно ведь оценить свое состояние со стороны, но, во всяком случае, она давно уже не чувствовала себя так спокойно и радостно, как этой весною.

Она шла по Тверскому бульвару и смотрела на зеленую лиственную дымку, которая плыла над аллеей. Два дня назад все почки распустились разом, и деревья стояли не в листьях еще, а в нежном тумане. Это было очень красиво.

Но в общем-то состояние счастья, в котором она теперь жила, заключалось не в природе и не в погоде, а в ней самой. Счастье окатывало ее изнутри, как ровно набегающие волны, и не зависело ни от каких внешних, изменчивых вещей.

Она отлично помнила, когда началось такое ее состояние — когда вступила она в это долгое, глубокое счастье.

Это было в тот день, когда ее выписали наконец из больницы.

Ольга и представить не могла, что будет лежать в больнице так долго, почти два месяца. И с чем — не с переломом же позвоночника, а с самой обыкновенной простудой. Правда, обыкновенная простуда мгновенно, за одну ночь, превратилась в бронхит, а потом, уже в больнице, куда ее с этим бронхитом забрали, перешла в воспаление легких, которое назавтра стало двусторонним. Врачи только руками разводили, а заведующий отделением сказал:

— У вас, дама, организм просто сыплется. Эффект домино какой-то. Стресс, что ли, перенесли?

Ольга пробормотала в ответ что-то невразумительное. В голове у нее все плыло от жара, так что ответить что-нибудь толковое она все равно не смогла бы. Даже если бы знала, как называется то, что она перенесла.

Оно выходило из нее тяжело и медленно, как болезнь, но так же, как болезнь, неотвратимо. От него можно было или умереть, или выздороветь. Она не умерла — значит, должна была выздороветь, и она выздоравливала, становилась бодрее с каждым днем, но длилось это очень долго, почти всю зиму.

Это была странная, похожая на бред зима. Ольга с удивлением сознавала теперь, что прожила ее именно она, а не какой-то другой человек. Сознание ее было смещено, оно медленно, очень медленно возвращалось в свое прежнее положение, и так же медленно возвращалась к себе прежней она сама.

И только тот день, когда это наконец произошло — когда будто бы раздался громкий щелчок и жизнь ее вошла в свои пазы, — она помнила ясно, ярко, пронзительно.

В тот день Ольгу выписали из больницы. Она не чувствовала себя здоровой, но врачи говорили, что это так, и она не возражала. Правда, когда ей принесли документы на выписку и сказали, что она может идти домой, это вызвало у нее что-то вроде недоумения.

— Как — домой? — спросила она медсестру.

— Обыкновенно, — пожала плечами та. — Родственники же за вами приедут? Ну так дождитесь их и идите.

Только тут Ольга сообразила, что родственники-то за ней как раз и не приедут: из-за странной своей заторможенности она никому не сообщила о том, что ее сегодня выписывают. И как раз в это время у

Андрея лекции, и Нинка тоже на лекциях у себя на истфаке... Да и зачем их попусту дергать? Одежда у нее в тумбочке, от больницы до дому идти полчаса, на улице тепло, а хоть бы и холодно, можно ведь вызвать такси.

Такси Ольга вызывать не стала: последний, мягкий уже февральский холод показался ей приятным, и она решила пройтись.

Солнце светило уже почти по-весеннему, кремлевские стены и башни сверкали ярко, как на лаковой шкатулке. Но, идя мимо этих веселых стен, Ольга не замечала их.

Она уже свернула на Тверскую, оказалась в обычном для буднего дня плотном людском потоке. До Тверского бульвара, с которого можно было повернуть к себе на Патриаршие пруды, пройти оставалось немного. И она даже не очень поняла, почему вдруг замедлила шаг. Замедлила, еще замедлила, свернула в арку, прошла через дворы... И попала в незыблемый и неизменный университетский мир.

Эти здания, простая красота которых устояла перед напором скороспелого богатства, эти облезлые лавочки во двориках возле старых университетских корпусов — все это она любила безмерно. И, пожалуй, не было ничего удивительного в том, что, выйдя из больницы, она решила зайти к Андрею на факультет. Она ведь часто заходила к нему вот так, без видимой цели, просто чтобы вместе пойти домой. Раньше — очень часто...

Шли лекции, в коридорах было тихо. Ольга поднялась на второй этаж и остановилась перед дверью аудитории, в которой — она посмотрела по расписанию — читал сейчас Андрей. Оттуда, из-за двери, доносился его размеренный голос. И что-то такое сильное, такое новое послышалось ей вдруг в этой размеренности, в этой знакомой ровной простоте, что она замерла. Но потом все-таки приоткрыла дверь и заглянула в щелку.

— Каждая из этих стадий развития сопровождается кризисом, который рассматривается как поворотный момент в жизни, возникающий вследствие достижения определенного уровня психологической зрелости, — говорил Андрей, глядя на студентов, которые сидели в первом ряду.

Он однажды сказал Ольге, что всегда обращается именно к ним, потому что ему легче сосредоточиться, когда он встречает внимательные взгляды.

Ольга слушала его, смотрела на него. В его голосе, во всем его облике не появилось ничего нового, он был знаком ей до последней черточки. Но, вглядываясь в эти знакомые черты, она чувствовала такой восторг, как будто у нее на глазах совершалось сейчас что-то необыкновенное, захватывающее. Он поднимался у нее в груди высокой волной, этот восторг, стремительно летел вверх, к горлу, и горло перехватывало от самого настоящего счастья.

— Для здоровой личности, — продолжал Андрей, — характерен выход за пределы собственных нужд, ощущение своей ответственности за этот мир, своей способности и обязанности заботиться о других.

Ольга почувствовала, что сейчас заплачет. Все ненужное, чужое сползало, спадало; ей казалось, она слышит шум, треск, гул, с которым обваливаются с нее какие-то тяжелые наросты. И из-под этой корки, из этой скорлупы она вылупливается как птенец — живая, полная сил и счастья.

Прозвенел звонок. Ольга широко распахнула дверь аудитории.

— Спасибо, до встречи через неделю, — сказал

студентам Андрей. И сразу же увидел ее. — Оля? Ты здесь?

В его голосе звучало недоумение, а на лице проступали удивление, испуг и сразу вслед за ними, сметая их, — сильное и радостное, конечно, радостное изумление.

— Оля! — воскликнул он. И спросил со смешной опаской: — Ты здорова?

— Да, — ответила она, глядя в его лицо, четко прорисованное солнечным светом, заливающим аудиторию. — Я здесь. И совершенно здорова.

Только теперь она наконец поняла это не умом даже, а всем своим существом: она здорова, дух ее здоров, и ничто не может помешать ей быть счастливой.

И вот сегодня она шла к мужу на работу, как и тогда, и ей казалось, что тот солнечный день все длится и длится. Сегодняшний апрельский день был похож на тот, февральский, не столько солнцем, сколько счастьем.

Ольга немного опоздала. Когда она подошла к факультету, занятия уже закончились, и из здания выбегали студенты, выходили преподаватели. Она села на лавочку под кленом и стала высматривать среди них Андрея. Поток людей постепенно иссяк, а его все не было. Это было странно: он просил ее не опаздывать, потому что у него были еще какие-то дела и он мог уделить походу в магазин ровно час, не больше.

А в магазин надо было пойти непременно: у Андрея закончились костюмы. Именно так он называл это явление — когда привычные костюмы начинали уже выглядеть просто неприлично, причем почему-то все разом, и, хочешь не хочешь, приходилось покупать новые. Процесс этот Андрей ненавидел.

У него была нестандартная фигура — рост, довольно высокий, не совпадал с размером, — поэтому приходилось перемеривать целые шеренги костюмов, чтобы выбрать более-менее подходящий, а потом все равно вызывать портного для окончательной подгонки. Учитывая, что любым, самым распрекрасным костюмам он вообще-то предпочитал джинсы и свитер... нетрудно было догадаться, как его радовало это занятие. Ольга, разумеется, принимала в нем самое активное участие; неизвестно, состоялось бы оно без нее вообще.

Она постаралась прийти без опоздания, зная, что Андрей и так будет раздражен необходимостью потратить время на, как он говорил, глупость и условность. Она пришла, а он почему-то нет.

Ольга набрала Андреев номер — его телефон был выключен.

«Может, он у декана? — подумала она. — Ну да, конечно, у него какая-нибудь важная беседа, что же еще. А потом скажет, что на магазин уже времени нету!»

Ей нравились эти простые заботы и нравилось легонько досадовать на мужа.

Андрей появился через полчаса и почему-то не из здания — его машина подъехала к факультетскому дворику.

— Ты уже здесь? — сказал он, подходя к Ольге.

Его голос звучал рассеянно, и такой же рассеянный у него был вид.

— Я-то здесь, — сказала Ольга, поднимаясь с лавочки. — А вот ты где ходишь?

— На фирме. Срочно вызвали.

— Почему срочно? — удивилась Ольга.

Фирма, в которой подрабатывал Андрей, занималась психологическим консультированием политиков, в основном мелких и недавних, растерявшихся от непривычной для себя роли. Нельзя сказать, чтобы ему доставляла удовольствие эта работа, но все три года, что он ею занимался, доход она приносила неплохой. Правда, обычно Андрей ходил на эту фирму два раза в неделю, и сегодня он туда как будто бы не собирался.

— Вызвали, потому что появилась необходимость, — ответил он.

Теперь в его голосе прозвучало раздражение. В чем состояла необходимость его немедленного появления на фирме, объяснять он не стал.

«Костюм не хочет выбирать, потому и сердится», — догадалась Ольга.

— Ну, пойдем, — сказала она. — Час-то у нас есть, надеюсь?

— Полчаса. Потом я должен вернуться.

— Куда? — не поняла она.

— На фирму, я же сказал!

Раздражение в его голосе сделалось отчетливее.

«За полчаса никак не успеем, — подумала Ольга. — Это же только до ЦУМа доехать! Но попробовать все равно придется».

К ее удивлению, они не только уложились в полчаса с выбором целых двух костюмов, но успели даже отдать их в работу цумовскому портному.

— Ты сегодня просто как вихрь, — улыбнулась Ольга, когда они уже вышли из ЦУМа. — На костюмы и не взглянул даже, по-моему. Взял, что первое под руку попалось.

— Все? — нетерпеливо спросил Андрей.

— Ну да. — Она недоуменно пожала плечами. — Если ты считаешь, что двух костюмов тебе на ближайшее время достаточно, то все.

— Считаю, считаю. Я поехал.

Он разве что не подпрыгивал от нетерпения. Это было так странно для него, так на него не похоже!

— Я думала, мы куда-нибудь зайдем, — разочарованно сказала Ольга. — Пообедаем.

— Я спешу, — быстро ответил он. — Вечером дома пообедаем.

— Нет, вечером ты меня не жди, ешь сам. У меня же сегодня допоздна занятия.

— Да. А я забыл. — Он о чем-то задумался, но ненадолго — махнул Ольге рукой и сел в машину. — Ну ладно, пока.

«Что это с ним? — думала она, глядя, как его машина нервно лавирует по рядам. — Даже не рассказал, что у него на фирме вдруг случилось».

Но, несмотря на необычность такого его поведения, оно все-таки не должно было вызывать ни недоумения, ни тем более тревоги. Андрей был из тех людей, которые, увлекшись какой-нибудь задачей, погружаются в нее полностью. Видимо, такая задача сейчас у него по работе и возникла, вот он и торопился поскорее избавиться от бытовых дел.

Есть Ольге все-таки хотелось. К тому же по плечам зашелестели дождевые капли. Надо же, она и не заметила, как небо успело затянуть тучами. И настроение стало смутным тоже незаметно.

Ольге не понравилась такая пошлая символичность. Она открыла первую попавшуюся дверь и вошла в кафе.

Глава 5

Кафе показалось шумным, неуютным, но выбирать что-нибудь получше не было желания.

«Что за ерунда! — сердясь на себя, подумала Ольга. — Что уж такого особенного произошло?»

Но удивление ее, почти оторопь не проходили от того, что она на себя сердилась.

Правда, уже через пять минут можно стало считать, что сердится она не на себя, а на работу этого дурацкого кафе. Официантка лениво болтала с барменом, не выказывая намерения подойти к ее столику, музыка играла так громко, что закладывало уши, на столе видны были разводы от мокрой тряпки... Ольга обвела сердитым взглядом зал — может, попадет в поле зрения другая официантка, которая заодно и стол как следует протрет? — и вдруг ее взгляд дрогнул, заметался, замер...

За столиком справа от нее сидел Сергей Игнатович. Он, наверное, заметил ее раньше — смотрел не отрываясь, словно старался обернуть к себе ее взгляд.

— Это вы... ты? — глупо пролепетала Ольга.

Сергей быстро встал и подошел к ее столику.

— Все время мы друг на друга по жизни натыкаемся, — сказал он. — Видно, судьба.

Что-то странное, непривычное почудилось Ольге в его словах. И тут же она догадалась, что именно: в них была какая-то... назывная банальность. Волга впадает в Каспийское море — вот что он, по сути, сказал.

Как ни странно, она чуть и сама не ответила ему такой же банальностью вроде того, что мы своей судьбы не знаем, или что-нибудь такое же бессмысленное и высокопарное. Хотя — почему это странно? Банальность ведь и порождает только банальность, удивляться тут нечему.

— Садись, Сергей, — сказала Ольга; ей показалось неудобным, что человек стоит рядом с нею, а она сидит. — Как твои дела?

Удивляться можно было сейчас, только безмерно удивляться! Не столько даже тому, что она говорит с ним — с ним! — так спокойно, сколько тому, что ровно так же, спокойно и отрешенно, она смотрит на него, думает о нем. Если вообще о нем думает.

— Да все по-старому, — сказал он, садясь рядом с ней за стол.

— Как твой сын?

— Растет. А я работу поменял.

— Да?

— В нефтяную компанию устроился на персоналку. Начальника вожу. График, конечно, не такой, как на курсах был. Но и зарплата втрое. А я тебя все время вспоминаю, — без паузы сказал он.

Он сказал это не нейтральным тоном — голос его дрогнул. Прежде Ольга сразу чувствовала такую вот легкую дрожь в его голосе, когда он говорил о ней, думал о ней, и от этого по всему ее телу, по сердцу проносился горячий трепет.

А теперь ничто в ней не отозвалось. Она смотрела на Сергея, и пожар не вспыхивал в ее сердце. Ей даже неловко было думать такими вот словами — пожар в сердце... Она смотрела и не понимала, как могла сходить с ума из-за этого мужчины. Почему находила его ослепительно-красивым, почему каждое его слово казалось ей проявлением какого-то особенного ума?

Перед нею сидел самый обыкновенный человек с обыденным, как у большинства людей его возраста, взглядом. Посторонний человек! Да, конечно, дело было именно в этом: он был для Ольги посторонним, и взгляд, которым она смотрела на него, определялся одной лишь ее отрешенностью.

Она не ответила на его слова о том, что он ее вспоминает. Не потому, что хотела его обидеть, просто ничего не отозвалось в ее душе на эти слова, и что же она могла ему ответить?

— Продал ты тогда дом? — спросила она.

И тоже без трепета спросила, как будто никак не связана была продажа чудцевского дома с тем невыносимым вечером, когда безумие несло ее через пробитый ветром кочковатый луг.

— Ага, продал. Теперь вот комнату продаю. Вроде уже покупатель нашелся, но я же хочу сразу и квартиру купить. А то, сама понимаешь, вляпаться можно: свою жилплощадь продашь, а с новой проблемы нарисуются, так и вообще без крыши над головой останешься.

Это было, конечно, правильно. Но это было и само собой понятно. И зачем он об этом говорил?

«А о чем ему говорить? — подумала Ольга. — О чем нам с ним говорить? Не о чем. И всегда было не о чем, только я этого не замечала... тогда».

«Тогда» не только поступки ее, но и все отношение к Сергею определялось не разумом, не чувством даже, а вот именно безумием, только им. Во всяком случае, теперь она не находила другого названия для того, что ею тогда владело.

— Будешь обедать, Сергей? — спросила Ольга.

— Да пообедал уже. Счет жду. Девки тут совсем мышей не ловят. Девушка! — отвернувшись от Ольги, позвал он. — Сколько тебя еще ждать?

Ольга сразу расслышала, что его тон изменился по сравнению с началом их разговора: в нем было теперь только раздражение на плохую работу официантки и желание поскорее вернуться к своим обычным заботам. Никакого трепета в нем не было точно. И она понимала, почему: Сергей не почувствовал от нее ответа, и все, что на минуту потянулось к ней у него внутри, весь его инстинктивный порыв сразу иссяк.

«Ну и хорошо», — с облегчением подумала она, а вслух сказала:

— А я только что сюда зашла.

— Я видел, — кивнул он.

— И голодная. Пообедаю.

Ей казалось, что она объясняет свои намерения на пальцах, как будто разговаривает с глухонемым. Или как будто сама глухонемая. Собственно, так оно и было: они были глухонемыми друг для друга.

Официантка наконец принесла Сергею счет, а Ольге меню. Он расплатился.

— Ну, я пошел?.. — полувопросительно сказал он, глядя на Ольгу.

Ожидание все-таки мелькнуло в его взгляде: вдруг она предложит остаться?

— Да, Сережа, иди, конечно, — кивнула она. Ей нетрудно теперь было называть его вот так, ласковым именем; она выговорила его так же легко, как выговорила бы фамилию или даже профессию. — Рада была тебя увидеть.

Вряд ли то, что она чувствовала сейчас, можно было назвать радостью. Скорее это было облегчение. Она не ошиблась, когда поняла, что дух ее здоров, и как же хорошо было в этом убедиться!

Мелькнула, правда, неприятная и постыдная мысль о том, как глупо она выглядела тогда: как скакала молодящейся козочкой, как хохотала, сидя в кабинке колеса обозрения, как старалась быть беззаботной... Мелькнула — и тут же исчезла.

«Хороший урок», — подумала Ольга.

Сергей еще смотрел на нее с ожиданием, но это длилось полминуты, не больше. Потом он встал из-за стола и пошел к двери. Она смотрела ему вслед. Она смотрела без всякого чувства, просто ждала, когда он скроется из виду, чтобы больше о нем не думать.

Но все-таки она думала о нем, конечно, думала. Слишком много он значил в ее жизни, чтобы пройти незамеченным даже теперь, когда все связанное с ним осталось в прошлом.

«Вот, значит, как, — думала она. — Вот, значит, как кратко это было. Бред, морок, ну пусть даже страсть, пусть какая-нибудь возвышенная даже страсть. Но как же кратко она, оказывается, была задумана! Она ведь с самого начала была задумана именно так, кратко, теперь-то я это понимаю».

Ольга шла к себе на Ермолаевский переулок. Солнце уже клонилось к закату, наливалось алым, плясало яркими сполохами в стеклянной стене синагоги на Большой Бронной. Мысль, пришедшая к ней, так поразила ее, что она остановилась у синагогальной ограды; охранник посмотрел на нее с подозрением.

«Ведь это все равно было бы так! — потрясенно думала Ольга. — Неважно, как мы с ним провели бы этот год. Может, мы встречались бы, может, даже каждый день бы встречались — это ничего не изменило бы. Вдруг в один день что-то переменилось бы во мне, и он стал бы мне не нужен. Или я стала бы ему не нужна. Или оба одновременно. Без всякой его вины, без моей вины — просто мы опять стали бы друг другу чужими, какими и до этого были. Но что же было бы, если бы к тому времени я...»

Она вздрогнула, представив, что разрушила бы все, что было ей дорого в жизни, что и составляло ее жизнь, а через год оказалось бы, что она осталась один на один с совершенно чужим мужчиной, который не вызывает у нее не только любви, но даже обычного человеческого интереса, потому что в нем нет ничего, что могло бы у нее такой интерес вызывать, и только безумие страсти, да-да, именно так, глупо и пошло, — только состояние слепой физической страсти не позволяло ей с самого начала это заметить.

Сейчас она не чувствовала ничего, кроме опустошения; прошедший год был словно выбит из ее жизни. И если бы она провела этот год с Сергеем, то чувствовала бы теперь то же самое.

«Тогда я не понимала, зачем расстаюсь с ним. Мне казалось, я делаю что-то ужасное, я мучилась, болела. Мне казалось, я отказываюсь от любви. Но, значит, это и не было любовью, не может быть, чтобы любовь была такой короткой, такой... куцей. Бог меня уберег, не иначе».

Охранник уже шел к ней, сурово насупясь. Ольга отпустила прутья ограды, в которые, оказывается, вцепилась, и, успокаивающе кивнув охраннику, пошла дальше по Большой Бронной к Патриаршим.

Она шла по любимым своим, с рождения и даже, может быть, до рождения знакомым улицам, и сердце ее было переполнено счастьем таким родным и одновременно новым, какого она не знала прежде.

Глава 6

Избавление от морока было таким полным и всеобъемлющим, что, конечно, коснулось и ее работы. Только сейчас Ольга осознала, что все время своей изматывающей любви — вернее, того, что казалось ей любовью, — работала в институте как робот, выполняя привычные действия без какой-либо душевной отдачи и стараясь свести эти действия к минимуму.

А теперь она погрузилась в работу с удовольствием, даже с самозабвением. В молодости, только начиная преподавать, Ольга была захвачена этим так, что ее даже бессонница мучила, потому что мысли о работе, обо всех институтских делах никак не хотели проваливаться в подушку. Но она не могла и предположить, что через столько лет такая вот самозабвенность вернется снова!

— Ты знаешь, я поняла, что совершенно зря не читаю лекций. То есть читаю, но как-то по инерции. Ведь мой спецкурс уже не новый, я к нему привыкла. А тут я вдруг подумала, что хорошо бы подготовить совсем новые лекции, курса для четвертого, на семестр или даже на два... И знаешь про что? Ты не слушаешь? — наконец заметила Ольга.

Они сидели за вечерним чаем. Это было их с Андреем любимое время: заканчивались дела, и можно было просто наслаждаться спокойствием общего вечера, общностью жизни, которая в эти часы чувствовалась как-то особенно остро.

И Андрей всегда любил это время так же, как она. Но сегодня он сидел с отрешенным видом, смотрел в стенку над Ольгиной головой, и чай в его стакане остывал нетронутый.

— Слышишь, Андрюша? — повторила она.

— Да.

— Ну вот, я подумала, что это могли бы быть лекции о французской повседневной жизни. Не только о современной. Это же так интересно! И никто у нас об этом в общем-то ничего не знает. А я могла бы и тетю Марию расспросить, и маму. Помнишь, она рассказывала про горячие кирпичи, которые во Франции в постель клали?

— Да-да...

— Да что с тобой! — воскликнула Ольга. — Тебе что, совсем все это... не нужно?

Эта мысль пришла неожиданно, одновременно со словами, которыми она ее назвала, но вдруг показалась такой точной, что Ольга похолодела.

Ему действительно не нужно было то, о чем она рассказывала. Не то чтобы неинтересно, а вот именно не нужно. Но почему?

— Ну что ты начинаешь? — Андрей вздохнул так тяжело, словно поднял тяжкий груз, и поморщился. — При чем здесь нужно, не нужно? Я же слушаю.

«Мало тебе этого, что ли?» — эти слова Ольга расслышала так отчетливо, как будто он произнес их вслух. «Я же слушаю, хотя мне все это в самом деле не нужно, трачу на это время, и меня это раздражает» — вот что слышалось в его голосе.

— Андрюша, что у тебя случилось? — спросила она. — На фирме что-то? Или все-таки на факультете?

В вузовской жизни, как и в жизни, например, театральной, всегда существовали интриги, и, хотя ни Ольга, ни Андрей не были к ним склонны, узнать их обоим пришлось немало.

Он посмотрел на нее как-то странно и быстро, тут же отвел взгляд и вяло проговорил:

— Ну... В общем, да. Говорят, что будет организована какая-то новая партия. И меня вроде бы хотят привлечь к ее созданию. То есть к созданию ее имиджа. А я, естественно, не хочу. Я же принципиально беспартийный.

— Что значит — хотят привлечь, если ты не хочешь? — пожала плечами Ольга. — Не соглашайся, и все.

— Все у тебя просто, — усмехнулся он. — Или черное, или белое. Или хорошо, или плохо.

В его голосе отчетливо прозвучала неприязнь. Это удивило Ольгу, а еще больше — обидело.

— «Пусть будут слова твои «да — да, нет — нет»,

все остальное от лукавого», — тоже усмехнувшись, процитировала она.

— Подростковая максима! Для первичных библейских времен это, может, и подходило, но для дальнейшего развития цивилизации — уже маловато. В конце концов, взрослый человек должен понимать, что жизнь — штука сложная.

— Я это понимаю, Андрей, — про сложную штуку. Но все равно, по-моему, есть вещи, которые оцениваются только так: «да — да, нет — нет».

— Это у тебя наследственное! — рассердился Андрей. — Теща точно такая же. Или — или, нюансов вы не понимаете. И всегда вы точно знаете: это хорошо, а то, наоборот, плохо. Так не бывает, Оля, пойми! И нельзя вот так вот походя оценивать других людей!

— Но я же никого не оцениваю... — растерянно проговорила Ольга. — А вот, я вспомнила, — оживилась она. — И ты, наверное, помнишь. Что Волик, Анелин сын, нам однажды рассказывал — помнишь?

Владимир, по-домашнему Волик, сын маминой подруги Анели, был театральным режиссером. Ольга и Андрей виделись с ним нечасто, только в дни его премьер, но общение помнилось долго, потому что человеком он был незаурядным.

— Что именно ты предлагаешь мне помнить? Волик постоянно что-нибудь рассказывает, — пожал плечами Андрей.

— Нет, вот именно про это — про однозначность оценок. Он, помнишь, говорил, как ему приходится объяснять актерам, что не надо ради многозначности образа искать у подлеца положительные черты. Что нам до того, что у убийцы было трудное детство или что он тонко чувствует музыку? Убийство есть убийство, и никаких нюансов в его оценке быть не должно.

Ольга вспомнила еще, как Волик говорил, что прямо на спину каждому подлецу на сцене надо бы прикреплять табличку с надписью «подлец». Но сказать об этом Андрею она не успела.

— Античный театр какой-то, — поморщился тот. — Между прочим, после всех этих однозначных Еврипидовых злодеев и богов из машины были еще Шекспир и Чехов.

Ольга хотела напомнить, что как раз у Шекспира, а особенно у Чехова не было сомнений в том, как относиться к подлости, это-то они и предлагали понять зрителям. Но напомнить об этом она не успела — Андрей встал из-за стола.

— Пойду спать, — сказал он. — Поздновато для отвлеченных бесед, ты не находишь?

Ольга этого не находила, а главное, подобные разговоры никогда не казались ей отвлеченными. Все это было насущно, они с Андреем этим жили, и... И что же это вдруг с ним случилось?

Андрей ушел. Она посидела еще немного над холодным чаем, потом тоже встала, пошла в ванную.

Когда она открыла дверь спальни, он уже спал; слышалось его ровное дыхание. Она легла рядом, осторожно дотронулась до его лба — почему-то подумала, что у него, может быть, температура. Но лоб был холодный. От ее прикосновения Андрей вздохнул и повернулся на другой бок.

«Все-таки возраст, возраст, — вздохнув ему в ответ, подумала Ольга. — Нервный у нас возраст, в каком-то смысле тоже переходный. И куда? Страшно ведь туда переходить!»

Она почувствовала жалость к Андрею. Все-таки мужчины гораздо уязвимее женщин, точнее, гораздо меньше, чем женщины, готовы к мелким и неприятным житейским переменам; это она всегда знала. А что такое старость, маячащая впереди, пусть еще и не очень близко впереди, как не мелочная и пошлая перемена?

«Зато в мужчинах есть порыв! — подумала Ольга. — Порыв, талант, масштаб».

От этой мысли она повеселела. И погрузилась в сон с легким, летящим чувством.

Глава 7

— Да, Алексей Аркадьевич, прямо сейчас и найду. — Ольга шмыгнула носом и переложила трубку от заложенного правого уха к левому. — У мужа что-то про язык кави точно есть, он мне как раз недавно говорил. Так что я вам минут через пятнадцать перезвоню. Нисколько не трудно, что вы! Температуры же у меня нет.

Ольга положила трубку и зябко закуталась в махровый халат. В квартире было тепло, даже жарко, так как по неизвестной причине, несмотря на майское тепло, еще не отключили отопление. Но даже при таком чрезмерном тепле она умудрилась простудиться. Вообще, после воспаления легких, вернее, после потрясения, которое ему предшествовало, она простуживалась мгновенно, от малейшего ветерка и даже вовсе без ветерка.

И вот теперь уже неделю сидела дома, а поскольку испытывала неловкость из-за такой своей мимозности, то бодрилась по телефону и уверяла заведующего кафедрой, что полноценно работает даже во время болезни.

Вранье это было, конечно. Ее знобило, в ухе стреляло, нос распух, вдобавок запершило в горле, и она боялась, как бы снова не началась тягомотина с кашлем, переходящим в бронхит.

Но найти сведения о языке яванских жрецов — кави — было все-таки нужно. Правда, непонятно было, для чего они так срочно понадобились завкафедрой. Ну да он человек увлекающийся, притом мгновенно увлекающийся. Может, решил сравнить этот язык с английским, с него станется.

То, что этот мертвый язык интересовал Андрея, было как раз понятно: он защитил докторскую по этнопсихологии, и его привлекали самые экзотические изыски в этой сфере. Буквально позавчера он мельком упомянул о кави, и Ольга, по своей привычке интересоваться всем, что интересовало его, запомнила это.

Она позвонила мужу, чтобы узнать, где ей поискать сведения о яванском языке, но его телефон был выключен. Ну конечно, у него же лекция сейчас.

Взглянув на часы, Ольга поняла, что лекция закончится не скоро. Зря она пообещала завкафедрой, что перезвонит через пятнадцать минут.

Впрочем, где искать нужную информацию, она все-таки вспомнила: Андрей ведь говорил, что материал о кави прислал ему профессор Штраух из Вены, значит, можно посмотреть в его почте.

Ольга зашла в кабинет, включила Андреев компьютер, нашла его почтовый ящик. Но вот письмо от Штрауха никак не находилось, выпрыгивали только бесчисленные письма от одного и того же адресата.

«Спам какой-то! — с досадой подумала Ольга. — Что же он его не удаляет?»

И вдруг она прочитала тему последнего из этих писем. Оно было получено сегодня утром и называлось «Ответ на: моей маленькой Белоснежке».

«Что за ерунда? — удивилась Ольга. — Когда это он мне писал?»

Ни муж ей в обозримом прошлом не писал, ни тем более она ему сегодня утром не отвечала, это она знала точно. Но «маленькая Белоснежка», ответившая Андрею на его письмо, светилась на экране, а поскольку это было ее, Ольгиным, домашним прозвищем, то... Что — то? Совершенно непонятно!

Поколебавшись, она открыла письмо.

«Сегодня меня всю ночь душили слезы, — прочитала Ольга. — Бежали по щекам и капали на горячую подушку. Я думала как жалко что мой любимый котеночек не может спать сейчас со мной, обнимать меня своими сильными руками, прижимать к своему любящему сердцу. Почему почему мы не можем быть вместе? ведь мы так любим друг друга. Я сижу на работе, босс орет на когото по телефону и меня к счастью не дергает. И я все время думаю как хорошо бы было если бы мы с тобой опять как в тот незабываемый зимний месяц январь были одни у меня на квартире и ты не торопился домой. Почему мы опять должны расставаться каждый день? Ведь у нас любовь подаренная судьбой. Но я все равно люблю и целую котеночка своего. Не уставай очень сильно на работе, а вечером я тебя жду».

Ольга читала, не понимая ни слова. Что это такое, что за безграмотный бред? Сильные руки, прижимающие к любящему сердцу, любовь, подаренная судьбой, все это среди бессмысленных и редких знаков препинания... Ей показалось, что это какая-то неумелая пародия на монолог из мыльной оперы. Но это было письмо. Написанное Андрею. Ее мужу. В ответ на его письмо, которое он отправил своей «маленькой Белоснежке».

У нее потемнело в глазах. Что-то очень большое

разрывающе большое встало под горлом — она физически почувствовала огромный, поднимающийся вверх ком у себя в грудной клетке.

Трясущимися руками Ольга стала листать все остальные письма, пришедшие с этого адреса.

«Спасибо котеночку моему за колечко... такой великолепный вкус... как ты догадался что я хочу именно эту шубку? ... почему ты не звониш, я уже дома приготовила твои любимые оладушки и жду тебя сгорая от любви...»

«Оладушки... — медленно проплыло у Ольги в голове. — Да, он любит оладьи. С яблоками. В этом году в Тавельцеве было много антоновки, мы запасли, и я каждое воскресенье жарила оладьи с яблоками. Зачем ему столько оладий?»

Она в самом деле не понимала, зачем Андрею понадобилось, чтобы эта... Белоснежка готовила ему те же самые оладьи, которые он ел дома.

«А затем же, зачем она тоже Белоснежка, — вдруг подумала Ольга. — Ему нравится это прозвище и нравятся оладьи с яблоками. Какой же смысл отказываться от приятных привычек?»

Она усмехнулась. У нее стучали зубы. Она стала читать дальше.

Не все письма от Белоснежки были выдержаны исключительно в умильном тоне, иногда в них проскальзывали командные нотки.

«Надеюсь мы наконец снова проведем выходные на даче... ты же знаешь как мне понравилось нырять прямо из бани в прекрасную маленькую речку... ты узнал когда сможешь взять неделю за свой счет? Людка говорит что на Бали бывает сезон дождей, жалко будет если мы с тобой как раз в него попадем...»

Про Бали Андрей упоминал совсем недавно — сказал, что там намечается конференция, а когда

Ольга удивилась, что научную конференцию проводят в таком экзотическом месте, он объяснил, что конференция по этнической психологии, потому и на Бали, и она порадовалась, что он заодно искупается в океане...

Бесчисленные мелкие подробности, которые, обнаруживаясь, вызывали у нее недоумение, но сразу же забывались, потому что она не придавала им значения, — всплывали теперь в ее памяти.

Она приехала в Тавельцево, чтобы прибраться в доме перед маминым возвращением из санатория, и обнаружила в спальне гордо восседающую на подушке плюшевую кошку. Спросила Андрея, откуда она там взялась, и он сказал, что кошка похожа на Агнессу, потому он и купил ее в подарок теще. Ольга посмеялась: да что ты, Андрюша, ничего общего, мамина Агнесса же трехцветная, а эта розовая, ужасно пошлая, по-моему. Она тут же спохватилась, что Андрей может обидеться на такую оценку его подарка, но он не обиделся, а сказал, что дарить эту кошку Татьяне Дмитриевне в самом деле не обязательно. Потом розовая кошка куда-то исчезла, и Ольга тут же про нее забыла.

В тавельцевской бане примерно тогда же появился боди-крем, невыносимо благоухающий лилиями. Ольга удивилась, потому что ни она, ни мама боди-кремом не пользовались вообще, и уж тем более не выбрали бы косметику с таким запахом: на лилии у них была наследственная аллергия. Но мало ли кто мог принести сюда этот крем. Может, Неля приезжала попариться, не выяснять же такую ерунду.

Однажды Ольга сказала Андрею, что Нинке надо бы купить шубку, коротенькую такую, легкую, которую мама называет полупердончиком, можно, например, ондатровую, и он вдруг заметил, что лучше не ондатровую, а норковую, потому что ондатра тяжеловата. Ольга тогда изумилась безмерно: «Андрюша, ты-то откуда про такое знаешь?» Он пробормотал что-то невразумительное, а она только посмеялась и, конечно, не стала выспрашивать об источнике его неожиданных познаний. Наверное, психологини на кафедре обсуждали.

А ведь он высказывал в последнее время множество замечаний такого рода!

То вдруг, когда Ольга собиралась к врачу, заявил, что хорошим гинекологом может быть только мужчина, а женщины для этой профессии не подходят. «Бог с тобой, Андрюша, — изумилась она, — что за глупость, я же у Ирины Витальевны всю жизнь наблюдаюсь, Нинку у нее рожала, такие тяжелые были роды, она нас обеих, можно сказать, с того света вытащила, и вообще, что это ты вдруг озаботился гендерными проблемами гинекологии?»

То он каким-то странным, глубокомысленным тоном начинал рассуждать о том, что шопинг является отличным способом снять стресс, и это Андрей, который ненавидел магазины и вообще всегда иронизировал, если Ольга пыталась рассказать ему, например, что прочитала в утренней газете о проблемах уборки дорог зимой, и советовал ей не забивать себе голову мелкими подробностями из тех сфер жизни, которые не имеют к ней никакого отношения.

Вот это и было самое странное: в последнее время он просто фонтанировал какими-то глупейшими, пошлейшими подробностями, житейскими мелочами. Конечно, Ольга это замечала; этого трудно было не заметить. Но как она должна была на это реагировать? Объяснять ему, что смешно взрослому и умному мужчине всерьез рассуждать о том, что может вызывать интерес только у не очень взрослой и не очень умной женщины?

Да, именно так. У не очень взрослой и не очень умной. Точнее, у очень молодой и глупой, но хитрой и хваткой. Которая писала своему «котеночку» про неземную любовь и при этом не забывала напомнить про обещанный ей вояж на Бали.

Читать эти письма дальше не было смысла: Ольга не была мазохисткой. Все было понятно и так. Непонятно было только, что ей теперь делать.

Когда они с Андреем поженились, Ольге было двадцать, а ему двадцать пять. И, конечно, она предполагала, что может и не являться единственной женщиной, с которой он спал после женитьбы. Она прекрасно знала про природную мужскую полигамность и вообще трезво смотрела на жизнь. Наверное, не может быть, чтобы за двадцать лет у здорового мужчины не возникло сексуального влечения ни к одной женщине — кроме жены. Наверное, это нормально, чтобы он попробовал за свою жизнь как можно больше женщин. Правда, во всем этом — в необходимости разнообразных половых сношений и в прочем подобном — ей виделось что-то то ли животное, то ли медицинское... Но, может, это только ей так виделось, все это ведь считается естественным мужским обыкновением, и так оно, наверное, и есть?

Да, думать об этом жене не может быть приятно. Ну так она об этом никогда и не думала! Она просто не чувствовала в их общей жизни ничего такого, что заставило бы ее об этом думать. Андрей любил ее весь, до донышка, он ни разу не дал ей повода усомниться в его любви.

Из командировок он звонил ей по два раза в

день — или советовался по каким-нибудь неотложным своим научным вопросам, или просто скучал. И возвращался всегда соскучившийся, и радовался своему возвращению, она видела, что это именно так, он не притворялся, да ей и не приходило в голову подозревать его в притворстве. И в таком случае не все ли ей равно, если он там, вдали от нее — или необязательно вдали, но вот именно без нее, — интересовался какими-то абстрактными женщинами? В конце концов, распускать павлиний хвост и хвастаться — это вечная мужская потребность, которая у умной женщины не может вызывать ничего, кроме снисходительной улыбки.

Ольга была умной женщиной, и именно так относилась она к увлечениям своего мужа. Если вообще они были. Она не знала о них и не стремилась знать, ей не было необходимости об этом знать — вот как она к этому относилась.

Но маленькая Белоснежка с любимыми оладушками... Но ошеломляющие глупости, которые он повторяет с ее слов так серьезно, как будто это бесценные истины... Но распоряжения по даче, которые она считает себя вправе отдавать, — значит, он никак не дал ей понять, что это не ее дело?.. Все это было уже совсем другое, и к этому другому Ольга не была готова.

Да что там не готова! Она была так ошеломлена, так убита всем этим, что застыла как соляной столп. Не могло все это — глупое, пошлое, ничтожное, чужое — иметь отношение к его жизни, к их общей жизни! Не могло.

Но имело. И было, похоже, уже даже не частью, а всей его жизнью. Все, что происходило с Андреем в последнее, уже довольно долгое время, ослепительно осветилось теперь в Ольгиной памяти, и она поняла, что он давно уже полностью погружен в мир розовых котеночков и любовей, подаренных судьбой.

И только этот мир имеет для него значение, и потому его раздражает все, что от этого мира отвлекает, и Ольга — в первую очередь.

И что ей было делать с этим открытием, как ей было с этим жить? Она не знала.

Глава 8

«Надо держать себя в руках. Не надо показывать, что я об этом знаю. Сейчас это не он, не Андрей. Это... Ведь со мной было то же самое!»

Конечно, это было единственной настоящей причиной, по которой Ольга не поговорила с мужем в тот же день, когда обнаружила письма от Белоснежки. Все, что происходило с ней самой всего полгода назад, не допускало теперь такого разговора.

Да, она по себе знала, что это безумие может случиться с каждым и его надо просто переждать. Оно пройдет, конечно, пройдет. У нее прошло же, и у него пройдет. Правда, у него все это происходит как-то... странно, но ведь он мужчина, и мужчина в опасном возрасте, конечно, она специально этим не интересовалась, но слышала же, что так бывает со многими, да чуть ли не со всеми мужчинами, не могла не слышать, об этом все так или иначе слышали, если не про гормональную бурю, то хотя бы про беса, который ударяет в ребро одновременно с сединой в бороде, вот и его ударил, но не навсегда же!..

Иногда Ольге казалось, что она мысленно произносит какую-то мантру. Она никогда не была склонна к подобным заклинаниям, но что же делать, если только они позволяли ей теперь держать себя в руках.

Они позволяли ей не видеть всего, что происходило с ее мужем так явно, что увидел бы это даже слепой.

Не видеть, не чувствовать, не сознавать.

Она старалась, например, не замечать его раздражения от ее звонков.

Ольга звонила теперь Андрею очень редко, но все-таки иногда приходилось это делать, и каждый раз она слышала в его голосе еле сдерживаемое раздражение от того, что она ему звонит. Это было особенно заметно по контрасту: когда он был дома, та, новая Белоснежка звонила ему едва ли не каждый час — коротко, на полтакта, звучала мелодия его телефона, сразу же обрывалась, и лицо у него сначала светлело, а потом на нем читалось просто-таки мученье, как будто он говорил: ну когда же ты куда-нибудь уйдешь, дай же ты мне спокойно поговорить с... Как он мысленно называет эту женщину, Ольге не хотелось даже думать.

Еще — она старалась не замечать его отсутствия в выходные.

В отличие от многих супругов с таким большим стажем, как у них, Ольга с Андреем проводили выходные вместе. Они не то чтобы договаривались об этом — просто радовались оттого, что никакие дела не заставляют их разбегаться с самого утра, и можно не торопясь завтракать, болтая о каких-нибудь приятных пустяках, можно читать, устроившись в разных комнатах, и потом пересказывать друг другу самое интересное из прочитанного, а можно пойти вместе в кино или в театр, или просто погулять на Патриарших, или поехать в Тавельцево... Они не стремились отдыхать друг от друга. Им даже непонятно было, почему надо отдыхать от общения, которое доставляет одну сплошную радость.

Вот так у них это было раньше — всю их общую жизнь.

Теперь Андрей уходил из дому в субботу или в воскресенье утром, говоря какую-то глупость — что пройдется по магазинам, например, — и возвращался затемно, уже ничего не говоря. Иногда он и вовсе уезжал на оба выходных дня, вскользь сообщая Ольге, что заведующий кафедрой или декан пригласил коллег к себе на дачу. Почему при этом не приглашена жена, которую все коллеги, включая и декана с завкафедрой, прекрасно знают и которую всегда раньше приглашали на совместные посиделки, он не объяснял.

Самое ужасное было в том, что все это он делал спокойно, уверенно, нисколько не смущаясь, — просто уходил, просто уезжал, просто ничего не объяснял.

И эта его уверенность обезоруживала Ольгу совершенно. Она не понимала, почему он относится к ней не с равнодушием даже, а с пренебрежением, и винила в таком его отношении себя — недавний свой глупый, отвратительный, бессмысленный роман. Ведь если с Андреем происходит сейчас то же самое, что происходило с ней, то как же трудно ему с этим справляться, ей ли не знать!

Такое вот изматывающее, мучительное состояние все длилось и длилось, и вырваться из этой мертвой точки Ольга не видела никакой возможности.

До тех пор, пока поездка на Бали не стала реальностью.

Андрей сообщил о ней мимоходом, как о чем-то давно решенном.

— Я лечу послезавтра, — сказал он.

— Куда? — спросила Ольга.

Он вздохнул, как будто проговорил: «Ну почему я должен по сто раз объяснять одно и то же? И какое тебе вообще до этого дело?»

Раньше, каких-нибудь два месяца назад, Ольга ужаснулась бы такому его вздоху. Но теперь это стало ей привычно.

— На Бали, — поморщившись, сказал Андрей. — Я же тебе говорил.

И вдруг она почувствовала, что больше не может. Да что это такое, в самом деле? Он врет ей в глаза, не испытывая даже смущения, а она должна воспринимать это как должное, да еще искать этому оправдания?!

— Да? И что же ты мне говорил про Бали? — усмехнулась она.

— Что там будет конференция, — с тем же тяжким вздохом ответил он. — По этнопсихологии.

— Неужели?

— Что — неужели?

— Неужели секретарш приглашают на конференции по этнопсихологии? И дорогу им оплачивают, и проживание?

— Каких секретарш?

Наконец в его голосе послышалось что-то вроде удивления. Хоть какое-то чувство, направленное в ее сторону.

— Молодых, надо думать. Зачем же таскать за собой старых? Молодых, как розовые кошечки. Или как Белоснежки.

Ольга не узнавала своего голоса. Никогда ей не была присуща едкая стервозность, которая отчетливо в нем теперь слышалась!

— Вот, значит, что... — проговорил Андрей. — Интересно, какое ты имеешь право читать мою почту?

Он сказал это с таким возмущением, которое вот-вот должно было перейти в ненависть. Да, может, уже и перешло.

— Это единственное, что тебя возмущает? — усмехнулась Ольга. — Нарушение твоих прав?

— Представь себе!

— Я имею на это право, — резко и зло отчеканила она. — Имею право не чувствовать себя дурой. Тем более обманутой дурой. Андрей, мне никогда не приходило в голову читать твою почту. Или сообщения в твоем телефоне. Или выспрашивать, почему он у тебя выключен. Ничего этого, если ты помнишь, я не сделала ни разу за двадцать лет. Но сейчас... Ты настолько не считал нужным скрывать свою... свои отношения с этой девицей, что я узнала бы все и без чтения твоей почты. Ну, может, на неделю позже узнала бы, но это ничего не меняет, по сути.

Он посмотрел на нее с таким удивлением, как будто увидел впервые.

— Что, Андрей? — с надеждой спросила Ольга.

На мгновенье у нее мелькнула мысль, что вот сейчас он скажет: «Что ты, Оля! Ну, была такая глупость, но это же давно прошло! Там же старые даты, в этих письмах», — или что-нибудь подобное. Что-нибудь невозможное...

Но ничего такого он, конечно, не сказал. И когда наконец вообще что-то сказал, тон у него был сухой и резкий:

— А я думал, ты давно все знаешь.

Он пожал плечами. Ольге показалось, что даже сейчас, во время этого ужасного разговора, Андрей думает не о ней, а только о том, что надо как-нибудь выдержать еще два дня, и он избавится ото всей этой тягомотины и погрузится в сплошное море удовольствия. Она услышала эти слова так ясно, как будто он произнес их вслух. Как будто повторил за своей новенькой Белоснежкой...

— Что, ты думал, я давно знаю? — зачем-то переспросила Ольга.

— Что у меня есть... она.

От благоговейного придыхания, прозвучавшего в его голосе, когда он произнес это «она», у Ольги потемнело в глазах. Все-таки одно дело догадываться об этом, даже понимать это, и совсем другое — услышать от мужа.

— Она?.. — растерянно проговорила Ольга.

— Она. Анжелика.

Ее словно окатило холодной водой. Ольга пришла в себя.

— Так она еще и Анжелика? — с усмешкой проговорила она. — Удивительно цельное существо!

— Прекрати! — Голос Андрея сорвался на крик. — Я не позволю ее оскорблять!

— Ну, извини, боготворить ее я не могу!

Андрей тоже взял себя в руки. Ольга вообще считала, что воля у него гораздо крепче, чем у нее. Раньше считала.

— Не понимаю, что тебя так возмущает, — сказал он. — Что я перестал себя чувствовать замшелым стариком?

— Когда это ты себя чувствовал замшелым стариком? — оторопела Ольга.

— Всегда! Я жил как старик! Конечно, тебе это было удобно. Ходит рядом такой песик на веревочке, можно хвастаться подружкам. А каково мне было сознавать, что все у меня позади, об этом ты не думала? Что ни любви у меня в жизни уже не будет, ничего?!.

— Ни любви, ничего?.. — как эхо повторила Ольга. — У тебя?

— У меня, у меня! Да я, если хочешь знать, только с ней понял, что такое счастье! Не удобное, однообразное существование по инерции, а — счастье! Я ведь на крыльях теперь летаю, неужели ты не замечаешь?

— Замечаю. — Ольга смотрела на мужа так, как будто видела впервые. — Только не думаю, что это называется счастьем. Вот это, что с тобой происходит. Ладно! — оборвала она себя. — Что я об этом думаю, не имеет никакого значения. Я тебя прошу: собери, пожалуйста, вещи сегодня. И уйди тоже сегодня.

— Куда уйти? — не понял он.

— К Анжелике.

— В каком смысле?

— В прямом. Вы вместе едете отдыхать? Вот вместе и поезжайте. И возвращайтесь тоже вместе. И живите вместе. Впрочем, это уж как вы там сами сочтете нужным — вместе вам жить, отдельно... Но ко мне, пожалуйста, больше не возвращайся.

Глава 9

«Она всегда была наивная. Просто удивительно! Она всегда, с самого детства, была серьезная, разумная, здравомыслящая — и совершенно наивная. И я всегда это понимала».

Татьяна Дмитриевна смотрела на свою единственную дочь и не знала, как ее утешить.

Она видела, как изменилась Оля за время, прошедшее после ее зимней болезни, — осунулась, и в глазах такая растерянность, что вместо своего загадочного, ускользающего цвета они приобрели какой-то тусклый серый оттенок.

Главной Олиной чертой всегда была даже не наивность, а прямодушие. Да-да, это было гораздо более точное слово, и именно это Татьяна Дмитриевна поняла, когда ее дочке исполнился год, если даже не раньше. И все сорок последующих лет она лишь утверждалась в том своем понимании. Нет, Оля не страдала примитивной бескомпромиссностью, которая возникает у женщин из-за отсутствия интуиции, и самые разные сложности и странности жизни были ей понятны.

Но у нее вот именно была прямая душа — лучше не скажешь.

И как ей теперь с такой своей душою быть, Оля явно не знала. И Татьяна Дмитриевна не знала этого тоже.

Оля сидела на лавочке между еще не зацветшими розовыми кустами, и при взгляде на нее казалось, что она не сможет с этой лавочки подняться, такой придавленный у нее был вид.

— Все время, пока собирал вещи, он мне взахлеб рассказывал, какая восхитительная эта его Анжелика. — Оля оторвала пятилистковую ладошку от розового куста и зачем-то положила себе на ладонь. — Я ушам своим не верила, когда это слушала, мама. Андрей — нет, ты только вообрази, Андрей с его умом! — называет женщину умной потому, что она в день прочитывает по книжке из серии любовных романов. Знаешь, вот этих, карманных, с сердечками на обложках. «Она читает по целой книжке в день!» — так мне и сказал. И в глазах при этом самый настоящий восторг, прямо какое-то благоговение перед ней, честное слово. Ну что это, а?

— Ты и сама прекрасно знаешь, что это, — пожала плечами Татьяна Дмитриевна. — У всех мужчин в этом возрасте сносит голову. Ты всего лишь убедилась, что исключений не бывает.

— Ну да, я это знала, конечно. Но все-таки не думала, что это вот так... Какая-то бездарная пародия непонятно на что. Я думала, им в этом возрасте просто хочется попробовать что-то новенькое в постели, хочется пофорсить, повыступать, как Нинка говорит...

— Попробовать что-то новенькое в постели им хочется в любом возрасте, — заметила Татьяна Дмитриевна.

— Вот именно! Ему тоже, наверное, и раньше этого хотелось, а может, он не раз и пробовал. Но на мне же это никогда не сказывалось, со мной-то он всегда был...

Тут Оля замолчала, и Татьяна Дмитриевна поняла, почему: ей больно было сейчас вспоминать, каким был с нею муж все эти годы.

— Я сначала подумала, что он влюбился, — помолчав, сказала Оля. — Это я поняла бы. У меня... Со мной самой недавно такое было.

— Да видела я, Оля, — кивнула Татьяна Дмитриевна.

— Ты — видела? — удивилась она.

«Наивная, все-таки наивная», — снова подумала Татьяна Дмитриевна.

— Дурак бы не увидел. Кстати, твой муж этого не замечал только потому, что уже был в то время полностью поглощен своей половой озабоченностью. И это я тоже видела.

— Да? — растерянно сказала Ольга. — А я ничего такого в нем не замечала. Просто мне и в голову не могло прийти, что у него все вот так... незамысловато. Ну, что теперь об этом! В общем, когда я узнала про эту его Анжелику, то сначала подумала, что он влюбился. Но вчера, когда он уходил... Этот восторг перед ее великим умом, эти сопли по поводу того, как она прекрасно готовит... Можно подумать, он всю жизнь питался бутербродами! Он старался себя оправдать, я понимаю, но почему для этого он нашел только один способ: унизить меня? Ты бы слышала, что он говорил! Какие-то чудовищные вещи. Что мы с ним должны трезво пересмотреть свои отношения, что в нашем возрасте многие семьи живут втроем и даже в общей квартире, что я эгоистка, потому что не понимаю, как ему необходима любовь... Он не был похож на влюбленного, мама. То есть не был похож на себя влюбленного. Я же помню, какой он был влюбленный... двадцать лет назад. Он был умный, веселый, ироничный. А сейчас... Глаза сумасшедшие, голос с каким-то идиотским придыханием, твердит, как заведенный, до чего ж ему повезло встретить в зените жизни такое счастье, и только что слюни изо рта не текут при этом. Уходит от жены, с которой двадцать лет прожил — и как прожил! — а у самого, видно же, одна мысль в голове: через полчаса, или через сколько там, наконец нырну в постель к...

Она сжала в ладони листок и резко отвернулась.

— Оля, — сказала Татьяна Дмитриевна, — перестань об этом думать. Ты от таких мыслей с ума сойдешь.

— Мне кажется, я и так с ума сойду. Если уже не сошла. Я ведь об этом уже месяц знаю точно. И месяц наблюдаю, как он об меня ноги вытирает.

— Вот этого я никогда не пойму, — поморщилась Татьяна Дмитриевна. — Для чего тебе понадобился целый месяц?

— Я не могла, мама, — тихо сказала Оля. — Не могла себе представить, что все это... на самом деле. Мне казалось, этого не может быть, это какой-то глупый сон, и скоро он кончится. И... И я не могла обрушить жизнь. Это непонятно я говорю, да?

— Это понятно.

Татьяна Дмитриевна притянула к себе Олину голову и быстро поцеловала ее в висок.

«Может, заплачет», — с надеждой подумала она.

Но Оля не заплакала, конечно.

— Андрей — это не единственное, на чем держится жизнь, — сказала Татьяна Дмитриевна.

— Конечно, Нинка, да. Но какой она ни есть глупый ребенок, как во мне ни нуждается, а жизнь у нее все-таки своя. А у нас с ним общая жизнь... была. А теперь этой жизни нет и... Ничего нет.

— Оля, Оля! — воскликнула Татьяна Дмитриевна. — Что значит — ничего нет?

— А что у меня есть? — усмехнулась та. — Работа? Она мне интересна, конечно, и потерять ее я не хотела бы. Но это не то, на чем держится жизнь. Для Андрея, может быть, она и держится на работе. Хотя теперь я уже и не знаю... Но для меня — нет.

— И для него — нет, — заметила Татьяна Дмитриевна. — Он неталантлив.

— Андрей — неталантлив? — Оля удивилась так, что даже о своем отчаянии, кажется, на мгновенье забыла. И глаза у нее открылись широко и наконец сверкнули драгоценным, только ей присущим блеском. — Да ты что, мама! Его же студенты обожают, и докторскую он блестяще защитил!

— Студенты обожают, потому что умеет пыль в глаза пустить, — отрезала Татьяна Дмитриевна. — И его блестящая докторская — тоже пыль, ну, плюс еще трудолюбие. Которое, конечно, может быть частью таланта, но может и не быть.

— Нет, ты все-таки к нему несправедлива, — покачала головой Ольга. — Я никогда не считала, что он бездарен.

— Просто ты не видела по-настоящему талантливых мужчин, — улыбнулась Татьяна Дмитриевна. — Не способных, не оригинальных, а вот именно талантливых. Это лучшее, что есть в мужчине, Оля. Это, может, единственное, что делает его мужчиной.

— Ну да!

— Да. Я имею в виду, конечно, не способности к музыке или к живописи. Это... это... — Она наконец подобрала нужные слова: — Это способность делать то, что, кроме него, никто делать не может. Хоть щи варить — неважно. Все варят щи, но так, как он, никто не может, и от того, что он варит щи, мир меняется — вот что такое в мужчине талант.

— Щи варить Андрей, конечно, не умеет. — По Олиному лицу скользнула улыбка.

— Не притворяйся, будто не понимаешь, — улыбнулась в ответ Татьяна Дмитриевна. — Прекрасно ты понимаешь, о чем я говорю. И вот этого, таланта, в Андрее никогда не было. Он может только усваивать созданное другими, может неплохо это систематизировать, он сообразителен, способен многое объяснить. Но не более того.

— Но ты никогда мне этого не говорила... — растерянно сказала Оля.

— А зачем мне было тебе это говорить? — пожала плечами Татьяна Дмитриевна. — Да, я всегда думала, что ты могла бы быть хорошей женой для более незаурядного человека. Но ты была счастлива, Андрей относился к тебе бережно, и я считала, что это очень даже немало. Да и Нинка ведь...

— Он ни слова не сказал про Нинку, когда уходил, — вдруг вспомнила Оля. — Как будто нет ее.

— Может, я должна была тебя предупредить, когда заметила, что у него началось это половое сумасшествие... Не знаю! Я просто не понимала, что для тебя лучше: знать об этом или не знать. У меня же совсем нет опыта жизни с мужчиной, Оля, — словно извиняясь, сказала Татьяна Дмитриевна. — Я не считала, что вправе учить тебя, как тебе жить с мужем. Моя собственная жизнь в этом смысле сложилась бездарно.

— Ну что ты, ма! Ты же Нелю вырастила, меня вырастила! И из Ваньки толку бы не вышло, если бы ты им не занималась, Неля сама говорит.

— Я не выращивание детей имею в виду, ты же понимаешь.

— А что?

— Что у меня как-то... Неправильно был наведен фокус чувств, вот что. Во всяком случае, в юности. Все самое главное, что давала мне жизнь, я видела только краем глаза. Сердечного глаза, извини уж за красивость. Да к чему далеко ходить — я, например, совершенно не понимала, что такое мой отец. Поглощена была своей жизнью, она мне казалась ужасно важной, и его жизнь прошла для меня вскользь. А когда я хоть что-то про него поняла, то было уже поздно. Как, собственно, всегда и бывает. Все, Оля, хватит. — Татьяна Дмитриевна поднялась с лавочки. — Хватит слезы лить.

— Да я и не лью, — невесело улыбнулась Оля.

— И очень жаль. Пойдем, подержишь Агнессу, я ей укол поставлю. Такая мимозная оказалась кошка, для ее помойного происхождения просто удивительно. Сейчас у нее обострение хламидиоза. От стресса, можешь себе вообразить? Собака ее на дерево загнала — и пожалуйста, сразу обострение.

— Хламидиоз? — встревожилась Оля. — Ты бы поосторожнее, мама. Он же людям передается.

— Людям он от кошек не передается.

— Откуда ты знаешь?

— Ветеринар сказал. Я ее ветеринару показывала в Денежкине.

— Ну какой в Денежкине может быть ветеринар! Он же только в коровах разбирается.

— Прекрасный в Денежкине ветеринар. Насчет коров не знаю, а в Агнессе он разобрался сразу. Пойдем, пойдем.

Кошка не выказала радости от укола, возня с ней на некоторое время заняла Олю, она же все привыкла делать с полной отдачей, и к разговору об Андрее они больше не возвращались. Когда Оля ложилась спать, Татьяне Дмитриевне даже показалось, что дочь почти спокойна.

Она сидела на веранде — ночи уже были по-летнему теплы — и думала почему-то не о том, что происходило в Олиной жизни сейчас, а о том, что происходило много лет назад с ней самою. Это было странно, потому что Татьяна Дмитриевна считала Олину нынешнюю историю вовсе не ерундой, а серьезной драмой. Но собственное прошлое, которое она сама же и вызвала, сказав, что видела жизнь лишь краем сердечного взгляда, хлынуло в ее память так сильно, так властно, что не оставило места для настоящего.

Глава 10

— И что же вы сделали?

— Попросил, чтобы принесли икону. У бабы Мани, уборщицы, есть. А что я должен был делать?

— Мне кажется, вы должны были этому воспротивиться.

— Знаете что, Ирина Леонидовна, вот когда вы научитесь оперировать гнойные раны так, как Войно-Ясенецкий, то вы и будете командовать, держать в операционной икону или нет. И я вас тогда буду слушаться. А пока, уж извините, я буду слушаться архиепископа Луку.

Лицо Ирины Леонидовны приобрело недовольное выражение, но спорить с хирургом Андреевым она все-таки не стала. И не потому, конечно, что сама была не хирургом, а терапевтом, и даже не потому, что не могла повлиять на ситуацию — Ирина Леонидовна Налимова входила в партком госпиталя, и влияние у нее поэтому было немалое. Но почему она не возражает, было Тане понятно: на хирурга Войно-Ясенецкого, архиепископа Луку, сосланного в Тамбов несколько месяцев назад, врачи переполненных ранеными госпиталей молились не менее истово, чем сам он молился Богу.

Таня слушала этот разговор, домывая пол в ординаторской. Было утро, она торопилась на занятия и уже даже немного опаздывала, поэтому к рассказу о Войно-Ясенецком прислушивалась лишь краем уха. Хотя в другое время послушать такой рассказ ей было бы интересно: очень уж необычное зрелище являл собою архиепископ Лука, когда в рясе с наперсным крестом поднимался по широкой лестнице дворца Асеева. Прежде Таня видела русского священника, который держался бы так свободно и естественно, только в Париже, в соборе Святого Александра Невского.

Сама она относилась к религии, как считала мама, по-французски, то есть скептически. Но поскольку здесь, в России, все попросту говорили, что Бога нет, то стесняться своих взглядов, как стеснялась она их среди парижских русских, Тане не приходилось.

— Все, Таня, чисто уже, — сказал Алексей Петрович. — Иди, а то на лекции опоздаешь. Проводить тебя? Я после ночи, часа два у меня свободны.

— Нет, Алексей Петрович, спасибо, — отказалась Таня. — Я и правда опаздываю, мне бегом придется бежать. А вы лучше поспите.

Хирург Андреев знал расписание ее занятий, кажется, даже лучше, чем она сама. Ему нравилась Таня, и он нисколько этого не скрывал. И в этом не было ничего удивительного. Отчего бы молодому, видному собою мужчине скрывать свой интерес к девушке? Если все в госпитале чему и удивлялись, то лишь тому, что Таня не отвечала на его интерес. Но она однажды уже объяснила Алексею Петровичу причину такой своей отстраненности и считала, что больше объяснений не требуется.

— Танечка, а тебя там внизу кавалер дожидается! — весело окликнула ее медсестра Аленушка, когда она, торопливо завязывая платок, уже бежала к выходу из госпиталя. — Эффектный, между прочим, мужчина.

Таня остановилась как вкопанная. Сердце подпрыгнуло к горлу. Разве Женя не мог появиться здесь, в Тамбове? Мог! Ведь военных передислоцируют, да и отпуска у них бывают.

Она сразу подумала о Жене, потому что думала о нем всегда.

С выпрыгивающим из груди сердцем она подбежала к широкой асеевской лестнице и остановилась на ее верхней ступеньке, под геральдическим щитом с богиней Флорой, как Золушка при встрече с принцем.

Внизу, у нижних ступеней, стоял высокий военный в шинели с полковничьими погонами. Он поднял глаза вверх.

— Папа... — растерянно сказала Таня. — Папа!

Она бросилась вниз, наверное, так стремительно, что испугала его. Он пошел ей навстречу, шагая через ступеньки, и они чуть не столкнулись на середине лестницы.

— Ну что ты? — сказал он. — Что ты, Танечка? Ведь упадешь.

Таня оторвалась от шинели, в которую уткнулась носом, обнимая его. Он совсем не изменился. Он был точно такой, как всегда, и даже усталость, которая стала теперь главной в глубине его глаз, была схожа с той сдержанностью, которая была ему присуща раньше; может, этой же самой сдержанностью его нынешняя усталость и являлась.

— Когда ты приехал, папа? — спросила Таня.

— Сегодня. И сегодня же уезжаю.

— Сегодня уезжаешь?.. — растерянно повторила она и глупо спросила: — А куда?

— В часть. Я надеялся, что мама успеет вернуться в Москву, тогда сумел бы ее увидеть. Но она не получила разрешение, а в Новосибирск я к ней не успеваю. Так что приехал только к тебе.

— Как хорошо, папа! — воскликнула Таня. — То есть жалко, что ты не увидишь маму... Но я так тебе рада!

Как ни любила Таня русский язык, каким богатым его ни считала, но она давно уже поняла, что даже самые сильные слова и даже в таком сильном языке не выражают настоящей силы чувств. Вот и эти ее слова тоже очень мало соответствовали тому, что она чувствовала, произнося их.

Но отец немного значения придавал словам — вернее, он всегда был так точен в их выборе, что не нуждался в их изобилии. И война лишь явственнее проявила эту его черту.

— У тебя сейчас занятия? — спросил он.

— Я не пойду на занятия.

— Да, если можешь. Я хотел бы видеть, как ты живешь.

— Пойдем, папа.

Таня взяла его за руку, как в детстве, и они пошли по лестнице вниз.

— Красивое здание, — заметил отец.

— Очень. Жалко, что у тебя времени нет посмотреть. Здесь у нас такой зал с колоннами! А в Белой гостиной на стенах лилии... Как в Лувре. Это был дворец купца Асеева. Он в революцию погиб, наверное.

— Асеев? Не погиб, — сказал отец. — Я знал Михаила Васильевича, он в Англии теперь, но встречались мы в Париже. Ну да, он из Тамбовской губернии.

— Ты его знал? — поразилась Таня. — Вот этого Асеева, которого дворец?

— Да. — Отец чуть заметно улыбнулся. — А что тебя так удивляет?

— Ну... Ведь это же правда удивительно. Я же случайно и в Тамбове оказалась, и вот в этом дворце... А ты в Париже видел Асеева. Какие странные повороты судьбы!

— Не знаю, Таня. — Отец пожал плечами. — Я не относился бы к этому так возвышенно.

Он открыл перед нею массивную входную дверь. Они пошли через парк.

— Ты не веришь в судьбу, папа? — спросила Таня.

— Не более чем всякий агностик.

— Агностик? — заинтересовалась Таня. — А что это означает?

— Приблизительно это означает, что человек не

отрицает Бога, но и не признает никаких доказательств его существования, поскольку любой человеческий опыт субъективен. И к понятию судьбы так же относится. А проще говоря, не стоит, мне кажется, придавать какой-то особый смысл тому, что неочевидно и, главное, не имеет прямого отношения к твоей жизни. Если окажется, что твое пребывание в Тамбове не случайно, то ты в нужное время и поймешь, какой смысл был в этом заложен. А пока не стоит голову себе туманить. Не холодно тебе?

— Что ты, нисколько не холодно. Я же в теплом пальто, спасибо.

— За что спасибо?

— Это же ты мне свой аттестат прислал.

— Ты вовремя получаешь? Маме, бывает, задерживают.

— Нет, я — вовремя.

Отец и говорил точно так, как обычно, размеренным своим тоном, и точно в такт словам поскрипывал под его шагами гравий на аллее. Строгий и закрытый строй его мыслей не изменила даже война. Тане вдруг показалось, что если бы произошла вселенская катастрофа, какой-нибудь космический взрыв и Земля бы уничтожилась, то папин спокойный голос веял бы над хаосом, как первоначальный дух. Ее удивили и даже смутили такие мысли. Впрочем, она тут же про них забыла.

Они вышли из парка и пошли по улице к Таниному дому.

— Я и живу рядом, — сказала она. — До госпиталя пять минут. Только пединститут не слишком близко, здесь же окраина, прежние дачные места.

Она понимала, что рассказывает о каких-то неважных вещах, и сердилась на себя за то, что тратит время на такие разговоры, а время это драгоценное, потому что папа сегодня уезжает. Но о чем еще ему рассказать, она не знала. Что такого уж важного, значительного было в ее жизни? Ничего.

— Врачи в госпитале живут, — сказала она. — На военном положении. А я ведь только по ночам санитаркой работаю, потому что студентка, и мне разрешили жить на квартире.

— Ты довольна своей учебой? — спросил отец.

Они уже стояли перед резным теремком купеческой дачи. Таня отодвигала щеколду на калитке.

— Да, — кивнула она.

— Жаль все-таки, что ты не захотела учиться медицине. Я думал, что теперь ты, может быть, переменишь свои планы.

— Нет, папа, мне все-таки не хочется быть врачом, — извиняющимся тоном сказала Таня. — У меня нетвердый характер. Я в маму, наверное, а не в тебя.

— Я мало о тебе знаю, Танечка. К сожалению. Я всегда был занят работой, и мало у меня оставалось времени на тебя. Но мне все-таки кажется, что твои возможности еще не раскрыты, — сказал отец.

— Я и сама, может, не все про себя еще понимаю. Но пока мне проще обходиться со словами, чем с людьми.

В доме было тихо: соседи уже ушли на службу. Таня с отцом поднялись по узкой лесенке наверх, в ее комнату.

С вечера, перед тем как уйти в госпиталь, она сварила картошку и завернула ее на ночь в одеяло, чтобы утром можно было наскоро позавтракать. И радовалась теперь, что у нее есть чем накормить отца с дороги.

Пока она разворачивала одеяло, отец достал из своего чемоданчика американские консервы с ленд-лизовскими этикетками и поставил их на стол.

— Все-таки война даже обычным суевериям придает осмысленный характер, — сказал он. — Это к твоим размышлениям о поворотах судьбы. — И, встретив Танин недоумевающий взгляд, объяснил: — Я на консервные банки посмотрел и кое-что вспомнил. У меня в госпитале лежал один солдатик. Ранение не слишком тяжелое, но интересное с точки зрения... Ну, это долго тебе объяснять, да и неважно. Так вот он мне сказал однажды во время осмотра, что за всю войну — а она ведь уже идет к концу — нитки чужой нигде не взял. Когда знаешь, что такое война и что такое наступающая армия, то в это трудно поверить, но мне кажется, он не врал. Во всяком случае, объяснение, которое он привел, было убедительным: этот деревенский мальчик уверен, что если возьмет хоть что-то чужое на войне, то живым с нее не вернется. Насколько я успел понять, он никогда в жизни не философствовал, у него просто не было на это времени — жизнь его началась в тяжелом труде, а потом война, и тем более не до отвлеченных размышлений. Но вот в этом своем убеждении он был тверд, и оно не показалось мне суеверием. Так что, может быть, и ты права, когда думаешь, что Тамбов еще отзовется в твоей жизни каким-нибудь неожиданным образом, — улыбнулся он.

— Да я об этом вообще-то не думаю, — сказала Таня. — Я жду, когда война кончится, и все.

Она тут же поняла, что не договорила. Конечно, она ждала встречи с Женей, и это было самое главное ее ожидание. Но ведь встреча с ним была возможна только по окончании войны, так что не очень-то она и соврала.

— Надо было, наверное, спирту у начмеда попросить, — сказала Таня. — Я только теперь сообразила.

— Ты пьешь спирт?

Отцовский вопрос прозвучал встревоженно. Таня улыбнулась.

— Я не пью, — сказала она. — Но, может, ты хочешь выпить?

— Нет, — пожал плечами отец. — Мне это не обязательно. И раньше не обязательно было.

— Мне кажется, в войну все стали пить.

— Тебе кажется.

«И Дима не стал тогда пить, — вдруг вспомнила Таня. — И я его тоже кормила картошкой, и он тогда тоже тушенку в банках принес».

Воспоминание о той, двухлетней давности, встрече с Димой возникло в ее памяти неожиданно, но оказалось таким сильным, что она даже прищурилась, как будто оно ударило ей в глаза ярким светом.

— От мамы у тебя давно были известия? — спросил отец. — Я уже месяц ничего от нее не получал. Но мы быстро шли вперед, и, может быть, письма просто не успевали.

— Вчера было письмо, я тебе покажу. У нее все в порядке, только о нас тоскует сильно. А у нее все в порядке. Я тебе покажу. На каком ты фронте, папа? — спросила Таня.

— На Первом Украинском.

— А что ты делаешь?

— Что и всегда — оперирую. Специализацию пришлось поменять, конечно. Прежде язвы оперировал, теперь ранения.

— А я ведь и не знала, что ты прежде оперировал, — вздохнула Таня. — Знала только: папа — хирург, папа — на работе, а что ты там делаешь, не интересовалась никогда.

— Ну, теперь ты в медицине стала разбираться, — улыбнулся он. — Потом как-нибудь расскажу тебе о своей работе подробнее. Когда война закончится.

— Ты на Украине сейчас, да? — спросила Таня. — Вчера в сводке сказали, что войска Первого Украинского фронта стремительно наступают, окружая и уничтожая крупные группировки врага на Правобережной Украине.

— Дословно запомнила! У тебя всегда память была необыкновенная. Ты в четыре года Верлена по-французски декламировала.

— Обыкновенная у меня память, — пожала плечами Таня. — Слова в голове фотографирую, вот языки легко и даются.

— Да, мы на Украине, — сказал отец. — Освободили Киев, теперь дальше идем, на Львов. А потом, надо полагать, южная Польша. А потом Германия — Берлин.

— Ты точно знаешь, что Берлин? — с какой-то детской опаской спросила Таня.

Наверное, отец расслышал в ее голосе эту опаску.

— Точно, Танечка, точно. — Он снова улыбнулся по-своему, чуть заметно. — Теперь точно. Впрочем, я и с самого начала в этом не сомневался. Кстати, — вспомнил он, — мне одна старуха под Ростовом рассказывала, что тоже сразу, как только немцев увидела, поняла: им нас не победить. У нее не было никаких возвышенных патриотических воззрений, она казачка с донского хутора, с простым, даже грубым взглядом на вещи. И вот этим своим взглядом она углядела у немцев, которые встали на постой у нее в хате, тазики.

— Какие тазики?

— Для мытья. У них в снаряжении были тазики для мытья и стирки. Отличные металлические тазики, по-немецки добротно сделанные.

— Ну и что? — не поняла Таня.

— Не понимаешь? А вот та старуха на Дону сразу поняла, — усмехнулся отец. — В России невозможно с этим победить, Таня. Если солдат тащит за собой на войну тазик, значит, он ценит себя, свое здоровье. И командование его, значит, ценит. А у нас не то что здоровье — жизнь человеческая гроша ломаного не стоит. Я еще в революцию это понял, и для меня это было невыносимо, как для медика в особенности. Потому я и уехал тогда. А теперь, в войну, понимаю и обратную сторону этой нашей черты. Невозможно победить людей, которые в высшем смысле не дорожат жизнью. Ни своей, ни тем более чужой.

— Но это же страшно, папа, — тихо сказала Таня.

— Да. Сознавать эту черту в своем народе страшно. Но Россия непобедима. Такая вот дилемма, милая. Вся русская жизнь состоит из подобных противоречий, разве ты еще не поняла?

— Поняла, — кивнула Таня. — И не знаю, как мне с этим жить...

— Да как сейчас живешь, так и дальше живи, — пожал плечами отец. — По счастью, наплевательство на свою и чужую жизнь не единственная наша черта. И, я думаю, не главная — этого ты тоже не могла не понять. Ну а пресловутые тазики были первое, что немцы бросили, когда бежали с Дона. Они там теперь едва ли не в каждой хате есть. Давай наконец позавтракаем, — напомнил он. — Ты после работы проголодалась, наверное.

Глава 11

— Я мало похожа на тебя, папа. Как жаль!

— Ты жалеешь, что похожа на маму?

— Нет, конечно. Но о том, что не похожа на тебя, очень даже жалею.

Таня с отцом шли к железнодорожному вокзалу. Днем прошел дождь, и теперь Таня то и дело оскальзывалась на мокрых многоцветных листьях, приставших к асфальту, а отец поддерживал ее под руку.

— В тебе еще не все определилось, — улыбнулся он. — Ты еще взрослеешь, я бы даже сказал, еще растешь.

— Но что-то ведь во мне уже понятно, — не согласилась Таня. — Вот в тебе все глубоко, серьезно. А я поверхностная, несдержанная и часто выгляжу глупо и даже сама замечаю, когда.

— Ну, то, что я мало говорю — ты ведь это имела в виду, правда? — еще не означает глубину. Просто я не стремлюсь перегружать слова дополнительными смыслами. Одинокое слово сильнее, мне кажется. «Я тебя люблю» значит куда больше, чем «я тебя очень люблю». А ты не поверхностна, насколько я мог понять, напрасно ты так себя оцениваешь. Ты действительно похожа на маму. Во всяком случае, у тебя, как и у нее, не более поверхностный ум, чем поверхностен женский ум вообще, по сути своей. Я тебя не обидел? — спохватился отец. — Что-то разговорился неуместно.

— Нисколько не обидел, — покачала головой Таня. — Мне все это важно, папа. Я в самом деле мало о себе знаю. Может, только чувствую, да и то смутно пока.

— Я тоже думаю, что в таком моем понимании женского ума нет ничего обидного. Жизнь полноценно проявляет себя на всех уровнях, — пояснил он. — К примеру, мамин вкус — ведь с какой тонкостью удивительной она умеет одеваться, как чувствует эту модную мотыльковую красоту! — Таня заметила, что в его глазах мелькнула печаль. — А я подобных вещей не то что не чувствую, но даже не замечаю. Такой ли рукавчик, этакий ли, не понимаю разницы.

«Он очень любит маму, — с каким-то даже удивлением подумала Таня. — То есть не очень любит — он просто любит ее. И это содержание его жизни, может быть, не меньшее, чем работа, а может, и большее даже. А я ведь об этом и не думала никогда...»

— Но это же естественно, папа, — сказала она. — Еще не хватало, чтобы ты обременял свою голову дамской модой! Мужской ум все-таки лучше, по-моему.

— Не лучше и не хуже, — пожал плечами отец. — Просто он другой. Мужчина во всех отношениях по-другому устроен.

— А мама в детстве хотела быть модисткой, ты знаешь? — вспомнила Таня. — Еще до революции, когда в России жила. Но ей тогда родители не позволили про это даже думать. Она мне рассказывала, что потом, уже в Париже, радовалась, когда ей Татищева предложила в ее модном доме работать.

— Ну да, — вздохнул отец. — Татищева-то предложила, но мама вышла замуж, и снова у нее ничего с профессией не получилось.

— Думаешь, она об этом жалеет?

Таня вдруг ясно представила маму — ее нежный и рассеянный взгляд, светлые легкие волосы, которые всегда почему-то казались немного растрепанными, хотя мама была очень аккуратна, да нет, не растрепанными, а словно бы разлетевшимися... Мотыльковость, о которой отец только что сказал применительно к моде, была, конечно, присуща и маме.

— Я делал все, что мог, чтобы ей не пришлось об этом жалеть, — сказал он. — Но сделать сумел немного.

— Ну что ты, папа! — воскликнула Таня. — Как же немного?

— Вот так, Таня. Я не любитель пустого самобичевания, просто констатирую факт. Если бы мама не была связана семейными обязанностями, если бы не была вынуждена то и дело переезжать вслед за мною, если бы все заботы о ребенке не лежали на ней, то она, конечно, приобрела бы профессию, о которой мечтала. Занималась бы модой, и, я уверен, успешно.

— Ты же сам говорил, что мода поверхностна, — напомнила Таня.

— Ну и что? Она отражает, пусть и поверхностно, глубинные явления жизни. Мне кажется, мама это понимала или, во всяком случае, чувствовала. Но у нее не получилось свое понимание и чувство воплотить. Только из-за ее самоотверженности. Она же со мною из России невенчанная уехала и вопреки родительской воле...

— А если бы с родителями осталась, то вместе с ними и погибла бы, — сказала Таня.

Мамин отец был предводителем дворянства Серпуховского уезда, его арестовали вместе с женой в двадцать втором году, и, поскольку об их судьбе до сих пор ничего не было известно, мало оставалось сомнений в том, что они тогда же и были расстреляны. И теперь уже, конечно, не имело значения, что когда-то мамины родители были против ее брака со студентом Луговским, сыном мценского мещанина, который пешком пришел в Москву и вычился на медные деньги...

Отец ничего не ответил.

Они шли по Интернациональной, прежней Дворянской, улице. Таня хотела показать ее отцу, потому что дома здесь были один другого краше. Особенно здание железнодорожной больницы с угловым трехгранным эркером ей нравилось — оно было выстроено в стиле модерн, однако с разностильными окнами.

Но за разговором они забыли об архитектуре.

— Папа, — спросила Таня, — а почему ты все-таки решил вернуться из Парижа в Москву? Только из-за немцев?

Отец еще немного помолчал.

— Не только, — наконец ответил он. — Хотя это, конечно, было главным. Я понимал, что немцы начнут войну и победят в Европе, и точно так же понимал, что они не победят в России. А жить при фашизме я не хотел все же больше, чем при коммунизме, следовательно, оставалось только вернуться в Россию, хотя я не питал на ее счет никаких иллюзий.

Он снова замолчал.

— А почему еще? — не вытерпев, спросила Таня.

— Потому что меня стали настоятельно втягивать в деятельность, которая мне была чужда, — нехотя ответил он. — Я ведь и вообще не слишком общителен, а истерический патриотизм с нехорошим душком... Как-то мама вытащила меня в гости к Юрьевым — может быть, ты их помнишь, они на рю Бонапарт жили.

— Да, — кивнула Таня. — У них кот был очень красивый, белый с голубыми глазами. Звали Ужас.

— Кота не помню, а люди у них собирались сомнительные. В частности, в тот вечер был Сергей Яковлевич Эфрон, супруг Цветаевой, поэтессы. Человек он, по моим наблюдениям, совершенно никчемный, даже трогательный в этом смысле. Однако при всей своей никчемности участвовал в белом движении, из Крыма ушел с армией Врангеля. И весьма он страстно в тот вечер доказывал, что все мы, дескать, должны теперь кровью искупить свою вину перед родиной. Слышать это мне было отвратительно. Во-первых, я никакой вины перед родиной не чувствую. Во-вторых, я врач, а не солдат, и понятие о крови у меня медицинское. А в-главных, если уж кто-то считает это нужным, то искупать вину следует своей кровью, а не чужой. Так я и сказал господину Эфрону, и, как вскоре выяснилось, не ошибся: он оказался агентом ГПУ, занимался политическими убийствами. И не он один ко мне подкатывался с сомнительными предложениями...

И снова отец замолчал.

— Ты жалеешь, что вернулся в Россию? — спросила Таня. — Скажи мне, папа! Я же чувствую, ты недоговариваешь.

— Я попал в ловушку, — сказал он.

Таня ушам своим не поверила: в отцовском голосе прозвучала не то что подавленность даже, а безысходная тоска. Она и представить не могла, что его голос может вот так вот звучать!

— В какую ловушку? — растерянно проговорила она. — Где?

— Здесь, в России. И самое ужасное, что я завлек в нее вас. Маму и тебя.

— Я не понимаю...

— В тридцать восьмом году я поступил прямым и самым, как мне тогда казалось, правильным образом: пошел в советское посольство в Париже, сказал, что я врач и что хочу вернуться с семьей в Москву. Они, разумеется, навели обо мне справки и через месяц сообщили, что можно прийти за советскими паспортами. Наверное, рассуждал я тогда, они там выяснили, что врач я толковый, и решили, что таковые требуются при любой власти, потому что при любой власти люди имеют свойство болеть. Отвратительная наивность, непростительная! Что я за нее поплачусь безусловно, это, может, и справедливо. Но вы!..

Таня все равно не понимала, что он имеет в виду. Впервые в жизни ей казалось, что отец говорит непонятно. Наверное, он заметил недоумение в ее взгляде.

— Незадолго до войны мне настоятельно предложили вернуться обратно во Францию, — сказал отец. — Только уже в другом качестве — секретного агента. Вернуться, наладить общение с прежними знакомыми, завести новых и регулярно посылать на них доносы в ГПУ. Вероятно, с дипломатической почтой, — зло усмехнулся он. — А также выполнять другие задания этой миролюбивой конторы. Вот так. Похоже, коготок увяз — всей птичке пропасть.

— Но как же, папа?.. — испуганно проговорила Таня. — Что же ты будешь делать?

— Не волнуйся, Танечка. — Испуг ее он тоже заметил сразу, как и недоумение. — Ничего подобного я делать, конечно, не собираюсь.

— Но они же тебя арестуют!

Он помолчал, потом нехотя сказал:

— Пока что их требования отодвинуты войной. Это лишь отсрочка, я понимаю. Но все-таки надеюсь... Не знаю, на что я надеюсь, — с горечью произнес он.

Таня тоже понимала, что надеяться в этой ситуации можно разве только на чудо.

— Я поэтому и хотел тебя видеть, — сказал отец. — Конечно, я и просто хотел тебя видеть, но в большой степени поэтому. С мамой я все-таки надеюсь увидеться тоже — может быть, ей удастся приехать ко мне в часть до того, как мы перейдем границу. Но что со мной будет дальше, Таня, трудно предугадать. И я тебя прошу: если вы... если у вас будет возможность принимать самостоятельные решения — прими их ты. Мама едва ли на это способна. В этом нет ее вины, — добавил он. — Она всегда надеялась на меня, и у нее просто не было необходимости решать что-либо самой. Мне страшно за нее. — В отцовском голосе прозвучала такая неизбывная тоска, что Таня вздрогнула. — Она совершенно беспомощна перед жизнью. Одним словом, я прошу тебя: если ты узнаешь, что я арестован, или ничего не будешь знать обо мне, немедленно уезжайте из Москвы, с их глаз подальше. Трудно сказать, панацея ли это, но все-таки хоть какая-то надежда. Уезжайте из Москвы. Ты поняла?

— Да, — кивнула Таня.

Если бы отец сказал ей что-либо подобное несколько лет назад, она растерялась бы, не представляя, куда они с мамой могут уехать. И, наверное, принялась бы расспрашивать его о подробностях, и, может быть, даже сказала бы ему, что растеряна, что не понимает... Но, во-первых, война отучила ее видеть жизнь в устоявшихся формах — в тот самый день, вернее, в ту самую ночь, когда она вышла из деревни Замосточье рядом с телегой тетки Ядвиги и пошла пешком через страну, сама не зная куда. А во-вторых, задавать отцу какие-то уточняющие вопросы казалось ей отвратительным и невозможным:

это значило бы, что она уже деловито готовится к его гибели. А она не хотела об этом даже думать!

— Я поняла, папа, — повторила Таня.

— Не бросай учебу, — сказал он. — Вообще, не позволяй себе рассуждать о бессмысленности жизни, об отсутствии в ней цели и о прочем подобном. К сожалению, мы слишком часто оправдываем такими размышлениями — вполне, может быть, и справедливыми — собственную расхлябанность и деградацию. Не бойся устоявшихся форм — порою только они помогают выжить. Ты понимаешь, о чем я говорю?

— Да, — неуверенно кивнула Таня.

На самом деле она ничего не понимала. Она думала только о том, что над папой нависла страшная опасность.

— Твоя учеба, работа, потом, я надеюсь, замужество и дети — это все устоявшиеся формы жизни и есть, — сказал отец. — Извини меня за дидактику.

Он улыбнулся. Они уже стояли на привокзальной площади. Таня посмотрела в отцовские глаза, и ей вдруг вспомнилось, как точно так же стояла она перед Димой в темном дворе тети Мариши, как держал он в поводу коня...

Она испугалась оттого, что это воспоминание пришло именно сейчас. Во-первых, ей было непонятно, почему оно пришло, какая связь между Димой и отцом, а во-вторых, от Димы уже год не было никаких известий...

— До свиданья, Танечка, — сказал отец. — Дальше тебя патруль не пустит. Будем ждать встречи.

Он не сказал ни «надеюсь, встретимся», ни «уверен, встретимся» — он, как всегда, выбрал самые точные слова. В его словах надежда соединялась с честностью.

— Да, папа.

Таня встала на цыпочки и поцеловала его. И долго потом смотрела ему вслед, даже когда он давно уже скрылся в здании вокзала.

Глава 12

«Тонкость не доказывает еще ума. Глупцы и даже сумасшедшие бывают удивительно тонки. Прибавить можно, что тонкость редко соединяется с гением, обыкновенно простодушным, и с великим характером, всегда откровенным».

Ольга захлопнула книгу и положила ее на траву. Читать дальше ей не хотелось. Впервые в жизни пушкинские мысли показались ей неприятными. Не то чтобы несправедливыми, а вот именно неприятными, потому что она вспомнила вдруг, как то же самое говорила однажды мама: что тонкость не доказывает еще ума. Наверное, мама тоже прочитала это у Пушкина, но дело было не в источнике, а в том, что она говорила так об Андрее. Это-то и было Ольге сейчас неприятно.

Ольга сидела на низкой скамеечке в малиннике. Она специально принесла сюда эту скамеечку: в колючих зарослях было тихо, и можно было, не вставая, срывать ягоды с кустов. Жизнь от этого казалась исполненной покоя и равновесия, и она старалась не думать о том, что это только иллюзия.

Агнесса вертелась рядом и норовила заглянуть в книжку, а когда Ольга положила маленький синий томик на траву, принялась его обнюхивать. Оказалось — об этом сообщил маме все тот же ветеринар из Денежкина, — что Агнесса вообще-то еще котенок, месяцев восьми, не старше. Наверное, ее, как ненужный приплод, просто бросили какие-нибудь дачники, и она прибилась к тавельцевскому дому.

Неделю назад Агнесса забеспокоилась, потом исчезла и вот только вчера вернулась — усталая, просто-таки изнуренная, но чрезвычайно довольная. Судя по ее умиротворенному виду, приплода вскоре следовало ожидать уже от нее. И куда, интересно, девать котят?

— Оля, ты где? — донеслось от дома. — Я приехал!

Услышав голос мужа, Ольга встала и, подняв с травы книжку, выбралась из малинника.

Машина Андрея стояла возле дома. Багажник был открыт, он выгружал из него пакеты с продуктами.

— Здравствуй, — сказал он, когда Ольга подошла к машине. — Как ты себя чувствуешь?

В последнее время Ольга стала реагировать на малейшие перемены погоды — скакало давление, болела голова. Вот Андрей и интересовался ее самочувствием.

— Спасибо, сегодня нормально, — ответила она. — Барометр на «ясно» пошел, и мне хорошо.

Говоря «мне хорошо», она имела в виду только здоровье. Думать о чем-то еще не имело смысла, в этом она теперь была убеждена.

— Хорошо, что хорошо, — сказал Андрей. — Но лекарство я тебе все-таки привез. Хотя напрасно ты, на мой взгляд, занимаешься самолечением. Пойди к врачу, пусть он назначит что нужно.

— Пойду, — кивнула Ольга. — Только потом. Анализы ведь придется сдавать, еще что-нибудь такое. Жаль тратить на это время летом.

«Как странно мы разговариваем, — подумала Ольга. — Какими аккуратными фразами. И какой вместе с тем глупый у нас с ним получается разговор. Вернее, нелепый».

Конечно, ее разговор с мужем, этот или любой другой из тех, которые между ними теперь происходили, все же имел какой-то смысл; ей приходилось слышать и гораздо более глупые разговоры.

Да вот что особенно вспоминать — неделю назад, когда Ольга приезжала в город за книгами, у них на Ермолаевском переулке к ней подошли с вопросом две женщины, искавшие Театр на Малой Бронной. Ольга объяснила, что идут они в противоположную от театра сторону и надо им сейчас вернуться на квартал обратно, а потом свернуть вот туда... Поблагодарив, женщины пошли в указанном направлении.

— Вот уже если не знаешь, то не знаешь, — сказала на ходу одна из них.

— Да, это уж точно, — подтвердила вторая. — Когда не знаешь, то вот всегда и выходит.

И какой смысл был в этом обмене мнениями?

Так что разговор о лекарстве от давления можно было не считать образцом бессмысленности, это Ольга понимала. Но зачем она ведет с Андреем этот и другие разговоры, было ей все-таки непонятно. Хотя не так уж непонятно это ей было...

Она дорожила равновесием, которое установилось между ними в последний месяц. Потому что жизнь вне равновесия, хотя бы вот такого, непрочного, была полна пугающих провалов и пустот, и жить такой жизнью она не могла.

Вернулся ее муж с Бали или нет, Ольга не знала несколько недель, после того как, по ее предположениям, он уже должен был вернуться. Он не звонил, не приходил, и лишь по косвенным признакам — по тому, например, что никто не звонил с его факультета с вопросом, куда подевался Андрей Андреевич, — Ольга могла догадываться, что он уже в Москве.

Потом, придя однажды вечером домой, она обнаружила, что Андрей забрал свои вещи — одежду, обувь, ноутбук, папки из письменного стола. Вот тогда, глядя на пустые вешалки, ящики и полки, она и подумала в первый раз о провалах и пустотах, которыми зияет теперь ее жизнь.

Думать об этом было не просто тяжело, а невыносимо.

И приметы таких провалов и пустот встречались ей постоянно, на каждом шагу, никуда от них было не деться.

Во дворе тавельцевского дома вовсю зеленели деревья — те самые, которые они с Андреем привезли из леса и посадили поздней осенью. Принялись все — и дубок посередине двора, и липа с кленом под окнами дома, и береза. Они весело шумели молодыми листьями, но шум их казался Ольге унылым.

Она вспоминала, как они с Андреем сажали эти деревья. Свой ужас из-за тогдашней влюбленности вспоминала, и невозможность разрушить все, что она считала основой и сутью жизни, и стыд перед мужем, и жалость к тому, что она тогда принимала за его наивность — наивность честного человека... Теперь-то она понимала, почему Андрей тогда разговаривал с нею так сухо, почему так внимательно присматривался к ее взгляду и прислушивался к ее интонациям: он просто боялся, что она догадается о его новой жизни, об этой его Белоснежке с шубками и оладушками, а того, что происходило с ней самой, просто не замечал — это уже было ему безразлично.

Но как бы там ни было, а деревья, которые они в тот день посадили и которые зеленели теперь так молодо и радостно, казались ей после расставания с ним метками уныния и пустоты.

— Мам, а чего это папа так долго в командировке? — поинтересовалась как-то Нинка, явившись вечером в кухню, где Ольга пила чай. — На Марс его, что ли, заслали?

— А он тебе разве не звонил? — ушла от ответа Ольга.

— Может, и звонил. Но я же мобильник потеряла, а он у меня, оказывается, на бабушку оформлен. Ну и я, чтоб ее с паспортом в Москву не выдергивать, новый номер себе сделала.

Впервые Ольга порадовалась безалаберности своей дочери.

— Папа задержался на Бали, — сказала она. — Конференцию продлили. А потом он в Пекин поехал, там тоже конференция. Он редко звонит — разница во времени слишком большая.

«Зачем я плету такую чушь? — подумала она. — И что потом буду ей говорить?»

— Везет же, кто умный! — искренне восхитилась Нинка. — Меня так, учись не учись, не то что на Бали — в Муркину Жопу на конференцию и то фиг позовут.

Ольга перевела разговор в назидательную плоскость — мол, надо приобретать знания, достигать уровня и тому подобное, — и Нинка немедленно улизнула из кухни.

И все-таки Ольга ждала Андрея. Она не привыкла врать себе даже в мелочах и поэтому понимала, что все-таки ждет его появления. Она досадовала на него, порой его даже ненавидела, но при мысли о том, что она больше его не увидит, вот совсем не увидит, никогда, — при этой мысли у нее в груди возникал пугающий холод.

И исчез он, только когда прекратилось ее мучительное ожидание.

Все зачеты уже были приняты, все отчеты написаны. Ну, или почти все — до конца семестра осталось составить несколько обязательных документов, принять несколько пересдач, и можно было перебираться в Тавельцево. Собственно, Ольга уже и сейчас проводила большую часть времени там, но сразу по окончании учебного года собиралась уехать на дачу совсем, безвыездно, на все лето. Такая возможность казалась ей сейчас единственно желанной, и она торопила ее.

Она вообще как-то подгоняла себя все время, даже в обыденном своем поведении. В то утро, например, поймала себя на том, что пьет кофе стоя, хотя никуда не опаздывает.

А когда вот с этой своей необъяснимой поспешностью направилась к выходу из кухни, то чуть не столкнулась с Андреем в дверях.

«Как обыкновенно он появился, — мелькнуло у нее в голове. — Как будто бы просто из ванной вышел».

И тут же она поняла, что Андрей подумал то же самое. Может, даже теми же самыми словами: что он пришел домой так обыкновенно, как будто никогда и не уходил.

Связь между ними не распалась несмотря ни на что, она по-прежнему была сильна, и она позволяла им читать мысли друг друга.

— Дома... — сказал он. — Господи, неужели я дома? Оля!..

Андрей поднял на нее глаза — до сих пор он смотрел в пол. В глазах у него стояла такая тоска, что выражение их казалось собачьим, да, у некоторых собак бывает в глазах такая вот вселенская тоска, у мопсов, например, и еще у французских бульдогов, Андрей когда-то сам смеясь говорил про Швейка, бульдожку их друзей Друкеров, что у того в глазах стоит вся скорбь еврейского народа...

«Почему я так странно думаю? — с недоумением спросила себя Ольга. — Так... спокойно?»

— Оля! — повторил Андрей. — Прости меня. Я сделал страшную глупость, то есть да, не глупость, конечно, я сделал страшную подлость, только теперь я наконец... Неужели ты меня не простишь?

Что-то встревожило ее слух в этих его словах — как будто струна задребезжала в инструменте. Но что именно вызвало такое ощущение, подумать она не успела.

Она почувствовала, как холод, тот самый пугающий холод, который не давал ей жить и дышать, вылетает у нее из груди. Что остается вместо этого холода, она не понимала, но уже само освобождение от него было так прекрасно, что она чуть не засмеялась.

«Я тоже дома, — подумала Ольга. — Я снова дома, и не будет этих пустот проклятых, и... Господи, как хорошо!»

И вот теперь она жила на даче, а Андрей навещал ее по выходным — привозил продукты и, если требовалось, устранял в доме какие-нибудь мелкие поломки.

Ольга не понимала, радуется ли, видя его. Но она старалась об этом не думать, не анализировать свои чувства. Не по той причине, по которой не делала этого прежде, считая, что чувства не требуют анализа. Теперь она не анализировала их потому, что ей не хотелось нарушать ровный ход жизни.

«У меня только две возможности, — думала она. — Или расстаться с ним — это я уже попробовала, — или согласиться с тем, что наши отношения изменились. Да, близости между нами больше нет. Но что-то ведь есть, ну и пусть оно будет, а что дальше — будем живы, увидим».

Все-таки она способна была рассуждать здраво. Даже, пожалуй, более способна, чем раньше, в прошлой своей жизни.

Правда, привыкнуть к тому, что всю ее жизнь следует теперь считать прошлой, было ей нелегко. Но она все же привыкала понемногу — а что делать?

— Как у Татьяны Дмитриевны дела? — спросил Андрей, когда они с Ольгой поднялись на крыльцо.

— Хорошо. Они с тетей Марией уже на Ривьере. Вчера были в Ницце, в музее Шагала, сегодня в Антиб едут.

Мама гостила у младшей сестры во Франции — сначала в Париже, а потом в ее доме на Французской Ривьере.

— Все-таки у этого поколения поразительный интерес к жизни, — заметил Андрей. — Представляю, какая на Ривьере сейчас жара. А она по музеям ходит.

— Да, мама всегда это любила, — кивнула Ольга.

«Нелепо мы разговариваем, все-таки нелепо», — мелькнуло у нее в голове.

— Ну, а ты чем здесь занимаешься? — спросил Андрей.

— Не знаю. — Ольга пожала плечами. — Так. Читаю. Купаюсь. В саду сижу.

Она вспомнила, что вчера сидела в саду до темноты и в который раз слушала, как начинают свою ночную песню соловьи. В этом году они сильно задержались — до сих пор не прекратили петь, хотя уже заканчивался июнь. У реки возле тавельцевского дома их было трое, они пробовали голос поочередно, как только начинало смеркаться, а потом пели все вместе до рассвета. Ольга сидела на лавочке в саду, слушала соловьев, слышала при этом все другие звуки летнего вечера — шум молодых листьев, шорохи в траве, журчанье речной воды на невысоких перекатах — и думала о том, что все эти звуки существуют в природе одновременно, не сливаются, остаются разными, но не заглушают друг друга.

«А люди так не умеют, не могут», — думала она такими вот одинокими вечерами в саду.

— Я вчера соловьев слушала, и... — сказала она.

И замолчала.

— И что? — спросил Андрей.

— Красиво поют... — пробормотала Ольга.

Она вдруг поняла, что не хочет рассказывать ему обо всем этом. Вот об этом, что пришло ей в голову, — о единстве разнообразных звуков в природе и о невозможности такого разнообразного единства среди людей. Она не то чтобы не могла сформулировать свою мысль, наоборот, та сложилась в ее сознании сразу и ясно, но ей вот именно не хотелось рассказывать об этом мужу. Она не чувствовала необходимости в таком рассказе — ни для него, ни для себя.

— Да, соловьи хороши, — кивнул Андрей.

Они вошли в дом. Ольга принялась доставать продукты из пакетов и перекладывать их в холодильник. Андрей щелкал выключателем: Ольга еще по телефону сказала ему, что лампочка в кухне мигает и вот-вот совсем погаснет.

— У тебя точно здоровье в порядке? — спросил

он. — Ты бледная. А ведь на воздухе целыми днями. Может, гемоглобин низкий? Сходила бы к врачу.

— Кстати, придется, — вспомнила Ольга. — Из деканата звонили, сказали, чтобы я прошла диспансеризацию. Пригрозили, что иначе отпускные не дадут.

— Ну и пройди. — Стоя на табуретке, Андрей снимал плафон с кухонного светильника. — А потом в Ниццу съезди, отдохни. Недельки хотя бы на две. Глупо же не ездить, когда у родной тетки там дом. И Нинку возьми, ей полезно будет. В море поплавает, заодно что-нибудь культурное увидит, а то совсем в тусовке своей одичала.

Он говорил правильные вещи: и тетя Мария постоянно приглашала своих московских родственников в гости, и Нинке в самом деле полезно было бы путешествие по Франции. Ольга не понимала только, почему ей так неприятна справедливость его слов и что ее настораживает в них.

Впрочем, настораживает — это было сильно сказано. На самом деле ей было все равно.

— Да, я подумаю, — сказала она. — Наверное, в самом деле с Нинкой съездим.

Глава 13

— Как?.. — с трудом шевеля губами, проговорила Ольга. — Вы... уверены?

— Уверен только Господь Бог, — сухо сказал врач. — А я говорю то, что вижу.

— И что мне теперь делать? — растерянно спросила Ольга.

— Что врачи скажут, то и делать. — Он сурово взглянул на Ольгу. — Я вам одно могу посоветовать:

лучше сразу удалять всю грудь, а не сектор. Чтобы не было потом метастазов.

— Да вы что?! — воскликнула она. — Как — удалять? Какие метастазы? Да я же вообще ничего не чувствую, не прощупываю, и вы же тоже никакой опухоли не прощупываете!

— Женщина! — Врач взглянул на ее диспансеризационный листок и поморщился. — Вам сколько лет? Пора понимать такие вещи. Маммография показывает, что у вас в груди имеются определенные образования. Я вас направляю к онкологам. Что вам непонятно?

— Все понятно... — пробормотала Ольга.

— Вот и отправляйтесь к специалистам. И не затягивайте. Всего доброго. Попросите следующую зайти.

«Такая, значит, получается Ницца», — подумала Ольга, выйдя на улицу.

Это была глупая, в самом деле подростковая какая-то мысль. Но уже в следующую минуту у нее не осталось вообще никаких мыслей — всю ее объял ужас. Все онкологические истории, которые она когда-либо слышала от подруг и знакомых — а слышала она их немало, как и всякая женщина ее возраста, — всплыли в памяти. И не просто всплыли, а предстали в ее сознании каким-то новым образом: как жуткая реальность. Оттого что эти истории стали иметь отношение к ней самой, все они приобрели такой огромный масштаб — масштаб страха, — что Ольга почувствовала, как по всему ее телу идет холодная дрожь.

«Даже если еще ничего страшного нет, — сотрясаясь от этой дрожи, подумала она. — Даже если вовремя захватили... Все равно, нормальной человеческой жизни у меня уже не будет. Только больницы, операции, химия. Самое жуткое — химия... Да разве это жизнь?! А если вообще поздно? — Ольга почувствовала, что уже не то что дрожь — дикий, неконтролируемый, животный ужас пронизывает ее. — Господи, что, если уже вообще поздно? Мама, Нинка... Что с ними будет? А я... Меня, получается, скоро совсем не будет?!»

Это была глупая, даже не детски глупая, а просто дурацкая мысль, но сила ее была так велика, что она охватила Ольгу полностью, заполнила ее собою всю, утопила ее в себе.

Судорожно всхлипнув, Ольга присела прямо на ступеньки поликлиники на Большой Бронной, где проходила диспансеризацию.

«Какой ерундой я мучилась, от чего страдала! — подумала она. — Подумаешь, муж изменил! Ведь меня не будет... Не будет! Совсем не будет на свете...»

Она чувствовала ровно то, что чувствовали всегда, хоть сто лет назад, хоть двести, люди, вдруг узнавшие, что смерть предстоит им не вообще когда-нибудь, а во вполне обозримом будущем. Она чувствовала ровно тот же самый, неодолимый, именно что животный ужас и каким-то странным образом понимала при этом, что чувство ее не ново, что оно обыкновенно для такой ситуации. Но оттого, что она это понимала, ей не становилось легче.

— Девушка, вам плохо? — Дверь поликлиники открылась, едва не ударив Ольгу в спину. Пожилой мужчина, почти старик, смотрел на нее с сочувствием. — Давайте я вас к врачу провожу. Или, может, сюда вызвать?

— Нет-нет... — поднимаясь со ступенек, пробормотала она. — Спасибо, не надо. Я сейчас... Мне просто надо взять себя в руки.

Эту последнюю фразу она произнесла уже громко — не столько для заботливого старика, сколько для самой себя. Ей нужно было взять себя в руки для того, чтобы начать хоть что-то делать для своего спасения. Это намерение стало для нее сейчас главным.

— Наташка, ну ты скажи: как живут люди в Урюпинске? То есть как они живут, когда заболевают?

Ольга сидела на потертом диване в кухне своей давней, школьной еще подруги Наташи Метлицкой и нервно прихлебывала зеленый чай из расписной пиалы.

— В Урюпинске люди, когда заболевают, то не живут, а сразу умирают.

Наташка всегда отличалась безапелляционностью, и Ольга вечно ее за это ругала, но сейчас она и сама готова была признать, что подруга права. Первое же ее серьезное столкновение с медициной показало, что умереть на начальной стадии любого, даже самого пустякового заболевания гораздо естественнее, чем пытаться вылечиться.

По крайней мере не придется вникать во множество малопонятных тонкостей своей болезни. Раньше Ольга полагала, что в них должен разбираться не больной, а врач, но оказалось, что все врачи говорят разное, и не просто разное, а прямо противоположное, и все — с абсолютной уверенностью в своей правоте, и у больного есть поэтому два варианта поведения: либо не размышляя делать то, что сказал первый попавшийся врач, либо все-таки разобраться, какому из них стоит доверять. Но для того чтобы в этом разобраться, необходимо ведь изучить все имеющиеся способы лечения своей болезни...

Легко сказать! Как их изучить, если ты не онколог, а обыкновенная женщина, к тому же насмерть перепуганная, которая только и может, что опрашивать знакомых, уже побывавших в такой жуткой ситуации? И каждый из этих знакомых тоже говорит свое, и все они говорят прямо противоположное, и ты потихоньку начинаешь себя ненавидеть за то, что лезешь не в свое дело, но как же не в свое, это же твоя жизнь, не чужая!..

— Главное, ведь я этого всю жизнь терпеть не могла, — сказала Ольга.

— Чего ты терпеть не могла? — не поняла Наташка.

— Да вот этого, когда пациенты врачей начинают учить. Мне всегда казалось, что это идиотская глупость, самоуверенность какая-то. Врач лучше знает, что надо делать, и нечего лезть к нему с дилетантскими советами. Но теперь... Ну не знаю я, как им доверять, когда они первое, что говорят, — сумму за операцию!

Это действительно показалось Ольге самым отвратительным, и именно это она имела в виду, когда задавала риторический вопрос о том, как люди болеют в Урюпинске.

Сидя в очередях на консультации в двух онкологических центрах, она наслушалась всевозможных рассказов о том, сколько стоят лекарства для химиотерапии, то есть не вообще какие-нибудь лекарства, а такие, которые могут помочь и которые больным поэтому предоставляется покупать самостоятельно, и сколько берет за операцию Иванов, а сколько Петров, и кто из них оперирует лучше... Ей все время хотелось спросить: а если нет у человека денег на операцию, ну нет, и все — одинокая мать грудного ребенка, например, этот человек, — то что, доктора Иванов и Петров спокойно бросят ее умирать? И вот об этом они мечтали с детства, когда выбирали дело на всю жизнь, этому их учили в мединституте, про это они давали клятву Гиппократа?

Конечно, думать таким образом было наивно... А почему, собственно, наивно? Что уж такого особенного произошло с жизнью, из-за чего людям вдруг предлагается считать нормальные представления о добре и зле наивными? С ее собственной жизнью в этом смысле ничего не произошло, и почему она должна соглашаться с тем, что какие-то великие перемены произошли с другими и что из-за этих перемен им теперь простительны такие вещи, которые простительными считаться не могут?

— Ладно, Наташка, — вздохнула Ольга. — Съезжу завтра к твоему Васильеву. Но на этом, наверное, и все. Хватит. Сил у меня больше нет. Да и мама скоро возвращается, хочу до ее приезда со всем этим... разделаться. Скажет он, что надо резать, значит, пусть хоть насмерть зарежет за любые деньги.

— Типун тебе на язык! — возмутилась Наташка.

— А что, не так, что ли? — пожала плечами Ольга. — Нет, все-таки интересно: что делают люди в Урюпинске? У них же там и знакомых таких нет.

Про доктора Васильева Наташка узнала именно по цепочке знакомых. Непосредственно перед ней в этой цепочке оказалась ее детсадовская подружка, которая была двоюродной сестрой однокурсницы Васильева по Первому меду. Наташка сразу же позвонила Ольге, сообщила информацию. Заодно и в гости ее зазвала, а то вечно откладывали встречу на потом.

— Не бери в голову, Олька, — подытожила Наташка. — И к Васильеву сходи. По крайней мере, поименно известны живые люди, которые у него вылечились. Да и Ирка адекватная, черт знает кого не стала бы рекомендовать. А насчет Урюпинска... Я-то думала, ты уже перестала задаваться вечными вопросами. О себе побеспокойся, дорогая. Урюпинцы, можешь быть уверена, о тебе не беспокоятся. Разве что от всей души тебя ненавидят.

— Может, я на их месте тоже меня бы ненавидела, — вздохнула Ольга.

— Ты ни на чьем месте никого бы не ненавидела за то, что у него есть то, чего у тебя нет, — витиевато, но понятно объяснила Наташка. — Такая уж у тебя натура. Только ты не правило, а исключение. В общем, позвони мне завтра, расскажи, что там за Васильев.

Глава 14

— Значит, вы поняли, Ольга Евгеньевна? Как только вам позвонят из приемного и скажут явиться для госпитализации, сразу перезванивайте мне. Иначе можете попасть в другое отделение, и мне потом придется прилагать лишние усилия, чтобы перевести вас к себе.

— Я поняла, — кивнула Ольга. — Спасибо. Игорь Леонидович, сколько будет стоить операция?

Она впервые задала этот вопрос без смущения: привыкла наконец, что на него без смущения же отвечают.

— Значит, так, — сказал Васильев. — Давайте сразу договоримся. Пока вы будете находиться у меня в отделении, никаких выплат я вас попрошу не делать. Вот когда будете выписываться — пожалуйста. Благодарите врачей, сестер, санитарок — кого считаете нужным и в тех формах, какие считаете возможными. Но во время лечения я вас попрошу не развращать мне персонал.

— То есть как?.. — растерянно проговорила Ольга.

— Да вот так. А что такого странного вы в этом находите?

— Я... ничего... Но я впервые слышу такое от врача! — выпалила она.

— Да? Ну что ж, мы должны быть готовы бесконечно совершенствовать свои представления о жизни, — усмехнулся он. — До встречи, Ольга Евгеньевна.

Таким вот образом Ольга стала пациенткой доктора Васильева. И таким образом оказалась в этой палате на три койки, и смотрела теперь в окно на высокие сосны больничного парка; больница находилась в нескольких километрах от Кольцевой, в огромном парке.

Вообще-то лучше было бы, конечно, сидеть не в палате, а там, под соснами, и дышать прекрасным воздухом июля, но ее вот-вот должны были вызвать на консультацию. Васильев записал ее к какому-то невообразимому светиле, профессору, который консультировал у него в отделении раз в месяц. Чем именно знаменит профессор, для чего ее к нему записали, в это Ольга не вникала. Наконец она поняла, что можно не вникать в то, в чем она все равно ничего не понимает. И ее охватило от этого невероятное облегчение! Она хотела только, чтобы все это уж поскорее закончилось — и консультации эти все, и, главное, операция.

Во-первых, ее измучила жизнь с сознанием своей болезни, а во-вторых, стыдно признаться, осточертело общение с соседками по палате. Они, как нарочно, подобрались именно такие, от каких Ольга давно уже старалась держаться подальше: по уши занятые только тем, что можно съесть или надеть на себя, и глубоко убежденные, что только так и нужно жить, и глубоко презирающие ее за недостаточное внимание к этой стороне жизни.

К ее удивлению, одна из этих соседок, эффектная дама лет сорока по имени Алевтина, оказалась поповной. К работе своего отца-священника Алевтина относилась с пониманием.

— Все-таки за это платят деньги, — объяснила она. — Не то чтобы большие, зато стабильные. А что Бога нет, так ведь это еще не точно доказано, правильно? — обращалась она к Ольге.

Что ответить на подобный вопрос, Ольга не знала. А главное, сомневалась в необходимости что-либо отвечать этой даме с дорого прокрашенными волосами и со стразами на ногтях. В каждом своем слове, вообще в каждом проявлении Алевтина была таким полным, таким цельным воплощением житейской пошлости, что вторгнуться в ее умственные пределы не представлялось возможным. Да и не было у Ольги ни малейшего желания этим заниматься.

Она ждала операции. Она чувствовала, что наконец попала в правильный поток судьбы, а говоря проще, наконец нашла врача, которому готова была довериться, и хотела теперь только одного: чтобы этот врач поскорее произвел над ней те действия, которые он считает нужным, и отпустил бы ее на все четыре стороны. О том, в каком состоянии он ее отпустит, Ольга старалась не думать.

Ей приходилось совершать постоянное усилие для того, чтобы не позволять себе мыслей, которые, она уже знала, погружают ее в пучину безысходного ужаса. И от такого постоянного усилия над собой она устала.

Поэтому, когда в палату наконец заглянула молоденькая медсестра Варя — больные любили ее за то, что она ловко попадала в вену, когда ставила капельницы — и позвала ее к профессору, Ольга выскочила из палаты так поспешно, будто за ней кто-нибудь гнался.

— Да, Ольга Евгеньевна, вы меня совершенно правильно поняли. Я считаю операцию нецелесообразной. Ваши микрообразования не имеют к онкологии никакого отношения и ничем вам повредить не могут. Не забывайте только регулярно проверяться. Впрочем, это любая женщина вашего возраста должна делать.

— И все? — спросила Ольга.

— И все.

Профессор был какой-то классический: старенький, с благообразной сединой. Разве что не в чеховском пенсне, а в обычных очках. Наверное, за время своей бесконечной, всю жизнь охватившей практики он привык к таким взглядам, которым смотрела на него сейчас Ольга: растерянным и от растерянности довольно глупым.

— А вы, Игорь Леонидович? — Она перевела взгляд на Васильева; тот сидел рядом с профессором за столом, на котором лежали ее рентгеновские снимки. — Вы не будете меня оперировать?

Вопрос явно был еще глупее, чем взгляд.

— Не буду, — невозмутимо кивнул Васильев. — Я потому и хотел, чтобы Арсений Юрьевич вас посмотрел.

— Почему — потому? — не отставала Ольга.

— Потому что сразу предположил, что операция вам не нужна. И рад, что мое предположние подтвердилось.

— И что, я могу... идти? — Голос у Ольги дрогнул. — То есть... ехать? Домой?

— Можете, можете, — кивнул Васильев.

— Прямо сейчас?

— Можете и прямо сейчас. Только придется вам завтра приехать за выпиской. Сегодня вам ее уже не оформят. Вечер уже.

В том, что Васильев разговаривает с ней как с малоумной, не было ничего удивительного. Ольга и сама была невысокого мнения о своих умственных способностях в эту минуту.

— Господи!.. — проговорила она. — Но зачем же... Зачем же тот врач... Тот, в поликлинике... Он же мне сказал, что надо сразу грудь удалять... что метастазы... Зачем?!

— Затем, чтобы вы повели себя предусмотрительно, — сказал профессор. — Ну-ну, Ольга Евгеньевна, его можно понять. Он же на первичном осмотре сидит. Ладно вы — судя по всему, разумная дама. А сколько женщин на вашем месте, если их не напугать, то и решили бы — а, ерунда, обойдется? Или к знахаркам бы кинулись.

«А сколько из окна сразу бы кинулись, ни к кому больше не обращаясь? После такого-то первичного осмотра!» — подумала Ольга.

Но говорить этого она не стала. Возможно, профессор был прав, считая, что ее надо было напугать. И тот врач в поликлинике, возможно, был прав. Но ей не хотелось больше об этом думать! Все это не имело к ней отношения! Наконец можно было не ожидать скорой смерти, забыть о том ужасе, в котором она жила целый месяц!

— Спасибо, — сказала она профессору и, повернувшись к Васильеву, выговорила с особенным чувством: — Игорь Леонидович, спасибо вам!

— Мне-то за что? — пожал плечами он. — Оперировать же я вас не стал.

— И за это тоже, — улыбнулась Ольга. — Вы мне вернули веру в человечество. Во всяком случае, в его медицинскую часть. Извините за пафос.

— Да ладно. — Васильев тоже улыбнулся. — Я же вам говорил, наши представления о жизни постоянно меняются. Это нормально.

— Я завтра к вам приеду! — воскликнула Ольга. — За документами и... Завтра прямо с утра!

Ее всю трясло. То ли от нетерпения — поскорей бы уехать, поскорей бы прочь из этого тягостного места! — то ли просто от того, что отпустило страшное напряжение, в котором она так долго жила, и вместо него охватила ее слабость.

Васильев сразу заметил, в каком она состоянии, — этого трудно было не заметить.

— Может, побыли бы все-таки до утра? — спросил он. — Пусть бы кто-нибудь за вами приехал.

Какое там!.. Она бежала с четвертого этажа — не могла дожидаться лифта, который полз снизу с черепашьей скоростью, — и через больничный парк бежала бегом, и к стоянке такси у больничной ограды бросилась так, словно ее кто-то преследовал... Ее переполняли слезы, переполняла радость, и ей хотелось только одного: домой, скорее домой!

Глава 15

В квартире стоял полумрак. Это удивило Ольгу: почему не темнота, которая означала бы, что мужа нет дома, и не обычный яркий свет, который означал бы обратное? Нинка уехала на археологическую практику в Крым, и ее-то уж дома не могло быть точно.

В прихожую вышла Агнесса. Когда Ольга легла в

больницу, кошку пришлось забрать с дачи в Москву. В городской квартире она освоилась мгновенно и повела себя с обычным своим брезгливым аристократизмом — в лоток, например, желала ходить только при условии абсолютной свежести наполнителя. Когти она сразу стала точить не о кресло, а о специально купленную Нинкой когтедралку.

Ольга закрыла за собой входную дверь. Одновременно со стуком двери что-то со звоном упало в гостиной — разбилось, кажется.

Она вошла туда.

Люстра была погашена, горел только торшер и свечи на столе. Ольга терпеть не могла тусклого света, который всегда вызывал у нее неосознанную, но отчетливую тревогу, и на дух не переносила подобной романтики — ужина при свечах; весь его антураж казался ей пошлым. Поэтому, войдя, она удивилась: зачем Андрей это затеял?

И только через мгновенье поняла, что и свечи, и вино, и розы, точнее, головки от роз, почему-то плавающие в глубокой стеклянной миске, в которую она обычно выкладывала салаты, когда приходили гости, — все это ей не предназначено. Вернее, предназначено совсем не ей.

И лицо Андрея — застывшее, все какое-то перекошенное, — сказало ей об этом так же ясно, как осколки бокалов у него под ногами; когда она вошла, он, наверное, как раз собирался поставить эти бокалы на стол.

Два бокала из венецианского стекла им когда-то подарили на свадьбу. Они редко пили из них — в посудной горке эти веселые разноцветные игрушки стояли в основном для украшения и действительно украшали комнату.

— Оля?.. — пробормотал Андрей. — А ты... Что-то случилось?

— Меня выписали, — сказала она.

И увидела на его лице разочарование. Оно проступило в глазах ее мужа так же явственно, как проступила в них оторопь в минуту ее неожиданного появления.

Она ему помешала. Просто помешала его планам на вечер, очень недвусмысленным планам, и только это означало для него ее возвращение из больницы.

— Я здорова, — сказала Ольга.

Она лишь по инерции это сказала. По инерции своей недавней радости. И сразу же поняла, что говорить этого не стоило. Какое дело этому человеку до ее здоровья?

«Он чужой мне, — холодно, как о постороннем, подумала она. — И родным никогда уже не будет».

Может быть, оттого что чувства ее обострились за время, которое она провела в изматывающей борьбе со страхом, она наконец поняла сейчас то, что и было главным, что раздражающе тревожило ее после примирения с мужем.

Он стал ей чужим, и это не изменилось от их иллюзорного примирения — это уже навсегда.

«Как же я сразу не поняла? — с недоумением подумала Ольга. — Или просто боялась себе в этом признаться? Господи, какой же ерунды я боялась!»

В дверь позвонили. Андрей дернулся было, но тут же замер.

— Открой, — усмехнулась Ольга. — Объясни, что ваш романтический ужин переносится на потом. И дислокация меняется.

Звонок раздался снова — настойчивый, длинный. Андрей вышел из гостиной. Ольга прислушалась.

Открылась входная дверь, раздался звонкий женский голос, потом глухой — Андрея... Странное чувство охватило ее: какая-то смесь любопытства, злости и горечи. Гремучая смесь.

Ольга никогда не интересовалась тем, что представляло, по ее маловнимательным наблюдениям, жгучий интерес для большинства женщин. Ей, например, неважно было, как строятся у посторонних людей отношения со свекрами — может, потому, что ее собственные отношения с родителями мужа с самого начала были ровными и она искренне жалела об их ранней смерти, а может, просто неинтересно ей это было, и всё.

Точно так же неинтересно ей было и то, как ведут себя обманутые жены. Что-то она об этом знала, конечно. Подружка Ленка, например, рассказывала, как взяла баллончик с нитрокраской, поехала к квартире молодки, к которой ушел ее пятидесятилетний муж, и ярко-алыми буквами написала на двери «предатель». Она так и сказала — «молодка», такое вот деревенское словечко, немного смешное в устах элегантной дамы, пришедшей на девичник в Дом на набережной. И такой же смешной, по-подростковому глупой показалась Ольге сама эта выходка — месть брошенной жены.

А устроительница девичника, вздохнув, заметила:

— Раньше, Лен, надо было его к ногтю прижимать. Пока ты молодая была и дети маленькие. Тогда было чем его на коротком поводке держать. А теперь что мы можем? Теперь их время.

Тогда это утверждение выглядело в Ольгиных глазах странным. Вернее, ей было странно и даже дико такое вот представление о семейной жизни как о борьбе, в которой кто-то выходит победителем. Какая борьба, с кем? И что считать в этой борьбе наградой? Все это вызывало тогда у Ольги сильнейшее недоумение.

Она и теперь не совсем понимала, зачем ей понадобилось увидеть женщину, для которой ее муж собирался выставить на стол их свадебные бокалы.

«Да он, может, и не вспомнил, что они свадебные, — мимолетно подумала Ольга. — Он же не сентиментален. Да и я теперь тоже».

Она вышла в прихожую.

Дверь на лестницу была открыта. Проникающий с площадки яркий свет — у них в подъезде недавно заменили все лампочки — падал на женскую фигурку, застывшую в дверном проеме. Она в самом деле была похожа на Белоснежку, к ней это прозвище подходило гораздо больше, чем к Ольге. Она была маленькая, точененькая и такая белокурая, что это бросалось в глаза сразу, при первом же взгляде на нее.

Но больше, чем яркая белизна волос, бросалось в глаза выражение ее лица.

Ольга смотрела на ее лицо не отрываясь.

Эта женщина — да что там женщина, ей едва ли исполнилось двадцать — была из тех, про которых сразу понятно, какими они станут через десять лет. Даже не через десять, а через пять. Или уже через три года. То есть сразу же, как только сойдет с лица краткая прелесть юности.

«В восемнадцать лет кто не хорошенький?» — вспомнила Ольга. Кажется, это мама говорила. Ну да, она.

Только юность делала почти незаметным то, что было в этом лице главным: пошлость. Именно пошлость — Ольге показалось, что в ее дом вошла поповна Алевтина, соседка по палате. Она и раньше понимала, что любовница Андрея не семи пядей во лбу. Но все-таки не ожидала, что ее сущность так очевидна.

«Как же он-то этого не видит?» — подумала Ольга.

Этот вопрос чуть не сорвался с ее губ. Но все-таки она сообразила, что задавать его просто глупо.

С таким же успехом можно было спросить у глухаря на току, как же он не видит, что к нему, почти не скрываясь, подкрадывается охотник. Да, не видит. Не видит, не слышит и видеть-слышать не хочет.

— А что вы на меня так смотрите? — с вызовом произнесла гостья.

Ольга вздрогнула: она не ожидала услышать ее голос, да еще вот такой, вызывающе звонкий.

— Разве я на вас как-то особенно смотрю?

— Да, смотрите! Коне-ечно! У вас же все есть, а у меня ничего нет! Думаете, так и должно быть, что одним все, а другим ничего? А вот и не должно!

«Все я понимала, — со странной неторопливостью думала Ольга, разглядывая это раскрасневшееся личико. — Ну да, возраст, гормоны, седина в бороду. Но чтобы вот настолько...»

Теперь эта девчонка, лицо которой, сейчас такое меленькое и миленькое, через год обещало расплыться в блин, казалась ей похожей даже не на Алевтину, а на... На тавельцевского соседа, который не понимал, зачем строить мостик поближе не к себе, а к дому посторонних старушек! При всей странности такого сравнения оно показалось Ольге совершенно точным. Ведь именно после разговора с тем соседом она впервые подумала о том, что есть люди, с которыми она живет словно бы на разных планетах, потому что они сделаны из другого теста, чем она.

«Как ее зовут? Луиза, Элиза?..» — зачем-то попыталась вспомнить Ольга.

Вспомнить ее имя она не смогла, да и забыла тут же о своем намерении.

— Ваше время прошло! — все с тем же уверенным вызовом произнесла девица. — Жизнь не стоит на месте! Вы должны понимать.

Ольга поняла, что если ей придется прослушать еще хоть одну фразу в таком духе, то ее просто стошнит. Ее любопытство было удовлетворено. Даже слишком.

Ничего не ответив, вообще не глядя больше ни на мужа, ни на его гостью, она вышла из прихожей.

Сначала она встала под душ — хотелось поскорее смыть с себя ощущение больницы, — потом ушла в спальню и легла на кровать поверх покрывала. Что делал Андрей, она не знала, да ей это было и неинтересно. Следовало, конечно, поговорить с ним о будущем, в том числе о ближайшем, но это можно было сделать и потом.

Какие-то звуки все же слышались через закрытую дверь спальни. Звякала посуда, лилась вода в кухне. Может быть, он убирал со стола, может, делал что-то еще; все это было Ольге безразлично.

И когда он постучал в дверь спальни, она удивилась: ей казалось, что ее существование точно так же безразлично ему.

— Да, — сказала она, садясь на кровати.

— Оля... — Андрей остановился на пороге. — Я думаю, мы должны поговорить.

От него пахло вином. Наверное, выпил то, что приготовил к романтическому ужину.

— Должны, — пожала плечами Ольга. — Но можно это сделать и завтра. Я устала, а ты пьян.

— Не очень-то пьян. Ну, выпил немного. Чтобы расслабиться. И должен же я тебе объяснить...

— А вот этого ты мне совершенно не должен, —

остановила его Ольга. — Во-первых, мне и так все понятно, а во-вторых, вернее, в-главных... Андрей, пойми, пожалуйста: ты мне чужой. Правильно это, неправильно — не знаю. Но я так чувствую и переменить этого не могу.

— Оля! — воскликнул он. — Ты же всегда... Ты же всегда все понимала! Ну неужели сейчас не можешь понять, что со мной происходит?

— Это ты про свой возраст роковой, про гормональную бурю? — поморщилась Ольга. — Да все я это знаю. — Его волнение все-таки передалось ей. Она встала с кровати порывисто, нервно. — Но не могу я больше про все это слушать, Андрей! Да, наверное, у каждого нашего поступка есть какая-то физиологическая подоплека. Гормоны, нейроны, эритроциты, может. Но какое мне до этого дело? Подлость все равно подлость, и какая разница, что там в физиологии зашевелилось, когда человек ее совершил?

— Но ты пойми, мне же не просто молодое тело нужно! — воскликнул Андрей. — В этом смысле ты безупречна, Оля, выглядишь лучше многих молодых. Но мне нужно быть влюбленным! Нужно чувствовать новизну чувств, новый трепет... Это меня от старости спасает, неужели ты не понимаешь? Я боюсь старости, я к ней еще не готов!

Ольга посмотрела на него, наверное, с еще большим недоумением, чем недавно смотрела на девицу, которую он позвал в их дом.

— Андрей, послушай же ты себя, — проговорила она наконец. — Тебе кажется, что мы с тобой разговариваем об одном и том же? При чем здесь мое тело, твоя влюбленность, трепет, старость? Я тебе совсем про другое — я тебе про подлость говорю, ты слышишь? Есть вещи, которых делать нельзя, потому что они — подлость. Я всегда это знала, я думала, что и ты тоже это знаешь, но получается, нет. Нельзя выставлять для ублажения любовницы бокалы, которые тебе подарили на свадьбу. Это что, так уж непонятно? Ты не мешок с гормонами, Андрей, ты человек! — Она опомнилась и закончила уже спокойным тоном: — Ладно. Что тут объяснять? Я прошу тебя понять только одно: я не смогу жить с мужчиной, который оказался способен на все это. Никогда не смогу, даже если у тебя закончится эта твоя буря, а она когда-нибудь закончится, конечно, — жизнь не стоит на месте, или как там сказала твоя пошлячка? Зря ты надеешься меня до тех пор при себе сохранить, не стоит тебе быть таким предусмотрительным. У меня все кончилось. Все, что я чувствовала к тебе. И не вернется. И говорить об этом больше смысла нет. Лучше давай поговорим, где ты будешь жить. Твоя возлюбленная, я так понимаю, приезжая?

— Да, — кивнул Андрей. — Она из Минусинска. Я только поэтому ее сегодня сюда... Она раньше отдельную квартиру снимала, — стал торопливо объяснять он. — А потом хозяйка цену подняла, мне столько не потянуть, и она к подружке переехала жить, и...

— Ты хочешь, чтобы я посочувствовала ее проблемам? — перебив его, усмехнулась Ольга. — Пусть она решает их сама. Или с использованием тебя. Она для этого сюда и приехала. Ладно, Андрей! Все это так очевидно, что как-то даже глупо об этом говорить.

Она вдруг поняла, что им, собственно, и вообще не о чем говорить. Никаких житейских проблем, которые следовало бы совместно решить перед разводом, у них не было.

Пресловутый квартирный вопрос не портил им жизнь. Квартира на Ермолаевском, где они сейчас жили, принадлежала еще Ольгиному деду, доктору Луговскому. Маме с большим трудом удалось ее вернуть, когда ее отца реабилитировали, и разменивать эту квартиру никто не собирался. Но после родителей Андрея осталась «двушка» в панельном доме, Ольга с Андреем давно продали ее вместе с комнатой его бабушки, и в результате получилась хорошая двухкомнатная квартира у Рижского вокзала, которую они пока сдавали, радуясь солидному пополнению семейного бюджета и предполагая, что когда-нибудь там будет жить Нинка, уже с собственной семьей. Теперь, значит, там будет жить Белоснежка из Минусинска. Ну и ладно. Не вселенская катастрофа.

Не о чем им было говорить после двадцати прожитых вместе лет. Как странно!..

— Впусти Агнессу, — сказала Ольга. — Слышишь, под дверью мяукает? И уйди, я спать хочу. Завтра утром уеду в Тавельцево.

Глава 16

— И что, точно будут котята? Безобразие, а не кошка! Мало ли что у всех!.. Ладно, Оля, попрощаемся, а то все деньги проговоришь. От Маши тебе привет.

Татьяна Дмитриевна положила трубку и обернулась к сестре.

— Представь себе, Агнесса все-таки успела нагулять пузо. И ведь просила же Олю вовремя ей капли давать! Ну куда я котят дену?

— Мне привезешь, — улыбнулась Маша. — Будут здесь в саду бегать.

— В саду они и там могут бегать, необязательно их для этого во Францию везти. Ладно, родятся, потом видно будет.

Татьяна Дмитриевна только недавно привыкла к тому, что Мария, Маша, такая же родная ее сестра, как Нелька. Это произошло примерно после месяца жизни у нее, сначала в Париже и вот теперь в городке Кань-сюр-Мер на Лазурном Берегу. Все в этой их встрече тому способствовало: они жили вдвоем долго, без родственников, и, возможно, поэтому дистанция, которую Татьяна Дмитриевна прежде чувствовала в отношениях с самой младшей из сестер Луговских, на этот раз исчезла. Конечно, разница в возрасте была у них слишком велика — почти сорок лет, представить трудно! — и это все-таки ощущалось. Маша была почти ровесницей Оли, и Татьяна Дмитриевна относилась к ней если не как к ребенку, то все-таки как к молодой еще женщине, и смотрела на нее сквозь призму собственной старости.

«Какие все-таки странные игры затевает судьба», — подумала она, глядя на Машу.

Не вслух, а в мыслях, только для себя, она не стеснялась красивых слов.

— Ты подумала что-то важное? — спросила Маша.

Она поливала цветы, которые росли в старинной каменной вазе во внутреннем дворике ее дома, и обернулась к сестре ровно в ту минуту, когда та подумала о ней.

Татьяна Дмитриевна давно уже заметила, что Маша отличается необыкновенной чуткостью. Если в себе она сознавала здравость ума и твердость характера — может быть, излишнюю, в Нелли — беспечность, тоже, надо сказать, бьющую через край, то Маша... Маша вся была — тонкий трепет.

— Да, — кивнула Татьяна Дмитриевна. — Я подумала, как мало мы, три родных сестры, друг на друга похожи. Конечно, у нас разные матери, то есть у нас с тобой разные, но знаешь, мне кажется, дело не в этом.

— А в чем? — спросила Маша.

— Ты только не сочти, что я уже из ума выжила. Мне кажется, дело в папе. Его жизнь, его судьба менялись очень сильно, и мы, все три, родились на разных поворотах его судьбы. Даже, можно сказать, на крутых ее виражах. И все мы похожи на него такого, каким он был ко времени нашего рождения. Может быть, даже непроявленно был, внутри себя. Я непонятно говорю?

— Ты говоришь понятно. — Маша поставила лейку рядом с вазой. Та покачнулась на выщербленных временем камнях, которыми был вымощен двор; пролилась вода. — Для меня очень понятно. Как все-таки жаль, что мы с тобой прожили жизнь порознь, Таня... Это был горький и страшно несправедливый вираж. Я давно хотела тебя спросить: когда ты узнала, что папа жив?

— Через пять лет после маминой смерти. При жизни она так и не решилась мне сказать. И даже не решилась сказать, что в письме мне об этом написала. Найду письмо, не найду — судьбе предоставила решать, — невесело усмехнулась Татьяна Дмитриевна. — Даже не судьбе, а глупой какой-нибудь случайности. Если бы не пришлось мне с Нелькой тогда из Тавельцева уезжать, вещи собирать, то, может, и не нашла бы никакого письма. Бог ей судья. И за это, и вообще...

О том, что означает «вообще», они говорить сейчас не стали. Они давно уже об этом переговорили, и именно Маша сказала старшей сестре, что судить ее мать может только Бог. Конечно, спустя столько лет Татьяна Дмитриевна и сама уже воспринимала то давнее мамино решение если не спокойно, то безропотно. Но тогда, в пятьдесят пятом году... Строчки из маминого письма, его буквы, расплывающиеся от упавших на них слез, стояли у нее перед глазами и теперь: «Танечка, Неличка, простите меня, я хотела спасти вас, ваши жизни... Вас раздавила бы эта машина, перемолола бы...»

— Но ведь папа тоже не пытался связаться с вами, — тихо сказала Маша. — Я думаю, он понял, почему твоя мама приняла такое решение за всех вас.

— Моя мама не должна была решать за меня. — Татьяна Дмитриевна сама расслышала, что ее голос прозвучал слишком резко. — Ей никогда не приходилось это делать, и она этого не умела. Я же помню ее, ясно помню! Всегда детское выражение в глазах и всегда: ах, Танечка, никто ведь не знает, как надо, можно и так, и этак, пусть уж будет как будет... Одно решение она за всю жизнь приняла — и вот такое!

— Все-таки не одно, — возразила Маша. — Она ведь решилась выйти замуж, уехать с мужем из России, вернуться с ним в Россию, родить тебя, Нелю...

— Маша, милая, да ведь это все как раз и называется: пусть будет как будет! Она за папой тянулась, как нитка за иголкой, вот и все. Сначала за ним, потом за мной.

— Таня, ее уже нет на свете, — осторожно напомнила Маша.

— Да. — Татьяне Дмитриевне стало стыдно за свою резкость. — Мамы нет, я старуха... Да и сама я хороша: могла бы получше вас искать.

— Ты даже не знала, что я есть, — улыбнулась Маша.

— Но что папа жив, давно ведь знала. И что сделала? Ну да, кого-то расспрашивала, куда-то писала, что-то пыталась... Все это процесс, а не результат. Если бы ты сама нас не нашла...

Ей было стыдно за то, что она вдруг взялась осуждать бесконечно давний мамин поступок. Ладно еще, если бы его осудил человек, который не жил в то время, не понимал, каким глубоким, физиологическим страхом люди были тогда пронизаны до самых печенок...

«Но я-то и тогда не была им пронизана! — упрямо подумала Татьяна Дмитриевна. — И что мне за дело до чужих печенок?»

— Я ведь тоже долго не могла решиться тебе написать, — сказала Маша. — До самой вашей перестройки. Мне же было только восемнадцать лет, когда папа умер. И я говорила себе: папа не писал своей прежней семье, он понимал, чем может грозить в Советском Союзе такое письмо. И имею ли я право подвергать людей опасности только потому, что мне хочется иметь родных? Вот как я думала.

— Ты все правильно сделала. — Татьяна Дмитриевна обняла сестру. — Мне горько, что моя жизнь прошла отдельно от тебя, но знаешь — так странно! — я этого совсем не чувствую. Я чувствую тебя так, как будто мы с тобой не расставались никогда. Я раньше только Нелю и Олю так чувствовала, ну, еще Нелиного Ваньку. Но они ведь всегда со мной были, они со мной выросли — я их растила.

— Мне это тоже так. — Маша кивнула и посмотрела на сестру тем своим взглядом, в котором главной была трепетная серьезность. — Я тоже чувствую тебя так, как будто мы всю жизнь были вместе. Когда ты сюда приехала, даже сам этот дом сразу стал такой... Мне немножко трудно это назвать, и, возможно, я назову неправильное слово... Мне кажется, везде, где ты появляешься, Таня, там появляется и устойчивая жизнь. Ты ее создаешь. Мне кажется, к тебе должны очень тянуться люди, которые нетвердо чувствуют себя в жизни. О, конечно, не только такие люди! Я не обидела тебя? — поспешно спросила она.

— Нисколько, — улыбнулась Татьяна Дмитриевна. — Это правда. Ко мне и правда всегда тянулись... такие люди.

— Я думаю, это в тебе то же, что и в нашем папе, — с той же милой серьезностью сказала Маша. — Мне рассказывала моя мама: когда он вошел в ее дом, вот в этот дом, то она сразу это почувствовала. В первую же минуту. Хотя она не была слабым человеком. Просто ей было одиноко, и жизнь казалась ей пустой, и это очень понятно, потому что ведь тяжело остаться в восемнадцать лет совсем одной на свете.

Историю знакомства Машиной мамы, Моник де Ламар, с их отцом Татьяна Дмитриевна уже знала. Отец отдыхал тогда в Кань-сюр-Мер — он всегда брал отпуск и приезжал сюда из Парижа зимой, в межсезонье, — и хозяйка пансиона, где он остановился, сказала ему, что девочка из дома напротив недавно похоронила родителей и вот уже неделю никуда не выходит, и хотя на встревоженные расспросы соседей отвечает, что все у нее хорошо, но они же понимают, что это не так... Таня представляла себе, какое одиночество и отчаяние чувствовала та восемнадцатилетняя девочка Моник в по-зимнему безлюдном приморском городке, в сплошной промозглой стылости старых каменных стен, вдобавок больная — у нее уже начался тяжелый бронхит, — и какое чувство охватило ее, когда отец встал на пороге этого дома и спросил: «Не могу ли я вам помочь, мадемуазель? Я врач, а вы, мне кажется, не совсем здоровы».

А какое лицо было в эту минуту у него, Татьяна Дмитриевна не то что представляла, а помнила. Пронзительно она помнила, какое у папы бывало лицо, когда он понимал, что кому-то плохо, и одновременно с этим пониманием, если еще даже не раньше, думал, чем может помочь.

— Мы едем сегодня в Сен-Поль-де-Ванс? — спросила Маша.

Сен-Поль-де-Ванс был соседний городок, такой же маленький, как и Кань-сюр-Мер. В свое время там побывали, кажется, все великие французские художники, и теперь по их следам туда тянулись бесчисленные туристы. Вливаться в толпу, конечно, не хотелось, но Татьяна Дмитриевна любила этот городок и готова была мириться с тем, что его любит не только она одна.

— Если ты не передумала, то да, — кивнула Татьяна Дмитриевна. И улыбнулась, вспомнив: — Когда-то я ходила туда пешком. Мы все вместе ходили — папа, мама и я. В тот год, что папа работал в Ницце, мы весь Лазурный Берег обошли пешком, здесь ведь все в общем-то близко. А теперь, конечно, пешком мне уже не дойти.

— Мы будем ехать медленно, — сказала Маша. — И будем любоваться окрестностями, и ты будешь вспоминать их со счастьем.

В этот свой приезд во Францию Татьяна Дмитриевна впитывала в себя воспоминания, как высохшая земля дождевую воду. Ей казалось, что воспоминания не возникают у нее внутри, а вот именно наполняют ее извне, льются на нее, как дождь — мощными потоками. И так же, как дождь земле, несут ей жизнь.

Об этом она сказала Маше уже в Сен-Поль-де-Ванс, когда они сидели в харчевне «Золотой голубь».

— Ты жалеешь, что когда-то не осталась здесь, а уехала в Россию? — спросила Маша.

— Совсем не жалею, — покачала головой Татьяна Дмитриевна. — Я чувствую себя здесь абсолютно в своей тарелке, я понимаю, как думают французы, мне с ними легко. Но не могу представить, что моя жизнь прошла бы вне России.

— А я совсем ничего не понимала про Россию, когда была у вас в гостях, — вздохнула Маша. — И когда я говорила с русскими людьми, то понимала, мне кажется, только язык, но не больше.

— Я тоже очень долго понимала только язык, — улыбнулась Татьяна Дмитриевна. — И чувствовала себя среди русских так отчужденно, что мне часто хотелось плакать.

— Да, ты говорила, что в войну было много страшного, и не только со стороны немцев, — кивнула Маша.

— Но тогда же, в войну, было много такого, от чего сердце замирало. Как, знаешь, когда на качелях вверх взлетишь. Я помню, как мы с Ядвигой... Помнишь, я тебе рассказывала, это та женщина, которая меня вместе со своими детьми увела от немцев? Так вот, мы с ней дошли до Тамбовской области, и у нас умерла лошадь. Она была такая старая, лошадь эта, что непонятно даже, как она вообще от Белоруссии почти до Тамбова дошла на мизерном корме, под бомбежками... Но все-таки она вывезла нас из войны и только после этого умерла. Прямо посреди деревни.

Татьяна Дмитриевна вдруг поняла, что сейчас, сидя за столиком в таверне, где на стенах висят подлинники Вламинка и Матисса, которые тоже сидели здесь когда-то, она вспоминает тот день в деревне под Тамбовом так, как будто это было вчера.

Волнение, охватившее ее, когда она это поняла, было, наверное, так заметно, что Маша взглянула на нее с тревогой.

— Может быть, тебе не стоит сейчас об этом думать, Таня? — спросила она.

— Да я уж все равно подумала. Не волнуйся, Машенька, это для меня не опасно. Даже наоборот, живительно, может. Ну вот, мы стояли посередине деревни над мертвой нашей лошадью, а тут дождь пошел, сильный такой ливень, мы промокли все в одну минуту до нитки. Ядвига на Федьку маленького ватник накинула, он болел тогда, двое младших у нее по дороге умерли, а мы все стояли просто так. У нас ведь не было ничего, мы из дому ушли ночью, в чем были. Да, а коза — Ядвига козу с собой вела, мы только на молоке, на каплях молока буквально, все и выжили, — коза к тому времени тоже уже погибла. В общем, мы в таком отчаянии были, что словами не передать. И тогда эта девочка из избы вышла... Маленькая совсем, босая, на голову рогожа накинута. Ее звали Наташа Булгакова, я и сейчас помню. И она сказала: «Тетя, пойдемте к нам». Мы пошли и остались у нее до конца войны. То есть Ядвига с детьми осталась, а я потом в Тамбов ушла. У них, у Булгаковых, избушка была крошечная, и своих детей семеро, мал мала меньше, все вповалку спали, и отец на фронте. Но ни минуты никто не думал, надо ли беженцев пускать, еду им давать, или самим места и картошки не хватает. Этого со мною так много было, Маша... Вот такого, от чего и сейчас сердце замирает. И не только в войну — раньше тоже... У меня друзья были необыкновенные, такого чистого духа — я всю жизнь судьбу благодарила, что она меня с ними свела.

— Ты и сама чистого духа, Таня, — тихо сказала Маша. — И очень сильного.

— Ну, не обо мне сейчас! Я так рада, что снова сюда попала, — с интересом оглядывая небольшую таверну, сказала Татьяна Дмитриевна. — Когда-то папа был знаком с Руо, они с мамой даже десятилетие свадьбы здесь отмечали. Как Ив Монтан с Симоной Синьоре, — улыбнулась она.

Месье Руо, с которым был когда-то знаком доктор Луговской, был сыном того владельца, который превратил харчевню «Золотой голубь» в любимое место художников Парижской школы. Все они бывали здесь — Утрилло, Дерен, Сутин, Брак... И Шагал, конечно, он ведь и жил здесь, и теперь лежал в этой земле, на горном кладбище над Вансом. Оттого и висели на стенах харчевни картины, которые теперь купил бы любой музей мира: ими когда-то расплачивались с папашей Руо нищие художники, которых он кормил.

Все это много значило для нее, наверное, так же много, как для отца когда-то; Татьяна Дмитриевна вспомнила, как он однажды сказал ей, что слова Достоевского о священных камнях Европы — это не звук пустой.

Но сейчас, когда она сидела в самом средоточии этих священных камней, что-то тревожило ее, не давало покоя. Какие-то другие слова, недавно прозвучавшие, что ли?

«Да! — вдруг вспомнила она. — Маша сказала, что ко мне должны тянуться люди, которые нетвердо чувствуют себя в жизни, и я ответила — да, это так и было».

Это в самом деле так и было. И хотя было это так

давно, что иногда ей казалось, было словно бы и не с нею, но вспоминать об этом ей и теперь было нелегко.

Глава 17

— Нелька, еще раз увижу, что ты с ним целуешься и вообще встречаешься, запру в комнате и туфли отберу, честное слово!

— А я через окно вылезу! И без туфель. Подумаешь, туфли, да я и босиком могу целоваться!

Нелька была не столько упрямая, сколько беспечная, как мотылек. Только этой своей мотыльковостью она, пожалуй, удалась в маму, в остальном же ну просто непонятно в кого вышла. Вряд ли отец был когда-нибудь таким беспечным и бесшабашным.

На этот раз Нелькина бесшабашность проявилась в том, что вместо подготовки к вступительным экзаменам в Суриковский институт она весь день гуляла с молодым учителем физики из своей же школы. Именно с ним Таня и застала ее целующейся на детской площадке во дворе, когда поздно вечером возвращалась с работы.

— А что такого? — пожала плечами Нелька в ответ на ее выговор. — Школу я уже, слава богу, закончила. И Витечка мне больше не учитель. Мы с ним, между прочим, еле дождались, когда можно будет.

— Что — можно? — возмутилась Таня. — Да он тебе...

— В отцы он мне не годится, — невозмутимо заявила Нелька. — Ему двадцать пять, а мне через два месяца семнадцать будет. Захочу — замуж за него выйду.

— А в институт ты поступать уже не собираешься?

— Собираюсь, собираюсь, — примирительно

сказала Нелька. — Не волнуйся, Тань. И замуж я ни капельки не хочу, еще не хватало! Тем более за Витечку. Он же от слова «жопа», как девочка, краснеет.

— А ты без этого слова не можешь с молодым человеком объясниться?

— Могу. Но мне нравится его дразнить. Ладно, проехали. Я завтра к Ритке Ивановой в Малаховку поеду заниматься. А то у меня мозги в каменных джунглях не работают.

Против этого Таня возражать не стала. Во-первых, Рита Иванова была серьезной девочкой — даже удивительно, что она подружилась с Нелькой, с которой вместе занималась в художественной школе. А во-вторых, Таня и сама с удовольствием уехала бы сейчас подальше из Москвы. Даже не столько из Москвы, сколько из этой вот унылой комнаты в коммуналке у Рогожской заставы, где они с сестрой жили последние десять лет безвыездно.

Она скучала по дому в Тавельцеве. И запрещала себе вспоминать этот дом: не хватало у нее сердечных сил для таких воспоминаний.

Нелька уехала в Малаховку рано, первой электричкой. Таня сходила утром в Пушкинский музей на выставку Фернана Леже, а остальной день провела в неторопливых домашних заботах. Была суббота, завтра тоже предстоял выходной. Правда, надо было составить практические задания для экзаменационных билетов, но необходимость сделать это в выходные ее не угнетала. С тех пор как она стала преподавать на филфаке МГУ, работа перестала быть для нее тяжелой необходимостью, а сделалась одной только радостью. Таня с содроганием вспоминала теперь унылые учреждения районного масштаба, в которые ее брали на должности не старше делопроизводителя. Сколько лет в них прошло, как пусты и тягостны были те годы!

Но теперь ее жизнь стала приемлемой, а в отношении работы даже и счастливой. Да и Нелька выросла, и хоть волнений с ней по-прежнему немало, но разве сравнить их с теми заботами, в которые Таня полностью была погружена, когда после смерти мамы Нелька осталась у нее на руках, то есть в буквальном смысле слова на руках, трехлетняя?

Квартира, в которой у них была комната, располагалась на первом этаже пятиэтажного дома из белого силикатного кирпича. Когда государство с безжалостной последовательностью отобрало у них и квартиру в Ермолаевском переулке, и дом в Тавельцеве, эта комната в рабочем районе оказалась единственным благом, которое оно решило предоставить дочерям доктора Луговского — человека с изначально подозрительной биографией, да вдобавок пропавшего без вести, да вдобавок в самом конце войны, то есть за границей, то есть фактически врага народа. Таня прекрасно понимала, что их с Нелькой судьба могла сложиться гораздо хуже, что у других, им подобных, и того нет... Но от этого восьмиметровая, расположенная почти в подвале комната с низкими потолками не становилась ни просторнее, ни сердцу милее.

Когда стемнело, Таня открыла окно. По выходным жизнь во дворе у Рогожской заставы шла обычно бурная, с драками, криками, песнями, поэтому окно, конечно, лучше было не открывать. Но вечер стоял по-летнему теплый, и в комнате было так душно, что она не выдержала. Да и безлюдно уже стало вроде бы, все-таки ночь почти, только гомонила в углу двора, на двух сдвинутых лавочках, небольшая компания.

Таня выключила свет, посидела немного у открытого окна. Доцветала сирень, и ее тяжелеющий к ночи запах напоминал про сад в Тавельцеве. Захотелось чаю — там они всегда пили такими вот летними вечерами чай, сидя на веранде. Вздохнув, Таня пошла в кухню, вскипятила чайник. Соседка спросила, помнит ли она, что в понедельник ее очередь мыть уборную. Таня ответила, что помнит.

«До странности бессмысленная у меня жизнь», — подумала она, возвращаясь с чайником в комнату.

Но чаю она выпить не успела.

Оказывается, за то время, что ее не было в комнате, компания переместилась с лавочек прямо к ней под окно. И ее гомон перешел в бурное выяснение отношений.

— Думаешь, герой, да? Много об себе понимаешь, понял? Не, ты п-нял?.. — услышала Таня. — Н-на!.. А ты п-шла, падла, пока сама не огребла! Куда?! А ну стой!

Раздался глухой звук удара, потом женский визг, потом топот убегающих ног.

Она хотела поскорее закрыть окно, но все-таки выглянула перед этим наружу.

У стены, прямо под Таниным окном, чуть не вровень с его низким карнизом,, лежал человек. Он лежал скорчившись и не подавал никаких признаков жизни.

Драки происходили здесь часто, и такие вот неподвижные тела — последствия этих драк — Тане приходилось видеть не раз. Но обычно при этом присутствовали какие-нибудь друзья-приятели пострадавшего, которые приводили его в чувство сами или вызывали «Скорую». Теперь же двор был пуст и так тих, как будто все его жители не просто разошлись по своим квартирам, а вымерли.

— Вы живы? — спросила Таня. — Вставайте!

В ответ раздался слабый стон. Человек при этом даже не пошевелился. Ясно было, что подняться на ноги самостоятельно он вряд ли сумеет.

«Не было печали!» — сердито подумала Таня.

Она встала коленями на подоконник, вылезла из окна во двор и присела на корточки рядом с лежащим.

— Вызвать вам врача? — спросила Таня и осторожно потрогала его за плечо.

От ее прикосновения он снова застонал и перевернулся на спину. Лицо у него было измазано землей, но все-таки понятно было, что мужчине этому лет сорок. Оставлять человека такого возраста без помощи в надежде на то, что полежит-полежит да и как-нибудь сам оклемается, было, конечно, совершенно невозможно.

В Таниной квартире телефона не было, и она уже хотела пойти к автомату на углу, чтобы вызвать «Скорую», но человек вдруг застонал еще громче, почти вскрикнул, потом наконец оперся рукой о стену и с трудом сел.

— Ну вот и хорошо, — обрадовалась Таня. — А теперь на ноги поднимайтесь. Вы где живете, далеко?

Он что-то пробормотал, но она не расслышала и поэтому наклонилась к нему пониже.

Лицо ее оказалось теперь вровень с его лицом. Знакомые глаза смотрели на Таню. Такие знакомые, что она узнала бы их, кажется, даже если бы не видела полжизни.

Собственно, она и не видела их полжизни.

— Женя... — задыхаясь, проговорила Таня. — Ведь это ты?

В его глазах плеснулось удивление.

— Ты... кто?.. — пробормотал он.

Несмотря на невыцветшую синеву, глаза у него все-таки были мутные, наверное, от удара, который свалил его на землю. А может, и пьян он был, что уж сейчас разберешь?

— Пойдем, Женя, — сказала Таня. — Обопрись на меня и вставай. Я вот здесь живу. Пойдем ко мне, в себя придешь. Может, врача все-таки вызовем. Вставай, вставай.

Вряд ли он понял, кто перед ним. Но сделал именно то, что она сказала: оперся плечами о стену, схватился за ее руку и поднялся на ноги. Он стоял покачиваясь, и казалось, что сейчас он упадет снова.

— Давай-ка лучше в окно, — сообразила Таня. — Так быстрее будет. Давай, Женя, давай, здесь невысоко.

Кое-как, с трудом, со стоном он перевалился через подоконник.

— Вот сюда садись, на стул, — сказала Таня. — Или лучше сразу на кровать. Тебе, по-моему, лечь надо.

Он слушался ее, как ребенок, даже не спрашивая, зачем должен делать то или это и кто она вообще такая, чтобы ему указывать. Таня намочила полотенце водой из чайника, обтерла ему лицо и смазала йодом ссадину под глазом.

Все-таки он был сильно пьян: от него пахло дешевым вином, и взгляд не прояснялся.

— Вот что, Женя, — сказала Таня, — завтра будем разбираться, что к чему. И врача завтра вызовем, если понадобится. Все равно пьяного в больницу не возьмут. Так что ложись-ка ты спать. Туфли снимай и ложись. Утро вечера мудренее.

Ей нелегко было произносить все эти правильные слова. Ей вообще нелегко было сейчас. Сердце у нее колотилось как безумное.

Женя с трудом, не нагибаясь, только перебирая ногами, снял туфли и сразу упал спиной на подушку. Таня хотела ему помочь, но он пробормотал:

— Сам... И так уж...

И, медленно забросив ноги на кровать, в ту же минуту заснул, не обращая внимания на свет от настольной лампы.

Таня села на стул рядом с кроватью. Теперь она видела его лицо ясно, и весь он был перед нею.

За годы, которые прошли в разлуке с ним — ведь двадцать с лишним лет, непредставимо! — у нее, конечно, случались романы. Она была хороша собой, и это было естественно.

Один такой роман завершился совсем недавно и по ее решению: Таня узнала, что у Николая, с которым она познакомилась год назад, есть жена. Он уверял, что давно разведен, и узнать о его обмане ей было противно, да и все вообще было, вернее, сразу стало, противно: быть тайной любовницей, представлять, что почувствует его жена, если раскроется эта пошлая тайна... С Николаем она рассталась без сожаления. Она вообще со всеми расставалась без сожаления — со всеми мужчинами, с которыми сводила ее жизнь. Правильно это или нет, она не знала.

И не знала, не понимала, с каким чувством смотрит сейчас на Женино лицо.

Теперь, когда глаза у него были закрыты, лицо стало почти неузнаваемым. Что-то было в нем такое, чему Таня не знала названия, но что как-то... уязвляло ее. Может, то, что все его черты оплыли, утратили молодую ясность? Да нет, вряд ли, она ведь тоже не помолодела за эти годы.

«Не стоит сейчас об этом думать, — решила Таня. — Завтра он проснется, и мы поговорим».

Она погасила лампу и легла не раздеваясь на Нелину кровать. И долго прислушивалась к тяжелому Жениному дыханию.

Глава 18

Таня думала, что не уснет совсем. Но под утро сон все-таки одолел ее, и глаза она открыла только с первыми лучами солнца. И сразу же вспомнила, что случилось ночью.

Она села на кровати и посмотрела на Женю. Он тоже уже не спал — лежал, глядя в потолок. Ей почему-то показалось, что взгляд у него пустой. Но, может быть, только показалось, ведь она смотрела сбоку и не могла этого понять наверняка.

— Доброе утро, Женя, — сказала Таня, вставая. — Как ты себя чувствуешь?

Он тоже сел, потом встал, поморщившись — от боли, наверное, — и взглянул на нее с недоумением.

— Здравствуй...те, — сказал он. — А... как я сюда попал?

«Мы разве знакомы?» — говорил его недоумевающий взгляд.

Таня невесело усмехнулась.

«Жизнь не стоит на месте», — подумала она.

Эту пошлую фразочку любил повторять их домоуправ, когда ему приходило в голову в очередной раз проверить, не вселился ли кто-нибудь без прописки во вверенные ему помещения.

— Ты вчера, насколько я понимаю, подрался, — сказала она. — И лежал у меня под окном без сознания.

— Да! — вспомнил он. — Мне тут морду набили, а вы меня через окно втащили. Спасибо.

Теперь он смотрел на Таню с интересом. Но все равно не узнавал. Ей стало совсем грустно.

— Я так сильно переменилась, Женя? — спросила она.

— Вы... То есть... — смущенно пробормотал он.

Пожалуй, он решил, что во время пьянки познакомился с какой-то женщиной, и вот теперь мучительно пытался вспомнить, как ее зовут и что у него с ней было.

— Я Таня, — сказала она. — Таня Луговская из Ермолаевского переулка. Димина одноклассница.

И тут он наконец понял, кто перед ним. И это так поразило его, что он даже отшатнулся, как будто ему явился призрак.

— Таня! — хрипло воскликнул он. — Да как же так?

— Вот так.

Она думала, что сейчас он начнет о чем-то расспрашивать ее, что-то ей объяснять. Но вместо этого он вдруг шагнул через всю комнату — ему хватило одного шага — и обнял ее. И в то же мгновенье, когда он это сделал, Таня впервые поняла, то есть не поняла, а почувствовала наконец, что это действительно Женя. Не имело теперь значения, что лицо у него изменилось, оплыло, что вчера он был пьян, что дрался во дворе, что... Ничего больше не имело значения! В нем был прежний порыв, тот самый, от которого замерло сердце у юной Танечки Луговской, когда она впервые увидела Женю Саффо.

Он целовал ее молча, губы были горячие, как будто у него под сорок поднялась температура, руки тоже, они обжигали Тане плечи. Может, это странно было, что он молчит, но ей не казалось это странным, потому что и саму ее охватило то же состояние, в котором находился сейчас он: сильное, до звона во всем теле, желание.

Таня легла вчера спать в ситцевом халатике, в котором обычно ходила дома. Он был старый, именно поэтому любимый, и пуговицы на нем расстегивались легко. Женя и расстегнул их легко, мгновенно, кажется, одним движением, и сразу поднял Таню на руки; халатик соскользнул на пол.

Он положил ее на кровать, сам лег рядом, не переставая целовать ее губы, шею, грудь. В его поцелуях было такое нетерпение, такая жадность даже, как будто он думал о ней все двадцать лет их разлуки и вот наконец нашел ее, наконец получил возможность целовать ее голую, обхватывать сверху всем своим телом — горячим, большим, тяжелым.

То, что он делал с нею, невозможно было назвать ласками — это была сплошная страсть, сплошной порыв. Но отсутствие ласк не оскорбляло Таню, как, наверное, оскорбило бы ее, если бы с ней был не Женя, а любой другой мужчина. Она и сама хотела его сейчас так, как не хотела никого и никогда.

Он был уже в ней, это получилось так резко и больно, что она вскрикнула, но желание ее от этой боли не прошло, а, наоборот, только усилилось. Подушка была где-то у нее под спиной, и, изогнувшись, она передвинула ее пониже. От этого Женя просто-таки вбился в ее тело, а она, подняв ноги, еще и обхватила ими его спину, удерживая его в себе.

Удерживать его, впрочем, было не нужно, он и так не отрывался от нее, не уходил из нее, и стон, который срывался при этом с его губ от переполняющей его страсти, был громче, чем вчерашний его стон от боли.

Кто-то из ее мужчин говорил ей, что она приятна в постели. Какая же это была глупость! Только теперь она поняла, что приятность — мелкое слово, ничего не говорящее о том, что происходит между мужчиной и женщиной, когда они становятся — одно.

С Женей ей не было приятно, ей, может, было с ним даже невыносимо. Но вместе с тем не было силы, которая заставила бы ее сейчас оторваться от него.

— Я сейчас кончу, — прохрипел он. — Ты со мной сможешь?

Даже грубость его вопроса не имела теперь значения. Главным было то, что он делал с нею, а не то, что он ей говорил.

Ответить, правда, она не успела.

— Ох не-ет... Все!.. Не смогу я больше! — выдохнул он вместе с каким-то болезненным вскриком, сжал ее плечи так, что в них что-то хрустнуло, и сразу же забился, задергался на ней.

А то, что происходило при этом с ней самою, и было ему ответом.

«Неужели все?» — подумала Таня.

Все ее тело звенело. В нем, внутри его, то там, то тут вспыхивали какие-то легкие импульсы, нежные звоночки. Вот теперь ей действительно было приятно, теперь это слово правильно обозначало то, что она ощущала. Как-то... настораживающе правильно.

Но задуматься о том, почему после такой неожиданной и такой яркой близости она чувствует лишь телесное удовольствие, Таня не успела.

Женя притянул ее к себе, сжал ее плечи уже не сильно, а, пожалуй, даже ласково. Ласка была очень мужская, грубоватая. Наверное, она должна была ей быть приятна. Но так ли это, Таня не понимала.

— Не ожидал тебя встретить, — сказал Женя. — Сколько лет прошло, а, Тань?

— Двадцать один год, — сказала она. — Мы с тобой последний раз виделись в мае сорок первого. Я уезжала на фольклорную практику, и ты меня провожал на Белорусском вокзале.

Это она сегодня ночью вспомнила. Ее провожали тогда оба брата Саффо, но Дима стоял в сторонке, потому что Таня с Женей целовались как одержимые прямо на перроне, ни на кого не обращая внимания, и она к тому же плакала, целуясь. Ведь они расставались на целый месяц, ну как можно было такое выдержать!

— Да-а... — протянул он. — Молодые были... Кто ж знал, что так все обернется? Война.

Таня высвободилась из-под его руки, отстранилась — совсем немного, только чтобы видеть его лицо.

«Как они были похожи! — подумала она. — А теперь ничего общего».

Ей не показалось странным, что она подумала про Диму так, словно он и теперь был жив.

Несмотря на тяжесть черт и даже на заплывший глаз, Женино лицо до сих пор было отмечено красотой, той же самой, грубоватой и очень мужской, которая чувствовалась в его теле и в каждом жесте.

— Молодые мы были, — повторил Женя. — А Димка-то без вести пропал, знаешь?

— Знаю. Мне его друг тогда же написал. Однополчанин. Дима попросил мне сообщить, если с ним что-то случится, и тот написал из госпиталя.

— Ага, ну да. А мне извещение прислали. Как единственному родственнику. Проблем, конечно, хватило тогда... Жалко Димку, правда? Где он, и то ведь неизвестно. Может, до сих пор непохороненный в лесу лежит.

Таня промолчала.

— Ну, это, я считаю, уже неважно, — добавил Женя. — Не все ли равно, где мертвому лежать? Главное, совсем молодой он погиб, вот что жалко. Что ж, война есть война.

— Может быть, он не погиб, — сказала Таня. — Ведь никто этого не видел.

— Ну да! — хмыкнул Женя. — Погиб, конечно. Обязательно видеть, что ли? И так понятно.

— Ты еще летаешь? — спросила Таня, кивая на татуировку у него на плече: крылышки, летчицкая эмблема.

Она не хотела больше слушать какие-то бессмысленные, назывные его фразы. Ей вдруг показалось, что она легла в постель с их управдомом.

— Да нет, — нехотя ответил он. — Списали. Со здоровьем проблемы начались.

— Со здоровьем? — удивилась Таня.

Он выглядел довольно крепким. Впрочем, мало ли какие могут быть проблемы со здоровьем, не обязательно же они заметны.

— Русская болезнь, — усмехнулся Женя. — Выпивать начал. Зря, конечно. Но как-то, знаешь... Я же герой был, и в войну, и потом, все газеты про меня писали. Тут тебе и тосты-банкеты, и все такое. Сначала ничего, не сказывалось. А потом — возраст, куда деваться. Так, чтобы с вечера на грудь принять, а утром как огурчик, уже не получалось. А там, сама понимаешь...

— Понимаю, — перебила его Таня. — Как ты себя чувствуешь?

Она встала, подняла с пола халат, краем глаза заметив при этом, что Женя окинул ее быстрым оценивающим взглядом. Она не испытывала неловкости от того, что стоит перед ним голая; ей было все равно.

— С утра-то? — переспросил он. — Да вроде ничего, нормально. Похмелиться бы, конечно. У тебя нету?

— Нет.

То, что она чувствовала сейчас, невозможно было назвать даже разочарованием. Это была глубокая, мучительная, до сердца доходящая горечь.

Женя тоже сел, потянулся за брюками, которые лежали на полу у кровати.

— Черт, связался с пацанами, — проговорил он, трогая синяк под глазом и морщась. — Они дембель отмечали, выпивки было море... Им, конечно, лестно: летчик, герой с ними выпивает. Ну, а потом набрались — слово за слово, они мне в морду, я им в ответ, вот тебе и нате. Спасибо, Тань, — с чувством добавил он. — Если б не ты, меня бы, может, милицейский патруль подобрал. На работу бы сообщили, неприятностей не оберешься.

— Ты работаешь? — удивилась она.

Ей трудно было представить, что он ходит каждое утро куда-то на работу.

— Да, держат вот пока на подготовке летного состава, — кивнул он. — Все-таки заслуг у меня немало.

— Я знаю, — усмехнулась Таня.

После войны она часто встречала его фамилию в газетах. Глаза его прямо смотрели со страниц, и казалось даже, что они сверкают синевой, хотя фотографии были черно-белые.

— Ну, я пойду? — полувопросительно произнес Женя.

Он уже надел и брюки, и рубашку. Рубашка была надорвана у ворота.

«Надо зашить», — подумала Таня.

А вслух сказала:

— Женя, а почему ты со мной не встретился, когда с фронта вернулся?

Наверное, он не ожидал такого прямого вопроса. Но она и вообще говорила обо всем прямо, жизнь ее к этому приучила, а сейчас и вовсе не считала нужным изъясняться обиняками.

Это было единственное, что ей хотелось узнать у Жени, и это надо было спросить сейчас, потому что больше они не увидятся.

— Ну... — пробормотал он. — Ты же из Москвы уехала, и я же...

— Я в Тавельцево уехала, — перебила она. — Час на электричке. Ведь Берта Яковлевна тебе об этом рассказала, правда?

Когда в их доме на Ермолаевском снова начались аресты, хотя еще даже война не закончилась, Таня поняла, что отец был прав и спасение — вернее, надежда на спасение — состоит для них с мамой в том, чтобы уехать из Москвы. И единственной возможностью показался ей отъезд в Тавельцево. Конечно, это не называлось «как можно дальше», но ничего другого ей в голову не приходило. Ну не уедешь же куда-нибудь в белый свет на Крайний Север, когда мама беременна на последних месяцах!

Можно было, конечно, попробовать обосноваться в Тамбове, где ей помогли бы друзья — за четыре военных года, что она там прожила, их у нее появилось немало. Но Таня решила, что это слишком большой город для того, чтобы никто там не обратил внимания на жену и дочь изменника родины. А Тавельцево тогда, в сорок пятом, было глухой деревней, и дом, который отец купил перед войной, казался ей единственным надежным местом для незаметной жизни.

А маме необходимо было спокойствие, хотя бы внешнее, потому что отчаяние, в которое она впала, когда отец пропал без вести, было неизмеримо. Она твердила, что так и знала, что когда она все-таки вырвалась из Новосибирска и успела встретиться с ним в Москве, то чувствовала, провожая его обратно на фронт, что они больше не увидятся, и это ее страшное предчувствие оправдалось, и зачем же ей теперь жить, зачем же теперь все... Таня бросила университет, увезла ее в Тавельцево, с трудом устроилась уборщицей в деревенскую школу.

Перед тем как уехать из Москвы, она и зашла к Берте Яковлевне, соседке Саффо. И была уверена, что пунктуальная старушка рассказала об этом Жене.

— Ведь рассказала? — повторила она.

— Ну, рассказала, — нехотя подтвердил Женя. — А что ты на меня так смотришь? — В его голосе прозвучал вызов. — Теперь-то легко рассуждать! А тогда? Мало мне было фамилии этой — кто ж знал, что дед понтийский грек был, а их же всех после войны высылали! — мало что Димка пропал, так еще с тобой бы я тогда...

Он наверняка хотел сказать «связался», но все-таки не сказал. Таня удивилась этой неожиданной деликатности.

— Я летать хотел, — жестко, зло проговорил Женя. — Летать! Я об этом с детства мечтал, понятно?

— Понятно, — усмехнулась Таня. И, не удержавшись, напомнила: — От русской, как ты ее называешь, болезни тебя эта прекрасная детская мечта, однако же, не удержала.

— Слушай, вот учить меня не надо, ладно? — поморщился он. — Насчет этого меня, знаешь ли, партком учил, когда жена туда телегу накатала.

— Тебя поздно учить, — пожала плечами Таня.

«Неужели я его хотела? — думала она, глядя, как он надевает туфли, нервно дергает узлы на шнурках. — Вот сейчас, всего полчаса назад? Как странно... А может, я его и тогда только хотела? — вдруг пришло ей в голову. — Тогда, перед войной. Только не понимала тогда, что просто хочу его, не больше. Да в семнадцать лет ведь и не бывает «просто хочу» — только любовь бывает...»

Женя наконец обулся, так и не развязав шнурки. От этого туфли наделись на ноги криво и чуть не свалились, когда он шагнул к окну.

— Я лучше через окно, — объяснил он, хотя Таня ни о чем его не спрашивала. — Ну, пока.

Она не знала, как с ним проститься. Что ему сказать — до свидания? Свидания с ним ей совершенно не хотелось, и она была уверена, что никакого свидания у них больше не будет.

— Прощай, — сказала она наконец.

Все-таки когда-то они читали одни и те же книжки. Может, он не совсем еще забыл тот светлый дух, который ими тогда владел, и правильно поймет это старомодное прощальное слово: прощай — значит навсегда, без обещания встречи.

Порыв... Но насколько хватает юношеского порыва? На Женину жизнь его не хватило точно.

Он ничего не ответил. Таня смотрела, как колышется, дав ему уйти, белая оконная занавеска.

Глава 19

Ночью она проснулась с криком. Сон был так реален, что она не только видела его во всех деталях, но и слышала каждый его звук.

Перед ней простиралось заснеженное поле. Оно

было бескрайним, как в сказке. Но уныние, которое охватывало при взгляде на это поле, было совсем не сказочным. По полю шли танки. Таня видела, как они подходят все ближе, от них было не скрыться, просто некуда здесь было скрыться от них. Она услышала конское ржание, тревожное, растерянное; так ей показалось. Потом раздался долгий, пронзительный какой-то визг, свист, и сразу вслед за этим звуком все вокруг загремело, взметнулись в воздух черные комья земли. И вместе с этими комьями словно бы взлетела в воздух она сама.

«Ты хотела знать, как он погиб? — Она услышала суровый голос у себя внутри, но это был не ее голос. — Что ж, смотри!»

Теперь она видела поле сверху, с птичьей высоты. И, несмотря на такой дальний взгляд, видела Диму ясно, как будто он стоял прямо перед нею. Она видела его лицо — оно было темным от пороховой гари, и глаза казались на нем совсем светлыми. Странно, но взгляд их был не тревожный, не испуганный и не суровый, каким мог бы он быть в бою, а такой, который Таня знала всегда: ясный, серьезный, внимательный. Дима смотрел вперед, на поле, которого Таня теперь почему-то уже не видела, только догадывалась, что там происходит что-то страшное. Конь бился рядом с ним на развороченной земле — она не видела и коня, но знала, что он там, потому что оттуда, от земли, раздавался предсмертный конский хрип.

Дима смотрел вперед этим своим единственным, ясным, любимым взглядом, смотрел на Таню, она видела его лицо прямо перед собою и всего его одновременно видела с высоты, она хотела вскрикнуть, ворваться в ту страшную жизнь, которую ей вдруг показали, — и не успела. Визг и свист раздались снова, и после них... Все пространство, которое она видела, в котором был Дима, мгновенно сделалось одной сплошной черной стеной, а потом — бездонной черной ямой.

И над этой черной ямой раздался ее крик, и яма эта стояла у нее перед глазами, когда она, вся дрожа, мокрая от холодного пота, сидела на кровати и сжимала руки, как будто надеялась, что физическая боль, которую она сама себе причинит, сможет вырвать ее из этого ужаса.

«Я не верила, что он может погибнуть! — сквозь рвущиеся изнутри слезы подумала она. — Он казался мне само собой разумеющимся, я не замечала его, как... Как небо не замечала, как папу, я ведь и папу не замечала в своей жизни, просто было в сердце, что он есть, всегда был, и есть, и будет... А его нет! И Димы нет. Он погиб, Дима, потому что я не думала о нем, ничего о нем не понимала!»

Она вспомнила, как он уходил тогда в Тамбове по улице, ведя коня в поводу, а она смотрела ему вслед и уверена была, что он не погибнет. Какая глупая, подлая, хранящая себя в покое уверенность!

«Я ничего не понимала в своей жизни, — с отчаянием, с ненавистью к себе думала Таня. — Ничего, что было в ней главным, что счастьем было, единственным счастьем...»

Все воспоминания, которые до сих пор лежали в ее душе под спудом, которые она не позволяла себе оживлять — потому, наверное, что понимала свою страшную ошибку и свою вину, — все они теперь вырвались на волю и заполнили, ей казалось, не только всю ее внутри, но и все пространство вокруг.

Она вспоминала теперь все, что казалось ей когда-то маловажным, что не замечалось даже. Вот, вспомнила, как Дима попросил, чтобы она проводила его тогда в Тамбове до улицы. Ведь ей тогда грустно становилось, как только она думала о последней минуте — когда он выйдет из комнаты, и она опять останется одна, — и он понял это, почувствовал, как всегда чувствовал все, что происходило с нею, и убрал эту тягостную минуту, растворил ее в утреннем воздухе, сделал незаметной, долгой, длиною с улицу — и исчез в утреннем тумане с той же легкостью, с какой вошел когда-то в Танину жизнь.

Он делал все, чтобы ее жизнь была легкой и счастливой, но мало он мог для этого сделать, потому что она не замечала его в своей глупой девической слепоте, считала само собой разумеющимся, что он есть на свете.

А теперь его нет, и жизнь ее пуста. И другою уже не станет, потому что она сама отказалась от счастья, которое судьба преподнесла ей ни за что, с немыслимой щедростью.

Таня встала, открыла ящик письменного стола. Папка с рисунками, которую Дима оставил ей в Тамбове, лежала под тетрадями студенческих конспектов. Она вынула эту папку, открыла.

На всех рисунках была она. Таня ни разу не видела, чтобы Дима рисовал ее, но она была на всех рисунках, которые он, получается, делал по памяти.

Вот она склонилась над партой, грызет прядь волос, мама все время пыталась ее отучить от этой привычки, и сердито хмурится, наверное, не может решить какую-нибудь задачу или построить сечение пирамиды, ну да, ей никогда не удавались эти дурацкие сечения, и Дима строил их в школе за нее.

Вот она сидит на веранде тавельцевского дома — Дима несколько раз провожал ее в Тавельцево, и родители всегда оставляли его ночевать, и они до утра сидели на веранде, слушали ночных птиц и разговаривали о чем-то бесконечном, сложном, не связанном ни с чем обыденным и очень для Димы важном. Он всегда рассказывал ей о том, что было для него важным, а ей так легко и счастливо было слушать его, разговаривать с ним, что она думала, так будет всегда — ведь жизнь бесконечна.

Вот она сидит у родника, вот запускает змея над оврагом в Коломенском, вот смотрит на воду Москва-реки с речного трамвайчика, вот плачет на перроне Белорусского вокзала... Он смотрел на нее каждую минуту, когда она была рядом, и думал о ней каждую минуту, когда не видел ее.

А ей, чтобы увидеть его теперь, чтобы посмотреть в серьезные его глаза, приходится заглядывать в дальнюю область, за облачный плес, как пелось в песне, которую они оба любили. Там, за этим плесом, и осталось ее счастье, и к этому счастью — она надеялась — ей когда-нибудь все же позволят вернуться.

Часть третья

Глава 1

Заканчивалось лето. Ночи стали холодными, и начались дожди.

Ольга с грустью думала, что скоро ей придется вернуться из Тавельцева в Москву. Одинокая жизнь, которую она вела все лето, ей не надоела, и это ее даже беспокоило. Впрочем, беспокоило не слишком: она не считала, что должна оправдываться перед собою или тем более еще перед кем-либо за то, что ей не хочется на работу, не хочется никого видеть и не хочется думать о будущем.

Она знала, что многие женщины, оказавшиеся в ее положении, то есть по разным причинам оставшиеся в ее возрасте без мужа, впадают в лихорадочное состояние, которое гонит их в постель или даже в дом первого попавшегося мужчины. Скорее, скорее, ведь годы идут, еще немного, и никто в твою сторону не глянет! Раньше Ольга относилась к этому с пониманием, но теперь, когда она могла судить по собственному опыту, такое состояние казалось ей странным.

Очередной мужчина — зачем?

Чтобы строить вместе жизнь, растить детей? Рожать в ее возрасте, пожалуй, безответственно, а главное, все это у нее уже было. И общая жизнь, и ребенок, любовно взращиваемый вместе... Она не думала, что это можно повторить, и, главное, повторять это ей не хотелось.

Ожидать, что посетит ее вдруг безумная любовь? Безумие такого рода ее уже посещало, иначе не назовешь то, что она испытала к Сергею. Ольга до сих пор с отвращением вспоминала себя в то время и происходившее с нею тогда любовью не считала.

Оставался, получается, только секс. Но когда она думала об этом, в ее памяти сразу вставало лицо Андрея — печать разочарования, которая легла на его лицо, когда он увидел, что ее некстати выписали из больницы...

В общем, она жила как живется и находила, что это неплохо. Хотеть чего-то большего, чем «неплохо», казалось ей теперь странным.

Она не видела больше тех провалов и пустот, которые постоянно подстерегали ее полгода назад, когда она впервые осталась одна. Сейчас она не чувствовала из-за расставания с мужем ничего. Ни-че-го! Расстались и расстались, не они первые, не они последние, не умирать же ей теперь из-за этого. Когда-то, да не когда-то, а совсем еще недавно она думала, что без него вот именно умрет, но теперь она так не думала. Видимо, ее организм еще не был настроен на смерть.

Вообще, биологическая составляющая оказалась в жизни главной; Ольга только теперь это поняла. Такое понимание не доставило ей радости, она просто признала его справедливость.

Вот Андрей говорил когда-то, что с годами чувства должны только крепнуть, как хорошая кирпичная кладка. А потом у него случился выплеск гормонов — или даже только одного гормона, тестостерона, кажется? — и вся эта кладка рассыпалась в пыль. И что толку, что он все знал про то, как отличить любовь от влюбленности, как надо, как правильно? Обычная физиология, биология оказалась сильнее умозрительных знаний. И чувства тоже, оказалось, определялись не чем иным, как биологией. То, что он испытывал к примитивнейшей девчонке, захватило ведь не только его тело, но, главное, область его чувств, в этом Ольга убедилась.

В общем, жизнь оказалась гораздо проще, чем она себе представляла. И что с этим можно было поделать? Оставалось только жить по тем законам, которые, выходит, лежат в основе всего.

Как она станет жить по этим законам, Ольга понимала не очень. И любое взаимодействие с людьми, которое хотя и нечасто, но все-таки происходило этим летом, убеждало ее все в том же: что законы эти ей претят. И поэтому ей нравилось жить одной, то есть вовсе без всяких законов, кроме самых элементарных, вроде того, что утром и вечером надо чистить зубы.

Она чистила зубы, пила кофе, кормила Агнессу... Вот Агнесса ее беспокоила: еле ходила из-за большого живота, значит, скоро должна была родить. Как рожают кошки, Ольга не знала. Оставалось надеяться только на природу. Везде была эта природа. Неужели в жизни нет ничего, кроме примет животного мира?

Впрочем, в случае с Агнессой природа оказалась бессильна. Мимозность этой кошки, на которую с самого начала обратила внимание мама, просто зашкаливала!

Однажды Агнесса забеспокоилась, заметалась, замяукала и забралась на чердак. Оттуда донесся сначала шорох, потом звук падения, потом снова раздалось жалобное мяуканье...

«Ну что с ними делают, когда они рожают? — сердито подумала Ольга. — Всю жизнь мечтала заниматься кошкиными родами!»

Но мало ли о чем она мечтала или не мечтала. Жизнь предлагала ей занятия не по ее усмотрению.

Ольга поднялась по приставной лесенке и заглянула на чердак. Агнесса лежала в каком-то подобии гнезда из тряпок и мяукала так жалобно, что сил не было слушать. Рядом с ней лежал котенок. Ольга подошла к кошачьему гнезду.

Даже в чердачном полумраке было понятно, что котенок неживой. Он лежал неподвижно, в совершенно мертвой позе, не пищал, и Агнесса смотрела на него с полным равнодушием, а потом и вовсе отвернулась.

«Вот тебе и природа!» — расстроенно и сердито подумала Ольга.

Она с опаской подошла к Агнессе. Та потерлась лбом о ее руку и снова замяукала.

Ольге было противно и страшно. Что предпринять, она не знала. Мертвого котенка надо было отсюда убрать. Чтобы сделать это, она набросила на него какую-то тряпку. А с кошкой что делать? Может, та сейчас тоже умрет!

Ольга никогда не оказывалась в такой ситуации. И вообще, она была сугубо городским человеком. Природа ей, конечно, нравилась, но в виде поющих на деревьях птичек, а никак не в виде рожающей кошки.

— Вот что, дорогая, — сказала Ольга решительным тоном. — Сейчас я возьму твою переноску и отвезу тебя к врачу. Пусть он с тобой разбирается!

Агнесса только мяукнула в ответ. Неизвестно было, согласна ли она с этим планом.

«Где здесь, мама говорила, ветеринар живет? —

подумала Ольга. — В Чудцеве? Нет... В Денежкине! Да, точно там».

Она переложила не перестающую мяукать кошку в переноску, снесла с чердака вниз... И тут только вспомнила, что вчера у нее сломалась машина. Может, это была какая-то ерунда, вряд ли в новом японском автомобиле могло сломаться что-нибудь серьезное, но, во всяком случае, вчера, когда Ольга хотела съездить в магазин, машина не завелась. Она как раз собиралась сегодня вызвать техпомощь, и тут пожалуйста, кошкины роды!

Ситуация складывалась бестолковая, глупая и очень досадная.

— Ну, и как тебя теперь везти? — спросила Ольга. Агнесса не ответила. — Велосипед ты выдержишь?

Ничего другого, впрочем, не оставалось, так что Агнессин ответ и не требовался.

Велосипед был тот самый, что подарил маме Андрей. Ольга подумала об этом мельком и не почувствовала ничего, кроме досады. Она вообще сейчас чувствовала только досаду на все и вся.

Она привязала переноску к багажнику садовым шпагатом и вывела велосипед за ворота.

Денежкино находилось километрах в трех от Тавельцева. Ехать туда надо было по проселочной дороге, которая, то падая вниз, то взлетая вверх, вилась между полями. Урожай уже убрали, поля стояли мокрые, унылые и топорщились жухлой стерней.

«А что здесь вообще-то росло? — подумала Ольга. — Рожь, пшеница, может, овес какой-нибудь?»

Она понятия не имела о том, как идет жизнь вокруг ее дома, и даже не была уверена, что здесь, в недальнем Подмосковье, еще сеют рожь или тем более пшеницу, ведь та, кажется, растет там, где тепло?

«Что ж за мысли у меня в последнее время такие

дурацкие? — Ольга рассердилась на себя. — Занимаюсь непонятно чем, думаю непонятно о чем!»

Пошел дождь, мелкий, как пыль. Сначала это было даже приятно: он освежал лицо. Но приятность скоро сменилась все той же досадой, теперь уже оттого, что она не надела куртку с капюшоном и быстро промокла. Да еще Агнесса не переставала мяукать, и ее было жалко.

В Денежкино Ольга приехала расстроенная, рассерженная и окончательно раздосадованная.

«И где здесь ветеринара искать?» — со всей своей накопившейся досадой подумала она.

Ничего похожего на какую-нибудь ферму, на которой можно было бы спросить про ветеринара, в деревне не наблюдалось. Ольга проехала немного вдоль улицы — ей не встретилось ни одного человека. Этому не приходилось удивляться: день был будний, и все, наверное, были на работе.

Наконец она увидела в одном дворе за покосившимся частоколом женщину в грязном ватнике. Та ходила по двору и собирала какие-то дощечки. Можно было бы подумать, что она занята уборкой, но в результате ее действий двор не становился чище. Весь он был завален каким-то бессмысленным хламом: старыми ведрами, ржавыми деталями непонятных механизмов, тряпками и прочим мусором.

Каждый раз, когда Ольга видела хаос, то есть не какой-то космический, а самый обыкновенный житейский хаос, ее охватывало уныние: сразу казалось, что ничего хорошего в жизни нет и быть не может. Но сейчас ей некогда было предаваться отвлеченным размышлениям.

— Здравствуйте! — громко сказала она, прислоняя велосипед к частоколу. — Скажите, пожалуйста, где можно найти ветеринара?

— А на что мне ветеринар? — сказала женщина в ватнике.

Она продолжала свое занятие и на Ольгу даже не взглянула.

— Ну, я не знаю... — обескураженно проговорила Ольга. — Может, у вас корова есть.

— На что мне та корова?

Женщина наконец взглянула на нее. Взгляд был неприязненный. Как можно испытывать неприязнь к человеку, которого видишь впервые, Ольге было непонятно, и ни малейшего желания разговаривать с обладательницей такого взгляда у нее не было. Но что оставалось делать?

— Но кто-то же у вас есть, — сказала она. — Какие-нибудь животные.

На крыльце дома сидела кошка и смотрела на мир таким же взглядом, как и хозяйка. За домом раздавался собачий лай.

— А вам ветеринар зачем? — спросила женщина.

— Кошку вот везу.

Ольга показала на кошачью переноску на багажнике велосипеда.

— Кого-о?

На лице женщины наконец выразилось какое-то чувство. Да не какое-то: это было сильнейшее изумление.

— Кошку, — повторила Ольга. — Она рожает.

И тут женщина расхохоталась. Она хохотала заливисто, со всхлипами.

— Кошку!.. — приговаривала она в промежутках между приступами смеха. — Рожает! К ветеринару!.. Совсем сдурели!

Ольга рассердилась так, что чуть не выругалась, хотя вообще-то не делала этого никогда: мат не представлялся ей подходящим способом для того, чтобы снять напряжение. Она взялась за руль велосипеда, чтобы ехать дальше — искать кого-нибудь более доброжелательного. Но тут хозяйка захламленного двора перестала хохотать.

— С жиру вы беситесь, — с чувством сказала она. — Горя не знаете.

Не отвечая, Ольга села на велосипед.

— Вон туда езжай. — Женщина указала в другой конец улицы. — Направо повернешь и прямо до конца. В крайнем доме ветеринар живет. Забор белый, не ошибешься.

— Спасибо, — не глядя на нее, сказала Ольга.

Настроение было испорчено окончательно.

Глава 2

Белый, вернее, палевого цвета высокий забор действительно маячил в самом конце улицы. Он был сделан из какого-то материала, напоминающего известняк, или, может, отделан был таким материалом. Заборы и дома такого цвета Ольга видела в Иерусалиме, там было запрещено строить из чего-либо, кроме похожего на известняк иерусалимского камня. Увидеть такой забор здесь, в Подмосковье, было немного странно, тем более вокруг дома деревенского ветеринара, но Ольге уже некогда было обращать внимание на странности: Агнесса орала на багажнике как резаная.

Она спрыгнула с велосипеда и нажала на кнопку звонка у ворот. За забором долго не было слышно ни звука, потом захрустел под шагами гравий. Тут Агнесса прекратила орать и застонала. Это так перепугало Ольгу, что, когда открылась калитка, она даже поздороваться забыла.

— Помогите, пожалуйста! — воскликнула она.

«Может, тоже захохочет, что я кошку привезла, — мелькнуло у нее в голове. — Он же здесь, наверное, одних коров лечит или кого там, коз? Полезных, в общем, животных».

— С кошкой что-то? — услышала она. — Ну, проходите. Завозите велосипед.

Ольга поспешно завезла велосипед в калитку.

— Понимаете, она рожает, — стала объяснять она. — Вернее, уже родила. Но котенок мертвый. А она все кричит и кричит. Может, она из-за котенка переживает?

— Не говорите глупостей, — сказал ветеринар. Под Ольгины торопливые объяснения они дошли от калитки до дома. — Подождите. Пройдите в дом.

— Да я и здесь могу подождать, — пробормотала Ольга. — Или это долго?

— Сейчас посмотрю.

Он попробовал снять с багажника переноску, но это ему не удалось: Ольга слишком крепко примотала ее шпагатом. Тогда он открыл переноску и вытащил Агнессу на свет божий. Сделал он это очень ловко, кошка почему-то сразу перестала мяукать и стонать.

— А она не умерла? — с опаской спросила Ольга.

— Нет.

Забрав Агнессу, ветеринар ушел в дом. Ольга успела увидеть только его спину. Он был в кожаной куртке наподобие мотоциклетной, и плечи поэтому казались широкими.

Дождь прекратился. Она села на ступеньки крыльца и огляделась. Двор был чистый и совершенно пустой — ни качелей, ни столика, ни площадки для барбекю, ни какой-нибудь детской горки. На деревенский двор он, впрочем, тоже не походил: никаких хозяйственных построек не было. Вообще ничего здесь не было — сплошь росла стриженая трава, и стояли на пустом газоне редкие невысокие деревья.

Ветеринар вернулся через десять минут.

— Можете забирать, — сказал он.

— Уже? А что с ней? Она хоть... — с опаской спросила Ольга.

— Вполне живая. У нее еще один плод.

— Живой? — обрадовалась Ольга.

Не то чтобы она сильно дожидалась Агнессиных плодов. Но мертвый котенок — это было как-то... горестно.

— Нет, — ответил ветеринар. — Я ей сделал укол, и часа через два она его родит.

— Как через два часа?! — ахнула Ольга. — Я думала, вы его... Ну, как-нибудь вынули...

— В этом нет необходимости — она родит сама. Но котенок будет мертвый.

— Скажите, — жалобно попросила Ольга, — а нельзя мне подождать? Чтобы она здесь родила, у вас? А то я, знаете, боюсь. Вдруг опять что-нибудь не так пойдет, а я же не сумею ей помочь.

По его лицу было видно, что он собирается ей отказать. Но, наверное, вид у нее был такой жалкий, а голос такой жалобный, что ветеринар заколебался.

— Ладно, — сказал он. — Тогда пройдите все-таки в дом.

Ольга поднялась вслед за ним на крыльцо.

Внутри дом еще меньше напоминал деревенское жилище, чем снаружи. Точно так же, как и двор, он вообще ничего не напоминал. Какое-то стерильное помещение, по которому невозможно определить ни характер его хозяев, ни интересы их, ни даже с уверенностью сказать, что они вообще здесь живут.

Такое ощущение, как в этом доме, наверное, создалось бы у Ольги, если бы она окунулась в дистиллированную воду.

Но это были, конечно, дурацкие мысли.

— А где Агнесса? — спросила она.

— Если вы не хотите ее забирать...

— Я хочу, что вы! — воскликнула Ольга. — Только потом, когда она... Когда все это кончится, ладно?

— Если потом, то посидите здесь. — Он указал на широкий проем в стене, за которым виднелась большая, почти без мебели комната. — Телевизор посмотрите.

— Спасибо, — кивнула она.

Этот человек был такой же, как его дом и двор, — совершенно никакой. Среднего роста, средних лет, с серыми глазами, коротко остриженный. Куртку он снял, и в клетчатой рубашке его плечи не казались широкими — обыкновенные плечи. Все обыкновенное.

Ольга сняла грязные кроссовки и прошла в комнату. Только сейчас она заметила, что после езды на велосипеде по мокрым дорогам джинсы у нее тоже по колено в грязи. Ей неловко было садиться в чистое кресло, и она остановилась посередине комнаты.

Единственное, что привлекало здесь внимание, были книги — полки занимали всю стену. Ольга подошла к ним, пробежала взглядом по корешкам. По составу библиотеки было понятно, что собиралась она не поколениями предков. Книги были изданы в основном в последние лет десять и, кажется, соответствовали не какому-то определенному направлению мысли, а разномоментно вспыхивающим интересам их владельца. Было немало книг из тех, которые называют серьезными, притом не по расхожей эзотерике. Правда, эти томики стояли вперемежку с детективами, да еще самыми непритязательными, в мягких обложках с орнаментами из пистолетов и кинжалов. Это могло свидетельствовать о незамысловатости интересов, но могло и о привычке к чтению, которая требует постоянной подпитки и поэтому время от времени обращается просто к тому, что под руку попадется.

«Что это я сама как детектив рассуждаю? — подумала Ольга. — Какое мне дело, что он читает и почему?»

— Вы чай будете или кофе? — услышала она.

Ольга обернулась. Хозяин стоял в дверном проеме. В кухне шумел, закипая, электрический чайник.

— Спасибо, — сказала она. — Не беспокойтесь.

— Какое же беспокойство? — Он пожал плечами. — Чай в пакетиках, кофе растворимый. Сахара, к сожалению, нет.

— Тогда чай.

«Не очень-то он озабочен хозяйством!» — подумала Ольга.

— Как здоровье Татьяны Дмитриевны? — спросил он, возвращаясь в комнату с чайником и с металлическим подносом, на котором стояли две чашки и коробка с чайными пакетиками. — Вы ведь ее дочь?

— А как вы догадались? — удивилась Ольга.

— По кошке.

— Ну конечно! — наконец сообразила она. — Мама же к вам Агнессу привозила с хламидиозом. Теперь вот роды какие-то болезненные. В самом деле, не кошка, а мимоза какая-то!

— Мимозы не рожают. — Он усмехнулся.

— Меня Ольгой зовут, — сказала она.

— Герман.

— Я думала, вы местный ветеринар, — сказала Ольга.

— А оказалось, кто я?

— Во всяком случае, на деревенского ветеринара вы не похожи.

— И на кого же я похож?

В его голосе послышалось что-то вроде интереса, впрочем, не чрезмерного.

— Честно говоря, ни на кого. Я подумала было, что у вас здесь дача. Но тоже не похоже.

— Вы прямо детектив.

— Извините, — смутилась Ольга. — Я, собственно, не слишком-то об этом думала... Извините.

— За что же — извините?

— За праздное любопытство. Я сама его не люблю. То есть не люблю, когда оно на меня направлено.

— Странно любить или не любить чужое любопытство. — Он снова коротко усмехнулся. — По-моему, просто не стоит обращать внимания на отношение посторонних людей, вот и все. Неважно, что они к вам испытывают, любопытство или равнодушие.

— Вы, наверное, животных больше любите, чем людей, — догадалась Ольга.

— Почему вы так решили? — удивился он.

— Вы же ветеринар.

— А каких это людей, по-вашему, мне следует любить? Человечество довольно разнообразно. Да и животный мир тоже.

Ольга поняла, что сказала глупость, даже пошлость. В присутствии этого немногословного человека глупость и пошлость каким-то непонятным образом становились очевидны сразу. Его взгляд словно бы высвечивал их, вернее, просвечивал — как рентген.

— Я сказала глупость, — честно призналась она. — Знаете, я, пожалуй, заберу Агнессу прямо сейчас. Ну, родит же она, наверное, и без специалиста. Все-таки она кошка, должна же природа ее беречь.

— Ничего чрезмерно глупого я от вас пока не слышал, — сказал он. — И что это я вас ни с того ни с сего взялся поучать? Я к этому совершенно не склонен, честное слово. Пейте лучше чай. Все равно кошке вашей я уже капельницу поставил. Вы же сказали, что подождете, так что теперь и придется вам ждать, пока капельница закончится. Кстати, природа ничего кошке не должна. Но в общем-то она здорова, не беспокойтесь. Только лучше ее стерилизовать: вряд ли у нее будут в дальнейшем живые котята.

— Вы так говорите, как будто она свинья и я добиваюсь от нее приплода, — пожала плечами Ольга. — Не будет, ну и не надо.

— Просто вы предположили, что кошка якобы переживает из-за рождения мертвого котенка, вот я и подумал, что вам присущ дамский антропоморфизм. И что вы теперь займетесь лечением кошки от бесплодия.

Деревенский ветеринар, вскользь упоминающий об антропоморфизме, выглядел так же экзотически, как деревенский страус. Правда, он ведь ничего о себе и не сказал, кроме имени. Работает ли он в деревне, живет ли здесь на даче — неизвестно.

— Я привезла к вам кошку, потому что ей было плохо и мне было ее жалко, — сердито сказала Ольга. — При чем здесь антропоморфизм, да еще дамский?

И тут этот странный ветеринар улыбнулся уже не коротко и сухо, а совсем по-человечески.

— Не сердитесь, — попросил он. — Я совсем не хочу вас обидеть, но почему-то все время говорю вам гадости. Это из-за отвратительного настроения. У меня было отвратительное настроение, когда я сюда приехал, и тут вы появились... Извините!

— Ничего. — Улыбка у него была такая, что Ольга тоже улыбнулась. — У меня тоже было отвратительное настроение, когда я к вам приехала. Из-за Агнессы и вообще. Хорошо, что я вас застала.

— Вы меня случайно застали. Я здесь бываю в месяц раз, а то и реже.

— Но ведь мама, мне кажется, Агнессу к вам часто привозила, — удивилась Ольга.

— Раза три. Как ни странно, каждый раз я случайно оказывался здесь, и она меня заставала. Вот как вы сегодня.

— А я подумала, что вы здесь живете, — сказала Ольга. — Не потому, что я детектив, а просто по книгам, — поспешно пояснила она. — Здесь у вас много книг.

— Да вот, начал их сюда перевозить, а потом както не сложилось. Ну и решил: пусть уж здесь и останутся, не все ли равно?

Уточнять, что означает эта странная фраза, Ольге показалось неудобным. Хотя это было ей почему-то интересно. Он вообще показался ей интересным: за сорок с лишним лет своей жизни она научилась чувствовать в людях содержательность. Насколько этому вообще можно научиться.

— Так как здоровье вашей мамы? — спросил он таким тоном, каким говорят, чтобы переменить тему.

— Спасибо, — кивнула Ольга. — Согласно возрасту. Может, даже получше, чем бывает в ее возрасте. Она сейчас во Франции, у сестры.

— Мне показалось, что ей лет семьдесят. И что для своего возраста она выглядит неплохо.

— Ей восемьдесят два.

— В таком случае она выглядит просто безупречно. Пойду посмотрю, как там у вашей Агнессы дела.

Он ушел. Это было как-то... жалко.

«Скучно мне без него, что ли? — Ольга удивилась. Ведь они не разговаривали ни о чем особенно интересном. Так, о том о сем. — Это, наверное, оттого, что совсем я за лето без людей одичала», — решила она.

Он вернулся только через пятнадцать минут. Все время, пока его не было, Ольга смотрела на большие настенные часы.

— Ну вот и все, — сказал он. — Роды у вашей Агнессы благополучно закончились, и она спит.

— Спасибо, Герман, — сказала Ольга, вставая. — Скажите, пожалуйста, а...

— Нисколько вы мне не должны. Я здесь не практикую. Сказал же, вы меня случайно застали.

— А где вы практикуете?

— Вот адрес. — Он протянул ей визитную карточку. — Можете привозить свою мимозу.

— Она вообще-то с мамой живет, — сказала Ольга. — Здесь рядом, в Тавельцеве.

— Вы сейчас туда? — спросил он.

— Да.

— На велосипеде?

— Ну да, — кивнула она.

— Уже темно.

Тут только Ольга заметила, что за окном и правда сгустилась тьма. Дождь снова стучал по оконной раме. Одинокая дорога среди полей представилась ей, и она даже испугалась немного.

— Да, — сказала она. — Я еще не успела к этому привыкнуть.

— К чему?

— Что уже почти осень. Надо возвращаться в Москву. Очень не хочется.

— Вы так любите деревенскую жизнь?

— Да нет. Хотя с возрастом я ее все-таки полюбила, это в молодости она была мне безразлична. Но дело не столько в любви к деревенской жизни, сколько...

— Знаете что, — довольно бесцеремонно перебил он, — давайте я вас провожу. Отвез бы, но я без машины. А мотоцикл сейчас кошке вряд ли понравится.

— Но как же вы нас собираетесь провожать? — удивилась Ольга.

— Да пройдусь вместе с вами до Тавельцева. А велосипед в поводу поведем. Вы же беспокоитесь, что кошку на ухабах растрясет, правда?

Он смешно сказал про велосипед — «в поводу», как про коня. Ольга улыбнулась.

— Правда, — кивнула она. — Беспокоюсь. Это тоже антропоморфизм?

— Нет, это правильно. Проселок в самом деле ухабистый. Но до Тавельцева ведь недалеко — дойдем.

Глава 3

Дождь стучал по капюшону брезентового плаща так громко, что Ольга боялась не расслышать, если ее спутник о чем-нибудь спросит. Но он молчал.

Они шли по обе стороны велосипеда, который он вел за руль. Ольга держала переноску со спящей Агнессой, накрытую таким же брезентовым плащом, какой Герман дал и ей. Кроме плаща, он дал ей резиновые сапоги. А ее кроссовки были привязаны к багажнику — все равно ведь мокрые.

Ольга тоже молчала. От такого их общего молчания она не чувствовала неловкости, и ей казалось, что он не чувствует неловкости тоже.

— А почему вы не хотите возвращаться в Москву? — вдруг спросил он.

Несмотря на шум капель, Ольга сразу расслышала вопрос. Она даже подумала, что его голос каким-то образом совпадает со звуком дождевых капель. Но это была мысль не из разумных, конечно.

— Мне не хочется жить с людьми, — сказала она.

Она произнесла это и удивилась. Она впервые называла вслух причину, это казалось ей глупым и неловким. Но вот назвала же почему-то.

— Вы не похожи на мизантропа, — заметил он.

— Я никогда и не считала себя мизантропом. Да и сейчас, наверное, дело не в этом. Я не то чтобы не люблю людей, а просто... Не понимаю, как они живут. Вернее, теперь наконец понимаю. Я непонятно говорю? — спохватилась она.

— Почему же? Вполне понятно.

— А мне непонятно! — Ольга даже приостановилась от волнения, которое ее неожиданно охватило. — Мне непонятно, как можно так жить. И я не знаю, что мне в этой их жизни делать.

— Вы имеете в виду какой-то личный случай?

— Почему вы так думаете?

Он пожал плечами.

— Мне кажется, такие выводы не делаются из отвлеченных размышлений. Они для этого слишком болезненны.

— Их на каждом шагу полно, этих случаев, — усмехнулась Ольга. — В том числе и болезненных. — Она подумала об Андрее. — А есть и не болезненные, но такие, от которых просто не хочется жить.

— Когда не хочется жить, это не называется «просто».

— Да нет, все это в самом деле оказалось просто. Обыденно. И у меня складывается впечатление, что для всех, кроме меня, это совершенно естественно.

— Например, что?

— Например, то, что если трудные роды у коровы, то ее надо показать ветеринару, потому что от нее есть польза. А если у кошки, то пусть подыхает, потому что пользы от нее слишком мало или даже совсем никакой. А кто этого не понимает, тот, значит, с жиру бесится.

— Это вам кто сказал? — уточнил он.

— Да ваша же соседка. У нее еще дом с частоколом, второй от начала улицы. Или третий? Не помню точно.

— Неважно, который. Я все равно ни из второго, ни из третьего никого не знаю. Да и в любом могли сказать.

Ольге стало стыдно оттого, что она, будто ребенок в детском саду, жалуется на свою обиду, такую же наивную, как и горькую. Но она уже не могла остановиться — ее словно прорвало. Все, что в последнее время бросалось ей в глаза так настойчиво, как будто глаза у нее только что открылись, все, что она никому не рассказывала с тех пор, как поняла, что это странно лишь для нее, а для остальных людей обыденно, потому что они же не дети, но ведь и она не ребенок, не тургеневская барышня... Все это она вдруг, ни с того ни с сего, стала, торопясь и сбиваясь, рассказывать совершенно постороннему человеку. Ну, не все, конечно, про Андрея она ему рассказывать не стала. Но историю, которая случилась с ней во время последней ее поездки в Москву, — рассказала.

Из-за этой истории Ольга потом не то что в Москву — в деревенский магазин за хлебом не могла себя заставить выйти.

Она в очередной раз приехала тогда за книгами. Читала она целыми днями, а если не спалось, то и ночами, поэтому книги у нее заканчивались быстро. Она перечитывала все, что любила в детстве и в юности, от «Таинственного острова» до «Евгения Онегина», а с современными новинками знакомилась, кажется, в тот же день, когда они появлялись в магазинах. В общем, она вышла нагруженная из книжного магазина и уже села в машину, чтобы вернуться на дачу, как вдруг вспомнила, что надо продлить абонемент в фитнес-клуб. Кончится же когда-нибудь лето, а вместе с ним и плавание в речке. И снова придется ходить в бассейн и полоскаться в хлорке, чтобы не заплыть жиром.

Абонемент она продлила, а заодно уж решила и поплавать — сама не поняла, почему. Может, потому, что день был дождливый и прохладный, так что речка на сегодня отменялась. Или просто по инерции — она все теперь делала по инерции.

В общем, она поплавала, покрутила педали на тренажере, еще поплавала и вышла на улицу с ощущением приятной усталости. И только в булочной у кассы обнаружила, что у нее пропал бумажник. Ольга даже сразу догадалась, когда это могло случиться: возле стойки администратора, когда она расплачивалась за абонемент.

Булочная была рядом с фитнес-клубом, буквально за углом, и Ольга бегом вернулась обратно.

— Нет, не находила, — с сочувственным видом сказала девушка-администратор. — Если бы нашла, то сразу вам позвонила бы, что вы!

— Можно, я у вас на стойке объявление оставлю? — уныло спросила Ольга. — Я его точно здесь потеряла, больше просто негде.

Она написала объявление, указала свой телефон и вышла на улицу. Потеря была не ужасная, так как права на машину, по счастью, лежали отдельно от бумажника, но все-таки крайне неприятная: предстояло получать новый паспорт, преподавательское удостоверение... Денег, правда, в бумажнике было немного, но для жизни в деревне и не так уж мало.

Поэтому, когда зазвонил телефон, Ольга выхватила его из сумочки с надеждой.

— Ольга Евгеньевна? — услышала она. — Здравствуйте. Вы потеряли бумажник в клубе.

Голос принадлежал немолодой интеллигентной женщине, в этом невозможно было ошибиться.

— Да! — воскликнула Ольга. — Вот буквально полчаса назад потеряла!

— А я его буквально полчаса назад и нашла, — сказала дама. — Мы с вами в одно время плаваем, я вас узнала на фотографии в паспорте.

— Как хорошо! — с чувством проговорила Ольга. — А то мне уж всякие страсти представлялись — паспорт менять... А вы еще в клубе? Я сейчас приду.

— Нет, я уже на улице. Иду к ЦДРИ. Знаете, где это?

— Ну конечно!

В Центральный дом работников искусств Ольга с пяти лет ходила на елку, да и потом часто там бывала на разных интересных вечерах. Они с Андреем вместе бывали.

— Я туда хожу на дневные концерты симфонической музыки, у меня абонемент, — сказала дама. — Так что, если вас устраивает, мы перед концертом можем встретиться у входа. Это будет стоить четыре тысячи рублей.

— Что будет стоить? — не поняла Ольга.

Она решила, что дама приглашает ее вместе посетить концерт, и стала торопливо соображать, как бы повежливее отказаться.

— Ваш бумажник, — ответила та. — С документами.

Ольга почувствовала, как у нее немеет челюсть. Она остановилась посреди улицы, не зная, что сказать.

— Для вас это дорого? — спросила дама. — Хорошо, тогда три тысячи.

Три тысячи — это была ровно та сумма, которая лежала в бумажнике. Отговориться, что у нее столько нет, было невозможно. Да Ольга сейчас меньше всего могла думать о том, чтобы отговариваться. Она вообще ни о чем не могла думать.

— Я приду к ЦДРИ через полчаса, — сказала она наконец.

— Не опаздывайте, пожалуйста. У меня концерт, — напомнила дама.

Она в самом деле оказалась немолодая и с такой внешностью, которую принято считать интеллигентной. Взяв у нее из рук бумажник, Ольга молча вынула оттуда деньги и отдала ей.

— И она взяла, — сказала Ольга. — Взяла, любезно улыбнулась, положила деньги в сумочку и пошла на концерт симфонической музыки.

Дождь уже не барабанил по капюшону. Ее спутник протянул руку и надел капюшон ей на голову — оказывается, она сбросила его, пока рассказывала.

— Но ведь это не новость, — сказал он. — Давно известно, что человек широк. Даже поименно известны люди, которые загоняли детей в газовые камеры, а потом шли на концерт симфонической музыки. А уж что касается лечения кошки, то к этому каждый второй деревенский житель относится скептически. Если не каждый первый.

— Я знаю, — сказала Ольга. — Конечно, я всегда это знала. Вы думаете, я дурочка блаженная?

— Не думаю.

Он улыбнулся. Капли дождя серебрились на его коротко остриженной голове.

— Я все это знаю, но я не хочу в этом жить, — повторила Ольга.

Ей вдруг показалось, что она сейчас расплачется. И ей даже захотелось сейчас расплакаться: во-первых, под дождем слезы не будут видны, а во-вторых... Ей почему-то показалось, что он не удивится ее слезам, а просто дождется, когда они прольются. А ей только одно и надо было сейчас — пролить наконец эти слезы.

Он молча стоял перед нею в ореоле мелких дождевых капель и, Ольге казалось, ждал, когда она заплачет.

Через несколько мгновений эта иллюзия, конечно, прошла. Хорошо, что у Ольги хватило выдержки дождаться, пока она пройдет.

«Хороша бы я была, если б разревелась! — подумала она. — И что это мне вдруг померещилось? Мы же с ним трех слов не сказали».

— Извините, — сказала Ольга. — Это все действительно общеизвестно. Просто у меня это в самом деле наложилось на... личные переживания.

Он ничего не ответил и ни о чем не спросил. Они уже стояли у калитки тавельцевского дома.

— Может быть, зайдете? — предложила Ольга. — Вы ведь промокли.

— Не промок, — ответил он. — Вы просто капюшон сняли, потому и промокли. Я сегодня должен вернуться в город, так что зайти не получится.

— Спасибо, что проводили, Герман, — сказала Ольга. — И за Агнессу спасибо. Она без вас умерла бы!

— Вряд ли умерла бы. — Ольге показалось, что он снова улыбнулся. Но теперь, в темноте, она не могла сказать это наверняка. И вообще, она уже догадывалась, что про него ничего нельзя сказать наверняка. — Все-таки она кошка, и ее действительно хранит природа. Вы все правильно понимаете, — помолчав, добавил он. — Про Агнессу и вообще. До свидания.

Он повернулся и исчез в темноте. Минуту были слышны сквозь шум дождя его шаги, а потом остался только дождь.

Глава 4

— Герман Тимофеевич, он все-таки привез леопарда! К ограде привязал, представляете?!

Галя Дилигенская стояла в дверях его кабинета, и глаза у нее были круглые, как плошки. Хоть она была очень способная — это было видно, еще когда она проходила у него практику, и он сам принял ее в клинику и поставил на прием сразу же, как только она закончила Ветакадемию, что само по себе было из ряда вон, — но все-таки шел только третий месяц ее самостоятельной работы. И не было ничего удивительного, что она растерялась, увидев привязанного к ограде зверя.

Владелец этого зверя позвонил в клинику два дня назад и спросил, куда ему девать больного леопарда. Откуда у него леопард, какого он возраста, где живет, что с ним случилось? — все эти вопросы владелец животного пропустил мимо ушей. Трудно сказать, воспринял ли он информацию о том, что именно ему следует делать. Герман уже тогда понял, что от этого товарища надо ожидать сюрприза, и наверняка неприятного. Но что он попросту бросит леопарда возле клиники... Кошек и собак, оставленных хозяевами на привязи у ограды, он находил ежедневно и каждый раз, подходя к клинике, думал с тоской: «Ну куда я этого дену? Кому пристрою?»

Но леопард в роли подкидыша выступал впервые.

— Кто с ним там? — спросил Герман, быстро поднимаясь из-за стола.

— Данилыч. Там уже люди собрались!

Пока Герман сбежал со второго этажа во двор, у забора в самом деле уже собралась довольно большая толпа. Охранник Данилыч бесцеременно отгонял людей от перепуганного леопарда.

— Ну чего пристали к животному? — приговаривал он. — Мамаша, заберите своего пацана! Хотите, чтоб зверь ему голову отгрыз?

— Да он же маленький кисулик! — умиленно восклицала мамаша. — Как он может голову отгрызть?

Одной рукой она слегка придерживала за шиворот любознательного мальчика лет трех, который пытался стукнуть леопарда пластмассовой лопаткой, а другой протягивала кисулику мороженое.

— Ах ты, миленький! — приговаривала она при этом. — Мишенька, смотри, какая киса хорошенькая! Киса любит мороженое...

— Киса не любит мороженое, — сказал Герман, пробираясь к леопарду. — Гражданка, сейчас же уберите ребенка.

— Он же добрый! — возмутился стоящий рядом с ней парень. — Ты не видишь, что ли? Взгляд же добрый у кошака.

Леопард — действительно маленький, почти котенок, — прижавшийся к ограде, в самом деле не выглядел злым. Добрым он, правда, тоже не выглядел: глядя на столпившихся вокруг него людей, он утробно рычал. Впрочем, Герман сразу понял, что рычит он не от злости, а только от испуга и боли.

Объяснять людям, что леопарда не надо кормить, представлялось ему бесполезным. Последний раз он пытался делать что-то подобное много лет назад в Египте — наорал на тетку, которая крошила прямо в море булки, доставая их из огромного пакета и стоя при этом рядом с плакатом, на котором крупными буквами по-русски было написано, что кормление смертельно опасно для рыбок Красного моря. В ответ на его ор тетка посмотрела на него с искренним недоумением, пожала плечами и продолжила крошить булку. «Я хочу кормить рыбок. И мало ли чего там понаписано!» — говорил при этом ее флегматичный взгляд.

Уверенность в том, что «я хочу», пришедшее в голову самого примитивного индивида, немедленно должно становиться законом для непросто организованного окружающего мира, — эта уверенность была в людях неколебима.

Так что Герман без объяснений переставил на два шага в сторону сухонькую старушку, которая клюкой подталкивала поближе к леопарду кусок колбасы, и, прикинув длину веревки, которой тот был привязан к ограде, остановился в нескольких шагах от зверя.

— Он не кусается! — сказал у него за спиной еще кто-то всезнающий.

Что дикий зверь кусается, было для Германа очевидно. Может укусить, ударить, наброситься — он сильнее человека, поведение его непредсказуемо, дружба с ним невозможна, потому что у хищника собственные представления о дружбе.

Но маленький леопард смотрел измученным взглядом, и Герман понял, что сейчас он кусаться не будет. Он всегда умел это понимать — и в детстве, дома, когда возился с заболевшей коровой, и много позже, когда работал с экологами на Дальнем Востоке.

Он подошел к малышу, достал из кармана складной нож, отрезал от ограды веревку — еще издали увидел, что отвязать ее будет трудно, потому и захватил нож.

— Ну что, пойдем? — сказал Герман леопарду. — Пойдем, пойдем. Не бойся, я тебе помогу.

Когда он стал разговаривать с леопардом, людские голоса вокруг перестали быть ему слышны. Как там сказала та растрепанная женщина, которая привозила на велосипеде кошку: он любит животных больше, чем людей? Вряд ли это так: слишком разных людей ему приходилось видеть и знать, он не мог любить или не любить их всех скопом. Но вот этот маленький леопард с измученными глазами был ему явно приятнее, чем любой из тех, кто приставал к животному со всей настойчивостью человеческой глупости и пошлости.

Он взял леопарда за ошейник и повел к дверям клиники.

— А куда вы его денете? — спросила женщина, которая совала леопарду мороженое.

— Продаст, куда ж еще! — ответил кто-то. — У этих, у олигархов, модно зверье держать.

— А чего им не держать, дома-то у них вон какие. Дворцы! Хоть тигра держи, хоть что. Видели, вчера после программы «Время» показывали...

Леопард сильно хромал. Может, из-за больной лапы его и бросил хозяин. А может, и просто так бросил — надоело возиться, и какая еще нужна причина?

Галя тоже начала было ахать, какой же леопард хорошенький и как жалко бедняжкину лапку, но Герман сказал, чтобы она готовилась ему ассистировать, и Галя сразу стала серьезной. Она была прирожденной отличницей.

Сначала наркоз давать не стали: зверь был так ослаблен, что Герман без труда зафиксировал его и без наркоза. Но потом все-таки пришлось делать анестезию, потому что лапа оказалась не то что больная — она просто гнила, и сгнила бы, если бы хозяин продержал животное еще пару дней в таких условиях, в каких, видимо, держал все время.

Леопард был редчайший, краснокнижный, это Герман сразу определил. Значит, предстояла долгая эпопея: где взяли, кто владелец, зачем стали оперировать так срочно, а может, из-за операции состояние животного ухудшилось, ну и прочее подобное. То, что предстояло выслушать от облеченных властью людей, по уровню глупости обещало не слишком отличаться от того, что Герман уже выслушал в толпе возле ограды.

После операции он вместе с Данилычем перенес малыша в специальную клетку и немного постоял рядом, отчасти наблюдая за его состоянием, отчасти любуясь делом рук своих. Когда-то Герман мечтал о том, что у него в клинике будет все необходимое для нормальной работы — и отлично оснащенная операционная, и УЗИ-аппаратура, и биохимические анализаторы... Да все у него будет! — мечтал он, когда эта вот ветеринарная клиника в центре Москвы была еще похожа на провинциальную баню.

И все это у него теперь было, а главное, были отличные, очень квалифицированные врачи, которые могли прооперировать хоть леопарда, хоть игуану, хоть кошку.

Думать о своих достижениях у него, впрочем, сейчас не было времени: через два часа он должен был быть в аэропорту — улетал в Екатеринбург, где открывал филиал своей клиники. Это был уже десятый филиал. Герман Богадист был деятельный человек, активный и, как принято говорить, успешный. Слово это он, правда, терпеть не мог, совершенно не понимая, что оно означает применительно к человеку. Когда он работал главврачом районной ветстанции в Моршанске и мотался в дождь и в ведро по деревням, с трудом выдирая резиновые сапоги из могучего тамбовского чернозема, — это наверняка не называлось быть успешным человеком. Но ему нравилась тогда его работа, он знал, что она, безусловно, нужна, и жил поэтому в полном согласии с самим собой.

Нынешняя работа нравилась ему ровно по той же причине, и поэтому, вне зависимости от посторонних мнений, он не разделял свою жизнь на успешный и неуспешный период.

Он вышел из клиники, сел в машину и поехал в Домодедово. Короткое, к случаю пришедшее воспоминание о тамбовском черноземе потянуло из памяти целую цепочку еще более давних воспоминаний.

Он ведь и родился в ста километрах от Тамбова, и провел там, в деревне, все детство. Были это лучшие годы его жизни? Он ни тогда, ни сейчас не знал.

Глава 5

Имя у него было совсем не деревенское. Тогда, правда, многих в деревне называли красивыми городскими именами: мода была такая, а в случае его мамы — мечта. Но все-таки из-за странного имени на Герку, бывало, хлопцы смотрели косо, а то даже и драться с ними приходилось, чтобы не обзывали по-всякому.

— Ничего, сынок, — говорила мама, — вот вырастешь, уедешь в город и будешь там как свой.

Ее уверенности в том, что имя поможет сыну приладиться к городской жизни, не мешало даже то, что отчество у него все-таки было деревенское. Но выбрать имя своему мужу — этого уж мама, конечно, не могла. Она и самого-то мужа выбрала неудачно.

Хотя, по деревенским меркам, Тимофей Богадист был мужик не самый плохой. Бывают и хуже. Ну, пьет, так все пьют. По хозяйству справляется: сена там корове, картошку посадить — хоть через пень-колоду, а что-то же делает. Не злой, в драку не лезет, выпьет и уснет, где сморило: в хате так в хате, а нет, так и под забором где-нибудь, а что ему сделается, порода крестьянская, крепкая.

Правильно или неправильно живет его отец, Герман не задумывался. Он видел только, что мама все делает по дому сама, и помогал ей, потому что здоровье у мамы было слабое. Она объясняла, словно бы извиняясь за свою хилость, что удивляться тут нечему — детство ее пришлось на войну, и что они тогда ели? Хлеба и то не вдоволь.

Пока Герман был маленький, толку от него в хозяйстве было еще меньше, чем от отца. Но уже годам к тринадцати он выправился в крепкого парня, который умел все. Отец к тому времени спился совсем — даже те жалкие потуги на хозяйствование, которые еще были в молодости, к зрелым его годам сошли на нет. Да и здоровья не стало, теперь его нельзя было оставлять пьяного где придется: он застудил почки, и фельдшер сказал, что может помереть, если будет спать на земле. Хорошо хоть, отец не уходил пить далеко, и Герману не так уж трудно было дотащить его до дому.

Он вел его домой от околицы — там на старых бревнах каждый вечер кто-нибудь выпивал — или от магазина на автобусной стоянке и не понимал, как можно так глупо, так бессмысленно обходиться со своей жизнью. Ведь она у человека одна, и ведь в ней столько всего могло быть — интересного, необычного, вот как в книжках, которые он берет в деревенской библиотеке и читает таким же запоем, каким отец пьет. Отец мог стать путешественником и поплыть на корабле в дальние страны, мог — летчиком, мог — великим сыщиком, который ловит бандитов... А вместо всего этого он висит мешком на плече у своего сына и бормочет что-то невнятное и пустое, и даже мама его уже почти не жалеет, только ухаживает за ним по привычке.

Мама говорила, что если б не корова, то они с таким кормильцем, как отец, с голоду бы померли, даром что войны нету. При этом она прислонялась к коровьему боку и, закрыв глаза, добавляла, что у нее от коровы сил прибавляется.

Герман знал, что не дал бы маме умереть с голоду. Но корова действительно была центром их жизни; иногда ему казалось, что она-то им жизнь и дает — как земля деревьям.

Поэтому, когда однажды ночью мама подняла его с кровати, он, не спрашивая, в чем дело, побежал за ней в хлев. Корове пришло время телиться, и хотя это происходило не впервые, но все равно каждый раз мама боялась, что родится мертвый теленок или что-нибудь случится с самой коровой.

На этот раз, похоже, мамины страхи были оправданы: корова лежала на подстилке и жалобно мычала.

— И вот уж сколько тужится, а все никак не отелится! — чуть не плача, сказала мама. — Неужто теленочек неправильно лежит?

— Я за ветеринаром сбегаю, — сказал Герман.

— Так ведь нет его! — воскликнула мама. — На совещание вызвали в район. Помрет наша Зоренька, ой, горе какое!

Смерть коровы действительно стала бы непоправимым горем. Новую им не купить, а что делать без молока, непонятно: с одного огорода не выживешь, да и деньги ведь нужны, а их можно выручить только за молоко, которое мама сдает в колхоз.

Герман присел на корточки, погладил корову по теплому боку. Потом лег плашмя на подстилку и засунул руку в самое коровье нутро. У Зорьки снова началась потуга, и руку ему сразу сдавило до боли. Но вскоре потуга кончилась, и он нащупал теленка. Тот был живой и даже прикоснулся к его пальцам язычком, таким теплым и нежным, что Герману сжало уже не руку, а сердце — от жалости к этому беспомощному существу.

— Он живой, мам! — сказал Герман.

— Поперек лежит? — обреченно спросила мама.

— Вроде нет. Только голова назад закинута.

— Видишь, а должна спереди, на ножках лежать. Не разродится Зоренька!

— Я... попробую... голову ему... вперед, — с трудом проговорил Герман.

«Попробую» длилось несколько часов. Он давно уже сбросил рубашку, но пот все равно заливал ему уже не только глаза, а все тело — тек по плечам и по спине липкими ручейками. Руку снова и снова сжимало в коровьей утробе, он снова и снова касался пальцами головы теленка, а она все выскальзывала из его пальцев...

Сто раз за это время Герману казалось, что его усилия бессмысленны. И когда он вдруг почувствовал, что эта маленькая, с завитками на лбу головка поддается его усилию — поворачивается, ложится на вытянутые вперед ножки, — он не поверил тому, что чувствовали его пальцы.

Но это было именно так! Герман выдернул руку и встал. Корова вновь натужилась — и теленок пошел из нее так скоро, как будто иначе и быть не могло.

— Господи! — ахнула мама. Все это время она то бросалась помогать сыну — хотя как можно было ему помочь? — то плакала, то умоляла его отступиться. — Живой бычок! И Зоренька живая!

Герман тяжело дышал, ноги у него подкашивались, он вытирал пот грязными руками, но чувствовал при этом такое счастье, от которого отступала даже невыносимая его усталость.

— Талант у твоего парня, Катерина! — сказал ветеринар, который назавтра, вернувшись из райцентра, пришел посмотреть корову и теленка. — Вырастет — на ветеринара выучится.

— Еще чего! — возмутилась мама. — Не хватало ему всю жизнь коровам хвосты крутить. Он у меня инженером будет. У него вон и по химии пятерки, и по физике. Может, ракеты космические будет запускать!

Герман не стал возражать: понимал, что деревенская профессия никак не отвечает маминым мечтаниям о его будущем. Но чувство, охватившее его, когда он увидел теленка, который остался жив благодаря его усилиям, он забыть не мог. И еще он не мог понять: как узнал, и не узнал даже, а пальцами догадался, что именно надо делать с теленком, чтобы тот выжил и корова выжила бы?

Назавтра он попросил в библиотеке книгу по ветеринарии. Библиотекарша удивилась, потому что до сих пор у Геры Богадиста были совсем другие интересы. Но все равно он уже перечитал почти все книги, которые имелись в библиотеке, и она дала ему учебник для студентов Ветеринарной академии, который непонятно каким образом попал в скудный фонд.

И этот учебник увлек Германа так, как не увлекала его прежде ни одна книга, даже про путешествия в дальние страны! Это было странно, потому что отношение к животным было у него такое же, как у любого деревенского парня: животное является источником какой-либо пользы, а не предметом умиления.

Да нет, все же не совсем такое у него было к ним отношение... И это смутное «не совсем» чувствовалось всегда, даже когда Герман об этом еще не думал. А когда впервые задумался, то его изначальное смутное ощущение стало проясняться и укрепляться.

Он всегда жалел животных в их беспомощности. Да, корова была большая и сильная. Но если бы он, не очень большой и не очень сильный, не помог ей, когда она рожала, то корова умерла бы. Не говоря уже про совершенно беспомощного теленка. И если бы он не наложил шину из дощечек и бересты на сломанную лапу Шарика, то лапа срослась бы неправильно, и собака всю жизнь хромала бы. Откуда он узнал, как накладывать эту шину, Герман не понимал. Его руки как будто бы сами это делали — вернее, они помогали его голове.

Умиления не было. Но щемящее чувство жалости и понимания, то чувство, о котором он не мог бы рассказать даже маме, — было всегда. И к тому времени, когда Герман заканчивал школу, оно стало в его сознании отчетливым и крепко связалось с тем выбором, который он сделал.

Мама даже заплакала, когда он сказал, кем собирается быть. Она доверяла ему безгранично и безотчетно, но слишком глубока была ее мечта о лучшей доле для сына — чтобы он, такой умный, такой толковый и такой любимый, вырвался из беспросветной нищеты, в которой жила их семья, как и все вокруг. То есть уехал бы из деревни, которая, несмотря на широту простора, повсюду открывающегося взору, была словно бы окружена железным забором, через который так трудно перебраться на широкую волю, на свободу от беспросветных забот.

Немного примирило ее с сыновним выбором лишь то, что он собрался поступать не в техникум, даже не в тамбовский институт, а в самую главную Ветеринарную академию, которая находилась в Москве. Москва сияла в мамином сознании, как волшебная вершина, она была притягательна и опасна. Но что ж, мама знала, что сын ее не отступает перед опасностями. Все тревоги за него оставались ей, а ему, в ее понимании, суждено было идти вперед без страха и оглядки.

Когда Герман перешел в последний класс, умер отец. Отношение к Тимофею Богадисту сложилось в деревне давно, поэтому его смерть не вызвала у людей ни скорби, ни сочувствия. Все восприняли ее с такой же крестьянской практичностью, с какой восприняли бы смерть, например, дворовой собаки: жалко, что Шарик помер, все ж живое существо, однако не велика потеря.

О равнодушии к смерти отца никто, конечно, не говорил прямо, но Герман чувствовал это равнодушие ясно и так же ясно чувствовал в своей душе жалость к отцу, к его так бессмысленно прошедшей и ушедшей жизни. Всю ночь, пока отец лежал мертвый в хате и пономарь, которого мама позвала из церкви, читал у его гроба какие-то непонятные слова, — всю эту ночь билось у Германа в сердце мучительное чувство: скорби, жалости, своей непонятной вины...

— Может, и все бы у папки нашего по-другому вышло, — вздохнув, сказала мама, когда кончились незатейливые и недолгие поминки. — Если б не сослали их.

— Кого если б не сослали? — не понял Герман.

— Да родителей его. Семья у них большая была, работящая. Такие в те времена кулаками считались. Да и теперь... Не любят люди, если кто получше других живет. Тут уж работай, не работай, людям все равно. Зависть ума лишает. Ну вот, родителей папки твоего заарестовали, братьев старших тоже — так и сгинули они. Расстреляли их, видать, тогда-то не особо разбирались, что к чему. А он малой был, и забыли про него, что ли. Из дома-то, конечно, выгнали, а в деревне он все ж остался. Побирался, людям по хозяйству помогал за кусок хлеба, а что там парнишка маленький помочь может, да и хлеба лишнего ни у кого не было... Кое-как подрос, а там война — в колхоз пошел работать. Так-то он парень был хороший, душа у него добрая была, разве ж я пошла бы за злыдня-то? А в нутре у него, я думаю, с самого детства и надломилось. То, что снутри человека держит. Ну, что ж теперь, Царство ему Небесное, вечный покой...

Это мамино сообщение ошеломило Германа. Отец, только что похороненный, предстал перед ним совсем в ином свете, и он наконец понял, отчего чувствовал перед ним вину, для которой не было вроде никаких оснований: оттого, что ничего не знал о нем и не интересовался знать, и поэтому отцовская жизнь так и осталась для него непонятна — трагическая, оказалось, жизнь... И в дальние страны отца вряд ли пустили бы, это Герман уже смутно понимал, хотя еще не мог объяснить себе, почему. Причина этого стала ему понятна гораздо позже, уже в Москве, после многих книг, которые он там прочитал и которые ошеломили его настолько, что он долго потом не понимал, как же можно жить после всего, что он узнал про свою страну.

Конечно, отец мог бы и не спиться, несмотря ни на что. Или не мог бы?.. С ним, с прошедшим по отдаленному краю жизни и бесконечно все же родным человеком, связалось у Германа ощущение сложности мира. Это ощущение вошло в него в ранней юности, с отцовской смертью, и вошло так глубоко, что легло тяжелым, но неизбежным грузом на самые прочные, самые простые основы, на которых неколебимо держалась вся его жизнь.

Глава 6

Непонятно, почему он вдруг стал об этом думать и почему думал все время, пока летел в Екатеринбург, и когда возвращался обратно в Москву, то думал снова.

В Екатеринбурге, правда, Герман обо всем отвлеченном забыл. Кроме того, что открывал филиал своей клиники, он еще участвовал в международной конференции ветеринарных врачей, которая проводилась ежегодно в разных городах. Ну и думал, понятно, не о том, как в детстве принимал роды у коровы, а, например, о пропедевтике в кардиологии мелких домашних животных — на эту тему были интереснейшие доклады двух практикующих врачей из США и из Ростова, а также одного профессора из Бельгии.

Герман гордился этой конференцией, которая десять лет назад началась по его инициативе и теперь проходила при его деятельном организаторском участии. Он знал, как дорога возможность свободно общаться с коллегами, жить внутри своего профессионального сообщества, то есть все время находиться в тонусе, к чему-то стремиться. Он знал это, потому что помнил, какая тоска, да что там тоска, ужас какой охватил его в Моршанске, когда он вдруг понял, что безнадежно отстал от всего, чем живет большой профессиональный мир, и, значит, увяз на глухой обочине жизни... Он, конечно, ни в чем себе тогда не клялся — Герман терпеть не мог всевозможных патетических заявлений, даже мысленных, — но твердо решил, что с ним такого никогда больше происходить не будет. Ну, а теперь он по возможности делал все, чтобы подобное не происходило и с другими.

В общем, в Екатеринбурге ему было о чем думать.

Но в самолете по дороге в Москву отвлеченные мысли пришли к нему снова. К нему вообще в последнее время приходило много отвлеченных мыслей, и он даже терялся, не зная, что с ними делать. У Германа были умные коллеги, были и приятели, и узкий круг друзей, но он почему-то не представлял, что стал бы делиться с кем-либо из них этими странными своими мыслями.

Ну как он завел бы, например, разговор о том, что идеалы всегда соответствуют силе? Герман выловил эту мысль из какой-то книги — главное, забыл ведь даже, из какой! — и она его почему-то беспокоила, хотя вроде бы не имела к его жизни никакого отношения. К жизни любого из окружающих его людей она не имела отношения тоже, и он так и держал ее в себе, не понимая, согласиться с ней надо или отвергнуть ее, и это приводило его в некоторую растерянность. Очень странно!

Самолет приземлился в Домодедове; Герман включил телефон. И сразу же посыпались сообщения о звонках, поступавших с одного и того же номера, и, перебивая сообщения, раздался уже и очередной с этого номера звонок.

— Гера! — услышал он. — Только ты можешь меня спасти!

Он не в первое мгновенье узнал голос, и ему почему-то представилось, что звонит кошка. Хорошо еще, вслух не успел это ляпнуть! Голос он узнал ровно через пять секунд.

— Что случилось, Эвелина? — спросил Герман.

Спросил, впрочем, без особой тревоги: Эвелина всегда любила яркие преувеличения. Это ему в ней и нравилось, вернее, в том числе и это: с Эвелиной он в свое время прошел все стадии отношений с тем типом женщин, которых принято называть роковыми, инфернальницами. Притом довольно безболезненно, по собственному ощущению, прошел и был ей за это даже признателен. Ее номера, впрочем, уже не было в его записной книжке.

— Герман, она умирает! — воскликнула Эвелина.

— Кто?

— Найда!

— Кто такая Найда?

— Ну да, ты же не знаешь, это уже после тебя... Моя собака!

— Ты собаку завела? — изумился Герман. — С чего вдруг?

Все, что он знал об Эвелине, не позволяло даже предположить, чтобы она могла завести собаку. Эвелина любила себя так самозабвенно, что ей даже любовь любовников нужна была, кажется, только ради спортивного интереса, а уж собачья любовь не нужна была точно. Не говоря про заботы о ком бы то ни было, кроме себя, — таковых она просто не могла себе представить.

— А что ты так удивляешься? — обиделась Эвелина. — По-твоему, я не способна справиться с собакой?

— Нет, солнышко, справиться ты, конечно, способна с кем угодно, — успокоил ее Герман. — Но, насколько я помню, ты никогда не выражала желания справляться именно с собакой. Какой она породы?

«Померанцевый шпиц, наверное, — подумал он. — Или йорк».

Представить Эвелину с модной маленькой собачкой было, пожалуй, возможно. И поездки с песиком к дизайнеру одежды или в салон красоты — да, такие заботы вполне могли ей понравиться.

— Она этот... Ну, которые ужасно породистые... Вроде таких лошадей... Типа ахалтекинцев!

— Алабай, что ли? — догадался Герман. — Однако! Где ты ее взяла?

— Мне ее подарили. Ой, Гера, да не все ли равно, где взяла? Она умирает! Я с ней ночи не сплю!

Все-таки это отдавало каким-то бредом. Квартира у Эвелины была не то чтобы маленькая, но явно не для алабая — огромного, требующего сложной дрессировки сторожевого пса.

— Как ты могла додуматься ее взять? — сердито сказал Герман. — Ее вообще нельзя в квартире держать, это опасно!

— Ну, она же маленькая была. Такая была хорошенькая, большелапая, точно как ты! Нет, правда, Гера, я ее потому и взяла — она мне тебя напомнила. Такие огромные и нежные лапы... — с придыханием проговорила Эвелина. И тут же воскликнула: — А теперь она умирает!

— Как она себя ведет? — спросил Герман. — Опиши, пожалуйста, внятно.

— Ну, она лежит... — неуверенно проговорила Эвелина. — И не встает.

Герман вздохнул. Он давно уже привык к тому, что в связи с животными люди проявляют себя самым причудливым образом. В клинику звонили с такими вопросами, что хоть на эстраду их продавай. Одни хозяева сообщали, что три дня случайно не кормили свою трехмесячную собачку породы чихуа-хуа, и интересовались, почему она теперь не встает, грустно смотрит и часто дышит. Другие, наоборот, дрожащим голосом спрашивали, сильно ли страдает их кот оттого, что они сфотографировали его со вспышкой... Иногда Герману казалось, что мир состоит из кретинов. Только сознательным усилием он напоминал себе, что это не так.

— Чем ты ее кормила? — спросил он.

— Гера, ну что ты глупые вопросы задаешь! Чем собак кормят? Из пакета.

— Из какого пакета?

Это был совсем не глупый вопрос. Не далее как неделю назад Герману пришлось физически обезвреживать хозяина овчарки, который с кулаками набросился на врача Ирину Олеговну, хрупкую женщину, и орал при этом, что она угробила его собаку. Овчарку он привез уже практически неживую и искренне не понимал, как могла собака сдохнуть от обыкновенных соленых орешков с пивом... С Эвелины тоже сталось бы накормить алабая чем-то подобным.

— Из пакета, на котором собака нарисована, — раздраженно ответила она. — Гера, хватит, умоляю! Ты приедешь?

— Лина, сама подумай, ну что я у тебя дома сумею сделать? — попытался объяснить он. — Привози ее в клинику.

— Да как же я ее привезу?! — В Эвелинином голосе послышались слезы. — Она же огромная! Она лежит и не встает! И уже почти не дышит... Она вот-вот умрет, Гера!

«Чертова дура!» — подумал Герман.

Но что ему оставалось делать?

— Я в Домодедове, — сказал он.

— Так ты улетаешь? — ахнула Эвелина. — Господи, что же будет?!

— Я только что прилетел. Сейчас заеду в клинику за лекарствами и сразу к тебе.

Он решил, что оценит ситуацию на месте. Может, удастся на месте же что-то и сделать, ну а если все-таки придется везти собаку в клинику, тогда он и станет думать, кого вызывать на помощь. Или сам справится: какая собака ни тяжелая, но до машины-то он ее как-нибудь дотащит.

Неприятно было, что придется брать с собой препараты для анестезии, но обойтись без них было невозможно. Это Эвелина говорит, что собака лежит и не встает, а на самом деле очень даже может встать, если начать с ней производить болезненные манипуляции, да так встать, что мало не покажется. Герман отлично знал, что представляет собой Эвелина, но что представляет собой огромный алабай, выращенный ею, да еще в квартире на седьмом этаже, — об этом он мог лишь догадываться.

Вечер был воскресный — теплый сентябрьский вечер. Люди возвращались с дач, на въезде в Москву образовалась если не глухая пробка, то все-таки длинная, еле ползущая вереница машин. Герман тянулся в этой веренице так же медленно, как все, но мысли у него в голове крутились уже быстро, беспокойно. При всей своей вздорности, при всей склонности к эффектным эмоциям Эвелина все-таки не могла ведь перепутать предсмертное состояние собаки с легким недомоганием; об этом он теперь и думал.

Ну, и еще о самой Эвелине немножко. Конечно, она была всего лишь одна из — в довольно длинном ряду его женщин, и расстались они два года назад, и не то чтобы с ней были связаны какие-то из ряда вон выходящие воспоминания... Но она так заводила его когда-то и так ловко дергала за ниточки, которые руководили его поведением, что он и теперь не понимал, как ей это удавалось.

Да-да, вот почему он задумался сейчас не только о ее больной собаке, но и о ней самой: Эвелина была, пожалуй, единственная, кому удавалось такое с ним проделывать, не зря же она была инфернальница почти по Достоевскому. После нее кукловодческие штучки не проходили в отношениях с ним ни у кого. Женщины занимали в его жизни ровно то место, которое он сам считал нужным им отводить.

Глава 7

Лет примерно в сорок Герман понял, что его отношения с женщинами прошли точку невозврата. То есть что жениться он уже не собирается. Прежде — еще не собирался, а теперь вот — уже.

Где-то в промежутке между тридцатью и сорока он решил было жениться и даже купил дом в деревне со смешным названием Денежкино, потому что ему захотелось иметь жилище, в котором можно будет наконец завести большую собаку. Не в квартире же на Пречистенке ее держать, да и что она стала бы делать одна целыми днями, когда он на работе, и с кем ее оставлять, когда он уезжает?

В общем, Герман решил жениться на одной довольно приятной, умной и, что редкость, безусловно, порядочной женщине, своей коллеге, с которой познакомился на конференции по рептилиям. В Денежкино она приезжала с ним охотно, да и в целом, по его наблюдениям, была не против жить так, как намеревался жить он.

И вдруг, когда он уже решил высказать ей свои намерения, Герман понял, что хочет не столько жизни с этой женщиной, сколько вот именно всего, что в его представлении могло бы сопутствовать женитьбе: дом за городом, собака... Как только он представлял, что ко всем этим благам прилагается необходимость видеть эту женщину каждый день, просыпаться с нею и засыпать, давать ей лекарства от гриппа и ожидать, что она даст лекарства ему...

Он понял, что женитьба на этой женщине была бы делом удобным, но нечестным, и постарался, чтобы их расставание произошло как-нибудь не слишком обидно для нее; вряд ли это удалось ему в полной мере. Когда он думал о ней впоследствии, то вспоминал только, как герой «Мастера и Маргариты» говорил, щелкая пальцами, о своей жене: вот же я щелкаю... Варенька... платье полосатое... не помню!

Кроме таких вот воспоминаний, Герману осталась от того периода его жизни необходимость наведываться в напрасно купленный дом. Он успел перевезти туда часть книг, за ними и приезжал иногда. Ну, еще газон подстричь, больше ему там делать было нечего. Обычно он ездил туда не на машине, а на мотоцикле, чтобы тратить на это поменьше времени. Каждый раз, когда он туда приезжал, у него портилось настроение.

Вскоре после этого неловкого инцидента он и понял, что жениться ему уже, видимо, поздно.

Сначала он даже испугался такого понимания и принялся с опасливой дотошностью анализировать свое состояние. Мысль о том, что он превратился в нудного старого холостяка, была для него невыносима. Когда-то одна дама, которая считала себя очень разумной и рациональной — как ее звали, он теперь забыл, — сказала ему как раз об этом: что она, мол, в свои тридцать лет уже не надеется выйти замуж, потому что отбросы в виде нудных старых холостяков ей не нужны, а всех приличных мужчин расхватывают еще в институте, причем на первом курсе.

Правда, в этом смысле Герману не стоило за себя тревожиться: на первом курсе Ветеринарной академии ему попросту было не до амурных похождений. Пробелы в знаниях, полученных в сельской школе, оказались настолько разительны, что он был занят лишь тем, чтобы не отстать от однокурсников, да и вообще не вылететь из вуза.

Может, он и вылетел бы, если бы не профессор Нарочицкий, у которого он писал свою первую курсовую работу. Тот почему-то отнесся к его работе — когда Герман спустя всего лишь год перечитал ее, она показалась ему беспомощной — с интересом и предложил ему сделать доклад на студенческой конференции. Потом Нарочицкий отправил его на практику в районную ветстанцию, потом пригласил ассистировать во время нескольких операций в рамках своей частной практики... Это был очень разнообразный и очень точно направленный опыт, потому что Герман впитывал в себя знания и навыки так, словно был землей, рассохшейся без дождя.

В общем, первый курс он провел не в любовных заботах. Да и учеба на втором особо не оставляла для них времени. Неизвестно, как он вступил бы в эту важную сферу мужской жизни, если бы не Василиса.

Он шел по Тверскому бульвару к площади Никитских Ворот. Где-то там, во дворах, ему сказали, находился маленький книжный магазин, в котором можно было купить одну английскую книгу по ветеринарии, на которую он несколько месяцев откладывал деньги. Английского языка Герман не знал, но уже понимал, что его необходимо выучить. Слишком многое из того, что говорил ему профессор Нарочицкий по ветеринарии мелких домашних животных, например собак, не было известно в отечественном обиходе, зато было отлично известно в европейском и американском.

И вот он шел по Тверскому бульвару, была весна, и настроение у него было радостное, потому что весну он любил, как мог ее любить крестьянский парень, для которого весна всегда была связана с могучим пробуждением природы. Шел, смотрел на зеленую древесную дымку, на красивые дома вдоль бульвара... Герман только недавно начал понимать их красоту, а сначала Москва так подавляла его своей громадой, что ему было не до ее затейливой архитектуры.

— Извините, вы не могли бы мне помочь? — услышал он вдруг.

На спинке лавочки сидела девушка и, в полном соответствии со своими словами, смотрела на него извиняющимся взглядом. В чем ей надо помогать, было, впрочем, непонятно: она сидела ровно, никуда не падала.

— Мог бы.

Герман подошел к лавочке.

— У меня, понимаете, нога застряла, — сказала девушка. — Вот здесь, в лавочке, видите? Сама не знаю, как это вышло. И вытащить не могу. Ее, наверное, надо снизу как-нибудь стукнуть.

Присмотревшись, Герман увидел, что ее ступня попала между перекладинами, из которых состояло сиденье лавочки. Ему показалось, что вытащить ее совсем не трудно. Но, подняв глаза, он сразу догадался, почему девушка не может сделать это сама: на ее лице, не слишком красивом, хотя и миловидном, лежал отчетливый отпечаток беспомощности, даже нелепости. Вряд ли он тогда назвал это в мыслях так внятно, но понял сразу.

— Кого стукнуть? — улыбнулся Герман. — Ногу или лавочку?

— Кого вы считаете нужным.

Она тоже улыбнулась. Ее карие глаза были увеличены очками. Это были красивые глаза. Все остальное действительно было не очень красивое, он не ошибся с первого взгляда. Она была слишком кругленькая, такая девочка-пончик.

Герман присел на корточки и развязал шнурок

на ее ботинке. Потом немного раздвинул руками перекладины сиденья.

— Вытаскивай ногу, — сказал он. — Из ботинка вытаскивай.

Девушка подергала ногой, но вытащить ее не сумела. Он поднапрягся и разжал перекладины шире.

— Ой! — воскликнула она, вытаскивая ногу. — Вот спасибо!

Ботинок он вынул сам и протянул ей.

— Ты меня просто спас, — сказала она.

— Ну да, спас! — хмыкнул Герман. — Пустыня тут, что ли?

На бульваре было людно, и с такой пустяковой задачей, как освобождение бестолковой девушки из скамеечного плена, справился бы любой прохожий.

— Здесь, конечно, не пустыня, — серьезно глядя на него сквозь очки, сказала она. — Но, мне кажется, любой посчитал бы меня круглой дурой, если бы я обратилась с такой просьбой.

— Почему? — удивился он. — Я же не посчитал.

— Мне сразу показалось, что к тебе не стыдно с этим обратиться, — объяснила она. — Почему-то.

Ему стало интересно. Она была хоть и некрасивая, но интересная девчонка.

Правда, как реализовать свой интерес, он не знал. У него не было опыта общения с такими девушками; что она москвичка, Герман понял сразу.

— Ты очень торопишься? — спросила она.

— Да нет, — пожал плечами он.

— Если хочешь, я тебе почитаю стихи.

Ничего себе! Никогда никто не читал ему стихи. Сам он читал их только в школьном учебнике, и то без особой охоты.

— Чьи стихи? — спросил он.

— Мои. Я их только что написала и не понимаю, хорошие они или плохие.

— Ну, я-то тем более не очень в этом понимаю... — проговорил Герман.

— Но ты все-таки послушай, ладно? — попросила она.

И стала читать.

Хорошие стихи она написала, сидя на спинке лавочки, или плохие, Герман так и не разобрал, они звучали для него невнятной чередой каких-то мелодичных сочетаний. Единственное, что он понял: что стихи похожи на саму эту девушку, такие же серьезные. Она читала их, глядя прямо ему в глаза своим беспомощным взглядом. Это его смущало, но он думал, что если отведет взгляд, то она, пожалуй, обидится.

— Как ты думаешь, можно их читать на семинаре или нет? — спросила она, когда стихи закончились.

— Честно — не знаю, — сказал он. — Я в стихах дуб дубом. А на каком семинаре?

— В Литинституте. Я там учусь.

Она кивнула на здание, которое виднелось напротив бульварной аллеи. Здание было окружено старинной чугунной решеткой, а в его дворе стоял под старыми деревьями какой-то черный памятник на постаменте.

— Ты не знаешь? — поняла она по его взгляду. — Это Дом Герцена, он в нем родился. А теперь в нем Литературный институт.

— А!.. Ну да... — пробормотал Герман.

Ему вдруг стало страшно стыдно, что он слыхом не слыхивал ни про какой Дом Герцена и здание это видел впервые. Он вообще ничего не знал в Москве и нигде толком не бывал, кроме Кузьминок, где находилась академия. Ему казалось, у него просто нет времени ни на что, кроме учебы, но теперь он вдруг подумал, что это не так и что он жил до сих пор крайне глупо и даже постыдно.

— Скажи... — Взгляд у девушки снова стал извиняющийся и просительный. — А ты не мог бы пойти со мной?

— Куда? — не понял он.

— На семинар.

— Как — на семинар? — изумился Герман. — Я?!

Семинар, на котором читают стихи, представлялся ему каким-то тайным обществом вроде масонской ложи. Впрочем, он еще не знал в те времена, что такое масонская ложа. Ничего он тогда еще не знал.

— Это будет не очень долго! — горячо заверила она. — И если тебе станет скучно, ты можешь сразу же уйти.

— Да нет, ничего. Я не уйду, — сказал он.

— Ой, правда? Спасибо тебе!

Она так обрадовалась, как будто он делал ей какое-то невероятное одолжение. Хотя на самом деле это у него сердце забилось быстрее в предчувствии чего-то совсем нового, яркого, необычного.

Когда она узнала, как его зовут — об этом она спросила, пока они переходили через бульвар, — то удивилась и сказала:

— Как странно! Как будто бы ты отдельно, а имя твое отдельно. — И тут же смутилась: — Это совсем не плохо, ты не подумай! И довольно часто бывает. Вот я, например, Василиса. По-моему, это имя совершенно от меня отдельно.

Конечно, так это и было. Она была очень московская, а имя у нее было даже не деревенское, а вообще какое-то сказочное. К тому же в сказках его носили всякие необыкновеные красавицы, а про нее ничего подобного сказать было невозможно.

— Просто моя мама художница, — сказала Василиса. — И ей нравится все такое.

Они вошли во двор Литинститута, прошли мимо памятника Герцену к старинному бело-желтому особняку. Когда поднимались на второй этаж, Герман заметил, что каменные ступени лестницы истерты до глубоких вмятин. Он смотрел на эти ступени, по которым ходил Герцен, и чувствовал какой-то странный душевный трепет. Впервые в его жизни история — какая-то особенная, прежде ему неизвестная сторона истории — представала перед ним воочию. У него было такое ощущение, что до сих пор он смотрел на мир сквозь мутное стекло, а теперь кто-то протер это стекло, и мир в его глазах стал наполняться новой, очень важной и глубокой жизнью.

Так он познакомился с Василисой. И после этого у него действительно началась совсем новая жизнь, настоящая московская жизнь со всеми ошеломляющими открытиями, которые он совершал ежедневно, — и о жизни, и о себе самом.

Глава 8

Эвелина жила на Стромынке, в массивном сталинском доме. Поднимаясь к ней на седьмой этаж, Герман еще раз подумал, что только бесчувственный и безмозглый человек мог поселить здесь алабая. Кстати, это было все-таки странно: любить Эвелина, конечно, не умела, но мозг-то у нее был как компьютер.

Когда он позвонил, то лай за дверью не раздался.

«Может, опоздал я?» — подумал Герман, и ему стало не по себе.

Дверь открыла Эвелина. Следов бессонных ночей и горьких слез он на ее лице не заметил. Ну да этому удивляться не приходилось.

— Наконец-то! — нетерпеливо воскликнула она.

— Как собака? — спросил Герман.

— Да получше. Встает уже.

«Хорошо, что кетамин взял, — подумал он. — Может, сразу придется укол сделать».

— А ты кетамин взял? — спросила Эвелина. — Ну, для наркоза?

— Взял, — кивнул Герман.

Он еще подумал, откуда у нее появились познания в области ветеринарии... Но больше ничего подумать не успел.

— Богадист Герман Тимофеевич? — услышал он и обернулся.

Из комнаты вышли двое мужчин. Лица у них были такие, что Герман сразу вспомнил Солженицына, а заодно и множество других книг на тему ГУЛАГа: абсолютно не запоминающиеся, доведенные до совершенства в своей бесприметности лица.

— Сумку вашу дайте, — сказал один.

Второй сразу же встал перед входной дверью. Герман почувствовал растерянность. Но только на десять секунд.

— Документы предъявите, — сказал он, когда эти десять секунд прошли.

— Пожалуйста. — Первый с готовностью достал удостоверение и раскрыл прямо у него перед носом. — Госнаркоконтроль. Сумочку открывайте.

Никаких вариантов своего дальнейшего поведения Герман не видел. Не драться же с двумя здоровыми мужиками. То есть дело не в том, что они здоровые, при других обстоятельствах неизвестно еще, как он себя повел бы. Но при данных обстоятельствах...

— Вам известно, что использование кетамина является общепринятой мировой практикой? — спросил он. — И что аналогов этого препарата не существует?

— А вам известно, какая доза наркотического вещества является допустимой нормой для нахождения у гражданина на территории Российской Федерации? — усмехнулся первый.

— Я ветеринарный врач.

— Это мы знаем. Открывайте, открывайте!

Доза, которая была бы необходима для обезболивания алабая и которая находилась поэтому у Германа в сумке, конечно, превышала норму. Госнаркоконтролер понял это сразу, как только в его сумку заглянул.

— Что ж, Герман Тимофеевич, нарушаете закон! — весело сказал он. — Коля, иди за понятыми.

— И что дальше? — мрачно спросил Герман.

— А что дальше? Дальше мы у вас наркотик изымем. Под протокол, как положено. А вас задержим. За хранение и сбыт.

— Какой еще сбыт? — возмутился Герман.

— А что же это, по-вашему? Вот и Эвелина Георгиевна под протокол подтвердит, что вы пытались сбыть ей наркотик. Подтвердите ведь, правда, Эвелина Георгиевна?

Он посмотрел на Эвелину. Та кивнула и молча отвернулась.

— До пятнадцати лет статья тянет, а, Герман Тимофеевич? — все тем же веселым тоном сказал наркоконтролер.

Дальнейшие события напоминали глупый и тягостный сон, это была не фигура речи, а правда.

Пока соседи-понятые с испуганным любопытством разглядывали ампулы, пока подписывали протокол, Герман смотрел на Эвелину.

— Ну что ты на меня так смотришь, Гера? — плаксивым тоном произнесла она наконец. — Так обстоятельства сложились, понимаешь?

Он не ответил и продолжал ее разглядывать. Ему в самом деле было интересно, как ведет себя человек, только что сознательно совершивший подлость. Он чувствовал себя участником какого-то биологического эксперимента. Хотя вообще-то ничего во всем этом не было нового. Человек широк. Он сам недавно кому-то об этом напоминал. Только вот кому?

Ему почему-то очень захотелось вспомнить. Но он не сумел сосредоточиться — отвлекла Эвелина.

— У меня не было другого выхода! — Ее голос срывался в слезы. — Они меня с наркотой прихватили. В клубе, с самым обыкновенным кокаином! Почему именно я, все же нюхают! И предложили найти себе замену посолиднее... Богадист, ну пойми же ты меня! Я не хочу в тюрьму! Я не могу в тюрьме!

— Все, хватит, — поморщился наркоконтролер. — Вы можете идти, Эвелина Георгиевна. Мы честные люди. Обещания свои выполняем.

— Куда идти? — всхлипнула она. — Я здесь живу!

— Ну так идите в другую комнату. Не мешайте работать.

Перед тем как уйти, Эвелина бросила на Германа тот самый взгляд, от которого у него когда-то разливалась по животу будоражащая прохлада. Видимо, она считала этот сигнал о том, что он для нее по-прежнему привлекателен как мужчина, лучшим извинением перед ним и, может быть, даже подарком.

«Странно, что я с ней спал, — холодно, как не о себе, подумал Герман. — И нравилась же мне ее инфернальность доморощенная... Идиот!»

Оттого что он оказался падок на такую дешевку, Герман был противен себе так, что самому себе готов был плюнуть в рожу.

— Все, — сказал наконец наркоконтролер. — Вот тут и тут подпишите. И поедем.

— Куда? — спросил он.

— В Матросскую Тишину. Тут рядом.

Глава 9

Розы цвели в этом году очень поздно. Едва отцвели розы, как заиграли нежными красками астры. Теперь настала очередь хризантем — их кусты цвели под окнами, и горьковатый запах все время стоял в доме.

— Как в «Гранатовом браслете», — сказала Ольга, поднимая куст, прижатый к земле ночным дождем.

— Что — как в «Гранатовом браслете»? — не понял Иван.

Двоюродный брат прибыл сегодня утром, чтобы вместе с Ольгой ехать в аэропорт, встречать ее маму. То есть это в Тавельцево он прибыл утром, а в Москву вообще-то вернулся неделю назад. На этот раз он был на Байкале, что казалось Ольге не очень понятным. Ведь Ванька океанолог, а Байкал ведь не океан? Но кто их знает, людей с такими редкостными профессиями, мало ли где им положено быть!

Приехав в Москву, Ванька, как всегда, был страшно занят и всю неделю никак не мог найти время для встречи с родственниками. Неля жаловалась, что видела сына один раз, да и то коротко.

Увидев его наконец, Ольга обрадовалась. Брат Иван был главным героем ее детства: они вместе играли, читали, ездили в пионерский лагерь; тогда Ольга не представляла себе жизни без него. Нелина жизнь проходила бурно, и сына ее воспитывала в основном сестра Таня. Когда он был маленький и все они жили в одной комнате коммуналки у Рогожской заставы, это получалось само собой. Но и потом, когда Ванька вырос и стал жить отдельно, а Таня добилась, чтобы им вернули родительскую квартиру в Ермолаевском переулке, он проводил больше времени с ней, чем с мамой, и с ней чаще, чем с мамой, советовался. Насколько мог советоваться с кем бы то ни было человек, обладающий таким неуемным характером, как у него.

Но это было уже позже. А в детстве Ольге повезло иметь рядом брата. Ванька был младше ее на пять лет, но всегда казался ей... Нет, не старше, но решительнее.

Он посмотрел на нее с недоумением и переспросил:

— Хризантемы, как в «Гранатовом браслете», что ли?

— Не хризантемы, — улыбнулась Ольга. — А общее ощущение. У меня всю нынешнюю осень такое ощущение, из которого этот рассказ состоит: грустно, но на душе светло.

— Да-а, Олька! — засмеялся он. — Так в тебе до сих пор и полно всяких этих... — Он неопределенно покрутил рукой. — Архитектурных излишеств!

Определения, которые давал чему бы то ни было ее брат, всегда оказывались точными и элегантными.

— Правда? — расстроилась Ольга. — А я и не замечаю.

— Не переживай, — успокоил Ванька. — В тебе это все органично, так что это, может, и не излишества вовсе. И вообще, драгоценности излишеством не являются.

— Это я, что ли, драгоценность? — удивилась Ольга.

— Ну не я же. Драгоценная редкость.

— Вот разве что редкость, — засмеялась она. — Доисторическая лягушка.

— Ты Тане сообщила? — спросил Ванька.

Таней он отроду называл Ольгину маму.

— О чем?

— Что с Андреем разошлась. Это мне просто для сведения, чтобы я понимал, как себя с ней вести.

— Естественно себя с ней вести, — пожала плечами Ольга. — Ты, кстати, по-другому и не умеешь. А мама, мне кажется, из-за моего развода не сильно расстроится.

— Да, — кивнул Ванька. — Моя тоже спокойно это дело восприняла. Да и с чего им переживать? Их разводом не напугаешь, они вообще без мужей обошлись. И французская сестрица, я так понимаю, тоже?

Когда тетя Мария приезжала в Москву, Иван был где-то в Арктике, так что знал о ней лишь понаслышке.

— Тоже, — кивнула Ольга.

— Что-то им папаша, видно, такое передал, — покрутил головой он. — Хотя, может, и ничего такого, просто у каждой свое стечение обстоятельств. Почему он все-таки московской семье не объявился, не рассказывала французская родственница?

— Рассказывала. Да мы это и раньше знали. Он

написал своей жене, нашей бабушке Нине. После войны, из Франции. Он же в плен попал раненный, на Одере уже, его американцы освободили и передали военной миссии в Париже. И он написал жене в Москву, спросил, может ли вернуться. Родственник с такой биографией — не для советской страны, он же понимал. Она обратилась было за разрешением на выезд, но ей сказали, чтобы забыла и думать. И тогда она Тане отцовское письмо даже не показала — решила, что должна спасти ее и Нелю, что для их же блага... И прочее в этом духе. Так и ответила мужу. Собственно, она и его этим спасла. Нетрудно догадаться, что бы с ним здесь было, если бы он вернулся. Вон, у Натки Городцовой деда в Германию угнали, так его из немецкого концлагеря прямо на Колыму перевезли.

— Да... Что тут скажешь? — вздохнул Ванька. — А почему Таня мне ничего про это не рассказывала?

— Она про это до сих пор говорить не может. Я бы тоже не могла, наверное.

Ольга подвязала хризантемы и посмотрела на часы, которые видны были через открытое окно на стене комнаты.

— Поедем? — спросила она. — А то в пробку встанем — опоздаем к самолету.

— Транспортный коллапс с каждым моим приездом все заметнее, — кивнул Ванька. — Скоро на мотоцикле придется передвигаться.

— Да! — по ассоциации с мотоциклом вспомнила Ольга. — Давай правда поскорее выедем и на пять минут свернем в Денежкино. Это рядом, три километра всего. Мне надо плащи отдать.

— Какие плащи?

— Непромокаемые. Их нам с Агнессой дал ветеринар. А мы их до сих пор ему не вернули. И сапоги еще.

— Хороша, должно быть, Агнесса в плаще и в сапогах, — усмехнулся братец.

Ванька остановил машину у светлого забора.

— Я сейчас, — сказала Ольга, забирая с заднего сиденья пакеты с плащами и сапогами.

Она долго нажимала на кнопку звонка, но никто не отзывался. Вообще-то в этом не было ничего странного, Герман ведь сказал, что бывает здесь редко. Но от безжизненности его дома Ольге стало грустно и даже тревожно.

Всю короткую дорогу от Тавельцева до Денежкина она думала, что сейчас его увидит. Она почему-то была в этом уверена. И когда выяснилось, что этого не произойдет, Ольга почувствовала разочарование такое сильное, что его можно было назвать детским.

Она очень о нем соскучилась, вот что она поняла, стоя перед закрытой калиткой его дома.

Это так изумило ее, что она даже потерла зачем-то глаза — может, ей кажется? По ее представлениям, соскучиться о постороннем человеке было невозможно. Или нет, можно было соскучиться, но только если ты влюбилась в него с первого взгляда. Такое с ней однажды случилось: ей было одиннадцать лет, и летом в лагере она с первого взгляда влюбилась в мальчика из старшего отряда. Они так и не познакомились, потому что Ольга стеснялась к нему подойти, а он, наверное, просто не обратил на нее внимания. И вот потом, осенью, вернувшись домой, она очень о том незнакомом мальчике скучала.

Но в Германа она ведь не влюбилась! Она вообще один-единственный раз влюблялась с первого взгляда — тогда, в одиннадцать лет. Даже в своего будущего мужа она влюбилась, кажется, только после месяца почти ежедневных встреч. Андрей увлек ее своей начитанностью, тонкостью мышления, и это произошло как-то незаметно, само собой.

Так что теперь ей было чему удивиться.

Ольга медленно пошла к машине. Иван стоял у открытой дверцы и смотрел, как она идет от дома по заросшей травой тропинке. В его темных живых глазах сверкала какая-то мысль.

— Что ты? — спросила Ольга, подойдя ближе и поймав его взгляд.

— Смотрю и думаю: в кого ты такая? — сказал он.

— Какая — такая?

— Если бы я был поэт, то сказал бы, что в тебе — прелесть простоты и естественности. — Ванька хихикнул. — Но я не поэт, поэтому скажу попросту: ты, Олька, не то чтобы красивая, но очень увлекательная. От тебя глаз невозможно отвести, ей-богу! Только не пойму, из-за чего такое. Видимо, кровным родственникам этого понять нельзя. Чтобы это понять, надо в тебя влюбиться.

— Вечно ты выдумываешь, Ванька! — отмахнулась Ольга.

Ей было грустно, и меньше всего она думала сейчас, на кого похожа.

— Нет, честное слово! Глянешь на тебя — и самого незамысловатого человека потянет на поэзию. Глаза, как майские звезды, и все такое. Ладно, не обращай на мой треп внимания. Это я какое-то время с бардами общался — видать, набрался пошлостей. Не сердись, — улыбнулся он.

— Да я не сержусь, Вань. — Она рассеянно посмотрела на него. — Так, задумалась просто... А похожа я на брата своего отца.

— Интригующе звучит! — хмыкнул Ванька. — Двусмысленно, я бы даже сказал.

— Не знаю. Во всяком случае, мама так считает. К тому же мой так называемый отец и его брат были близнецы.

— Как же она в таком случае поняла, на кого из них ты похожа? — удивился Ванька. — Нет, все-таки женщины — малопонятные существа. Даже такие основополагающие, как Таня. Что, нет дома твоего ветеринара? — Он кивнул на пакеты в ее руках.

— Да. Неудобно, что плащи так долго не отдаю. И сапоги. Они ему нужны, может.

— Были бы нужны, сам бы за ними приехал. Не бери в голову. Или на работу ему отвези. Знаешь, где он работает?

— Да! — Ольга так обрадовалась этим Ванькиным словам, как будто он разрешил ей сделать что-то, чего она сделать не решалась. — Знаю! — Она достала из сумки визитную карточку и прочитала: — Богадист Герман Тимофеевич. Малый Ржевский переулок. Это же совсем рядом, от Ермолаевского два шага! Я прямо завтра отнесу. Или лучше сегодня.

Все-таки это было достойно всяческого удивления! Стоило Ольге понять, что она сегодня же увидит человека, с которым едва сказала три слова месяц назад, как ее сразу охватило радостное волнение.

— Смотри, как повеселела! Это ты, что ли, из-за сапог такая расстроенная была? — удивился Иван.

— Ну... да... — неопределенно проговорила Ольга. — Поехали, Вань, скорее. Мама говорила, у нее чемодан тяжелый, потому что тетушка всем подарки передала.

Через минуту она пожалела, что произнесла слово «скорее»: братец всю дорогу до Шереметьева вел машину так, что у нее сердце замирало.

А может, сердце у нее замирало совсем и не поэтому.

Глава 10

После первого же допроса Герман понял, что дела его обстоят очень плохо. То есть он уже при задержании понимал, что вляпался в отвратительную историю, но тогда его слишком занимало поведение Эвелины, чтобы он мог толком подумать о себе.

А в камере СИЗО он наконец проанализировал собственную ситуацию. Вот тут-то и понял, что все гораздо хуже, чем он предполагал.

Конечно, это выглядело абсурдным: обвинить в сбыте наркотиков ветеринарного врача, который пришел оказывать помощь собаке. Но ловкие ребята из Госнаркоконтроля прекрасно знали, что делают. Он действительно нарушил закон, а значит, каких-то других нарушителей закона, которые требовались им для отчетности, можно было уже не искать.

Герман был уверен, что и другие ловкие ребята — те, которые написали этот закон таким образом, чтобы не включить ветеринарных врачей в перечень лиц, которым разрешено использовать кетамин, — тоже знали, что делают. Простор для провокаций образовывался огромный, и для того чтобы действовать на этом просторе, требовалось только одно: бессовестность. А ее всегда хватало этим людям с неуловимой внешностью.

Все это напоминало операцию, любимую гаишниками гораздо больше, чем хлопотный план «Перехват»: ни с того ни с сего вывесить какой-нибудь абсурдный дорожный знак, требующий такого маневра, совершить который физически невозможно, а потом круглосуточно дежурить под этим знаком, трудолюбиво останавливать все машины подряд и с честными суровыми лицами объяснять водителям, что те нарушили закон, — объяснять до тех пор, пока водители не отдадут деньги. Через месяц-другой знак, может, и снимут в силу его полной абсурдности, но за то время, пока он будет висеть, денег из него извлекут немало.

В его случае все обстояло еще хуже. Он ведь был не сельский ветеринар — тому, наверное, тоже могли организовать провокацию ради красивого отчета о борьбе с наркодельцами. Но Герман Богадист, помимо строчки в отчете, мог принести и более весомую пользу: у него было что взять.

Главным кушем была, конечно, клиника в центре Москвы — старинный двухэтажный особняк, каждый квадратный сантиметр которого стоил столько, сколько стоил бы, если бы полы в нем были выложены чистым золотом, а то и еще дороже. Все двадцать лет, которые эта клиника принадлежала ему, Герману приходилось пресекать поползновения сменить владельца, а заодно и род деятельности. Такому домику многие хотели найти применение более доходное, чем ветеринарная клиника.

Он считал, что уже научился все это пресекать, да вот, видно, ошибся.

— Если вы думаете, что насчет пятнашки мы вас просто попугать хотели, — сказал ему следователь на первом же допросе, — то сильно ошибаетесь. Сядете как миленький, и все ваши регалии вам не помогут. Закон есть закон, — добавил он с честной суровостью на лице.

Герман еле удержался от малоцензурных выражений. Или еще от чего похуже. Трудно было удержаться, зная, какова цена этой суровости и честности. В том, что цену ему назовут уже на втором допросе, он был уверен. И не ошибся.

И вот он сидел теперь в камере на сорок человек, круглые сутки вдыхал табачный дым, впервые в жизни жалел, что сам не курит, потому что от такого количества дыма у него раскалывалась голова, и чувствовал абсолютную свою беспомощность.

Он попал в жернова системы, которая перемалывала людей в пыль, имея по этой части многолетний опыт, да еще какой опыт. Этой системе было неважно, прав он или виноват: она в любом случае не отпускала тех, кого захватила с известной ей целью, и цели этой даже не скрывала.

Он не знал, что ему делать. Мало было моментов в его жизни, когда он этого не знал, и вот теперь наступил как раз такой момент. Его загнали в угол, не оставили ему поля для маневра, и все говорило о том, что нет у него другого выхода, кроме как отдать это вожделенное ими здание.

Думать об этом, сознавать это было невыносимо.

Он пытался гнать из головы мрачные мысли о будущем, но от этого было мало толку, потому что на их место сразу приходили воспоминания, и как раз такие, которые тоже невозможно было назвать радужными.

И главным из них было воспоминание о Василисе.

С того дня, когда Герман слушал ее стихи на лавочке Тверского бульвара, а потом в аудитории Литинститута, окна которой выходили во двор с Герценом, жизнь его переменилась совершенно.

Правда, он не связывал эту перемену именно с Василисой. Конечно, началось все со встречи с ней, но сразу же после этого Герман оказался в кругу таких людей и, главное, в кругу таких девушек, по сравнению с которыми Василиса казалась блеклой тенью.

Какие яркие это были девушки, какие необычные! Дело было даже не в том, что они писали стихи или рассказы, а в том, как головокружительно они вели себя в самой обыкновенной, ежедневной жизни. Да у них и не было никакой обыкновенной жизни — был сплошной фейерверк. Когда Герман увидел однажды фейерверк в телепередаче про остров Мальта, его больше всего поразила непредсказуемость каждого следующего взрыва, яркого всплеска, круженья огненного колеса.

Вот такими же были и эти девушки — сплошной сверкающий круг.

То, что казалось ему таким трудным — первая физическая близость с женщиной, — произошло в этом кругу так легко, что он почувствовал после не стыд и не разочарование, которых боялся, а только восторг.

Это было в литинститутском общежитии на улице Добролюбова. Девушку звали Ирина. После того как все между ними случилось, она до утра сидела на подоконнике, голая и прекрасная, как античная статуя в Пушкинском музее, куда Герман ходил как раз сегодня днем, и луна освещала ее тонкие формы. Ирина читала стихи, иногда прихлебывала вино из бокала, который Герман не забывал наполнять, не сводя с нее восхищенного взгляда.

Сам он не пил, только смотрел на нее. Разве он предполагал, что подобное может происходить с ним?

Деревня, корову пора вести к быку, одна пара сапог на двоих с мамой, отец с его безнадежными запоями и горестной смертью — и вдруг эта лунная девушка, которой нет дела ни до чего земного. Сидит на шестом этаже, на подоконнике незанавешенного окна, обнаженная, тонкая, как бокал с вином, и с губ ее бесконечно слетают какие-то прекрасные слова...

Ирина вскоре бросила институт и уехала на Валдай — сказала, что у нее творческий кризис и это ей необходимо. У Германа к тому времени уже начинался роман с Натальей, которая была похожа на жену Пушкина — такие же прекрасные глаза, и маленькая головка на высокой шее, и губы... Когда Наталья прикасалась к его телу — ко всему его телу — своими невозможными губами, он очень хорошо понимал, что случилось с Пушкиным. За такое не жаль было жизни!

Но, кроме всех этих прекрасных удовольствий, в жизни его случилось еще и то, что он стал читать. То есть он и раньше читал, и, как ему казалось, немало, но в Москве ему в руки попали совсем не те книги, что были в сельской библиотеке. Некоторые из них Василиса брала для него в библиотеке Литинститута, а некоторые, изданные за границей или в самиздате, приносила из дому.

Теперь ему требовалась вся его воля для того, чтобы продолжать учебу. Герман расписал свой день поминутно и жестко следил за тем, чтобы не выбиться из графика. В академии он занимался так яростно и двигался вперед так стремительно, что удивлялся даже профессор Нарочицкий, который и так относился к Герману с уважением.

А в другой среде его обитания, связанной с Литинститутом, а потом и с ГИТИСом, и со ВГИКом, и с Суриковским институтом — она все расширялась, эта среда, — никто не удивлялся ничему, и это нравилось Герману чрезвычайно.

Там, в этой прекрасной среде, были приняты самые необычные формы поведения, там говорили много и увлеченно, и после каждого такого разговора, свидетелем и даже почти участником которого он бывал, Герман с жадностью бросался к новым и новым книгам: ему хотелось как можно скорее понять все, что он во время самого разговора не понял.

Его ум работал напряженно, как мощный двигатель, и, главное, в его натуре было достаточно мужества, чтобы без страха встречать все, что открывалось уму.

Глава 11

С Василисой он виделся редко и мельком, она была слишком замкнутая, чтобы что-либо значить в том бурлящем мире, в который он погрузился. Иногда он заходил к ней домой, но чаще они встречались во дворике Литинститута: она передавала ему книги, или он их ей возвращал.

Однажды во время такой вот встречи она вдруг спросила:

— Гера, скажи, пожалуйста... А ты не мог бы сходить со мной в театр?

Взгляд у нее был извиняющийся, такой же, как когда она просила его высвободить ее ногу из скамейки. Наверное, она понимала, что идти с ней в театр он не испытывает никакого желания.

Дело было даже не столько в ней, сколько в том, что Герман вообще не любил театр: ему была непонятна условность этого искусства. Он догадывался, что для того, чтобы находить в этой условности интерес, надо было впервые узнать ее в раннем детстве, а значит, для него театр так навсегда и останется чужим. Он сердился на себя за это, и нелюбовь к театру становилась у него еще сильнее.

Но отказывать Василисе было все же неловко. Он никогда не отказывал девушкам в их пустяковых просьбах.

— В какой театр? — спросил Герман.

— В Большой, — ответила Василиса. — На балет «Жизель». — И стала поспешно объяснять: — Понимаешь, я должна написать рецензию. А мне всегда трудно разобраться, что хорошо, что плохо. Вернее, трудно решить.

— С чего ты взяла, что я в этом разберусь? — удивился Герман. — Я в театре вообще ничего не понимаю, тем более в балете.

Балета он не видел ни разу в жизни.

— В балете, может быть, и не понимаешь. Но в том, что хорошо, а что плохо, ты понимаешь все, — серьезно сказала Василиса.

— Ты преувеличиваешь, — пожал плечами Герман.

Впрочем, ему стало любопытно: что это за дело такое, балет? К тому же он вряд ли попал бы в Большой театр своим ходом — билет стоил бешеных денег, да и не достать было билет, — а тут само собой получается...

— Пойдем, конечно, — кивнул Герман. — Спасибо, что пригласила.

Оказалось, что идти надо прямо сейчас, начало через полчаса. Они еле успели добежать от Тверского бульвара до Театральной площади. Когда попадались на пути ледяные дорожки, он хватал Василису за руку и вез по ним стремительно, а она смеялась.

Большой театр, который он до сих пор видел только снаружи, понравился Герману, когда он увидел его внутри. Места у них были в бельэтаже — зал простирался вверх и вниз. Герман никогда не бывал в таких торжественных помещениях, и в первые минуты ему стало интересно: будет ли этот зал, тускло мерцающий золотом, подавлять его своим величием? Зал не подавлял, а лишь создавал приподнятое настроение; это было приятно.

А то, что происходило на сцене, было не просто приятно — оно захватывало чистой красотою.

Увлекшись новизной своих впечатлений, Герман совсем забыл про Василису. Она тихо сидела рядом, и когда он повернулся к ней, то увидел, что она смотрит не на сцену, где то нежно колеблются, то вихрятся в танце прозрачные фигуры, а на него.

— Тебе не нравится? — шепнул он.

— А тебе?

— Мне — очень.

— Правда? — обрадовалась она. — Как хорошо! А то я думала, вдруг тебе будет скучно.

— Это же красиво, — улыбнулся он. — Такую красоту только пень не почувствует.

— Тогда смотри!

Она тоже улыбнулась. Ее большие глаза сияли счастьем за стеклами сильных очков.

В антракте они пошли в буфет. Денег у обоих вместе хватило только на одну шоколадку «Вдохновение» — на ней были нарисованы балетные фигуры. Вечный недостаток денег страшно смущал Германа, когда он ходил куда-нибудь с девушками, но с Василисой он никакого смущения не чувствовал. Они купили шоколадку вскладчину и съели ее пополам. Шоколадка состояла из множества узких долек, и каждая из них была завернута в серебряную фольгу. Они разворачивали дольки и сразу съедали, и смеялись от нетерпения.

Герману показалось, что спектакль закончился слишком быстро. Это было жаль, он с удовольствием посмотрел бы подольше. Особенно виллисы в последнем действии ему понравились. Они были похожи на лунную Ирину, когда та сидела на подоконнике.

Он подумал, что теперь, наверное, будет ходить в театр: что-то он понял про эту условность, когда увидел ее в самом полном и в полноте своей прекрасном выражении...

Василиса жила неподалеку, на Рождественском бульваре. Герман пошел ее провожать.

Снег лежал на деревьях пышными шапками. Они медленно шли по бульварам — по Тверскому, по Страстному...

— Знаешь, Гера... — Василиса первая нарушила молчание. — А ведь я тебя обманула.

— Ты — обманула? — удивился он.

Василиса и обман — это было что-то трудносовместимое.

— Ну да. Мне не надо писать никакой рецензии. Просто я... Я хотела с тобой куда-нибудь пойти. Мы с тобой так редко видимся и так всегда недолго. А мне хотелось с тобой поговорить.

Ему стало неприятно, что она, оказывается, специально что-то подстроила. Вернее, неприятно было то, что он повел себя ровно так, как она и ожидала. В предсказуемости поведения было что-то биологическое, как у подопытного животного, а Герман очень не любил обнаруживать в себе биологическую примитивность.

Но объяснять все это Василисе он не стал.

— О чем ты хотела поговорить? — сердито спросил он.

— Да ни о чем. — Она посмотрела виновато, и

ему сразу же стало стыдно, что он на нее рассердился. — Просто идти и разговаривать. Вот как сейчас мы идем.

С высокой ветки упала легкая снежная шапка. Снег осыпал Василису, и она стала похожа на белую матрешку. Герман улыбнулся: она была смешная и, как всегда, немножко нелепая.

— Мне особо-то и рассказывать нечего. — Он осторожно отряхнул снег с ее волос. — Ветеринария — это постороннему человеку не очень интересно.

— Ты думаешь, я посторонняя?

Она смотрела на него снизу вверх, потому что была очень маленькая.

— Ну, ты же не на ветеринарного врача учишься, — пожал плечами он. — Так что тебе, конечно, неинтересно. А про все остальное ты больше знаешь, чем я.

Ему показалось, что Василиса хочет что-то возразить. Но она промолчала.

— Ты лучше сама что-нибудь расскажи, — предложил он.

— Мне кажется, это как раз я не могу тебе сказать ничего такого, что ты и сам не знаешь, — вздохнула Василиса.

— Ну да! — хмыкнул он. — А кто мне Набокова дал читать? Сама же, наверно, давно уже его прочла.

— Давно, — кивнула она. — Но дело не в этом.

— А в чем?

Василиса не ответила. Потом, помолчав, сказала:

— Когда я прочитала Набокова в первый раз, то он меня, конечно, поразил. А сейчас он меня совсем не трогает. Мне, знаешь, теперь кажется, что писать надо очень простыми фразами. Особенно когда описываешь природу. Взошло солнце... начался дождь...

И все. Тогда это будет и сильно, и выразительно. А у Набокова все чрезмерно, по-моему.

Герман не очень понимал, о чем она говорит. Рассказы Набокова, которые Василиса принесла ему неделю назад, понравились ему так же, как нравилась Ирина, или Наталья, или Алла из Суриковского. Даже не сами они ему нравились, а то, что все они составляли яркую и причудливую мозаику какой-то необыкновенной жизни, которая притягивала его и завораживала.

Они дошли до Василисиного дома.

— Зайдешь? — спросила она. — Я утку запекла с яблоками. Есть такая книга Елены Молоховец, всякие старинные рецепты. Я по ней и сделала, только не знаю, как получилось. А ты же проголодался, наверное. У меня и то от одной шоколадки голова уже с голоду кружится.

Есть в самом деле хотелось сильно. Герману всегда хотелось есть: его постоянное общение с людьми требовало каких-никаких денег, хоть на дешевое вино, которое сам он пил не очень, но покупал вместе со всеми. И книги по специальности стоили дорого, и экономить на них было невозможно. Так что экономил он именно на еде, а проще говоря, единственными продуктами его питания являлись хлеб и молоко из пакета. Осенью он привозил из деревни мешок картошки, но ее ела вся комната в общаге, поэтому хватало ненадолго.

Герман представил себе утку — настоящее мясо! — и у него свело живот.

— Зайду, — судорожно сглотнул он.

Из-за двери на последнем этаже старого, с холодным и мрачным подъездом дома доносились громкие голоса, слышались звуки гитары.

— У тебя гости? — спросил Герман, пока Василиса отпирала дверь.

— Это у мамы с отчимом. У них же всегда кто-нибудь.

Ее мама и отчим были художниками, и жизнь у них была богемная. Когда Герман изредка заходил к Василисе, они обращали на него не больше внимания, чем на зонтик в прихожей. Впрочем, он заметил, что они и на Василису внимания обращали не больше. Он впервые видел семью, в которой все жили бы так отдельно друг от друга. Ну да что он мог в этом понимать? Это же Москва, тут все по-другому.

В кухне сплошной стеной стоял дым. Оттуда-то и доносились голоса — шел какой-то бурный спор.

«Кандинский... Филонов...» — услышал Герман знакомые уже фамилии.

— Иди ко мне в комнату, я утку туда принесу, — сказала Василиса. — А то везде дым, у тебя голова разболится.

Герман кивнул и поспешил в ее комнату, которая находилась в конце длинного коридора. От дыма у него в самом деле сразу начинала болеть голова.

Комната у Василисы была ничем не примечательная. В отличие от всей квартиры, в которой на каждом шагу встречалось что-нибудь необычное — какой-нибудь комод с резными фигурами ангелов или роза, искусно выкованная из чугуна, — здесь были только книги и тетради. Они лежали на столе, на подоконнике, на кровати и на полу. То ли от обилия книг, то ли еще от чего-то комната была пронизана одиночеством; Герман чувствовал такие вещи.

Он снял стопку книг со стула и сел.

Василиса вошла в комнату сразу вслед за ним. Вид у нее был расстроенный.

— Они ее съели! — воскликнула она с отчаянием. — Всю утку! И даже хлеб весь...

Она чуть не плакала.

— Да брось ты, Василис! — Герману стало ее жалко. Он встал со стула и легко обнял ее, чтобы успокоить. — Нашла из-за чего расстраиваться. Я и не голодный совсем. И вообще, на ночь есть даже собакам вредно.

Она замерла у его плеча, даже не дышала. Герман опустил руки.

— А что-что ты про силу и выразительность говорила? — спросил он. — Ну, которых у Набокова нет?

Она вздохнула. Потом, мгновенье помолчав, ответила:

— Я не говорила, что их у Набокова нет. Но бывают вещи, в которых есть недостижимая для него простота.

— Это какие, например?

— Например.... А вот, например, есть такая песенка! — Она улыбнулась и пропела тоненьким голоском: — «По ленивой речке, около плотины, по ленивой речке солнце светит в спину. В ласковом тенечке под старою сосной позабудь печали, посиди со мной...»

— Да, простоты хватает, — пожал плечами Герман.

— Ее моей маме ее няня пела, когда она маленькой была.

Герман с трудом мог представить маленькой Василисину маму с ее сурово-равнодушными глазами.

Все это было немного смешно, но в общем довольно скучно. Он любил то, над чем можно было подумать, а в этой песенке думать было не над чем. И не было у него никаких печалей, и сидеть просто так ему было некогда.

— Ну, я пойду, — сказал Герман.

— Посиди со мной, — грустно улыбнулась Василиса. И поспешно добавила: — Это так, цитата. Извини, что так получилось с уткой.

Она проводила его в прихожую. Когда открыла дверь и Герман оглянулся, чтобы попрощаться, то глаза у нее поблескивали в полумраке — ему показалось, нежно и печально. Но это было слишком неуловимое и почему-то болезненное ощущение. Он не знал, что с ним делать, и оно тут же прошло.

По дороге в общежитие Герман вспоминал балет — яркое и необычное зрелище. Про Василису он не вспоминал. Чего вспоминать, если они в любой момент могут увидеться?

Это было на четвертом курсе. Летом Герман уехал на практику к себе в Моршанский район и Василису не видел, конечно. Не видел и в сентябре, когда вернулся. Он все собирался ей позвонить, узнать, как она, да все времени не было.

Он вообще выпал тогда из круга общения — писал диплом, работал в ветлечебнице, было не до гулянок и даже не до посторонних книг. Поэтому когда однажды он встретил возле метро Хана, веселого парня с режиссерского курса ВГИКа, тот долго рассказывал ему, что и как у общих знакомых — Герман ничего ни про кого не знал.

— А Василиска-то — помнишь? — сказал Хан. — Умерла.

Герману показалось, что его стукнули по голове дубиной. Как — умерла?! Как это Василиса могла умереть?

— Как — умерла?.. — с трудом выговорил он.

— Да вот так. Онкология.

— Но она же не болела... — пробормотал Герман.

— Ну, я подробностей не знаю. Вроде, говорят, от этого дела молодые быстрее умирают, чем старики.

Как там у зверей, не так? Девчонки к Василиске в больницу ходили. Похудела, говорят, страшно. Еще смеялась, что наконец сбросила лишний вес. Хорошая она была, правда?

Герман молчал как громом пораженный.

— Давно? — наконец спросил он.

— С месяц назад. Ну, Герыч, я пошел. — Хан поднялся с лавочки, на которую они присели потрепаться. — Так не забудь, приходи на мой показ.

«С месяц. Я уже был в Москве. Собирался ей позвонить. Но все откладывал. Куда она денется, думал».

Он был ошеломлен, просто раздавлен. И долго жил в таком состоянии. Потом ошеломление, конечно, прошло. Осталась только жалость к Василисе. Она и правда была очень хорошая, и он был ей благодарен. Да и как не жалеть, что умерла совсем молоденькая девочка?

И вдруг, спустя примерно полгода, Герман почувствовал, что воспоминания о Василисе принимают в его сознании какой-то странный характер. Они становились все ярче, все пронзительнее. Он вспоминал каждое ее слово, каждый жест и взгляд. Особенно тот, печальный и нежный, которым она провожала его в тот вечер, когда ему не досталась утка с яблоками. Может, она уже тогда была больна? Может, даже знала об этом? У него невыносимо сжималось сердце, когда он предполагал, что это могло быть так...

Глава 12

Теперь, двадцать с лишним лет спустя, Герман сознавал, что означало то постепенное прояснение его памяти: он взрослел. Натура его была такова, что взрослел он стремительно, и в тот год после смерти

Василисы он как раз начинал входить в состояние взрослого мужчины, хотя и только-только, в самом первом приближении.

А теперь он находился в этом состоянии давно и хорошо понимал, почему Василиса прошла когда-то по слепому полю его жизни.

От того, что взрослого и умного мужчину тронуло бы, двадцатилетнему неразвитому парню становилось лишь скучно. Он не понимал тогда прелести простоты, нежности и человечности — его привлекали совсем другие вещи, причудливые и яркие.

«Вот и получи теперь Эвелину! — невидящими глазами глядя на бурную в своем убожестве камерную жизнь, думал Герман. — Ярче некуда!»

Собственно, все женщины, которые у него были, являлись теми или иными разновидностями Эвелины. А теперь, в сорок пять лет, приближаясь к тревожному рубежу своей жизни, он уже и вовсе не представлял себе женщину, с которой мог бы жить. И дело было не в бытовых привычках, за них-то он никогда не держался и менял их довольно легко. Дело было в том, что он на собственном опыте убедился: та нежность, та простая человечность, которую он встретил в ранней юности и мимо которой равнодушно прошел, — есть редкостная драгоценность, которую многим и многим вообще не доводится встретить за целую жизнь.

Собственно, он как раз и относился теперь к этим многим. Ничего подобного ему в жизни больше не встречалось и, учитывая возраст, встретиться уже не могло.

Герман даже и хотел бы попасться в силки самой распространенной среди мужчин его возраста иллюзии: что обновление жизни может быть связано с обновлением подруги, например, старой на молодую. Если бы так! Он бы рад был этому, честное слово. Но обновление подруг происходило в его жизни не раз, и ни разу при этом не случалось, чтобы что-то всерьез переменилось в нем в связи с этим.

Молоденькие девочки, даже лучшие из них, были слишком наивны, чтобы задержать его внимание надолго, а умудренные жизненным опытом женщины слишком сильно зависели от этого своего бытового опыта, который у них у всех был примерно одинаков, а значит, совершенно ему понятен, — и он терял к ним интерес так же быстро, как к молоденьким.

Тупик, отчетливый тупик.

«Что это тебя вдруг про баб размышлять потянуло? — злясь на себя, подумал Герман. — Ты лучше о другом тупике поразмышляй!»

Но размышления на любую тему все равно пришлось прервать: его вызвали на свидание. Это было странно, потому что навещать его было некому. Наверное, просто пришел адвокат.

Он у Германа был давний, проверенный, очень толковый и не строил оптимистичных прогнозов. А какие тут могут быть прогнозы — все ясно. Плохо дело, что и говорить. Все-таки, наверное, придется соглашаться на предложение, от которого невозможно отказаться. Против лома нет приема.

Погруженный в такие вот мысли, Герман пришел в комнату для свиданий.

В комнате сидела женщина. Герман не сумел даже удивиться — от постоянного ощущения безвыходности он впал в мрачное отупение. И только когда она быстро встала и посмотрела на него, он... Нет, не удивился — он почувствовал счастье.

Счастье ударило ему в лицо, как свет. И как ветер. Он задохнулся от этого неожиданного ветра и света. Он смотрел вытаращенными глазами и пытался отдышаться. Вид у него, надо думать, был самый что ни на есть глупый.

Впрочем, думать он в этот момент мог не очень. Даже совсем не мог он думать.

— Здравствуйте, Герман, — сказала она. — Извините, что я вас побеспокоила.

Он так и не понимал, откуда вдруг ощущение такого счастья. Он ведь даже имя ее не сразу сумел вспомнить!

— Здравствуйте... — пробормотал он наконец. — Да нет, ничего... Какое же беспокойство! — И с идиотской любезностью предложил: — Вы садитесь, Ольга, садитесь.

Она села. Он тоже. Он не знал, что сказать: слишком велика была его оторопь. Она сказала сама:

— Я хотела вернуть вам плащи. И сапоги. И поэтому пришла к вам на работу, на Малый Ржевский. А там как раз шел обыск, насколько я поняла. И ваш адвокат объяснил мне, в чем дело. И разрешил пойти сюда с ним. Видимо, у него здесь какие-то связи, и меня пустили.

Чтобы Венедикт Аверин взял с собой в Матросскую Тишину какую-то незнакомую женщину, должно было произойти нечто экстраординарное. Впрочем, после того как он сам чуть сознание не потерял от счастья, эту женщину увидев, Герман не удивлялся уже никакой реакции на нее кого бы то ни было, в том числе и своего невозмутимого адвоката.

— Я очень рад вас видеть, — произнес он очередную глупую фразу. И, спохватившись, добавил: — То есть не здесь, конечно. Вообще. Просто так рад.

Она улыбнулась. От этого в ее глазах что-то засветилось. Ему стало интересно, что, и он еле удержался от того, чтобы положить руку ей на затылок, притянуть ее к себе поближе и рассмотреть этот свет в ее глазах получше.

— Я тому же рада, — сказала Ольга. И тут же воскликнула: — Ой, извините!

Она легко опережала его в бестолковых фразах. И к тому же казалось, что волосы у нее растрепанные. Он с каким-то совсем уж необъяснимым восторгом узнал эту особенность ее прически, которую заметил еще в тот раз, когда она привозила на велосипеде кошку. Тогда он присмотрелся повнимательнее — просто от привычки быть внимательным ко всему — и понял, что на самом деле они не растрепанные, а просто легкие, как солнечные нити. То есть это сейчас он так подумал — солнечные нити, — а тогда просто отметил про себя какую-то незначительную странность и тут же про это забыл.

— Венедикт Александрович по дороге рассказал мне подробно, — сказала Ольга. — Это все такая подлость, что у меня в такой ситуации, конечно, опустились бы руки. Но мне все-таки кажется, что вам не надо отчаиваться.

— Я стараюсь, — сказал он. — То есть совсем я не отчаиваюсь, что вы!

В эту минуту он был уверен, что это в самом деле так. Еще не хватало ему отчаиваться! Вот когда он в уссурийской тайге заблудился, притом по собственной дурацкой самонадеянности, тогда да, был повод для отчаяния. А сейчас-то что? Свет горит, тепло, с голоду не помрешь...

— Скажите, а можно вам передать еду? — спросила Ольга. — Здесь плохо кормят, конечно. У вас лицо осунулось.

— Разве? — удивился он.

— Да. Я запомнила, какое у вас раньше было лицо. Теперь совсем другое.

Во всем, что она говорила, как смотрела, было то, что называется не прямотой, а прямодушием. Он понял, что и с ней возможно говорить только так же, без обиняков. Да и времени для обиняков не было.

— Мне все равно, какая еда, я к любой привык, вы не беспокойтесь, — сказал Герман. — А что лицо... Так это просто меня глупые мысли одолевают. Одолевали.

Глядя на нее, он был уверен, что глупым мыслям его уже не одолеть. Вернее, тому не одолеть, что он условно назвал глупыми мыслями.

— Какие? — с интересом спросила она.

В ее голосе был вот именно живой интерес, а не праздное любопытство.

— Ну, зачем вам про глупые мысли слушать? — улыбнулся Герман.

— Тогда расскажите про умные, — попросила она и тоже улыбнулась.

Глаза ее от улыбки опять подсветились тем же прекрасным огоньком. Они были странного, неопределимого оттенка. Не серые и не карие, а какое-то чудесное соединение этих трудносоединимых цветов.

— Про умные?

В эту минуту в голове у Германа не было не то что умных — вообще никаких мыслей. Но прежние свои мысли он сразу же вспомнил, ведь она попросила.

Он сказал:

— А, вот что!.. Я не мог вспомнить, кто это говорил, что идеалы всегда соответствуют силе. Вы не знаете?

Она не удивилась такому несвоевременному вопросу.

— Кто-то из немцев, я думаю, — ответила она. — Но мне кажется, что это неправда.

— Почему?

Она сказала так, как будто тоже думала об этом давно. Как будто они оба думали об этом одновременно.

— Потому что, мне кажется, идеалы все-таки существуют не для того, чтобы люди их осуществляли, — сказала Ольга. — У создателя идеалов какая-то другая цель, которой мы не знаем. Тогда при чем же здесь наша сила или слабость? Они в этом смысле не имеют значения. Я же смотрю, например, на звезды, и мне радостно, и я могу смотреть на них бесконечно, хотя прекрасно знаю, что никогда не положу их в карман. Это неправильно? — спросила она.

— Это правильно.

Он не мог отвести глаз от ее лица. У него было такое ощущение, что не в небе, а прямо перед ним оказалась звезда, и он готов был смотреть на нее бесконечно.

Но бесконечность была сейчас для него невозможна. Дверь открылась, и вошел Аверин.

— Ольга Евгеньевна, — сказал он, — вам пора идти. Иначе я не успею переговорить с Германом Тимофеевичем по делу.

— Да-да, конечно. — Ольга поспешно встала. — До свидания.

У двери она обернулась — кажется, хотела еще что-то сказать. Но не сказала и вышла.

Через час, когда следователь спросил:

— Ну что, подумали над нашим предложением? — Герман посмотрел прямо ему в глаза и с неизъяснимым удовольствием ответил:

— Конечно, подумал. А не пошел бы ты... Сказать куда или сам догадаешься?

Глава 13

— Ты бы хоть присматривалась, как бабушка тесто ставит, — сказала Ольга. — Ты же совсем ничего не умеешь, Нинка!

Нинка покосилась на пышное желтое тесто в синей фаянсовой миске. Ни малейшего интереса у нее на лице при этом не выразилось.

— Ничего, надо будет — научится, — усмехнулась мама. — Дело нехитрое. Я, когда после первого курса в деревню приехала, картошку не умела варить. А потом ничего, всему научилась. И она научится.

— Не знаю, — покачала головой Ольга. — Никаких признаков ее обучаемости я что-то не вижу.

— Ну, вы тут пока поговорите о кулинарии, а я дрова для камина принесу, — предвидя, что сейчас ее начнут воспитывать, поспешно сказала Нинка и улизнула из кухни.

В окно было видно, как она идет к дровяному сараю.

Ольга старалась привозить Нинку в Тавельцево почаще: боялась, что дочь слишком болезненно перенесет их с Андреем развод, и хотела, чтобы та побольше была на глазах. Сначала так оно и было — Нинка оторопела, узнав эту новость, и неделю ходила то мрачная, то грустная, то нервно-веселая. Но, к Ольгиному удивлению, утешилась она гораздо скорее, чем можно было ожидать.

— Да у нее роман, — спокойно объяснила мама. — Ты не видишь разве, как она похудела?

— Странная какая-то связь, — пожала плечами Ольга.

— Самая прямая. Появился предмет интереса, и она хочет ему нравиться. За родителей она, конечно, переживает, но своя жизнь ей кажется важнее.

Это же молодость, Оля! Сплошной эгоизм. Ну, я надеюсь, у Нинки он просто возрастной, и она его со временем перерастет. А пока пусть наслаждается романом.

— А кто предмет романа, не знаешь? — с тревогой спросила Ольга. — Попадется опять какой-нибудь...

— А что ты сделаешь, если и попадется? Пусть сама учится отвечать на вызовы жизни.

— Темнеет как рано... — сказала Ольга, подойдя к окну.

Было всего четыре часа, но под яблонями уже лежали на снегу синие тени. От ранних январских сумерек на сердце ложилась тоска.

Весь декабрь шел снег. Он завалил деревья до самых веток, и дорожки, расчищенные в таком глубоком снегу, казались древними крепостными ходами. Из-за большого участка, на котором стоял дом, и сам он тоже казался каким-то старинным замком, бесконечно одиноким на бесконечных заснеженных просторах.

— Я выйду, до обеда прогуляюсь, — сказала Ольга.

Она надела старое вытертое пальто, набросила на голову большой пуховый платок, в котором мама сидела на веранде осенними вечерами.

— Оделась бы теплее. Что за пальто, дырки одни. Давно надо было его выбросить.

— Ничего, я ненадолго, по саду только. И оттепель же сегодня, не замерзну.

Ольга обошла весь сад, вернулась к дому, обогнула его, открыла калитку и вышла на улицу. Из-за оттепели снег покрылся водой, и по улице идти было невозможно — очень скользко. Она остановилась у калитки.

Темнели вдоль реки дома, доносился гул редких

машин, проезжающих по шоссе. Одна машина свернула с шоссе в Тавельцево. Рассеянно на нее глядя, Ольга поняла, что это не машина, а мотоцикл: он освещал перед собой дорогу одиночной фарой. Она почувствовала, что замерзла, и так же рассеянно подумала, что пора идти в дом. Звук мотоцикла становился все громче, приближался, вот уже превратился в грохот — мотоцикл остановился невдалеке от калитки. Грохот прекратился, свет погас.

В тишине Ольге показалось, что этот большой мотоцикл дышит, как конь.

Водитель поставил его на подножку и пошел к калитке. Ольга смотрела, как он идет, и понимала, что такого отчетливого, такого сильного ощущения дежавю она не переживала никогда.

Ей казалось сейчас, что это уже было, и не просто было, а было всегда, что из этого состояла вся ее жизнь: она стояла у калитки и смотрела, как Герман идет к ней по узко протоптанной в снегу тропинке.

— Здравствуйте, Оля, — сказал он. — Если бы вы знали, как я хотел вас увидеть.

Он сказал это без нажима и придыхания, просто сказал то, о чем, наверное, думал всю дорогу или даже еще дольше. О чем думал все время, которое не видел ее.

Она шагнула ему навстречу, оскользнулась на мокром снегу, чуть не упала, но удержалась на ногах. Незавязанный платок упал ей на плечи и соскользнул в снег. Герман наклонился, поднял платок.

— Вы замерзли, — сказал он. — У вас нос покраснел.

Ольга хотела ответить, что совсем не замерзла, что это вообще неважно, что она... Но ничего она не могла ответить! У нее перехватило дыхание. Она только смотрела на его лицо. Оно словно бы темнее стало, чем в тот раз, когда они виделись в Матросской Тишине. Но на нем не лежала больше печать отчаяния — оно дышало жизнью.

— Ма-ама!.. — раздалось от дома. — Мам, ты где? Бабушка уже суп разливает. — Нинка выглянула из калитки. — О, а это кто? — удивилась она. — Здрасьте.

— Здравствуйте, — кивнул Герман.

— Это ваш мотоцикл? — сразу заметила Нинка. — Мам, глянь, это ж «Харлей»! — Она прыгнула в глубокий снег, обежала Ольгу и Германа и подскочила к мотоциклу. — А мой... Мой знакомый тоже байкер!

— Да я вообще-то не байкер, — сказал Герман. — Просто на мотоцикле быстрее.

— Быстрее! — хмыкнула Нинка. — Это если кто водить умеет. А то по скользоте можно так навернуться, что костей не соберешь.

— Нина, это Герман Тимофеевич, — сказала Ольга. — А это Нина, моя дочь.

— А-а!.. — протянула Нинка. — Это насчет вас митинги были? Даже мама ходила. Хотя мама и митинг — это что-то!

— Нинка! — укоризненно произнесла Ольга. — Что ты пристала к человеку? Герман, пойдемте, — сказала она. — Пообедаем. А вы давно...

Она хотела спросить, давно ли он вышел из Матросской Тишины, но почему-то не решилась.

— Недавно. — Он ответил так, как будто она все-таки спросила об этом вслух. — Сегодня утром вышел.

Оттого что он приехал сюда, получается, сразу, как только вышел из тюрьмы, Ольга так смутилась, что покраснела как девчонка. Хорошо, что нос у нее и так был красный — наверное, получилось незаметно.

Нинка убежала вперед. Ольга и Герман медленно пошли за ней к дому.

— Вы в тюрьме поседели, — сказала она.

— Разве в тюрьме? Давно уже. Это ничего не значит, просто пигмент такой.

— Я все время думала, все время. — Ольга остановилась. Герман тоже остановился, и она заглянула ему в глаза. — Думала, какой это ужас, если вам придется вдруг, ни с того ни с сего, отдать годы своей жизни... Чему, кому? Какому-то бессмысленному молоху. Это же страшно несправедливо! Может, глупо звучит, но в молодости это как-то легче. В молодости ведь не осознаешь, что жизнь не вечна, и кажется: вот эти годы как-нибудь пройдут, а потом все еще будет. — Она задохнулась от волнения и приложила ладони к щекам. Щеки горели. — Извините, — сказала Ольга. — Что-то я много говорю. Пойдемте обедать.

За те несколько минут, на которые Нинка их опередила, она, наверное, успела сообщить бабушке, кто будет к обеду. Во всяком случае, мама посмотрела на Германа без изумления. Правда, и трудно было представить, кто мог бы у нее изумление вызвать.

— Здравствуйте, Герман Тимофеевич, — сказала она. — Вы на свободе, это очень хорошо. Конечно, арест ваш был полной дичью, но у нас так много подобной дичи всегда происходило, что кончиться все могло плохо.

— Спасибо адвокату. — Герман коротко улыбнулся. — Это он такую волну сумел поднять. Думаю, у меня будет возможность и всем спасибо сказать. Кто принимал в этом участие.

— Вы и сами принимали в этом участие, — заметила мама.

— Я этого просто дождался.

Он посмотрел на Ольгу. А она все это время и не отводила от него взгляда. Она не могла оторваться от его лица и от этого невероятного ощущения: что он был всегда. Умом она понимала, что для женщины, прожившей двадцать лет в браке, который она считала счастливым, да который таким ведь и был, — это ощущение, мягко говоря, странное. Но оно было таким сильным, что ему невозможно было не верить.

— Все готово, — сказала мама. — Садитесь за стол.

— Кто что пьет? — поинтересовалась Нинка. — Я — водку.

— Нина! — возмутилась Ольга. — Прекрати сейчас же!

— А что такого? Вы же выпьете со мной водки, а, Герман Тимофеевич?

Она смотрела на него вызывающе. В ее взгляде нахальство соединялось с горечью. Понятно, что этот неожиданный гость не показался ей случайным, но она не знала, что означает его появление.

— Нет, — сказал Герман. — Не выпью.

Нинкины брови вопросительно вздернулись: она ожидала комментария. Но его не последовало.

— Ну и не надо! — заявила она и обиженно шмыгнула носом.

Горечь из ее взгляда при этом, однако же, исчезла.

— Не обижайтесь, Нина, — сказал Герман. — Водки мне не хочется. И не сажусь я за руль после выпивки.

— Какой вы правильный! — фыркнула она.

— Вот попадешь под колесо к неправильному, тогда посмотрим, как ты запоешь, — жестко отрезала мама. — Достань лучше минеральную воду из холодильника. И стаканы поставь.

Все сели за стол. Нинка принялась с недовольным видом расставлять стаканы для минералки. Один стакан она, разумеется, уронила. Он со звоном разлетелся на мелкие осколки.

— К счастью! — буркнула она. — К большому и светлому.

— Собери... как это... les éclats, — велела мама. И объяснила, обращаясь к Герману: — Я только что полгода у сестры во Франции прожила. И как будто в детство вернулась — там ведь детство мое прошло. Теперь вот не вдруг удается русское слово вспомнить.

— Я до двадцати лет осколки называл осколепками, — сказал Герман. — Тоже из детства.

— Вы в Тамбове выросли? — обрадовалась мама.

— В Тамбовской области. В деревне. А вы откуда про осколепки знаете, Татьяна Дмитриевна?

— Я в Тамбове всю войну прожила. Училась, в госпитале работала. У меня об этом сплошь светлые воспоминания. Какая-то абсолютно светлая для меня область на карте мира. У вас там родня?

— Мама была. Но умерла давно. А я после Ветеринарной академии там работал. В Моршанском районе, на ветстанции.

— Когда же вы все успели? — удивленно спросила мама. — По телевизору сообщали вашу биографию — она впечатляет.

Мама удивилась довольно бесцеремонно — Ольга даже взглянула на нее с укоризной. Но Герман, кажется, этой бесцеремонности не заметил. Или не обратил на нее внимания. Несмотря на свою потрясенность, Ольга отметила, что он очень точно держится с разными людьми, хотя бы с мамой и с Нинкой. Как он держится с ней, она не понимала.

— Теперь, может быть, и впечатляет, — ответил

он. — Но на протяжении биографии мне казалось, что все получается само собой. Я думал заниматься наукой. Но мама заболела, надо было ей помогать — естественно было приехать домой и начать работать. Потом она умерла. Потом я понял, что если еще месяц проживу вне Москвы, то в сарае веревку через балку перекину. Мне такой вариант развития событий не понравился, и я вернулся в Москву.

— А говорят, что вы на Дальнем Востоке работали, — сказала мама.

— Работал. Два года. В международной экологической миссии. Потом стажировался в Америке. Потом вернулся в Москву снова. И профессор, у которого я когда-то писал диплом, предложил мне клинику в Малом Ржевском, он там оперировал. То есть тогда это была не клиника, а развалины. Даже то, что это особняк восемнадцатого века, никого не привлекало: он вот-вот должен был рухнуть.

Герман говорил ровным тоном, но Ольга физически чувствовала, как тяжело ему говорить, каких усилий стоит завершать фразы. Он действительно устал, теперь это было очень заметно. Темные полукружья у него под глазами потемнели еще больше, и казалось, что все его лицо состоит из резких линий.

Ольга даже обрадовалась, когда Нинка его перебила.

— Ивините, я пойду к себе, — заявила она нахально-церемонным тоном, изображая благовоспитанную барышню. — Второе блюдо не буду: я на диете. А биографии великих — не мой жанр. Возможно, в «ЖЗЛ» потом про вас почитаю.

Нинка ушла. Мама убрала супницу и поставила на стол жаркое в глиняном горшке.

— Герман! — вдруг вспомнила Ольга. — Вы же

мотоцикл за забором оставили. Ужас какой, его уже, наверное, украли!

— Надеюсь, что нет, — сказал он. — Но завести его во двор не мешало бы.

— Пойдемте скорее. — Ольга поднялась из-за стола. — Идите, я сейчас тоже выйду, только ключи возьму.

— Извините, Татьяна Дмитриевна, — сказал он и вышел.

Ольга открыла плоский шкафчик, сняла с крючка ключи от ворот.

— Оля, — сказала мама, когда она уже открывала дверь на улицу, — пожалуйста, подумай о себе. Тебе не восемнадцать лет. В твои годы разочарования губительны. После них невозможно восстановиться.

Не ответив, Ольга вышла из дому.

Герман ожидал возле мотоцикла.

— Сейчас я ворота открою, — проговорила она. — Сейчас, сейчас...

— Оля, — сказал он, — поедемте со мной.

Его глаза тревожно блестели в темноте. Так же, как его глаза, блестела поверх снега талая вода, и от этого Ольге показалось, что его взгляд — отовсюду.

— Да, — сказала она.

Она вышла на улицу в свитере, в котором была дома. Он снял с себя куртку и надел на нее.

— Вы же замерзнете, — сказала Ольга.

— Мы по проселку поедем. Это быстро.

Потом он надел ей на голову шлем, затянул ремешок у нее под подбородком, подергал, хорошо ли затянут. Помог ей сесть на мотоцикл.

— Я никогда в жизни не ездила на мотоцикле, — сказала Ольга.

— Не бойтесь.

— Я не боюсь.

Глава 14

В его доме было так тихо и пусто, что и самого дома как будто бы не было. Наверное, это было хорошо: все внешнее было сейчас лишним, все казалось ненужным. А здесь было — как на льдине.

— Вам холодно? — спросил Герман. — Сейчас потеплеет, я включил отопление.

Ольге не было холодно. Лицо покалывало после езды на мотоцикле по проселку, но она не замерзла. Когда они подъехали к его дому, ей стало страшно жалко, что придется расцепить руки. Всю дорогу она сидела, обняв Германа сзади, и лучше бы эта дорога длилась вечно.

Они стояли посередине полупустой комнаты с книжными полками. Свет падал из окна — там раскачивался под ветром уличный фонарь. От этого по лицу Германа шли то светлые, то темные волны.

— Оля... — Его голос дрогнул. — Я не знаю, что сказать. Все, что скажу, глупо будет, я понимаю. Но что ж... Неважно, как будет. Я тебя увидел — там, в тюрьме, — и понял, что так постороннего человека нельзя увидеть. С таким счастьем. Это что-то да значит. С этим трудно сладить.

— Не надо с этим сладить. — От волнения она сказала неправильно. Его глаза были совсем рядом. — Тебе трудно говорить, да?

— Почему?

— Ты устал. Ты ведь еще утром был... там.

— Оля. — Он улыбнулся. У нее сердце замерло от его улыбки. — Ты про это не думай. Ну, я в диком напряжении сейчас, на взводе, и усталости поэтому не чувствую, понимаешь?

— А мне показалось, тебе трудно было говорить. За столом у нас.

— Не трудно... Просто не могу... ничего лишнего. А все же сейчас лишнее, кроме тебя...

Его голос сорвался на середине фразы, а в конце ее Герман положил руку Ольге на затылок и притянул к себе ее голову. Несколько секунд он всматривался в ее глаза, словно хотел получше в них что-то разглядеть, а потом поцеловал ее. Все время, пока он ее целовал, его рука оставалась у нее на затылке. И все время она из-за этого чувствовала себя младенцем, которого купают, поддерживая головку. Такая большая была у него ладонь, что ее голова лежала в ней, как голова младенца.

Потом она почувствовала, что он опускается вниз и ее увлекает за собою.

— Здесь лечь негде, — сказал он. — Ничего?

— Ничего.

Они легли рядом на ковер. Комната сразу стала большая, как в детстве. Ольга подумала, что с самого детства не лежала на ковре. Мысль была глупая, но у нее сейчас и не могло быть умных мыслей. Она вся дрожала от волнения, пока Герман раздевал ее, и в том же волнении, в той же неостановимой дрожи ждала, пока он разденется сам.

— Ты боишься? — спросил он.

Его губы были возле Ольгиного виска, и она расслышала его слова жилкой, бьющейся на виске.

— Нет.

— Я тебя не обижу, Оля.

— Я знаю.

Они обнялись и замерли. Им надо было послушать друг друга вот так, в неподвижности, в молчании. Это была, наверное, какая-то особенная форма страсти — прямое свойство страсти.

Потом Герман стал ее целовать. Ольга чувствовала к нему так много! Но ослепления, безумия, которого он, может быть, ждал от нее, она не чувствовала. Что-то совсем другое.

— Ничего, — сказал он, опять ей в висок. — Ничего, ничего... Ну, слушай меня.

Сам он слышал ее без слов, и она тоже стала так его слушать.

В нем, во всем его теле очень много всего происходило. Шли какие-то сильные токи от шеи, от плеч, от ног. Пылал лоб, и холодны были виски. Он снова положил руку ей под затылок, чтобы притянуть ее к себе.

И вот там, в его ладони, — там просто буря билась! Ольга почувствовала это затылком, вот как странно. Что у нее, самое чувствительное место затылок, что ли?

Но думать об этом она уже не могла. Ее притянуло к его ладони как магнитом, и вот так, через ладонь, притянуло к нему. Ко всему ему.

Он в самом деле находился в сильнейшем напряжении, в могучей тревоге. Он прижал ее к себе так, что, ей показалось, она сама становится им — повторяет форму его тела. Это было так нервно, так тревожно почувствовать себя им! И так, несмотря на тревогу, прекрасно... Она вытянулась вдоль него, как леска, как струна, и стон, сорвавшийся с ее губ, был, наверное, неотличим от пронзительного струнного стона.

И тут он наконец отдался своему желанию полностью, ничем себя больше не сдерживая: ни опаской ее испугать — с чего он взял, что она его боится? — ни чем угодно другим, чем может сдерживать себя мужчина.

Он только что вышел из тяжелого переплета, он выдержал, не дал себя сломать, это стоило ему страшного напряжения всех сил, и все эти силы, которые собрались в нем, рванулись теперь из него в женщину, которую он хотел, к которой мчался в сумерках по скользкой зимней дороге и которую любил.

Да, любил, она услышала это яснее, чем если бы он произнес это вслух. Об этом говорило каждое его движение, каждый рывок и стон. И ладони, огромные, охватывающие, ей казалось, всю ее разом, метали любовь, как, наверное, метали молнии ладони Зевса Громовержца.

Все это и кончилось быстро, как блеск молний. Она ничего не успела почувствовать — что можно было почувствовать от молний, удовольствие, что ли? Она держала его за плечи, пока все его тело билось над нею, потому что ей казалось, голова его разобьется от такого судорожного и сильного биенья.

Наконец он вздрогнул последний раз и, тяжело дыша, уперся лбом ей в плечо. Он сразу стал очень тяжелый, но она боялась пошевелиться под ним. Ей хотелось, чтобы он отдохнул, и отдохнуть — вот так, прямо на ней — ему надо было сразу, как сразу, в первые же мгновенья, надо оказаться на материнском теле новорожденному ребенку.

Это было глупое, конечно, сравнение. Он совсем не похож был на ребенка — с такими-то ладонями! Ольга улыбнулась, хотя у нее в глазах темнело от его тяжести.

— Что ты?

Он приподнял голову, взглянул ей в глаза. И сразу догадался, что ей тяжело держать его на себе, и сразу перевернулся на спину, лег рядом. Это было ужасно жалко, что она перестала чувствовать его тяжесть. Но пожалеть об этом она все-таки не успела — он приподнял ее голову и положил к себе на плечо. Она перевернулась на бок, прижалась к его плечу щекой, а другую ее щеку он накрыл ладонью.

— Ну и руки у тебя! — сказала она, на секунду выглянув из-под его ладони. — Ты ими, наверное, медведя можешь удержать!

— Медведя нельзя руками удержать. — Ольга не видела его лица, но услышала, что он улыбнулся. — Он сильнее человека. Очень коварный и злобный зверь.

— Тогда, значит, ты можешь его почувствовать. Руками.

Она быстро села на ковре с ним рядом. Ей хотелось видеть его лицо. Она была счастлива безмерно. Ей вот только надо было еще видеть его лицо, и счастье стало бы еще безмернее. Хотя так, может, и не бывает, во всяком случае, по правилам так сказать нельзя.

— Медведя руками почувствовать? Ну, если б знать, что он их не откусит...

Он вдруг что-то вспомнил, и улыбка мелькнула у него на губах.

— Что ты вспомнил? — спросила Ольга.

— У нас в деревне дед один был, тоже что-то такое говорил. Ты, мол, Герка, руки об облако потер, которое за коровником лежало, с того ты ими все теперь и чувствуешь.

— А ты правда потер?

Герман расхохотался. Она впервые слышала, чтобы он так смеялся.

— А оно правда лежало за коровником? — спросил он. И вдруг стал серьезным. — Оля... Можно я тебя спрошу?

— Можно, — кивнула она.

— Ты замужем?

— Я была замужем двадцать лет, — помолчав, сказала она. — И очень была счастлива. Разошлась с мужем полгода назад. Почти в тот самый день, когда кошку к тебе привезла. Все это странно, я понимаю.

Кажется, его не беспокоило, странно это или нет. Что-то другое его беспокоило.

— Почему вы разошлись? — спросил он.

Трудно было понять, зачем ему надо это знать.

— Он нашел себе другую женщину. Молодую. Хотел бы, правда, и меня при себе сохранить, но я не захотела. Вот и все. Ничего особенного. Так у многих бывает в нашем возрасте.

— Я не найду себе другую женщину, — сказал он.

Он сказал это так серьезно, что тут уж Ольга не выдержала и расхохоталась. Она чуть не плакала от смеха, да что там чуть, у нее в самом деле слезы полились из глаз.

— Ты мне не веришь? — расстроенно спросил Герман. Он лежал на ковре, закинув руки за голову, и смотрел исподлобья. — Ну почему ты смеешься?

— Потому что ты очень мужчина. — Ольга наклонилась и поцеловала его. — Вопрос — ответ. Муж тебя бросил — я тебя не брошу.

— Но это же правда. — Герман уже сидел рядом, заглядывая Ольге в глаза. — Я правда тебя не брошу. Что ж я, дурак, тебя бросить? Ну, о чем ты думаешь? Боишься разочарования? — вдруг догадался он. — Потому что не девочка уже и разочаровываться будет тяжело?

Ольга вздрогнула. Он сказал об этом теми же словами, что и мама.

— Я не знаю... — тихо проговорила она. — Ничего я не знаю, Гера...

— А я знаю. Мне есть с чем сравнивать, Оля, уж ты не обижайся, — твердо, даже жестко сказал Герман. — Вот это все, что у нас с тобой так неожиданно вышло, — есть мне с чем это сравнить. Больше я мимо не пройду, — не совсем понятно добавил он. — Так что давай попробуем друг к другу приладиться. В быту я довольно непритязателен. Хотя черт его знает, может, это я себя умиротворенно оцениваю, а на самом деле все не так.

— Посмотрим, так или не так, — усмехнулась Ольга.

— Посмотри, Оля, посмотри! — произнес он почти жалобно. — Я тебя очень буду любить, честное слово. Я тебя уже сейчас люблю.

И тут его голос переменился: исчезли жалобные, немножко преувеличенные, немножко иронические, немножко тревожные интонации. Он осторожно коснулся Ольгиной щеки, провел по ней рукою.

— Люблю я тебя, Оля, — сказал он тихо.

— Не знаю, обо что ты руки потер, — так же тихо сказала она. — Но у меня от твоих рук все переворачивается.

Она прижала его ладонь к своей щеке, послушала бурю, которая там, в его ладони, снова поднималась. Потом перестала слушать — он снова обнял ее и снова стал целовать. Теперь все, что он делал с нею, уже не напоминало удар молнии. Если они и прилаживались друг к другу, то происходило это без сбивчивого труда — общим легким дыханием.

Когда они снова лежали рядом — ее голова у него на плече, — Ольга скосила глаза и спросила:

— Ой, а что это за шрамы у тебя?

Она не заметила этих шрамов раньше, потому что лежала на другом его плече. Они были бы похожи на царапины, если бы не были такими широкими и длинными.

— Не обращай внимания. Шрамы не украшают мужчину, уверяю тебя. Во всяком случае, в моей профессии. Не украшают, а свидетельствуют о его недоработке или даже глупости.

— А какая у тебя была недоработка? — не отставала Ольга.

Его профессия вызывала у нее опаску.

— Не рассчитал наркоз для медведя. Правда, несколько извиняет то, что оперировал в неподходящих условиях. На снегу практически, в тайге под Уссурийском. Он и проснулся не вовремя.

— И что? — со страхом спросила Ольга.

— Да ничего, ничего. Выкрутились как-то. Ассистент у меня был мощный, такой, знаешь, какие раньше на медведя в одиночку с рогатиной ходили. Обошлось.

— Как же обошлось?.. — пробормотала Ольга.

И вдруг заметила, что Герман спит. Он уснул мгновенно, посреди не фразы даже, а слова.

«А еще говоришь, не устал».

Она чуть не сказала это вслух, но побоялась его разбудить. Хотя вряд ли его разбудил бы сейчас даже гром.

«Как медведь под наркозом!» — подумала Ольга.

Ей стало весело. Он совсем не похож был на медведя.

Она поискала взглядом какое-нибудь одеяло, плед, что-нибудь, чтобы его накрыть. Но ничего ей на глаза не попалось. Тогда она легла рядом, прижалась к нему, положила руку ему на грудь.

Наконец в его теле был покой. Не тревога, не порыв — покой.

Ольга лежала рядом, слушала, что происходит в нем сейчас, когда он спит, и думала, можно ли начать жизнь с чистого листа.

Она этого не знала. Она другое знала: в мужчине, которого она чувствует всего и всей собою, чистота бесконечная, ясная, сильная — и всю эту силу чистого листа он предложил ей.

И все поэтому казалось ей возможным.

Литературно-художественное издание

РОМАНЫ АННЫ БЕРСЕНЕВОЙ

Берсенева Анна
(Сотникова Татьяна Александровна)

ОТВЕТНЫЙ ТЕМПЕРАМЕНТ

Издано в авторской редакции
Ответственный редактор *О. Аминова*
Художественный редактор *С. Груздев*
Технический редактор *О. Куликова*
Компьютерная верстка *Е. Кумшаева*
Корректоры *З. Харитонова, Н. Овсяникова*

ООО «Издательство «Эксмо»
127299, Москва, ул. Клары Цеткин, д. 18/5. Тел. 411-68-86, 956-39-21.
Home page: **www.eksmo.ru** E-mail: **info@eksmo.ru**

Подписано в печать 08.12.2010.
Формат 80×100 1/32. Гарнитура «Гарамонд».
Печать офсетная. Усл. печ. л. 20,74.
Доп. тираж 3000 экз. Заказ № 4102025

Отпечатано на ОАО «Нижполиграф»
603006 Нижний Новгород, ул. Варварская, 32.

ISBN 978-5-699-41954-8

9 785699 419548 >

Оптовая торговля книгами «Эксмо»:
ООО «ТД «Эксмо». 142700, Московская обл., Ленинский р-н, г. Видное,
Белокаменное ш., д. 1, многоканальный тел. 411-50-74.
E-mail: **reception@eksmo-sale.ru**

По вопросам приобретения книг «Эксмо» зарубежными оптовыми покупателями *обращаться в отдел зарубежных продаж ТД «Эксмо»*
E-mail: **international@eksmo-sale.ru**

International Sales: *International wholesale customers should contact Foreign Sales Department of Trading House «Eksmo» for their orders.*
international@eksmo-sale.ru

По вопросам заказа книг корпоративным клиентам, в том числе в специальном оформлении,
обращаться по тел. 411-68-59, доб. 2115, 2117, 2118.
E-mail: **vipzakaz@eksmo.ru**

Оптовая торговля бумажно-беловыми и канцелярскими товарами для школы и офиса «Канц-Эксмо»:
Компания «Канц-Эксмо»: 142702, Московская обл., Ленинский р-н, г. Видное-2,
Белокаменное ш., д. 1, а/я 5. Тел./факс +7 (495) 745-28-87 (многоканальный).
e-mail: **kanc@eksmo-sale.ru**, сайт: **www.kanc-eksmo.ru**

Полный ассортимент книг издательства «Эксмо» для оптовых покупателей:
В Санкт-Петербурге: ООО СЗКО, пр-т Обуховской Обороны, д. 84Е.
Тел. (812) 365-46-03/04.
В Нижнем Новгороде: ООО ТД «Эксмо НН», ул. Маршала Воронова, д. 3.
Тел. (8312) 72-36-70.
В Казани: Филиал ООО «РДЦ-Самара», ул. Фрезерная, д. 5.
Тел. (843) 570-40-45/46.
В Ростове-на-Дону: ООО «РДЦ-Ростов», пр. Стачки, 243А.
Тел. (863) 220-19-34.
В Самаре: ООО «РДЦ-Самара», пр-т Кирова, д. 75/1, литера «Е».
Тел. (846) 269-66-70.
В Екатеринбурге: ООО «РДЦ-Екатеринбург», ул. Прибалтийская, д. 24а.
Тел. (343) 378-49-45.
В Новосибирске: ООО «РДЦ-Новосибирск», Комбинатский пер., д. 3.
Тел. +7 (383) 289-91-42. E-mail: **eksmo-nsk@yandex.ru**
В Киеве: ООО «РДЦ Эксмо-Украина», Московский пр-т, д. 9.
Тел./факс: (044) 495-79-80/81.
Во Львове: ТП ООО «Эксмо-Запад», ул. Бузкова, д. 2.
Тел./факс (032) 245-00-19.
В Симферополе: ООО «Эксмо-Крым», ул. Киевская, д. 153.
Тел./факс (0652) 22-90-03, 54-32-99.
В Казахстане: ТОО «РДЦ-Алматы», ул. Домбровского, д. 3а.
Тел./факс (727) 251-59-90/91. rdc-almaty@mail.ru

Полный ассортимент продукции издательства «Эксмо»
можно приобрести в магазинах «Новый книжный» и «Читай-город».
Телефон единой справочной: 8 (800) 444-8-444.
Звонок по России бесплатный.

В Санкт-Петербурге в сети магазинов «Буквоед»:
«Магазин на Невском», д. 13. Тел. (812) 310-22-44.

По вопросам размещения рекламы в книгах издательства «Эксмо» обращаться в рекламный отдел. Тел. 411-68-74.